FRONTIERS OF LITERARY THEORY 12

主编：王宁

（第十二辑）

清华大学出版社
北　京

图书在版编目（CIP）数据

文学理论前沿. 第十二辑/王宁主编. --北京：清华大学出版社，2014
ISBN 978-7-302-38570-7

Ⅰ. ①文… Ⅱ. ①王… Ⅲ. ①文学理论—文集 Ⅳ. ①I0-53

中国版本图书馆 CIP 数据核字（2014）第 273615 号

责任编辑： 刘琦榕
封面设计： 覃一彪
责任校对： 王凤芝
责任印制： 王静怡

出版发行： 清华大学出版社
网　　址： http://www.tup.com.cn，http://www.wqbook.com
地　　址： 北京清华大学学研大厦 A 座　　**邮　　编：** 100084
社 总 机： 010-62770175　　**邮　　购：** 010-62786544
投稿与读者服务： 010-62776969，c-service@tup.tsinghua.edu.cn
质量反馈： 010-62772015，zhiliang@tup.tsinghua.edu.cn
印 装 者： 北京密云胶印厂
经　　销： 全国新华书店
开　　本： 185mm×260mm　　**印　　张：** 13　　**字　　数：** 266 千字
版　　次： 2014 年 12 月第 1 版　　**印　　次：** 2014 年 12 月第 1 次印刷
印　　数： 1-1500
定　　价： 46.00元

产品编号：059625-01

目录

CONTENTS

编者前言

经过半年时间的组稿、审稿和编辑加工，《文学理论前沿》第十二辑马上就要与专业文学理论工作者和广大读者见面了。我像以往一样在此重申，本丛刊作为中国中外文艺理论学会的会刊，由学会委托清华大学比较文学与文化研究中心负责编辑，前几年由北京大学出版社出版，从第十一辑开始改由清华大学出版社出版。由于目前国际文学理论学会尚无一家学术刊物，而且该学会秘书处又设在中国清华大学（王宁任该学会秘书长），因此经过与学会主席希利斯·米勒教授等领导成员商量，决定本丛刊实际上又担当了国际文学理论学会的中文刊物之角色。自 2009 年起，由于本刊主编王宁被上海交通大学人文艺术研究院聘为讲席教授，因而本刊将由上海交大和清华大学两大名校联合主办，这应该说是一种卓有成效的强强联合吧。值得我们欣慰的是，本刊自创刊以来在国内外产生了较大的反响，不仅读者队伍日益增大，而且影响也在逐步扩大。可以说，本刊立足中国、面向世界的第一步已经实现。尤其值得在此一提的是，从 2008 年起，本丛刊已连续三度被中国社会科学引文索引（CSSCI）列为来源集刊，前几年，国家新闻出版总署又对各种集刊进行了整顿，一些集刊停止，而本刊则得以幸存，而且自今年起改为半年刊。这些无疑是对本刊的一个极大鼓励和鞭策，我想我们今后的任务不仅是要继续推出高质量的优秀论文，还要争取在国际学术界发出中国学者的声音。

正如我在第一辑编者前言中指出的，我们办刊的立足点是两个：一是站在当今国际文学理论和文化研究的前沿，对当今学术界普遍关注的热点话题提出我们的研究成果，同时也从今天的新视角对曾在文学理论史上有过重要影响但现已被忽视的一些老话题进行新的阐释，二是着眼于国际性，也即我们所发表的文章并非仅出于国内学者之手，而是在整个国际学术界物色优秀的文稿。鉴于目前国际文学理论界尚无一家专门发表高质量的反映当今文学理论前沿课题的最新研究成果的长篇论文的大型集刊，本刊的出版无疑填补了这一空白。本刊本着质量第一的原则，现在改为每年出版两辑，也许今后会出版三辑或四辑。与国内同类集刊或期刊不同的是，本刊专门刊发 20 000~30 000 字的、既体现扎实的理论功力同时又有独特理论创新的长篇学术论文10篇左右，最长的论文一般不超过40 000字。所以对于广大作者的热心投稿，我们不得不告诉他们，希望他们在仔细研究本刊的办刊方针和研读各辑所发论文之后再寄来稿件。本刊每一辑发表境外学者论文为1~2篇，视其是否与该辑主题相符，这些论文分别选译自国际文学理论的权威刊物《新文学史》和《批评探索》（主编者拥有这两家刊物的中文版版权）或直接向境外学者约稿。国内及海外学者用中文撰写的论文需经过匿名评审后决定是否刊用。现在每一辑的字数为200 000字左右。

读者也许已经看到，本辑与第十一辑的栏目设置有一些不同。第一个栏目依然是过去既定的“前沿理论思潮探讨”。这一栏目的第一篇文章出自本刊主编王宁之手，该文旁征博引，为读者梳理出一条马克思主义世界文学研究的清晰的发展脉络。作者认为，无论是马克思恩格斯还是列宁等经典马克思主义者都对世界文学史上的经典作家，如但丁、莎士比亚、歌德、席勒、巴尔扎克、托尔斯泰等的创作成就发表过许多十分精辟的见解，这些见解无疑构成了马克思主义的世界文学观的奠基性思想。他们这些零散的思想后来分别由东西方的马克思主义理论家加以阐释和发挥。虽然西方的马克思主义研究者也关注世界文学现象，但他们往往仅局限于讨论西方马克思主义理论家对马克思主义世界文学观作出的贡献，却根本忽视了另外两大块：苏联和东欧的马克思主义者对世界文学的贡献以及中国的马克思主义者所作出的独特贡献。而该文在全面综述马克思主义世界文学研究时，对这二者的建树也作了评论，并对马克思主义世界文学研究的未来前景作了预测。接下来的两篇论文分别从各自研究的角度对文学理论的前沿问题发表了自己的见解，或从今天的视角来重新阐述经典的理论话题。肖明文的文章探讨的是当今文学和文化理论界的前沿课题——后人文主义，但作者并未卷入无端的理论演绎，而是通过对作品的细读和分析来阐述后人文主义批评的特征。该文首先评述了后人文主义研究的代表性人物的主要论著，然后解释了后人文主义、后人类和人机合一体等关键概念。在指出后人文主义的主要考察对象是人类主体性的机器性和/或动物性后，该文便着重追溯了有关人类与机器二者之间关系的哲学观点，最后运用后人文主义视角对弗兰纳里·奥康纳的短篇小说《救人就是救自己》加以详细解读。作者认为，这个短篇故事既解释了有机身体与机械身体的融合，又揭示了自然身体与国家/文化身体的关联。奥康纳在文本中传递的信息与后人文主义学者的主张不谋而合，都倡导人类与非人类之间的平等和谐关系。原型理论并非新的话题，但作者李利敏所选取的视角还是颇有新意的，她从认知语言学的视角出发，指出原型范畴理论实际上是一个结构化的、多产的、解释力很强的辩证性认知理论。而文学中的原型则是一个无所不包的、永恒的、形式多样的抽象概念。该文通过对比分析两者的定义、发展和性质，发现虽然原型范畴理论的内涵意义不像文学中的原型意义那么丰富，但是两者的理论基础和认知机制却相同。并且，原型范畴理论不仅在理论层面可以扩展原型的研究范围，并在认知层面揭示原型意义的生成过程，还可以在文化层面上分析原型作为世界文学宝库中不可或缺的瑰宝的原因。应该说，上面三篇文章所探讨的都与当今学界所热议的“世界文学”话题密切相关，只是各自选取的角度不同。

本辑的第二个栏目“当代西方文论在中国”编发了两篇论文，这两篇都是作者承担国家社会科学基金项目的阶段性成果，本刊今后将更为重视发表这方面的成果。封宗信的长篇论文从结构主义在语言学中的源头开始追溯，涉及其在不同的国家和语境中的发展演变，最后归结到 20 世纪 60 年代在法国兴起的声势浩大的结构主义理论思潮。作者认为，结构主义源于 20 世纪初的现代语言学，通过不同的发展线索和阶段，成为人类学、社会学、符号学、文学/文化研究等学科的一个理论范式和 20 世纪最有影响的方法论。结构主义者旨在揭示人类所有行为后面潜在的结构和关系，认为只有在更大的系统或结构中思考人类文化的要素之间及其与系统结构的关系才能理解人类文化的本质。结构主义在中国由零星介绍、盲目批判到系统引进、接受、应用和发展，经历了一个漫长的过程和几个复杂的阶段，对许多人文社会科学学科领域都产生了巨大的影响。但总的来看，结构主义及结构主义文学理论在中国的引进、应用及本土文学批评和文学理论的发展还存在一些问题。它虽然取得了一些明显的成果，但真正具有国际影响者寥寥无几。这说明，中国的西方文论研究基本上仍停留在评介或“自说自话”的低层次，并未达到与西方乃至国际学界平等对话的境地。同样，在新历史主义研究领域内也是如此，虽然这方面的论文专著汗牛充栋，但稍加梳理就会发现其重复率很高。生安锋的论文为我们梳理出一条引进和发展路径。从 20 世纪 80 年代末开始，新历史主义被引介到中国并在文学批评界产生了重大的影响，我国学者除了对新历史主义在英美国家的理论实践和创造加以评介外，还运用新历史主义的理论方法，结合中国语境和中国文本、文学潮流等，尝试着进行了一些积极的探索和颇具开拓性的研究，产生了不少研究成果。作者指出，按照所发表的关于新历史主义的论文数量，我们可以粗略地将新历史主义思潮在中国的引介与发展划分为两个时期：20 世纪 80 年代末至整个 90 年代为这一思潮的引进介绍期；进入 21 世纪的十五年为新历史主义的蓬勃发展期。论文最后中肯地分析了新历史主义在中国盛行的原因和在中国语境接受过程中所存在的种种问题，认为新历史主义之运用于中国的人文学科研究有着广阔的前景。

接下来的一个栏目就是“文学中的理论性”，这个栏目的设置是受到美国文学理论家卡勒的一本书的启发，那本书的题目是“理论中的文学性”(the literary in theory)。作者试图证明，虽然人们指责当今的理论远离文学，但实际上通过认真的细读便不难发现，这些理论中依然有文学的身影：所举的例证和分析的对象大多是文学，因而文学理论依然没有死亡。同样，在一些有着深厚理论素养的作家那里，文学作品中也不无理论性。这里所发表的三篇以作家作品为主要研究对象的论文就试图证明这一点。翁贝特·艾柯被公认为同时在文学理论和实践上都成就斐然的一位大师级人物，但长期以来将他的理论与作品结合起来研究并得出真知灼见者却很少，至少在中国的语境下如此。我们编发了李瑾的长篇论文，该文指出，艾柯认为，较为全面的一般符号学大纲应该包括符号的“谎言”理论，否则符号便无法用以阐明真理，并在此基础上将符号学研究推衍至整个文化符号系统。文化符号学就是文化符号在何种语义场中如何发挥其意指与交流作用。文化单元作为表意符号，本身具有多义性、不确定性和悖谬性。文学表达科学理性的同时也表达神圣信仰。在小说《玫瑰的名字》中，艾柯的符号学理论随处可见，尤其是符号本身包含的悖谬性，这可以说是其符号学理论在文学领域里的延伸和运用；那些涉及符号衍义的推断，成为符号悖谬的绝妙注释。在后现代文化语境下解读他的小说，可以看出文本中的理性推理与神圣信仰之间或隐或显地存在着难以弥合的符号悖论。应该说这是作者通过细读艾柯的作品所得出的洞见。刘宁的文章所讨论的是诺贝尔文学奖得主多丽丝·莱辛的科幻小说，作者认为科幻小说在当代已经进入主流理论家的视野，西方马克思主义批评家创建了科幻小说的理论框架，从乌托邦写作的角度界定科幻小说的写作，并指出科幻小说只能在乌托邦和反乌托邦的视角下进行创作。莱辛正是这样一位在乌托邦和反乌托邦框架下进行科幻小说创作的作家。莱辛的科幻小说秉承英国科幻小说的传统，同时也受到文化形态史观的影响，她在科幻小说中构建了一个反乌托邦世界，对文明的终结阶段给予了形象刻画和深度思考。在其反乌托邦科幻小说中，莱辛构建的文明终结景象契合了汤恩比的文明解体理论，表现出汤恩比所设想的对环境能量的丧失、技术的衰退、社会组织的崩坏、战争的频发，以及对原始社会的回归等现象。莱辛的文学作品中所涉及的理论问题无疑对科幻小说研究有着一定的启迪，并丰富了科幻小说的理论宝库。而王敬慧的文章则试图说明，另一位诺贝尔文学奖得主库切也应被看作是一位后殖民批评家，他的文学批评思想就蕴含在他的作品中。作者将库切所发表的具有理论性的文章放在一个批评的语境下来梳理库切的后殖民主义思想体系，并认为，库切的文学作品之所以耐人寻味，就在于其中所蕴含的思想与哲学高度，他尝试着超越常规范式进行思考和创作，也体现了后殖民主义的理论追求：让人的思维去殖民化。而他那些相对不被重视的文学评论所蕴含的思想与文学作品的创作理念则是一脉相承的。本文的重点在于从他的文学作品与文学评论中总结和分析其后殖民主义理论思想的成因、内质与特色。这些论文的范围实际上已经超越了简单的作家作品研究，达到了理论概括的境地。今后我们还要编发这类文章。

本刊的编定已经过了中秋节和教师节，邻近国庆时分，大家都在忙着过节，我在此谨向为本丛刊的出版投入大量时间和精力的清华大学出版社编辑人员致以深切的谢意。我们始终期待着广大读者的支持和鼓励。

王　宁

2014 年 9 月

马克思主义与世界文学研究

王　宁

内容提要： 在当今的国际比较文学和文学理论界，关于世界文学问题的讨论已经成为一个热门话题，这与全球化对文化和文学的巨大影响与作用不无关系。当代西方学者一般从歌德对世界文学的构想汲取灵感，将世界文学界定为文学的生产、流通和翻译的过程（戴姆拉什）。虽然他们也承认后来马克思恩格斯在《共产党宣言》中对世界文学的提及对这一理论概念的成型有一定的作用，但是却很少沿着这条线索探讨马克思主义在世界文学研究领域内的不可替代的贡献。实际上，无论是马克思恩格斯还是列宁等经典马克思主义者都对世界文学史上的经典作家，如但丁、莎士比亚、歌德、席勒、巴尔扎克、托尔斯泰等的创作成就发表过许多十分精辟的见解，这些见解无疑构成了马克思主义的世界文学观的奠基性思想。他们的这些零散的思想后来分别由东西方的马克思主义理论家加以阐释和发挥。虽然西方的马克思主义研究者也关注世界文学现象，但他们往往仅局限于讨论西方马克思主义理论家对马克思主义世界文学观作出的贡献，却根本忽视了另外两大块：苏联和东欧的马克思主义者对世界文学的贡献以及中国的马克思主义者所作出的独特贡献。而本文在全面综述马克思主义的世界文学研究时，对这二者的建树也作了评论，并对马克思主义世界文学研究的未来前景作了预测。

关 键 词： 马克思主义　世界文学　西方　苏联　中国

Abstract: In the current international circles of comparative literature and literary theory, the issue of world literature has become a heatedly discussed topic. This is certainly related to the huge influence of globalization on culture and literature. Contemporary Western scholars are usually inspired by Goethe's conjecture on world literature viewing it as a process of literary production, circulation and translation (Damrosch). Although they recognize the contributions made by Marx and Engels to the formation of world literature as a theoretic concept in their co-authored *Communist Manifesto*, they seldom, following this line, explore the irreplaceable contribution of Marxism to the study of world literature. As a matter of fact, Marx, Engels and Lenin have all made many insightful comments on such classical writers in the history of world literature like Dante, Shakespeare, Goethe, Schiller, Balzac and Tolstoy and their literary achievements. These ideas are certainly foundational in Marxist thought on world literature studies. And their random thoughts have been interpreted and developed by the later Eastern and Western Marxist theorists.

Although Western Marxist scholars also pay considerable attention to the phenomenon of world literature, they are usually restricted to the contributions made by Western Marxist theorists to the notion of world literature, while neglecting other two important parts: the contributions made by both the Soviet Russian Marxists and Chinese Marxists. The present article, after a general survey of the Western Marxist study of world literature, also deals with the contributions made by these two groups of scholars. It also predicts the future orientation of Marxist world literature studies.

Key words: Marxism; world literature; West; Soviet Union; China

在当今的国际比较文学和文学理论界，关于世界文学问题的讨论已经伴随着全球化时代的来临和世界主义话语的兴起而成为一个热门话题，实际上，世界文学这个话题并不是一个全新的话题，而是一个不断被不同时代的人们“建构”和“重构”的老话题。现在这个话题之所以再度引起学界关注显然与我们所处于的全球化时代以及世界主义思潮的兴起不无关系。当代西方学者在讨论世界文学时，一般总是从歌德对世界文学的构想汲取灵感，将世界文学界定为文学的生产、流通和翻译的过程（戴姆拉什）。虽然他们也承认后来马克思恩格斯在《共产党宣言》中对世界文学的提及对这一理论概念的成型有一定的作用，但是却很少沿着这条线索去探讨马克思主义在世界文学研究领域内的不可替代的贡献。实际上，无论是马克思恩格斯还是列宁等经典马克思主义者都对世界文学史上的经典作家，如荷马史诗、但丁、莎士比亚、欧仁·苏、歌德、席勒、雨果、巴尔扎克、狄更斯、托尔斯泰、易卜生、普希金、车尔尼雪夫斯基、杰克·伦敦等的创作成就做过许多十分精辟的评点和讨论，其中涉及文学创作的题材和人物刻画、文学批评的美学和历史标准等。这些具有理论洞见的评点性文字无疑构成了马克思主义的世界文学观的奠基性思想。他们的这些零散的思想观点主要通过书信和作品点评的方式来表达，后来分别由东西方的马克思主义理论家加以阐释和发挥，逐步形成了一个马克思主义世界文学研究的传统和话语体系。虽然西方的马克思主义文学研究者也关注世界文学现象，但他们往往仅仅局限于讨论西方马克思主义理论家对马克思主义世界文学观作出的贡献，而在很大程度上却忽视了另外两部分学者作出的贡献：苏联和东欧的马克思主义者对世界文学理论与实践的贡献以及中国的马克思主义者所作出的独特贡献。而本文作者作为近年来一直专事比较文学和世界文学研究的中国学者，则不仅要紧密跟进西方学者对世界文学的研究，同时也要关注苏联和中国的马克思主义理论家和研究者对这一理论课题的研究，通过这样的比较，才能使我们对马克思主义与世界文学研究有一个较为全面的认识。

马克思主义创始人与世界文学

讨论马克思主义与世界文学问题，固然首先要从阅读马克思主义创始人的论著开始。虽然马克思主义创始人对世界文学现象十分关注，但他们在很大程度上也受到德国作家和思想家歌德的世界文学构想的启发。根据现有的研究，人们一般认为，“世界文学”（Weltliteratur）这一术语是歌德在1827年和青年学子艾克曼谈话时创造出来并加以详细阐释的一个具有“乌托邦”色彩的概念，当时年逾古稀的歌德在读了一些包括中国文学在内的非西方文学作品后总结道，“诗是人类共有的精神财富，这一点在各个地方的所有时代的成百上千的人那里都有所体现……民族文学现在算不了什么，世界文学的时代已快来临。现在每一个人都应该发挥自己的作用，使它早日来临。”[1] 他在这里以“诗”来指代文学，指出了各民族文学所具有的共同美学特征，特别是涉及了长期以来不为人所知的东方文学，这样便建构出了他的世界文学观。应该承认，就总体而言，歌德的世界文学观仍带有欧洲中心主义的色彩，或者更具体地说有着德意志中心主义的色彩。但是具有反讽意味的恰恰是，歌德当年之所以提出“世界文学”的概念，在很大程度上得助于他对包括中国文学在内的非西方文学作品的阅读，今天的中国读者们也许已经忘记了《好逑传》、《老生儿》、《花笺记》和《玉娇梨》这样一些在中国文学史上并不占重要地位的作品，但正是这些作品启发了歌德，使他得出了具有普世意义的“世界文学”概念。这一点颇值得比较文学学者深思。最近，根据德国学者海因里希·迪德林（Heinrich Detering）等人的考证，歌德实际上并不是第一个使用“世界文学”这一术语的人，早在1810年，克里斯托弗·马丁·魏兰（Christoph Martin Wieland）就率先使用了这一术语，哲学家赫尔德等人也在更早的不同场合使用过诸如“世界的文学”这样的表达法，[2] 但是今天的学者们都不可否认，歌德是最早将其付诸实践和概念化的思想家和作家。因此他对世界文学的论述至今仍有着最大的影响，而他本人也被看作是比较文学和世界文学这门学科的奠基人之一和鼻祖。应该承认，马克思主义创始人对世界文学的关注在很大程度上也受到歌德的这一构想的启迪，只是他们将其作了扩展，从而使得所有人类的精神文化产品的生产也被包括进来了。

实际上，熟悉欧洲文学史的人并不难发现，早在歌德之前，世界上不同的民族/国别文学就已经通过翻译开始了交流和沟通。在启蒙时期的欧洲，甚至出现过一个世界文学的发展方向。这应该是文化全球化的早期形式或先声。但是在当时，呼唤世界文学的

[1] 引自 David Damrosch, *What Is World Literature?* Princeton and Oxford: Princeton University Press, 2003, p. 1.

[2] 这方面还可参考这两篇文章：Wolfgang Schamoni, “'Weltliteratur' — zuerst 1773 bei August Ludwig Schlözer”, *arcadia: Internationale Zeitschrift für Literaturwissenschaft / International Journal of Literary Studies,* 43.2 (2008), pp. 288-298; Hans-Joachim Weitz, “Weltliteratur zuerst bei Wieland”, *arcadia: Zeitschrift für Vergleichende Literaturwissenschaft,* 22 (1987), pp. 206-208.

出现在相当长的一段时间内只是停留在一个乌托邦式的幻想和推测阶段。后来，马克思和恩格斯在《共产党宣言》（1848）中，借用了这一术语，用以描述作为全球资本化的一个直接后果的资产阶级文学生产的“世界主义特征”。马恩在考察了资本主义在全世界范围内的扩张和发展后总结道：“过去那种地方的和民族的自给自足和闭关自守状态，被各民族的多方面的互相往来和各方面的互相依赖所代替了。物质的生产是如此，精神的生产也是如此。各民族的精神产品成了公共的财产。民族的片面性和局限性日益成为不可能，于是由许多种民族的和地方的文学形成了一种世界的文学。”[3] 马恩在这里是想指出，世界文学的形成自有其一定的规律，它作为一种精神文化的生产和流通之产物，与跨国的物质生产和流通密切相关，而且就是它的一个自然而然的结果。

马克思主义创始人之所以提出上述关于世界文学和文化的观点，并不是偶然的，而是与他们一以贯之的世界主义思想相一致的。在《共产党宣言》之前，马克思恩格斯就在他们合著的另一部重要著作《德意志意识形态》中提出了“世界历史”的概念。据说这是一份经过多次删除、补充、修改和重新誊写的手稿，虽然手稿的主要部分在当时曾送交出版社，但因种种原因没有发表，因此它实际上仍然是一份未完成稿。[4] 即使在这样一部未完成稿中，我们也仍然可以看出马恩的这种世界主义思想，

> 各个相互影响的活动范围在这个发展进程中越是扩大，各民族的原始封闭状态由于日益完善的生产方式、交往以及因交往而自然形成的不同民族之间消灭得越是彻底，历史也就越是成为世界历史。[5]

在这里，马恩试图证明，世界历史的形成也和世界文学的形成一样，取决于不同的民族的相互交流，而闭关锁国的狭隘的民族主义显然是不可能形成世界历史和世界文学的。之后，他们又将这种思想用于合著的《共产党宣言》中，从而进一步将世界文学和文化现象的出现当作一种历史的必然。应该说，马恩上述虽然简单但却十分精辟的论述发展了歌德的“乌托邦”式的构想，使之与当时的社会现实密切相关。今天的马克思主义理论家和研究者在讨论世界文学时常常引用这段话，但其内涵和外延却不同于早先歌德的世界文学观。在这里，马恩所说的世界文学较之歌德早年的狭窄概念已经大大地拓展了，实际上专指一种包括所有知识生产并有着全球性特征的世界文化。也就是说，一种具有审美特征的乌托邦想象已经逐步演变成为一种社会现实。在这里，马克思主义创始人试图证明，随着经济全球化步伐的加快和世界市场的扩大，一种世界性的文学或文化知识（生产）已经出现。我们完全可以这样认为，我们过去只说马克思主义创始人的主要贡献在于发现了资本主义社会剩余价值的规律，这确实是不错的，但这还不够，我在此还

---

[3] 参见马克思、恩格斯，《共产党宣言》，北京：人民出版社，1966 年，第 30 页。

[4] 参见魏小萍，《〈德意志意识形态〉研究的两个方向》，《光明日报》，2006 年 12 月 11 日。

[5] 《马克思恩格斯文集》第 1 卷，北京：人民出版社，2009 年，第 540 页。

要进一步推论，马恩的贡献还在于发现并预示了全球化运作的内在规律。这也就是为什么马克思主义在当今时代仍具有重要的意义和价值的原因之所在。

毫无疑问，马克思主义创始人对资本主义社会经济和文化的运作之规律的发现赋予我们以一种开阔的、超越了民族/国别视野的全球视野来考察世界文学。他们告诉我们，将这一视野用于世界文学的研究，我们就不能仅仅关注单一的民族/国别文学现象，还要将其置于一个更加广阔的国际视野下来比较和考察。我们今天若从学科的角度来看，世界文学实际上就是比较文学的早期雏形，它在某种程度上产生自经济和金融全球化的过程。为了在当前的全球化时代凸显文学和文化研究的作用，我们自然应当具备一种比较的和国际的眼光来研究文学现象，这样我们就有可能在文学研究中取得进展。这也许正是我们要把文学研究置于一个广阔的全球文化和世界文学语境下的重要原因。

我们通过对文学史上受到马克思主义创始人重视并评述的经典作家的深入研究和分析，便可总结出这些经典作品形成的历史原因和不可或缺的批评氛围。我们都知道，马克思主义创始人本身也是文学的爱好者和批评者，他们有着很高的文学鉴赏力和判断力，而且他们在思考重大历史和社会问题的同时，也常常通过阅读文学作品来了解社会，并结合文学创作和理论批评的实践来说明，文学应该反映特定时代的精神，但是优秀的文学应该同时具有认识价值和审美价值才能达到这一效果。针对一些人指责马克思缺乏七情六欲和基本的艺术情感时，英国当代马克思主义理论家特里·伊格尔顿针锋相对地指出，“马克思本人作过诗，写过一篇未完成的诗歌剧，并且留下了大量关于艺术和宗教的手稿。他还计划过筹办一份戏剧评论的杂志，也想过要写一部关于美学的专著。他在世界文学领域也具有广博的知识。”[6] 可以说，马克思对世界文学作品的判断对于后来的世界文学文选编辑者们也产生了导向性的影响。因此我们便要探讨为什么他们会对这些文学作品产生兴趣并加以评点，以及为什么这些评点会对同时代及后代的研究者产生启迪和影响。

众所周知，马克思主义创始人生前对欧洲文学史上的经典作家做过许多论述，例如在谈到荷马史诗时，他们指出，荷马史诗作为古希腊时代特定的产物，是文学史上高不可及的范本。在谈到但丁的划时代意义时，恩格斯提出了极具洞见的看法，认为但丁是中世纪的最后一位诗人和新时代的第一位诗人。莎士比亚是马克思十分钟爱的一位作家，在对莎士比亚的创作与席勒的创作进行比较时，马克思毫不犹豫地指出，自己更加偏爱前者。他旗帜鲜明地表明了自己的偏好，认为文学创作应遵循一种“莎士比亚化”的美学原则，也即意识到的思想内容与完美的艺术形式的结合，而不应当像席勒的创作那样仅满足于做时代精神的简单传声筒。今天的马克思主义批评家已经自觉地用“莎士比亚化”作为评价优秀的文学作品的标准之一。即使对歌德这位伟大的作家和世界文学理论

---

[6] 特里·伊格尔顿，《马克思为什么是对的》，李杨等译，北京：新星出版社，2011 年，第 127 页。

的奠基人，他们也作了辩证的评论和分析，将其人格上的弱点与其伟大的艺术成就加以区别。这一点有助于我们今天重新认识歌德对世界文学的理论化所作出的奠基性贡献。

19世纪欧洲的现实主义文学曾强烈地引起马克思主义创始人的关注，尤其是恩格斯，针对巴尔扎克创作的历史意义和现实价值，他认为，他从巴尔扎克的作品学到的经济学和社会学知识比从所有经济学家和社会学家那里学到的知识还要多。他们对挪威的易卜生的戏剧创作以及英国出现的一批现实主义小说家，如狄更斯、萨克雷、勃朗特姐妹等，也表现出极大的兴趣，并就此阐述了自己关于现实主义文学创作的一些看法。他们在不同的场合发表的这些言论和文字对于我们今天认识和研究这些作家作品的社会意义和美学价值均有着重要的指导作用。可以说，正是在马克思主义创始人的这些零散的论述的影响和启迪下，苏联和中国的世界文学研究者才把上面提到的一些作家当作自己所认可的世界文学经典作家。此外，这也正是为什么在苏联和中国，被当作世界文学经典的作家与西方学界所选择的经典作家有所不同的原因所在。

如上所述，马克思和恩格斯在不少书信中对欧洲文学史上的一些经典作家作了一些评点，应该承认，由于他们的独特鉴赏力和判断力，经过他们评点的作家确实有很多已经成为今天的世界文学选集编者们首选的作家和作品。但是马恩对世界文学研究的贡献还不止于此，他们对一些文学理论批评的基本问题也作了阐述，这些论述也完全可供我们今天在从事世界文学研究时参考。例如，关于悲剧的问题，马克思和恩格斯就给费迪南·拉萨尔写过多次书信，并就他的历史悲剧《弗兰茨·冯·济金根》所表现的悲剧主题提出了尖锐和中肯的批评意见。马克思认为，济金根的覆灭"并不是由于他的狡诈。他的覆灭是因为他作为骑士和作为垂死阶级的代表起来反对现存制度，或者说得更确切些，反对现存制度的新形式。"[7] 恩格斯也提出了更为具体的意见，在他看来，

> 悲剧的因素正是在于：同农民结成联盟这个基本条件不可能出现；因此贵族的政策必然是无足轻重的；当贵族想取得国民运动的领导权的时候，国民大众即农民，就起来反对他们的领导，于是他们就不可避免地要垮台［……］在我看来，这就构成了历史的必然要求和这个要求的实际上不可能实现之间的悲剧性的冲突。[8]

这些具有理论洞见的观点对于后来的马克思主义文学理论阵营里出现的关于美学和理论问题的讨论也产生了重要的作用，同时也说明马克思主义创始人对世界文学的研究作出了开拓性的贡献，他们的不少理论洞见至今仍为当今的世界文学研究者所引证和讨论。令人感到欣慰的是，他们的理论遗产已经由东西方的马克思主义理论家和学者继承了下

[7]《马克思恩格斯选集》第4卷，北京：人民出版社，1995年，第553-554页。
[8] 同上，第560页。

来，并作了不同程度的阐释和发展。下面我将分别评述并分析马克思主义的世界文学研究在三个不同的语境下的发展演变及各自的代表性成果和特色。

西方马克思主义的世界文学研究

长期以来，在中国的马克思主义研究者中流行着这样一种观点，“西马非马”，也即西方马克思主义并不能算作真正的马克思主义，其理由在于，西方马克思主义者并没有自觉地用马克思主义作为自己观察事物的指导思想和行动的准则，而只是将其当作自己的研究对象，也即一些西方马克思主义研究者仅仅将马克思主义当作众多哲学流派之一。另一个理由则在于，西方马克思主义者更加注重《1844年经济学哲学手稿》之前作为“青年黑格尔”派的马克思的学说，而非在此之后作为成熟的马克思主义者的马克思的学说，因而他们对马克思主义的理解在很大程度上具有一定的片面性。但是近几十年来，新一代西方马克思主义者已经超越了早期的这一局限，例如他们对全球化和世界文学的研究就从阅读马克思恩格斯的《共产党宣言》开始，并能结合当代的新形势作出独特的分析，从而在一个新的形势下发展了马克思主义。这一方面说明马克思主义本身是在发展的，另一方面也说明了对马克思主义的研究也是在不断发展的。在文学理论界形式主义甚嚣尘上时西方马克思主义者毅然高举马克思主义的大旗强调文学批评的历史性和意识形态倾向性，等等。此外，如果我们承认马克思主义是一个不断发展的理论体系的话，那我们就应该承认西方马克思主义者对马克思学说的阐释的合法性和作出的独特贡献。因此至少说，他们对马克思主义的研究应该成为国际马克思主义研究的一部分。承认这一点，我们就应该进一步承认，西方马克思主义者创造性地继承和发展了马克思主义的辩证唯物主义和历史唯物主义的部分观点，将其运用到世界文学及其具体作家作品的研究上，提出了一些具有理论洞见的观点，对于反拨形式主义的“非历史化”和“非社会化”批评起到了一定的作用。虽然西方马克思主义理论家对世界文学理论本身提出建树者并不多，但是几位当代著名的西方马克思主义理论家以及受马克思主义影响的学者所作出的贡献却为这门学科以及这个话题在当今的再度兴起起到了奠基性的作用。

对于西方马克思主义的世界文学研究，国内的介绍并不多，而且实际上在西方学界这方面的著作也确实不多。在中文的语境下迄今能够见到的唯一一本将马克思主义与世界文学作为一个独立话题来研究的学术专著只有英国牛津大学教授希·萨·伯拉威尔的著作《马克思和世界文学》，该书原文出版于1976年，中译本出版于1981年。这本书主要评述了马克思本人对世界文学史上的一些优秀作家和作品的评论，出版之后受到国内外学界的高度评价。但是该书并没有将世界文学当作一个理论概念来研究，因此该书对目前国际学界的世界文学研究基本上没有产生什么影响，甚至今天的世界文学研究者都很少引用这本著作。但是应该承认，该书依然向我们揭示了这样一个事实，也即马克思对文学的关注并非孤立的，而是与他对他所处于的重大社会政治问题的思考联系在一起的。尽管马克思主要作为一位思想家和哲学家，并没有写过一篇正式的文学批评论文，但他的那些经济学、哲学和政治学著述中却可以不时地见到他对文学创作和理论批评的真知灼见：

> 文学点缀着他的个人生活和私人事务；他的博士论文中提到文学作品的地方比比皆是；在他早年当记者的时候，文学成了他有力的战斗武器；随着他自己的世界观逐渐从早期的黑格尔和费尔巴哈混合物中演变出来，他就开始借助文学来证实和提出他的新观点；[……]晚年的马克思则经常从文学作品中寻找精神上的支持、游戏的材料、论战的弹药。他精通古典文学，从中世纪到歌德时代的德国文学，但丁、波雅多、塔索、塞万提斯、莎士比亚的作品，十八和十九世纪的法国和英国的散文小说；任何当代诗歌，凡是能够有助于破坏传统权威和引起对未来的社会正义的希望的，[……]他无不感到兴趣。[9]

除了叙述马克思生前对文学的论述外，波拉威尔还从马克思主义的立场出发，对世界文学之于当今时代的意义作了颇有见地的阐述：

> 在我们现在的二十世纪，通过翻译、纸面书籍普及本、巡回演出、广播、电影和电视，以那些不会使马克思感到吃惊的方式改变了我们的文化视野，我们已看到“民族的与地方的”文学的混合和世界范围的传播。作为一个庞大想象丰富的博物馆，一个伟大的巴贝尔图书馆，“世界文学”猛然到来了。[10]

如果说，在评述马克思本人对世界文学的阅读和评点时，伯拉威尔还有着丰富的第一手资料的话，那么在讨论20世纪后半叶的社会和文化现实时，则是马克思本人无法经历的现实，因此他的这本书的价值便在于创造性地运用了马克思主义的基本观点来解释当今的社会文化现实。他在书中试图强调的是，马克思本人虽然没有预见到现代社会的飞速发展，因而也没有预见到在当今这个具有后工业和后现代特征的社会的文学状况，但是马克思却根据历史发展的必然规律对当今时代的一些症候作了准确的预示。确实，由于生产和流通工具的发展和更新，文学的生产和流通也大大地便捷了，这就导致文学的传播也扩大成了一种世界的范围，而非像过去那样仅局限于特定的民族和国别。因此当代马克思主义理论家和研究者对马克思主义的阐述就有着很大的空间。比如前面提到的这种后工业社会的文化和文学状况就很符合世界文学在当今学界的兴起之内在逻辑：全球化时代的来临加速了各民族文化和文学的交流，今天文学的生产和流通并不仅局限于在本民族和本语言，而是跨越了民族/国别的界限，同时翻译的中介也使得世界文学可

---

[9] 希·萨·伯拉威尔，《马克思和世界文学》，梅邵武等译，北京：生活·读书·新知三联书店，1980年，第537-538页。

[10] 同上，第194-195页。

以旅行到世界各国，文学的读者已不局限于同一民族/国别和语言的读者，而是全世界范围的读者。对于新一代马克思主义理论家来说，他们所据以考察和分析的文学作品也应该是全世界的优秀文学作品，这无疑超越了马克思恩格斯时代的“欧洲中心主义”之局限。

我们都知道，在欧洲诸国，英国有着悠久的马克思主义传统，马克思的不少著作都是在大英图书馆撰写的，至今在英国的大学中仍有相当一批学者称自己为马克思主义者。雷蒙德·威廉斯和特理·伊格尔顿两位重要的马克思主义理论家就是其中的佼佼者和最有影响力的人。他们都是文学研究者和文学批评家，他们虽然没有专门对世界文学问题作过全面深入的研究，但他们对一些理论问题的思考和论述却为世界文学研究者提供了重要的理论依据。威廉斯在《马克思主义与文学》一书的第一章“基本概念”中就从考察本民族的文学——英国文学史入手，指出，

> 关注文学史，纵览那卷帙浩繁、门类复杂的文学系列（从威尔士早期传说故事集《马宾诺金》到乔治·艾略特的小说《米德尔马契》，或从弥尔顿的《失乐园》到华兹华斯的《序曲》)，往往会导致人们（在文学概念上）某种暂时的踌躇，但当与这种概念密切相关的多种范畴诸如“神话”、“传奇”、“故事”、“现实主义小说”、“史诗”、“抒情诗”、“传记”等全都一一出现、各就其位之后，这种踌躇便消除了。[11]

虽然威廉斯的关注对象主要是英国文学的优秀作品，但这些作品同时也是世界文学经典作品，它们的意义和影响早已超越了英语世界的疆域而进入到了整个世界性的文化语境，因此他提出的这些具有普遍意义的理论问题也就照样适用于别的民族/国别文学的研究。此外，威廉斯在撰写《马克思主义与文学》这部近乎“纯理论的”学术专著时，还造访了西欧、北美和一些亚洲国家，考察了那里的马克思主义运动和研究现状，以便提出具有相对普世意义的文学思想。基于对马克思原著的广泛阅读，他发现，“相比之下，马克思主义在关于语言本身的理论上却贡献甚微”，[12] 因此他从这里出发，提出了“文化唯物主义”的重要思想，并使之贯穿全书始终。我们若从他的这部著作在西方世界以外的国家和地区的接受情况来看，他的这一目的可以说基本上达到了。

世界文学真正作为一个具有学术性的理论课题受到马克思主义理论家的关注则由于另一些学者的推进。在这方面，意大利裔美国马克思主义批评家和比较文学研究者弗朗哥·莫瑞提（Franco Moretti）的贡献具有奠基性的意义，他对世界文学现象始终保持极大的兴趣和关注，并对这一理论课题在当今的再度兴起起到了很大的推进作用。他虽然未出版单本的世界文学研究专著，但他所发表的关于世界文学的一些系列论文已经成为

[11] 雷蒙德·威廉斯,《马克思主义与文学》，王尔勃、周莉译，开封：河南大学出版社，2008 年，第 48 页。
[12] 同上，第 19 页。

当前的世界文学研究者无法绕过的经典著述。弗雷德里克·詹姆逊（Fredric Jameson）这位在中国有着很高知名度的马克思主义理论家近十多年来也开始关注全球化与文化问题，并涉及世界文学和文学史的写作，他对中国小说家鲁迅和拉丁美洲魔幻现实主义作家作品的解读和分析实际上也突破了西方中心主义的藩篱，而他本人也十分关注文学史的写作和世界文学的兴起。受到马克思主义影响的荷兰比较文学理论家和汉学家杜威·佛克马（Douwe Fokkema）除了在自己的理论著述中对马克思主义在苏联和中国的接受有较多的论述外，[13] 他本人对世界文学以及文学经典的形成与重构也提出了不少富有理论洞见的见解。毫无疑问，上述这些学者关于世界文学和文学经典问题的著述极大地丰富了马克思主义的世界文学研究，为我们今天的进一步深入研究奠定了基础。

如果说，我们前面提及的歌德关于“世界文学”的构想开始时只是一种具有乌托邦色彩的世界文学的话，那么在今天的全球化语境下，随着全球文化和世界语言版图的重新绘制，世界文学已经成为一个我们无法否认和回避的审美现实：通过翻译的中介，一些优秀的文学作品在多个国家和不同的语境下广为流传；一些具有双重甚至多重国籍和身份的作家在一个跨文化的语境下从事写作，涉及一些人们普遍关注的话题；文学研究者自觉地把本国的文学放在一个世界性的语境下来考察和比较研究，等等。这一切都说明，在今天的语境下重新强调世界文学的建构有着特别重要的意义。但此时的世界文学之内涵和外延已经大大地扩展了，它逐步摈弃了早先的“乌托邦”色彩，带有了更多的社会现实和审美意义，并且对我们的文学理论批评和研究产生了直接的影响和启迪。

由于世界文学这一概念在一个相当长的时间内局限于欧洲语境下并且仅为少数精英学者在一个有限的范围内所使用，因而早先的世界文学史就成了欧洲文学的有限拓展版。正如佛克马所注意到的，当我们谈到世界文学时，我们通常采取两种不同的态度：文化相对主义和文化普遍主义。他在讨论欧洲中心主义者对世界文学的绘图时指出：

> 雷蒙德·格诺（Raymond Queneau）的《文学史》（*Histoire des littératures*）（3卷本，1955—1958）有一卷专门讨论法国文学，一卷讨论西方文学，一卷讨论古代文学、东方文学和口述文学。中国文学占了130页，印度文学占140页，而法语文学所占的篇幅则是其十二倍之多。汉斯·麦耶（Hans Mayer）在他的《世界文学》（*Weltliteratur*）（1989）一书中，则对所有的非西方世界的文学全然忽略不谈。[14]

---

[13] 这方面可参考佛克马、易布思著，《二十世纪文学理论》（林书武等译，北京：生活·读书·新知三联书店1988年出版）中的有关章节。

[14] Douwe Fokkema, “World Literature”, in Roland Robertson and Jan Aart Scholte eds., *Encyclopedia of Globalization*, New York and London: Routledge, 2007, pp. 1290-1291.

在上述引文中佛克马告诉我们，欧洲中心主义的阴影一直笼罩在世界文学的研究领域，即使是西方马克思主义理论家也不例外。他们认为有着深厚历史文化积淀的欧洲产生出了人类最为卓越的文学，因此这些文学完全代表世界文学。后来由于美国在经济上、军事上和政治上的崛起，美国文学才逐步进入欧洲学者的视野，早先的欧洲中心主义也就演变成了西方中心主义。这一点尤其体现于对世界文学选集的编选原则上，迄今世界上两大公认的权威性世界文学选——《诺顿世界文学选》（*Norton Anthology of World Literature*）和《朗文世界文学选》（*Longman Anthology of World Literature*）均由哈佛大学教授领衔主编并在美国出版，这就说明出版者从一开始就带有一种精英意识和商业意识：前者能够确保文选的权威性，后者则能够预示其市场价值和实用价值。因此佛克马提出的文化相对主义和文化普遍主义相结合的策略不无一定的积极意义：前者强调的是不同的民族文学所具有的平等价值，后者则更为强调其普遍的共同的审美和价值判断标准，这一点尤其体现于通过翻译来编辑世界文学作品选的工作。尽管文选编者们的初衷也许并没有那种经典化的意识，但是他们的成果客观上却起到了对以往文学的挑选、筛选甚至经典化的作用。

与一般的西方学者所不同的是，佛克马尤其注意到中国文学对于"世界文学"这一概念的提出作出的独特贡献。他从考察歌德和艾克曼的谈话入手，注意到歌德所受到的中国文学的启发，因为歌德在谈话中多次参照他所读过的中国传奇故事。尽管知识渊博、掌握有多门外语的歌德本人并不通晓中文，但他仍通过阅读英文和法文译本而了解了中国文学，并从中受到启发。在收入题为《总体文学和比较文学论题》（*Issues in General and Comparative Literature*，1987）的专题研究文集的一些论文中，佛克马也在多处论及世界文学问题，认为这对文学经典的构成和重构有着重要的意义。可以说，他的理论前瞻性已经为今天的比较文学界对全球化现象和世界文学的关注所证实。

在最近的十多年里，由于全球化时代特征的日益明显，各民族/国别文学之间的交流日益频繁，世界文学这个概念再度浮出历史的地表，并迅速成为国际比较文学和文学理论界的一个前沿理论课题。在歌德和马克思主义创始人以及西方马克思主义理论家的影响和启迪下，下列学者对这一概念在当今语境下的成型和推进发表了大量著述，使得世界文学研究日益成为一门"显学"。

如前所述，马克思主义创始人十分重视世界文学，马恩生前曾对欧洲的一些优秀作家的作品做过点评，并与一些作家和评论家有过书信往来。通过这些点评和书信，逐步形成了马克思主义的世界文学观。这一点在很大程度上也由西方马克思主义理论家继承了下来。他们中的一些专门研究文学的理论家也对全球化时代的世界文学研究发表著述，对于这一理论概念的进一步成型作出了重要的贡献。尤其是弗朗哥·莫瑞提和弗雷德里克·詹姆逊：莫瑞提关于世界文学的主要著述包括论文《世界文学的构想》（Conjectures on World Literature，2000），《更多的构想》（More Conjectures，2003）和《演化，世界体系，世界文学》（Evolution, World-System, *Weltliteratur*, 2009）等，在这些论文中，莫瑞提从今天的视角赋予世界文学这个老话题以新的意义和内涵；詹姆逊虽然未专文讨论世界文学问题，但他对世界文学的理论和实践散见于他对马克思主义文学理论、国际后现代主义以及全球化时代的文学史写作等问题的研究上。

在《世界文学的构想》一文中，莫瑞提拓展了歌德的“世界文学”构想，认为，在当今时代，“世界文学不能只是文学，它应该更大……，它应该有所不同”，既然不同的人们的思维方式不同，他们在对世界文学的理解方面也体现出了不同的态度，因此在他看来，“它的范畴也应该有所不同”。[15] 莫瑞提进一步指出，“世界文学并不是目标，而是一个问题，一个不断地吁请新的批评方法的问题：任何人都不可能仅通过阅读更多的文本来发现一种方法。那不是理论形成的方式；理论需要一个跨越，一种假设——通过假想来开始。”[16] 他的这篇论文发表后引起了理论界的强烈反响。在他的推进下，在今天的全球化语境下，世界文学已经形成了一个问题导向的理论概念，它频繁地出没于国际性的学术研讨会论题和比较文学和文学理论学者的著述中，从而不断地引发比较文学学者以及专事民族/国别文学研究的学者们的讨论甚至辩论。

詹姆逊虽然没有发表专门讨论世界文学问题的著述，但他近年来密切关注全球化在文化上的作用，并在一些论文中涉及世界文学问题。在他看来，由于歌德当年提出的世界文学猜想在今天仍被人们做不同的理解和不同的解释，因此从今天的视角重新理解歌德的构想就有着一定的现实意义。就这一点而言，詹姆逊指出：

> 事实上，歌德心目中所设想的世界文学在很大程度上是一个信息或交流的概念：在他看来，世界文学显然不是指拜伦或鲁米或沙恭达罗（这三者都是他十分仰慕的），而是《爱丁堡评论》和《两个世界杂志》或《全球》。当各种民族情境能够相互间讨论它们的世界和文本生产时，世界文学便出现了；它并不是某种可供使用不同语言的所有作家在大学课程中和畅销书榜上公平竞争的场地，也不是诺贝尔奖或CNN电视名人之间的角逐。[17]

这样，詹姆逊便从今天的视角将世界文学的兴起与全球化时代的信息传播相联系了。他认为，在全球化的时代，各个民族/国别的文学都受到全球性的通俗文化崛起的挑战：

> 我们可以对地方和民族文化的磨平和消失而抱怨，但是我们在用文化差异、

[15] Franco Moretti, “Conjectures on World Literature”, *New Left Review*, 1 (January-February 2000), p. 55.

[16] Ibid.

[17] Fredric Jameson, “New Literary History after the End of the New”, *New Literary History*, Vol. 39, No. 3 (summer 2008), p. 380.

> 文化多元主义或多元文化宽容的名义时却从来不这样做，对这些文化言词的使用明显地具有意识形态性，并且诱惑我们误入歧途。在全球化过程中，不同的文化已不存在，但是只有对民族文化的怀旧形象：在后现代性中，我们不可能回过头来迷恋民族文化和文化本真性。我们研究的对象是迪斯尼化，民族文化仿真生产，旅游，以及组织那些仿真品与那些场景和意象的消费的产业。[18]

虽然所有上述三个因素都完全能够对世界文学的建构和重构作出贡献，而且也都值得我们作更进一步的深入探讨。但是由于该文的篇幅有限，詹姆逊并未作更多的阐释，但是从他上面的论述不难看出他对阿多诺等人对文化工业的批判有所继承，并将其用于描述全球化时代的后现代社会的文学和文化状况。

在英语世界，受到马克思主义的启迪，另一些学者也发表了一些著述，对世界文学这一概念的推进作出了贡献：佳亚特里·斯皮瓦克（Gayatri Spivak）在《一门学科的死亡》（*Death of a Discipline*, 2003）中一方面推进传统的欧洲中心主义意义上的比较文学的消亡，另一方面又欢呼一门与“区域研究”相结合并带有跨学科特征的“新的比较文学”学科的诞生。她所谓的新的比较文学实际上也带有世界文学的意义。对于她以及另一些受到马克思主义影响的西方学者的贡献，我将在下一部分加以讨论。

其他西方学者对马克思主义与世界文学的研究

如前所述，当代世界文学研究的重镇主要在西方，或更确切地说，主要在英语世界，英语国家的学者由于所使用的是世界通用语言，因而他们发表了关于世界文学研究的大量著述，形成了当今国际学界世界文学研究的主流。另一个特色就在于，英美的世界文学研究者大多数属于左翼学者，他们一般都受到马克思主义的影响或有左翼倾向，而欧洲其他国家的学者，尤其是来自低地国家（荷兰和比利时）以及斯堪的纳维亚国家的学者，则更注重文学史和文学的经验研究，他们深知自己的语言劣势，因此他们也特别注重用英语发表著述，他们对世界文学这个话题的兴趣甚至并不亚于英语国家的学者，而且在这方面他们确实也作出了卓越的贡献。下面我将要综述的这方面的一些代表性著作或论文在很大程度上也是受到歌德和马克思主义创始人的启迪而写下的，他们的这些著述对于我们梳理马克思主义的世界文学研究谱系颇有参考价值。

首先应该提及的一部著作就是杜威·佛克马的《总体文学与比较文学论题》。[19] 该书是作者的一部专题研究文集，主要讨论总体文学和比较文学的一些理论问题，这里所谓的“总体文学”（general literature）实际上就类似世界文学，也即将不同民族/国别的文

[18] Ibid., p. 379.

[19] Douwe W. Fokkema, *Issues in General and Comparative Literature*, Calcutta, 1987.

学作为一个总体来研究其中的内在规律，例如文学经典的形成与重构、文学史的写作、文学分期的代码等。收入该书的一些论文也涉及我们现在所讨论的世界文学问题，作者认为，世界文学概念的重新提及对文学经典的构成和重构有着重要的意义。可以说，作为一位有着跨文化和全球视野的理论家，佛克马的理论前瞻性已经为今天比较文学界对全球化现象的关注所证实。尤其值得称道的是，作者自觉地把马克思主义创始人关于世界文学的论述与当前的世界文学研究结合起来，提出了自己的独特见解。此外，该书还有意识地将世界文学与文学史的写作以及文学经典的重构等问题结合起来讨论。可以说本书是在世界文学作为一个理论概念再度兴起之前的一部具有学术前瞻性的著作。佛克马认为，世界文学这一术语也可用来评估文学作品的客观影响范围，这在某些方面倒是比较接近马克思和恩格斯的原意。因此，在佛克马看来，在讨论世界文学时，“往往会出现两个重要的问题。其一是普遍主义与文化相对主义之间的困难关系。世界文学的概念预设了人类具有相同的资质和能力这一普遍的概念。”[20] 因此，以一种国际公认的标准来评价不同的民族和语言所产生出的文学作品的普世价值就成了包括诺贝尔文学奖在内的不少重要国际文学奖项所依循的原则。但是，正如全球化在不同的文化语境中的实现在很大程度上也取决于它与本土实践的协调，人们对世界文学的理解和把握也不尽相同。在看到文化全球化的加速发展时，我们往往只会看到其趋同的倾向而忽视其多样性特征，而实际上后一种趋向在文化全球化的过程中已经变得越来越明显。长期受到压抑的后殖民文学在地理上的分布无疑进一步突破了西方中心主义的狭隘领地，把原先不被精英文学研究者重视的带有殖民地土语和地方色彩的后殖民文学也纳入了世界文学的研究视野。可以说，后殖民作家的“逆写”（writing back）策略对我们从一个新的角度来重写世界文学史也不无启发。

帕斯卡尔·卡萨诺瓦（Pascale Casanova）的《文学的世界共和国》（*Republique mondiale des lettres*, 1999）[21] 是近十多年来国际比较文学和世界文学研究领域内讨论最多的一部非英语著作，同时也是法语世界研究世界文学的一部奠基性著作，2004 年该书译成英文出版后，在英语世界也产生了极大的反响，广为人们所引证，为推进英语世界的世界文学研究起到了极大的作用。此外，卡萨诺瓦本人也身体力行，她一直活跃在世界文学教学第一线，经常往返于欧美两大陆，将世界文学的理念从书本直接引入课堂。她的这本书开篇就讨论了法国社会学家布尔迪厄的理论，并以费南德·布罗代尔的《文明与资本主义》一书为出发点，高屋建瓴地描述了整个世界的状况。作者将“世界文学空间当作一个历史和地理概念”来考察。她认为，这一广大的世界文学空间一直为两个为人们所认可的习俗所遮盖：第一是将文学的书写当作纯粹的创作活动，第二则在民

[20] Douwe Fokkema, “World Literature”, in Roland Robertson and Jan Aart Scholte eds., *Encyclopedia of Globalization*, New York and London: Routledge, 2007, p. 1291.

[21] Pascale Casanova, *Republique mondiale des lettres*, Paris: Seuil, 1999.

族/国别文学的框架内来看待文学。她论证道，这显然远远不够，因为事实上，文学并非，也不可能仅仅限于在民族文学的领地中发挥作用，它也不纯然是一种创作活动。作者实际上在提醒我们，一大批作家已经暗示了这一真实情形，我们仍可以将文学领域本身当作是一个关涉文学的研究的学术领域，但我们往往却会忽视这一点。该书虽然没有直接讨论马克思主义与世界文学的关系，但却明显地流露出受到马克思主义的影响。

在当今的世界文学研究领域内，美国比较文学学者戴维·戴姆拉什（David Damrosch）无疑是一位领军人物，同时也是被引证和讨论最多的一位学者。他的专著《什么是世界文学？》（*What Is World Literature?* 2003）现已被公认为世界文学研究领域内的奠基性和经典著作，有着最广泛的世界性影响。这部著作把世界文学界定为一种文学生产、出版和流通的范畴，而不只是把这一术语用于价值评估的目的。作者在书中将世界文学分为经典（主要指历史上的文学名著）和杰作（当代优秀作品），认为这两类作品都应该被视为世界文学。在讨论世界文学是如何通过生产、翻译和流通而形成时，作者提出了一个专注世界、文本和读者的三重定义。在这本专著中，作者详尽地探讨了非西方文学作品所具有的世界性意义，他在讨论中有时直接引用原文，而在多数情况下则通过译文来讨论，这无疑标志着西方主流的比较文学学者在东西方文学的比较研究方面所迈出的一大步。

戴姆拉什不仅从理论概念上推进世界文学，而且还身体力行地将世界文学的理念付诸教学和学术活动。早在21世纪初，他就领衔主编了六卷本《朗文世界文学选》，出任该文选创始总主编，并在其中收录了大量非西方的文学作品以及非经典的当代“杰作”（masterpiece），对于突破世界文学研究领域内的西方中心主义作出了极大的贡献。2011年，他还联合了欧美、亚洲和澳洲的一些学者共同在哈佛大学创立了世界文学研究院（Institute for World Literature），每年在世界各地举办暑期学校，为世界文学在世界各主要国家和地区的高校普及作出了卓越的贡献。此外，作为一位有着明确理念的比较文学和世界文学学者，戴姆拉什本人也发表了大量论文和两部专著。他的另一本著作《如何阅读世界文学》（*How to Read World Literature*，2009）是一部普及世界文学的读物，作者试图通过具体的例证说明，一位诺贝尔文学奖获得者（土耳其作家帕慕克）的作品是如何通过翻译的中介旅行到世界各地进而成为世界文学的。[22]

在讨论世界文学是如何通过生产、翻译和流通而形成时，戴姆拉什提出了这样一个三重定义：

> 1. 世界文学是民族文学的简略折射。
> 2. 世界文学是在翻译中有所获的作品。

---

[22] David Damrosch, *How to Read World Literature*, Oxford: Wiley-Blackwell, 2009.

> 3. 世界文学并非一套固定的经典，而是一种阅读模式：是超然地去接触我们的时空之外的不同世界的一种模式。[23]

显然，他的这一思想不仅受到马克思主义创始人的影响，同时也受到莫瑞提的启迪，解构了传统意义的比较文学只注重经典的精英思想，并发展了莫瑞提的“远距离阅读”（distant reading）的思想。戴姆拉什在自己的著作中详尽地探讨了非西方文学作品通过翻译所具有的世界性意义。既然世界文学是通过不同的语言来表达的，那么人们就不可能总是通过原文来阅读所有这些优秀的作品。因为一个人无论多么博学，也总不可能学遍世界上所有的主要语言，他不得不在大多数情况下求助于翻译。因此在这个意义上说来，翻译在重建不同的语言和文化背景中的世界文学的过程中就扮演了一个十分重要同时又必不可少的角色。在过去的几十年里，后殖民文学试图证明，即使在同一种语言，例如英语，之内，文学创作也越来越呈现出多样性特征，于是国际英语文学研究学科便应运而生了。这样，“世界文学”的概念就再也不是确定不变的了，因为它在各国文学的发展史上已经发生了演变。

我们今天在中国的语境下研究世界文学就是沿着这一理论框架展开的。今天，基于世界文学的视野，我们可以提出这样的问题：世界文学是否仅仅是传统意义上的精英文学的缩略词？如果不是的话，它是否各民族/国别文学的简单相加？当然也不是。那么世界文学究竟是什么？它在今天这个全球化的时代再度浮出历史的地表究竟意味着什么？戴姆拉什对这些问题均作了不同程度的回答。

戴姆拉什的普及性读物《如何阅读世界文学》针对全球化和多元文化语境中作者和读者面临的诸多挑战提出了一些对策。作者在书中对文学本身的含义、文学在历史上的传承和改变、异域文化背景下作品及其翻译给读者带来的挑战等问题均作了通俗易懂的解释和分析，此外，他还考察了作家超越本民族语境而走向跨文化写作的模式。由于该书的文字浅显，对于初学世界文学的学生有着直接的启迪作用，即使对于这一领域内的研究者的进一步深入研究也有着导引的作用。作者选取多种文学样式和跨越时空的文学作品，进行了文本细读和理论分析，就规范比较文学的研究方法和建立世界文学的阅读模式等问题提出了建设性的意见。现在，这两本专著都已译成中文，即将在中国出版，可以预见，随着中国国际地位的进一步提高，随着莫言获得诺贝尔文学奖所产生的直接效应，世界文学将在中国进一步兴起并像20世纪80年代比较文学在中国兴起那样成为中国的文学研究的一门“显学”。

比利时学者西奥·德汉（Theo D'Haen）通晓多门欧洲语言，早年曾从事后现代主义小说和美国文学研究，近年来逐步转向世界文学研究，仅在过去的三年内就出版一部专

---

[23] David Damrosch, *What Is World Literature?* Princeton and Oxford: Princeton University Press, 2003, p. 281.

著和两部编著。尤其应该提及的是他的《路特利支简明世界文学史》（*Routledge Concise History of World Literature*，2012）实际上就是一部从古至今的世界文学研究史，相当全面，是我们今天研究世界文学无法绕过的一部理论专著。[24] 作者除了分析西方世界的世界文学研究外，还涉及了俄罗斯—苏联以及中国等非西方国家的世界文学研究，梳理出一条从古到今的世界文学学术发展史。但作者的局限恰恰在于两个方面：其一不太了解东方文化语境中的世界文学研究成果，关于这一点，作者早就有所意识并在撰写过程中与笔者联系，我也向他提供了数千字的关于世界文学研究在中国的英文综述以及本人的多篇英文论文；[25] 其二即很少涉及马克思主义的世界文学研究。尤其是苏联解体前后的马克思主义世界文学理论与实践。而这两点恰恰正是我们今后所要弥补并大加发挥的方面。

佳亚特里·斯皮瓦克（Gayatri Spivak）作为一位国际著名的后殖民理论家和比较文学学者，她的学术思想主要来自三个方面的源头：马克思主义，解构理论和女权主义。她也十分关注全球化时代比较文学的现状及未来，她的那本篇幅不大的专题研究文集《一门学科的死亡》（*Death of a Discipline*，2003）的出版在国际比较文学界产生了较大的反响。[26] 该书原为作者在加州大学厄湾分校韦勒克图书馆讲座作的三次专题演讲，后改写成专著，题为《一门学科的死亡》。本书有两个关键词贯穿始终：区域研究和比较文学，这是作者据以安身立命的基础学科领域。对于这两个学科领域的性质，作者一针见血地指出："区域研究是为了确立美国在冷战中的霸权而建立的。比较文学则是欧洲知识分子逃离'极权主义'统治的一个产物。文化和后殖民研究都与林登·约翰逊于 1965 年实施的移民法改革后亚洲移民的百分之五百的增长有关。不管我们怎样看我们的所作所为，我们都是被这个世界上流动的人们的力量推动的。"[27] 她对传统的欧洲中心主义意义上的比较文学所处于的衰落境地表示庆幸，认为这门学科现已处于垂死的境地，但另一方面，她又认为，"比较文学与区域研究可以携手合作，不仅培育全球南方的民族文

---

[24] Theo D'Haen, *Routledge Concise History of World Literature*, London and New York: Routledge, 2012.

[25] 他在书中引用了笔者的下列三篇论文："World Literature and the Dynamic Function of Translation", *Modern Language Quarterly*, Vol. 71, No. 1(2010), pp. 1-14; "Global English(es) and Global Chinese(s): Toward Rewriting a New Literary History in Chinese", *Journal of Contemporary China*, 19(63) (2010), pp. 159-174; "Death of a Discipline"? Toward a Global/Local Orientation of Comparative Literature in China", *Neohelicon*, XXXIII (2006)2, pp. 149-163。笔者的另两篇论文则在此之后发表："'Weltliteratur': from a Utopian Imagination to Diversified Forms of World Literatures", *Neohelicon*, XXXVIII (2011)2, pp. 295-306; "On World Literatures, Comparative Literature, and (Comparative) Cultural Studies", *CLCWeb: Comparative Literature and Culture,* 15.5 (December 2013), Article 4。

[26] 这方面可参考笔者的英文论文，"Death of a Discipline? Toward a Global/Local Orientation of Comparative Literature in China", *Neohelicon*, XXXIII (2006)2, pp. 149-163。

[27] Gayatri Spivak, *Death of a Discipline*, New York: Columbia University Press, 2003, p. 3.

学，同时也培育世界各地各种地方语言写作的文学，因为这些语言的写作在新的版图绘制开始时被注定要灭绝……实际上，新的比较文学并不一定是新的。但我必须承认，时代将决定‘可比性’（comparativity）的必然观念将如何实行。比较文学必须始终跨越界限。”[28]

因此在斯皮瓦克看来，这种以“区域研究”和“跨学科”为特征的新的比较文学学科的诞生将使得处于垂死状态的传统的比较文学学科获得新生。她还针对全球化的帝国主义性质提出质疑，并提出了“星球化”的概念，[29] 她虽然也赞同将世界文学的理念用于教学，但反对通过英语翻译来教授世界文学，认为这将磨平各民族文化的差异。实际上，学界对斯皮瓦克关于比较文学学科的“死亡说”有很大的误解，这一点美国性别理论研究者朱迪斯·巴特勒（Judith Butler）有着比较准确的解释。在巴特勒看来，

> 佳亚特里·斯皮瓦克的《一门学科的死亡》并未告诉我们比较文学已经终结，而恰恰相反，这本书为这一研究领域的未来勾画了一幅十分紧迫的远景图，揭示出它与区域研究相遇的重要性，同时为探讨非主流写作提供了一个激进的伦理学框架［……］她坚持一种文化翻译的实践，这种实践通过主导权力来抵制挪用，并且在与文化擦抹和文化挪用的淡化的独特的争论不休的关系中介入非主流场域内的写作具体性。她要那些停留在占主导认识观念的人去设想，那些需要最起码的教育的人是如何看待我们的。她还描绘出一种不仅可用来解读文学研究之未来同时也用于解读其过去的新方法。这个文本既使人无所适从同时又重新定位了自己，其间充满了活力，观点明晰，在视野和观念上充满了才气。几乎没有哪种“死亡”的预报向人们提供了如此之多的灵感。[30]

显然，斯皮瓦克反对通过翻译来阅读和研究世界文学的观点自然与她来自印度这个后殖民国家不无关系，她的这一观点也得到了美国华裔学者潘则健（David Pan）的赞同。在他专门为《文学理论前沿》撰写的一篇论文中，潘则健讨论了美国、欧洲以及中国学者不同的世界文学观点，然后颇有针对性地指出：

> 为了真正地理解挑战我们世界安全的文化差异，学生不能只是通过翻译作品来体验另一种文化，而是必须加入到艰难的语言学习过程中；在这一点上，也许翻译的“世界文学”思想的拥护者会不赞同，但我认为二语习得对人文学科课程作出了突出的贡献，而这正是文学翻译不能取代的。“世界文学”教学中，熟练地掌握一门外语所达到的效果，与用世界各地文学著作的翻译本来教课所达到的效果是不同的。为了把这两者等同起来，就不得不坚持一个对语言本身

[28] Ibid., pp. 15-16.

[29] Ibid., Chapter 3, pp. 71-102.

[30] 参见《一门学科的死亡》一书封底上的巴特勒评论。

> 的设想，即，思想和事实是第一位的，而语言只是最初的思想和事件的第二手的模仿。从这个角度看，无论你读英文作品还是德文作品，都不重要，重要的是体验语言“背后”的内容。[31]

但是潘则健作为一位美籍华人，他也不得不承认自己的语言局限，即他早年为了更快地融入美国的主流社会，五岁之后就不再使用汉语了，因此他的文章也只能用英文撰写。而他今天面对世界文学的兴起，为了了解并阅读中国文学，他不得不再度从学习汉语开始。但无论如何，他所提及的“体验语言背后的内容”这一点却是颇有见地的。

美国的解构批评代表人物希利斯·米勒（J. Hillis Miller）是一位典型的英语文学研究者，他在理论上一直与时俱进，善于吸收各种新的理论方法，并将其用于文学作品的阐释。近十年来，随着他对全球化现象的关注，他也开始关注英语世界以外的文学，如中国文学，以及世界文学现象。他和上述两位学者不同的是，他本人是一位出生在美国的本土学者，除了懂得一些主要的西方语言外，对西方世界以外的语言便一无所知，因此在他看来，在美国的高校，讲授世界文学课，让学生通过英文译本来阅读《红楼梦》要比不读好得多。他甚至公开宣称，“假如我还有来世可以再生的话，我一定要学习中文。”[32]他在第五届中美比较文学双边讨论会（上海 2010）上的主题发言的题目就是《全球化与世界文学》（Globalization and World Literature），他在这篇文章中指出，

> 传统意义上的文学在文化研究中往往被边缘化，就如同大多在从事“文化研究”的那些年轻的学者—教师们的学术生涯中那样。而新的世界文学学科则恰恰相反，因为它可以被看作是为挽救文学研究所做出的最后的一搏。它含蓄地声称，研究全世界的文学是理解全球化的一种方式。这一理解使人们可成为世界公民，世界主义者，而非仅仅是某个单一语言社群的公民。然而，在发展新的世界文学的过程中，通过课程设计，教科书的出版以及合格师资的培养，一些问题便出现了。[33]

在米勒看来，这一新的世界文学学科面临着三个严峻的挑战：1）来自翻译的挑战；2）来自再现的挑战；3）来自如何界定“文学”的挑战。[34] 应该说，这三个挑战都是全球化时代的产物，而对此马克思主义创始人并没有有所预见，因此这就需要当代学者对马克思的世界文学思想加以发展。

---

[31] 潘则健，《诗歌与公共领域：“世界文学”具有怎样的全球性？》，汪沛译，载《文学理论前沿》，2014 年第 11 辑，第 182 页。

[32] J. Hillis Miller, “Reading (about) Modern Chinese Literature in a Time of Globalization”, *Modern Language Quarterly*, 69. 1 (March 2008), p. 190.

[33] J. Hillis Miller, “Globalization and World Literature”, *Neohelicon*, 38.2 (2011), pp. 253-254.

[34] Ibid., p. 254.

地处北欧的斯堪的纳维亚国家历来十分重视比较文学和世界文学的研究，被称为欧洲比较文学奠基人之一的勃兰兑斯的巨著《19 世纪文学的主流》就被认为是划时代的比较文学著作，虽然那本专著主要研究的是英、法、德三国的浪漫主义文学，带有鲜明的欧洲中心主义色彩，但是它却是今天的浪漫主义研究者无法绕过的一座学术丰碑。这种将民族/国别文学置于一个更大的语境之下来考察研究的“总体文学”研究特色也被今天的北欧比较文学学者继承了下来，出版于 2008 年的《世界文学与文化》（*World Literature and Culture*）[35] 就是这方面的一部重要的专题研究文集，在某种程度上反映了北欧国家的学者对世界文学与文化的研究成果。这部专题研究文集中的论文大都从歌德所构想的世界文学概念开始讨论，强调今天的全球化时代对文学疆界的拓展以及其对今天的文学和文化研究的意义。一些论文还讨论了诸如移民、翻译、制度性的经典化等现象对世界文学形成的作用，对包括诺贝尔文学奖在内的各种文学奖项在推进文学经典化方面的有限作用也作了探讨。但书中的各篇论文基本上未涉及马克思主义的世界文学研究以及非西方国家的世界文学研究。

除了上述专著和文集外，英语世界的一些权威性的文学研究刊物，例如《新文学史》（*New Literary History*）、《现代语言季刊》（*Modern Language Quarterly*）、《现代语言协会会刊》（*PMLA*）、《比较文学研究》（*Comparative Literature Studies*）、《今日世界文学》（*World Literature Today*）、《比较文学和世界文学评论》（*Neohelicon*）、《国际英语文学评论》（*ARIEL*）、《比较文学与比较文化》（*Comparative Literature and Culture*）等，也发表了大量关于世界文学研究的论文，有些刊物还约请本领域内的权威学者编辑以世界文学为主要讨论对象的主题专辑，为这一理论概念在英语文学研究界的推进作出了重要的贡献。在全球化的大背景下，同时也在上述各种因素的推动下，世界文学终于在沉寂了多年后在今天的全球化时代浮出了历史的地表，并迅速进入人们的理论研究视野。应该说，它率先在西方学界兴起，因而目前仍居于西方的学术理论前沿。

列宁及苏联的马克思主义世界文学研究

不可否认，对于马克思主义的世界文学研究，苏联的马克思主义理论家和比较文学和世界文学学者也作出了卓越的贡献，他们在理论上的论述和实践上的创新在国际学界独树一帜，因此，他们的研究成果也应当被包括进马克思主义的世界文学研究宝库。当年苏联处于全盛时期时，它的文学创作和理论批评也十分繁荣，在国际比较文学界，就曾经有过“苏联学派”试图与“法国学派”和“美国学派”三足鼎立的短暂格局，但毕竟好景不长，还未等到其羽翼丰满，便随着苏联的解体很快在学界销声匿迹了。但是作

[35] Karen-Margrethe Simonsen and Jakob Stougaard-Nielsen eds., *World Literature and Culture*, Aarhus: Aarhus University Press, 2008.

为“苏联学派”的主要研究方法的主题学却贯穿在高尔基世界文学研究所主编的《世界文学史》（九卷本）的写作中。

作为马克思主义在俄罗斯—苏联的继承者和代言人，列宁创造性地发展了马克思主义的基本原理，将其用于俄国革命的实践，他领导的十月革命开创了社会主义率先在一国取得胜利的先例，为其他争取社会主义事业的政党和国家树立了一个可以效法的榜样。也和马克思、恩格斯一样，列宁在领导革命事业之余，阅读了大量的文学作品，提出了一系列文学和文化观点，对指导俄罗斯—苏联的革命者在十月革命前后对新生的苏维埃共和国无产阶级文化的建设和革命文学的认识有着重要的意义。列宁在谈到文化的民族性时认为，“每一个现代民族中，都有两个民族。每一种民族文化中，都有两种民族文化。”[36] 作为精英文化的表现形式的文学自然也会带有鲜明的倾向性和阶级性，这一点与马克思恩格斯的思想是一致的。但是列宁也认为文化既是全人类的现象，同时也是某个特定阶级的现象。他的这一观点最为集中地体现在他发表于 1905 年的《党的组织和党的出版物》一文中。

在这篇文章中，列宁旗帜鲜明地指出，

> 党的出版物的这个原则是什么呢？这不只是说，对于社会主义无产阶级，写作事业不能是个人或集团的赚钱工具，而且根本不能是与无产阶级总的事业无关的个人事业。[……] 写作事业应当成为整个无产阶级事业的一部分，成为有整个工人阶级的整个觉悟的先锋队所开动的一部巨大的社会民主主义机器的“齿轮和螺丝钉”。写作事业应当成为社会民主党有组织的、有计划的、统一的党的工作的一个组成部分。[37]

显然，他关于党的组织和党的出版物的具有鲜明的意识形态特征的文学思想，至今仍为当代的马克思主义文学理论研究者所引证，并在一定范围内引起较大的争议。在实践上，列宁也自觉地将这种思想用于对具体作家的评论，他认为，托尔斯泰是俄国革命的一面镜子，阅读托尔斯泰的作品就是了解俄国革命的一个必不可少的途径，因为在他看来，文学具有反映社会生活的功能。正是他的反映论在其后相当长的一段时间内一直在文学理论界受到讨论。他虽然没有就世界文学问题提出什么直接的评论观点，但他也对俄苏以外的别国的一些文学作品提出过评论。例如他在弥留之际还阅读了美国作家杰克·伦敦的短篇小说《热爱生命》，认为这篇小说讴歌了人的一种生命不息战斗不止的求生欲望和精神。而对于伦敦的另一部描写社会上尔虞我诈的关系的小说，列宁则表示了反感，这充分说明了他所主张的文学的阶级性和政治倾向性。

---

[36]《列宁全集》第 24 卷，北京：人民出版社，1990 年，第 134 页。

[37]《列宁专题文集——论无产阶级政党》，北京：人民出版社，2009 年，第 166-167 页。

应该承认，列宁的上述论述主要是通过书信和阅读札记来表达的，虽然这些零散的作家和作品论并没有形成一个完整的体系，但在后人的梳理下已逐步形成了一套列宁主义的社会历史和审美批评的模式，并由托洛茨基、斯大林、卢那察尔斯基、高尔基和日丹诺夫等人加以发展，对苏联和中国的世界文学研究以及世界文学经典版本的形成有着极大的影响。但这其中对马克思主义基本原理的误解甚至不恰当的曲解也导致了这些国家的文化和文学战线上出现的"左倾"思想和路线，例如在苏联，过分强调社会主义现实主义实际上导致了一种唯现实主义独尊并压抑浪漫主义和打击现代主义的不恰当的实践，因而给苏联和中国的文学创作和理论批评带来了一些不良的后果。

应该承认，世界文学研究毕竟在苏联受到很大的重视，苏联十月革命后，1919 年在莫斯科成立了一个名为"世界文学"的出版机构，专门负责翻译出版世界各国的优秀文学作品，按照该项目负责人高尔基的设想，这个出版社要组织编辑出版来自英国、美国、匈牙利、德国、意大利、西班牙、葡萄牙、斯堪的纳维亚国家、法国等国的优秀文学作品 1500 多种。开始时，这个计划仍有着鲜明的欧洲中心主义或西方中心主义的色彩，对非西方的文学重视不够。后来，高尔基注意到了这一点，又建议增加印度、中国等东方国家的文学，高尔基的这一努力为世界文学在苏联的大面积翻译和研究奠定了重要的基础。他的这一动议也影响了 1949 年以后新中国的世界文学翻译和研究。后来在莫斯科成立的世界文学研究所就以高尔基的名字命名，以纪念这位世界文学研究的先驱和重要推进者。这大概绝不是偶然的。

在苏联，世界文学不仅是一个学术理论课题，而且更为重要的是，学者们也将编写世界文学史作为一种实践，并取得了卓越的成就。20 世纪 80 年代开始在苏联启动的大型文学研究项目《世界文学史》就是这方面具有里程碑意义的重要成果。这部多卷本世界文学史书于 20 世纪 80 年代开始分卷陆续在苏联出版，一直延续到苏联解体之后的本世纪初。它是一部大型的基础理论研究学术著作，由高尔基世界文学研究所主持，并联合了苏联时期各加盟共和国的外国文学研究机构的专家和一些高校的学者历经数十年编撰而成。其资料的完整性和理论分析的独特性是显而易见的，至少为后来不同国家的学者继续深入全面的研究奠定了基础。

应该承认，由于苏联特定的社会主义体制，它可以集中全国的相关教学科研人员实行集体攻关，最后编写成这部九卷本的《世界文学史》。[38] 而这在西方国家人文学术研究各自为政的情况下简直是不可想象的，即使与国际比较文学协会组织编写的多卷本《用欧洲语言撰写的比较文学史》（*The Comparative History of Literatures in European Languages*）相比，这部大型的文学史书在体例上和内容上也具有更紧密的内在连贯性和

[38] 这部九卷本的《世界文学史》最近已由上海文艺出版社组织翻译出版，但由于俄罗斯方面建议第九卷尚不成熟，属于"征求意见稿"，中文版只出版了八卷。

逻辑性。[39] 同时，苏联的研究人员都清醒地意识到，编写《世界文学史》一事本身就推动了比较文学研究中的一系列基本问题的研究。在他们看来，

> 在每一个大的历史时代，不管文学的形成过程处于什么阶段，它的各种现象总表现为具有系统意义的某种整体，它的各部分由各种关系互相联系起来。这样的系统在所有民族文学的历史中都可以看到，而且这些系统的性质，甚至它们成分的主要特征都再现在一切民族文学的历史中，当然，是在它们的社会历史内容相同的时代。[40]

显然，这部文学史的编撰者们坚持了马克思主义的历史唯物主义立场和观点，对有着相互联系的世界各民族文学有着整体的把握，因此这部文学史的一个鲜明特色就在于：各民族文学的相互联系和相互作用，具有比较文学"苏联学派"特色的类型学方法在文学研究中的运用，西方和东方文学发展的平行比较分析，以及世界文学发展过程统一原则的整体把握。同时，他们也不得不承认，"历史的发展是不平衡的：在社会经济发展的共同道路上一些民族前进了，另一些民族落后了。这样的不平衡性是历史过程的动力之一。"[41] 正是基于这样一个原则以及历史发展的不平衡性这一基本规律，《世界文学史》在选择和评价文学史材料时绝不低估所谓的"小民族"文学的历史重要性，也不认为个别区域的文学，如欧洲的文学，起过"卓越超群的"作用，因此它试图努力克服西方中心主义的倾向，此外，这部文学史也没有表现出东方中心主义的倾向。应该承认，这是苏联和俄罗斯的文学研究者奉献给国际文学史学界的一份厚礼。这部世界文学史的各卷内容概括如下：

第一卷从远古时代写起，从民间口头创作产生之时起直到公元初为止世界文学的发展。在这一卷中既分析了亚洲和非洲的早期文学，也分析了取代它们，并部分吸收了它们成就的亚洲古典文学（中国文学、印度文学、伊朗文学、希伯来文学）和欧洲的古典文学（希腊文学和拉丁文学），使读者对于古代的世界文学有一个较为全面的概貌。第二卷包括从公元 2 世纪、3 世纪到 13 世纪末和 14 世纪初的时期，即中世纪早期和成熟时期。在这一卷中详细地研究并分析了古代文学传统的急剧变化过程和各年轻的部族文学的形成，再现了中世纪文学的兴起及发展状况。第三卷再现了从 13 世纪末、14 世纪初至 16 世纪和 17 世纪之交为止的世界文学情景。在这一卷中广泛地介绍了欧洲文艺复兴时期的文学，并详细地评述了东方各民族文学中人文主义倾向的发展演变。第四卷

---

[39] 由国际比较文学协会（ICLA）主持的大型研究项目《用欧洲语言撰写的比较文学史》始自 1967 年，实际上是一套各自独立的系列丛书，现已出版了 26 卷，出版者是荷兰的约翰·本杰明出版公司（John Benjamins Publishing Company）。

[40] 高尔基世界文学研究所编撰，《世界文学史》第 1 卷上册，陈雪莲等多人合译，上海：上海文艺出版社，2013 年，第 22 页。

[41] 同上，第 23 页。

论述了17世纪的文学。该卷作者深入地考察了该时代的新旧势力之间的矛盾冲突是如何在文学中折射出来的，从而体现了文学的社会现实反映功能。第五卷论述了18世纪文学。第六卷描绘了从法国大革命起到19世纪中叶世界文学的图景。在这一卷中表现了各不同国家之间的文学联系的不断扩大导致世界文学艺术发展中出现了具有重大历史意义的发展。第七卷评述了19世纪下半叶的文学过程。第八卷包括从19世纪90年代起至1917年，即帝国主义形成的时代和无产阶级革命前夕的世界文学发展。第九卷再现了从十月社会主义革命苏联成立起至第二次世界大战结束的世界文学图景，涉及现代主义文学的兴起及在各国的历史演变和发展。[42]

应该承认，这套大型的九卷本《世界文学史》只能在苏联这样的有着社会主义计划经济体制的国家才能完成，而相比之下，由国际比较文学协会主持的大型系列文学史书《用欧洲语言撰写的比较文学史》则更像是一套系列丛书，它的每一卷都更像是专题论文的合集，无论在体例还是在结构框架方面都缺乏一个统一的整体的编辑方案，在语言文字的表达上也不尽统一。当然，由于特定时期的意识形态的影响，俄文版《世界文学史》仍留下一些“冷战”时期的意识形态印记，它出于自己的独特立场和观点，对一些作家有着不同的偏好，这当然也是可以理解的，这也说明文学的鲜明的意识形态倾向性和审美主体性。但是它对后来的任何民族/国别的世界文学研究者对世界文学史的重新书写都可以说是一座无法绕过的丰碑，可以说，它对马克思主义的世界文学研究作出的巨大贡献实为中国学者所效法。

中国的马克思主义世界文学研究

虽然“世界文学”这一术语是一个“翻译过来的”西方术语，但它在20世纪初进入中国以来，曾经伴随着世界主义理论思潮的引进在中国的文学界和知识界产生过不小的影响，鲁迅、茅盾、瞿秋白、蔡元培、郑振铎等人都为之鼓吹和推进。“世界文学”观念在中国的演变及实践与中国的比较文学学科的建立和发展有着密切的关系。张珂认为，世界文学观念在中国产生的前提是晚清民初中国学界的世界意识的出现，它与中国近代文学变革密不可分。确实，新文化运动的爆发就与世界文学概念的进入中国有着直接的关系，在那前后，世界文学被知识分子作为改造中国文学的工具加以运用，并率先走进了大学课堂。从20世纪20年代起，中国学者便开始了世界文学史的编写与翻译，为中国人系统地获得世界文学知识作出了贡献。随着30年代至40年代民族危机的加重，世界文学在特殊的国内外政治语境中被赋予特殊的时代含义，但终究因为那时中国的文化界和思想界占主导地位的倾向是民族主义。而且，确实，当一个民族仍未摆脱殖民

[42] 参见高尔基世界文学研究所编撰，《世界文学史》第1卷上册，“全书引言”，第1-10页。

状态，甚至连基本的生存都受到威胁时，又怎能奢谈世界主义呢？同样，文学也是如此，面对旧有的民族文学传统的崩塌，谈论世界文学就只能是一厢情愿地去靠拢世界文学。经过仔细的梳理和分析，张珂把世界文学在中国的接受分为三个阶段：第一阶段从1895年甲午战争失败至1915年新文化运动前夕，这是晚清民初世界意识出现与世界文学观念的发生时期；第二阶段从新文化运动前后至20年代，伴随着对文学价值的重估与转换，中国的世界文学观念与实践有了纵深的发展；第三阶段为30年代至40年代，这一阶段中国的世界文学观念在多个方面继续和深化了社会化进程，表现出多元的理论与实践形态。[43] 这一梳理是颇为清晰的。如果我们由此出发，再追溯一下马克思主义文学理论在中国的传播和接受，我们就会惊异地发现，它进入中国的时间与世界文学进入中国的时间竟然十分相近。按照宋建林和陈飞龙的看法，马克思主义文艺理论的进入中国，可以分为五个阶段：第一阶段从五四新文化运动到1927年，是马克思主义文艺理论在中国的早期传播和初步探索的时期；第二阶段从1928年无产阶级革命文学的兴起到1937年，是马克思主义文艺理论在中国的广泛传播和运用的时期；第三阶段从1938年到1949年，是中国的马克思主义文艺理论发展的成熟期；第四阶段从1949年到1977年，是中国的马克思主义文艺理论的深入探索与曲折发展的时期；第五阶段从1978年到现在，是构建中国特色社会主义文艺理论体系的创新发展时期。[44] 当然我们也可以说，马克思主义也是从世界其他国家引进的，但是如果我们赞同上述划分的话，我们同样会惊异地发现，与马克思主义文艺理论进入中国后便不断地向纵深发展相异的是，世界文学的理念在中国的传播和接受却经历了一番曲折。这无疑与其接受土壤的适应性不无关系。

确实，世界文学这个概念在中国的传入，在很大程度上取决于一大批有着开阔的世界主义胸襟的中国学者的推介，在20世纪初，包括陈季同、梁启超、严复、马君武、黄人、王国维、鲁迅、周作人、茅盾、陈西滢、蔡元培、郑振铎、吴宓等都在不同的历史时期为世界文学的进入中国而推波助澜。陈独秀、李大钊、瞿秋白等马克思主义理论家在介绍马克思主义的同时，多少也涉及世界文学这个话题。伴随着世界文学这个话题进入中国的是世界主义这个更为广泛的哲学和社会学理论概念，它同样在中国的语境下同时受到追捧和非议。这自然与20世纪初期民族主义在中国占主导地位不无关系。同盟会的一些会员曾在不同的场合鼓吹过世界主义的教义。但作为同盟会的领导人，孙中山虽然就其个人经历而言也在许多方面可以与世界主义相认同。但他首先是一个民族主义者，他认为，但他更看重的是这种世界主义是否合乎中国当时的国情，因此在他看来，

> 强盛的国家和有力量的民族已经雄占全球，无论什么国家和什么民族的利益，都被他们垄断。他们想永远维持这种垄断的地位，再不准弱小民族复兴，

[43] 参见张珂，《“世界文学”观念在中国的演变及实践》，《文学理论前沿》，2013年第10辑，第129页。

[44] 参见宋建林、陈飞龙，《中国马克思主义艺术理论发展史》，北京：生活·读书·新知三联书店，2011年，第2-10页。

> 所以天天鼓吹世界主义，谓民族主义的范围太狭隘。其实他们主张的世界主义，就是变相的帝国主义和变相的侵略主义 [……][45]

显然孙中山并非绝对地反对世界主义，但他认为，世界主义的实践在很大程度上应该视中国的具体国情，因此他最后总结道，只有当中国实现了自己的民族复兴，“恢复了民族的平等地位”时，“才配得来讲世界主义”。[46] 这一点倒是值得我们今天在讨论世界主义时参考借鉴。

当时的中国由于民族主义情绪的日益高涨，呼唤民族独立成为一种主流意识形态，世界主义不可避免地处于低潮，而世界文学则仅仅被文学界和翻译界当作一种引进优秀外国文学的途径。新中国成立后，虽然文学界的领导人意识到了建设社会主义的新文学艺术离不开对世界上优秀的文学艺术的借鉴，但世界文学并没有受到应有的重视。更有甚者，就一般人的理解，世界文学就是各民族/国别文学的简单相加，并没有什么理论可言。在中国的高校课程设置上，世界文学长期以来一直以“外国文学”的名义出现，并没有包括中国文学。这就人为地造成了中国的世界文学研究与国际学术前沿的脱节。在近十年里，笔者率先再度将世界文学这一课题从西方引进，并在中文学术期刊上发表了十多篇论文，有些论文用英文在国际学术期刊上发表后引起了国际学界的瞩目，使西方学者认识到，讨论世界文学必须包括中国文学的理论与实践，具有权威性的世界文学选集应该收入越来越多的非西方文学的优秀作品。因为在我们看来，世界文学与中国有着密切的关系，这不仅是因为当年歌德在提出世界文学的构想时在很大程度上得益于对中国文学的阅读和能动性理解，同时也因为自 19 世纪末以来，世界文学在中国的现代化进程中起到了极大的推进作用。自鲁迅以来的几乎所有的中国主要作家都受益于世界文学，其中有相当一部分作家本人就从翻译世界文学作品和理论开始其文学创作的。在二三十年代的中国，一些文学史家和理论家也为世界文学在中国的传播和理论建构作出过重要贡献，他们中的一些人显然受到马克思主义的影响和启迪，并且也使得毛泽东等马克思主义理论家能够通过翻译接触世界文学的优秀作品，并就一些理论问题阐述自己的看法。但对于这一切，当今的国际学界却知之甚少，同时也未能予以必要的关注。因此我们所要探讨的马克思主义世界文学观应当把中国的马克思主义理论家的贡献也包括进来，这样才能丰富马克思主义的世界文学理论。

对于马克思主义的进入中国，早期的共产党人陈独秀、李大钊、瞿秋白、成仿吾、陈望道等人均作出过重要的贡献。作为一位本土生长起来的马克思主义者，毛泽东和他的不少战友们不同，他没有在西欧或苏联留学的经历，因此并没有系统地受过西欧或苏

---

[45] 广东省社会科学院历史研究所、中国社会科学院近代史研究所中华民国史研究室、中山大学历史系孙中山研究室合编，《孙中山全集》第 9 卷，北京：中华书局，1986 年，第 216-217 页。

[46] 同上，第 226 页。

联的正统马克思主义理论的训练。但是他凭着惊人的毅力和很强的理解力，通过零星的翻译本阅读了马克思主义创始人以及列宁的一些理论著作，并通过长期的革命实践发展了一套“中国化”了的马克思主义理论。这些理论观点的核心就是，马克思主义并不是教条的东西，它必须与中国的具体实践相结合才能解决中国的社会问题。同样，毛泽东也创造性地发展了马克思主义的基本原理，将其用于中国文学艺术研究和理论建设，《在延安文艺座谈会上的讲话》就集中体现了他的文艺思想。他首先要解决的问题就是：中国的文学艺术究竟是为什么人的？它应该发挥什么样的作用？在他看来，中国的文学艺术是为人民大众服务的，首先是为工农兵的，因此它首先应该“很好地成为整个革命机器的一个组成部分，作为团结人民、教育人民、打击敌人、消灭敌人的有力的武器，帮助人民同心同德地和敌人作斗争。”[47] 这样文学的政治实用性就大大地甚于其审美愉悦性。

虽然毛泽东本人是一个民族主义者，但是他在强调建设革命文化的同时，也不否认新文化对古代和外国先进文化的传承作用，在他看来，“新文化中的新文学新艺术，自然也是这样。对于中国和外国过去时代所遗留下来的丰富的文学艺术遗产和优良的文学艺术传统，我们是要继承的，但是目的仍然是为了人民大众。”[48] 在这里，他把外国的文学也当作和本国的古代文学一样可以继承，至少是批判地继承，用以建设和发展社会主义的新文艺。这一点也贯穿在他在新中国成立后的文艺思想中。

但是对于文学创作的题材和源泉，毛泽东则旗帜鲜明地认为，文学艺术创作必须反映社会生活：

> 在这一点上说，它们使一切文学艺术相形见绌，它们是一切文学艺术的取之不尽、用之不竭的唯一的源泉。这是唯一的源泉，因为只能有这样的源泉，此外不能有第二个源泉。有人说，书本上的文艺作品，古代的和外国的文艺作品，不也是源泉吗？实际上，过去的文艺作品不是源而是流，是古人和外国人根据他们彼时彼地所得到的人民生活中的文学艺术原料创造出来的东西［……］所以我们决不可拒绝继承和借鉴古人和外国人，哪怕是封建阶级和资产阶级的东西。但是继承和借鉴决不可以变成替代自己的创造，这是决不能替代的。文学艺术中对于古人和外国人的毫无批判的硬搬和模仿，乃是最没有出息的最害人的文学教条主义和艺术教条主义。[49]

毫无疑问，毛泽东在坚持文学的政治倾向性的同时，并不反对学习和借鉴外国文学，但是对学习和借鉴什么样的外国文学，他并没有像马克思主义创始人那样有着明确的对象

[47]《毛泽东选集》第3卷第2版，北京：人民出版社，1991年，第848页。

[48] 同上，第855页。

[49] 同上，第860页。

和广泛的包容性。他在整个《讲话》中所提及的外国文学作品就是苏联的法捷耶夫的小说《毁灭》："法捷耶夫的《毁灭》，只写了一支很小的游击队，它并没有想去迎合旧世界读者的口味，但是却产生了全世界的影响，至少在中国，像大家所知道的，产生了很大的影响。"[50] 显然，毛泽东的外国文学阅读量与马克思恩格斯相比确实要少得多，也远远不如列宁，他只能读到一些数量有限的外国文学作品的中译本，因此在他的所有著作中很少提及外国文学。尽管如此，他在一系列讲话中，仍然主张批判地继承古代和外国的文学艺术，并主张以"洋为中用，推陈出新"的原则来对待外国文学。

应该说，在 1966 年以前，虽然世界文学在中国经历了不同的命运，但至少还能在一定的限度内得到译介和研究。而到了"史无前例的"无产阶级"文化大革命"中，世界文学则经历了毁灭性的打击，连曾经受到马克思主义创始人称赞的欧洲经典作家也受到了批判，他们的作品也不能在中国发行。同样曾为社会主义经典作家的不少苏联作家也随着苏联现代修正主义在中国的遭受批判而受到不同程度的批判。只有高尔基的《母亲》和奥斯特洛夫斯基的《钢铁是怎样炼成的》以及一个在英语世界也不太知名的爱尔兰女作家伏尼契的《牛虻》因为"塑造了无产阶级的革命英雄人物"而备受推崇。而高尔基写于革命前的作品则因为其鼓吹了"人道主义"和"人性论"而受到不同程度的批评。显然，在"文革"中，世界文学被当成了世界"资产阶级"文学的代名词。

在"文革"后的改革开放的年代里，世界文学的优秀作品也连同各种西方的文艺理论思潮蜂拥进入中国，对中国当代文学和理论批评产生了很大的影响。作为一门学科的比较文学也于 20 世纪 80 年代再度进入中国，并曾一度成为一门"显学"。最近几年来，随着比较文学在西方的衰落和世界文学的兴起，世界文学的理念再度被引进中国，世界文学这个话题也开始越来越吸引中国学者，各种相关的学术研讨会也以世界文学作为讨论的重要主题。中国学者，例如乐黛云、邱运华、丁国旗、刘洪涛、江宁康、查明建、高旭东、陈众议、陈永国、莫其逊、曾庆元、张珂、田文信等，也开始逐步关注这个话题，并在《中国比较文学》、《文艺研究》、《外国文学研究》、《外国文学》、《文学理论前沿》等学术期刊或集刊上发表了一些论文，有些将世界文学这个概念的演变作一番梳理，有些则对于世界文学何以进入中国的路径进行述评，有些则结合比较文学研究和教学进行讨论，有些结合文学经典的形成与重构问题。这些文章都不太长，大多缺乏深入的讨论，很少达到与国际学界进行对话的深度和高度。此外，由于目前世界文学研究的重镇在西方，或更确切地说在英语世界，因此中国学者用中文发表的关于世界文学的众多著述都并未引起国际学界的重视。但是，中国的世界文学研究也有一些具有普世意义的理论命题和观点可以供我们的国际同行参考和借鉴。

笔者作为 21 世纪初以来率先引进世界文学理念的中国学者，近五年来在国际学界

[50] 同上，第 876 页。

发表了大量著述，引起了西方学者的瞩目。美国学者希利斯·米勒对笔者为推进世界文学理念所作出的贡献作了很高的评价，在为笔者为《现代语言季刊》(*Modern Language Quarterly*)主编的题为“20世纪的中国”(China in the 20th Century)专辑撰写的评论中，他十分中肯地指出，“王宁在为本专辑撰写的才华横溢且十分全面的导论中第一句话就指出，全球化时代世界文学的发展使得中国现代文学从少数专业汉学家那里走进了‘富有洞见的众多’读者……王宁和他的同事们在本专辑的各篇论文以及其他著作中作出了很大的贡献，应该受到称赞，因为他们的努力使得曾经以欧洲中心主义著称的比较文学领地扩大，进而包括了全世界的文学。”[51] 当今世界文学研究的主要学者西奥·德汉在《路特利支简明世界文学史》中也花了相当的篇幅介绍笔者关于世界文学的一些主要观点，并指出，“上面这些观点的含义均出现在王宁最近的一系列论文中，他自20世纪90年代以来一直是最多产的一位中国学者，他对中国文学研究之于西方的理论与实践之关系的解释带来的几乎是“令人震撼的”效果。”[52] 但是这只是一个开始，我始终认为，中国已经成为一个世界经济大国和强国，但是中国的人文社会科学研究在国际学界还很少产生影响。这实际上与中国的大国地位是极不相称的。既然我们所从事的是世界文学研究，而且是极具中国特色的马克思主义世界文学研究，我们为什么不能在这一点上有所突破进而推进中国的人文学科走向世界呢？我想这应该是本文写作的一个近期的目标。

（作者单位：上海交通大学人文艺术研究院/清华大学外文系）

（本文是作者主持的国家社会科学基金重大项目（批准号：14ZDB082）“马克思主义与世界文学研究”的阶段性成果。）

[51] J. Hillis Miller, “Reading (about) Modern Chinese Literature in a Time of Globalization”, *Modern Language Quarterly*, 69.1(2008), pp. 189-190.

[52] Theo D’Haen, *Routledge Concise History of World Literature*, London and New York: Routledge, 2012, p. 172.

身体、机器与后人类：后人文主义视角下的《救人就是救自己》

肖明文

内容提要： 本文首先评述了后人文主义研究的代表性人物的主要论著，然后解释了后人文主义、后人类和人机合一体等关键概念。文章明确指出了后人文主义的主要考察对象是人类主体性的机器性和/或动物性，并着重追溯了有关人类与机器之间关系的哲学观点，最后运用后人文主义视角对弗兰纳里·奥康纳的短篇小说《救人就是救自己》加以详细解读。笔者认为，这个短篇故事既诠释了有机身体与机械身体的融合，又揭示了自然身体与国家/文化身体的关联。奥康纳在文本中传递的信息与后人文主义学者的主张不谋而合，都倡导人类与非人类之间的平等和谐关系。

关 键 词： 后人文主义　后人类　身体　机器　弗兰纳里·奥康纳

Abstract: This essay begins by reviewing those significant works of the leading posthumanist theorists, and then explains such key terms as posthumanism, posthuman and cyborg. It points out that posthumanism mainly deals with the mechanicity and/or animality of human subjectivity, and focuses on tracing some representative philosophical ideas on human-machine relationship; then it adopts the posthumanist perspective to interpret in detail Flannery O'Connor's short story "The Life You Save May Be Your Own". The author argues that the message O'Connor conveys in this short story concurs with the claims of posthumanist scholars, both of whom advocate an equal and harmonious relationship between humans and nonhumans.

Key words: posthumanism; posthuman; body; machine; Flannery O'Connor

《救人就是救自己》最初于 1953 年发表在《肯庸评论》（*Kenyon Review*）上，得益于这个短篇故事，弗兰纳里·奥康纳次年分别获得肯庸研究基金和欧·亨利短篇小说奖。[1] 许多读者对故事主人公史福特利特为了骗取一辆旧汽车而同一个智障姑娘结婚，然后立刻抛弃新婚妻子驾车逃离的行为表示强烈愤慨。奥康纳在 1959 年写给约翰·霍克斯的信中也谈到，史福特利特先生"是一个魔鬼，因为他身上不具有任何抵制魔鬼的品

[1] Dorothy Walters, *Flannery O'Connor,* Boston: Twayne Publishers, 1973, p. 11.

质。”[2] 然而，如果将此短篇小说放在后人文主义语境下加以研读，它便不再是一个关于“魔鬼”与汽车的简单故事，而是一个深刻揭示了身体与机器的交织关系和人类主体性界定的哲学寓言。

凑巧的是，笔者发现已有一位批评家注意到从后人类研究角度来阐释奥康纳小说的意义。拉克（Christina B. Lake）在《弗兰纳里·奥康纳的道成肉身艺术》（*The Incarnation Art of Flannery O'Connor*）一书的“后记”中指出，“奥康纳坚持认为我们拥有活生生的、具体的生命，人类需要得到救赎，她先知般的主张放在当下语境中再及时、合适不过。我们正迅速成为去身体化自主性的技术成就定义下的后人类，这也正是自由主义者一直渴望的状况。”[3] 此书从宗教神学角度分析了奥康纳作品中的怪诞身体，进一步夯实了奥康纳作为南方文学先知这个学界早已较为认同的形象。在全书结尾处，拉克教授仅仅一笔带过谈及科幻小说中的后人类现象，以及奥康纳的小说在后人类时代的现实意义。

本文将首先系统评述后人文主义研究的重要著作、厘清此批评思潮中的一些核心概念，然后运用后人文主义视角来解读《救人就是救自己》，以期通过这个文本分析案例，揭示后人文主义在文学研究中的阐释价值。

一、后人文主义研究脉络梳理

后人文主义开启于 20 世纪 80 年代中期，现已成为国际人文社会科学领域内的一股重要理论思潮。鉴于后人文主义研究论文数量庞大，而长篇著作则相对较少，本节主要讨论几个代表人物的研究专著，关注点放在以文学批评和文化研究为主要内容的著作上。对这些论著的评述也不是均衡着墨，而是侧重于那些对后人文主义研究产生过深远影响或能够激起理论争鸣的著述。笔者力图勾勒出被遴选的著述之间的关联，指出它们的理论价值和贡献，同时辨析存在的缺陷和瑕疵，以期为国内的后人文主义研究提供参考。[4]

凯瑟琳·海里斯（N. Katherine Hayles）的《我们如何成为后人类》（*How We Became Posthuman*，1999）一书通常被视为后人文主义话语的发轫之作。海里斯在开篇指出，她写这本书的部分动机是回应机器人研究专家莫拉维克（Hans Moravec）希望将人类意

---

[2] Flannery O'Connor, *The Habit of Being*, edited by Sally Fitzgerald, New York: Farrar, Straus & Giroux, 1979, p. 367.

[3] Christina B. Lake, *The Incarnational Art of Flannery O'Connor*, Macon: Mercer University Press, 2005, p. 240.

[4] 这一小节的写作得益于新西兰奥塔哥大学（University of Otago）的博士生达米安·吉布森（Damien Gibson）的热情帮助，他目前正在撰写有关后人文主义研究的博士论文。笔者与他素昧平生，只是在国际学术社交网站上有过联系，他给笔者提供了许多有价值的后人文主义研究资料，特此致谢。

识下载到电脑的梦想。她进一步解释说，她的目的是“防止去身体化再次写入到强势的主体性概念之中”，她自己想象的后人类版本“能够接纳信息技术的各种可能性，但不会受制于获得无限能量和去身体化永生的幻想，承认和赞赏人类的有限性状况，认识到人类生活是内嵌在我们赖以繁衍生息的、复杂的物质世界之中的。”[5] 海里斯在书中回顾了“二战”后美国的控制论研究进程，将其划分为三个阶段，并相应地把全书分成三部分，每部分遴选对应的文学文本，这些文本“与科学理论和控制论技术齐头并进，并且显然是受到控制论发展的影响”，由此她得以建构起一个“关于信息身体、受控身体和后人类身体”的叙事框架。[6] 她分析的第一个文学作品是伯纳德·沃尔夫（Bernard Wolfe）的《地狱边境》（*Limbo*，1950），随后她考察了菲利普·迪克（Philip K. Dick）写于 1962 年至 1966 年间的几部小说，并且分析了当代的一组推理小说。全书的重点放在对科技和信息的身体化的分析，做到了理论探讨与文本解读融为一体。

海里斯的另一部著作《我母亲是一台电脑：数字主体与文学文本》（*My Mother Was a Computer: Digital Subjects and Literary Texts*，2005）是对前一部专著的研究对象进行更新和深化。她回顾说，“我在《我们如何成为后人类》（1999）一书中分析的自由人文主义主体与后人类的相互作用已日渐消逝在 20 世纪的历史之中。在 21 世纪，争论的中心不再是自由人文主义传统与后人类的冲突，而是后人类的不同版本，这些后人类版本随着智能机器一起不断演化。”[7] 我们生活在一个被语言包围的世界，其中既有我们自己创造和供自己使用的语言，也有为电脑这种智能机器使用而用符码（code）写成的编程语言。海里斯在书中探索了理解符码与语言二者之关系的新途径，思考了它们之间的相互作用如何影响科技进展和艺术创作。她认为，符码对日常生活的影响可以与言说和书写的影响相提并论：语言和符码日益交错在一起，区分人类和机器以及模拟和数码的界限逐渐模糊。海里斯断言，我们所处的跨媒介时代对语言、主体性、文学对象和文本性等概念都提出了挑战。她深入探讨了数字媒介与旧媒介支撑的文化实践之间的互动：符码与言说的区别、电子文本与印刷的区别、数字媒体对自我概念的影响、数字化对印刷图书的影响、我们对电脑作为生命体的认识、人类意识电脑化的可能性、人类透过数字时代的视角观察世界所形成的宇宙观。海里斯透彻地分析了科技对我们的文化和身份的界定作用，由此得出结论说，在某种程度上，我们是电脑的孩子。

另一位在后人文主义研究领域颇有建树的学者是尼尔·巴明顿（Neil Badmington）。他主编的文集《后人文主义》（*Posthumanism*，2000）收录了一系列他认为具有后人文主义倾向的论文，从这些文章中我们可以看出，拥护人类至高无上信念的人文主义在不同

[5] N. Katherine Hayles, *How We Became Posthuman*, Chicago: University of Chicago Press, 1999, p. 5.

[6] Ibid., p. 21.

[7] N. Katherine Hayles, *My Mother Was a Computer: Digital Subjects and Literary Texts*, Chicago: University of Chicago Press, 2005, p. 2.

时段受到来自不同理论立场的质问和挑战。这些论文探讨的话题非常广泛，诸如后人文主义与科技的关系、与后现代主义和后结构主义的关系、与科幻小说的关系，以及与后殖民主义和女性主义的关系。巴明顿将有关后人文主义的起源与发展的精彩论文集于一册，从自由人文主义思想，到排山倒海的解构主义，再到赛博格的演化和去身体化的争论，这些重要论述对理解后人文主义这个新的理论思潮和21世纪新出现的社会现象都大有裨益。

《后人文主义：别致的外星人和内部的他者》（*Posthumanism: Alien Chic and the Other Within*，2004）是巴明顿撰写的一部专著，书中梳理了20世纪50年代以来有关外星人的文化历史，探寻了为什么我们对外星人的态度由恐惧转变成喜爱，以及这种转变如何反映出我们在看待我们自己和他者的方式上的演化。他分析了电影《地球争霸战》（*The War of the Worlds*）、《火星人来袭》（*Mars Attacks!*）、《火星任务》（*Mission to Mars*）和《独立日》（*Independence Day*）中人类与外星人的关系，追溯了笛卡尔、弗洛伊德、巴特、利奥塔、德里达等思想家对于人类和人文主义的理论思考。随着基因技术和克隆工程以及人工智能和赛博格的开发，日新月异的科技进展使得人类和非人类的界限日渐模糊。巴明顿质问，我们当前接受通过外星人叙事等形式呈现的各种异域生物，是否源于我们渴望重申我们作为人类的地位，对这个发人深省的问题所进行的探讨是本书对后人文主义研究的重要贡献。

鉴于巴明顿在后人文主义研究领域取得的重要成就，《路特利支文学与科学指南》（*Routledge Companion to Literature and Science*，2011）专门邀请他撰写了“后人文主义”词条。他首先追溯了后人文主义中的一些核心概念的起源和推演，关于这方面的内容，本文将在下一节详细讨论。后人文主义研究具有鲜明的跨学科特征，它并不属于某个学科，而是属于多个学科，例如，文学批评、文化研究、哲学、电影研究、神学、建筑、政治经济学、法学、社会学、人类学、科学技术史研究、动物研究以及性别研究等。巴明顿肯定地说，后人文主义已成为近年来的学术争论热点，因为坚守人类具备卓尔超群特质的人类中心主义不再能够令人信服地解释当今世界的现象。但他同时指出，“在后人文主义问题上没有便捷的共识：不同的批评者从不同的角度探讨这个术语，得出不同的结论。”[8] 后人文主义研究涉及诸多学科，从而打乱了传统学科设置和研究范式之间的森严壁垒，有助于不同学科知识的整合和融通。

布鲁斯·克拉克（Bruce Clarke）所著的《后人类变形：叙述与系统》（*Posthuman Metamorphosis: Narrative and Systems*，2008）是后人文主义在文学批评领域的又一扛鼎之作。和海里斯一样，克拉克也主要依靠控制论原理作为书写框架，将论述重点放在身体

[8] Neil Badmington, “Posthumanism”, in Bruce Clarke and Manuela Rossini eds., *Routledge Companion to Science and Literature*, New York: Routledge, 2011, p. 381.

化层面，意在揭示那些曾经被认为是确定无疑的人类个体的身体变形。此书的中心论点可以用原文中的一句话来概括，即“新控制论系统理论与叙述方式之间有着共振，叙事性是系统操作的重要隐喻。”[9] 在这位文学叙事研究专家看来，“通过二阶系统理论重新描述主流叙事理论和科幻小说能够将它们残留的人文主义精神复原在后人文主义叙事学中，后者将叙述交流分解于更广阔复杂的社会和精神语境之中。”[10] 书中涉及的文学作品在创作时间上跨度很大，涵盖诸如莎士比亚的戏剧《仲夏夜之梦》，H. G. 威尔斯的小说《拦截人魔岛》（*The Island of Dr. Moreau*），以及奥塔维亚·巴特勒（Octavia Butler）的科幻三部曲《异种生殖》（*Xenogenesis*）。新媒体给世界带来了诸多新变化，新故事记述了人工头脑的生命和性情以及机器所拥有的人工智能。从莫罗博士的兽人、大卫·柯南伯格（David Cronenberg）的变蝇人，到史坦尼斯劳·莱姆（Stanislaw Lem）的《机器人世界》（*The Cyberiad*）中的机器人制造者，再到巴特勒的科幻系列《异种生殖》中的异种人，克拉克透过后人文主义、叙事学、二阶系统理论等交汇而成的视域来审视现代和后现代阶段中有关身体变形的故事。

克拉克强调人性的嵌入性（embeddedness），为此他在书中最后部分重申：“不管人性是否愿意，它必须将其嵌入性特征置于坚称地理—生物现象发生在整个星球和宇宙范围内的盖亚（Gaian）假说之中。……因此，后人类并不是像人类话语想象的那样会超越人类，相反，新控制论下的后人类要超越的是将人类长期孤立在自我想象的独特性之中的隔离主张。”[11] 该书没有停留于论述赛博格和控制论下的有机体和机械体的界限模糊，而是把控制论系统理论与叙事理论结合起来，将新控制论框架下的叙事理论带入观察、交流和悖论等系统操作的建设性关系之中，从而构建出能解释自我再生和共栖共生的后人类的叙事模式。克拉克吸收了卢曼（Niklas Luhmann）、拉图尔（Bruno Latour）、哈拉维（Donna Haraway）、沃尔夫（Cary Wolfe）、海里斯等人的理论，将身体变形的叙事解读为系统偶发事件的隐喻。通过追踪后人类的控制论变体，克拉克的《后人类变形》一书展示了二阶系统理论应用于叙事理论、文学批评和文化研究的可行性。

赫布莱希特（Stefan Herbrechter）和卡勒斯（Ivan Callus）是一对卓越的学术研究搭档，她们携手为后人文主义研究做出了巨大贡献。她们合编的《赛-博尔赫斯：豪尔赫·路易斯·博尔赫斯作品中的后人类记忆》（*Cy-Borges: Memories of the Posthuman in the Work of Jorge Luis Borges*，2009）一书是运用后人文主义理论来分析单个作家的文学作品的典范。这部论文集的名称是由人机合一体赛博格（Cyborg）和作家博尔赫斯（Borges）

[9] Bruce Clarke, *Posthuman Metamorphosis: Narrative and Systems*, New York: Fordham University Press, 2008, p. 5.

[10] Ibid., p. 7.

[11] Ibid., p. 196.

组合而成，贯穿全书的主线是博尔赫斯作品中的后人文主义主题。她们在导论中指出，海里斯早在1995年就提出了后人文主义概念，后者对赛博格研究感兴趣是因为它展示了新的主体性模式。她们遴选的论文旨在汇合成一个没有科学技术的后人文主义图景，这个图景与一个事实相吻合，即博尔赫斯的作品中几乎没有谈及科技。她们的意图是强调赛博格或后人类既是一个科技生物现实，也是一个话语建构物，“后人类未来并不是不可避免地会受到科技支配”。[12]

赫布莱希特和卡勒斯认为，哈拉维在她的里程碑式论文《赛博格宣言》中设想的女性主义赛博格与博尔赫斯的作品有相通之处，即“对（自由、西方式的）自我的怀疑”。[13] 不过哈拉维在她的宣言中主要依靠科技来支撑她的论点，而“博尔赫斯对作为人文主义形而上学根基的身份和起源的批判则是从更长远的历史和精神层面展开……他认识到西方传统中‘令人不安的二元论’（自我/他者、心灵/身体、文化/自然、真实/表象、整体/局部、能动者/资源、制造者/制造物、主动/被动、正确/错误、真实/幻象、总体/部分、上帝/人）并不局限于‘高科技文化’之中。”[14] 虽然博尔赫斯的创作中几乎没有谈到科技，更没有谈及网络文化未来，但他的推理小说和散文作品却刻画了后人类状况的诸多现象。这本论文集意在向读者暗示，如果没有博尔赫斯这位“后人文主义先驱”，后人文主义这个概念还有待发明。

赫布莱希特和卡勒斯主编的另一部论文集《后人文主义的莎士比亚》（*Posthumanist Shakespeares*，2012）探究了早期现代文学与当代政治科技变迁这两个相去甚远的领域在有关“人”的概念方面存在的联系。书中重点阐释了悲剧《李尔王》和《哈姆雷特》，也包含对《威尼斯商人》、《一报还一报》、《冬天的故事》、《科利奥兰纳斯》、《雅典的泰门》、《佩利克里斯》等剧作的后人文主义解读。莎士比亚的作品历来是各种新潮文学批评理论的重点试验田，而且众所周知，莎士比亚是人文主义者的杰出代表，因此这部论文集的突出价值在于，它将后人文主义范式应用于莎剧的阐释，展示了莎士比亚的作品如何支撑后人文主义信条。在此书中，后人文主义和莎士比亚研究这两个学术圈产生交集，碰撞出创新观点的火花，促使我们重新思考有关科技、思维、生命、时间和人性等根本性命题。

“人”意味着什么？这个问题的答案和人类本身一样古老，但在当今世界却变得越来越不确定。当今科技发展日益侵蚀了我们传统的人文主义映像：意识、情感、语言、智力、道德、幽默和生死，所有这些不再能够说明人类存在的独特特征和价值。赫布莱

[12] Stefan Herbrechter and Ivan Callus eds., *Cy-Borges: Memories of the Posthuman in the Work of John Luis Borges*, Lewisburg: Bucknell University Press, 2009, p. 17.

[13] Ibid., p. 20.

[14] Ibid., p. 21.

希特和卡勒斯于 2012 年在学术期刊《主体性》（*Subjectivity*）上发表的特约评论中指出，后人文主义的主要任务是“探索当代科技文化和生物科技的影响如何作用于对人类的统一性和身份进行的再思考”。[15]

赫布莱希特在她独立撰写的专著《后人文主义批评导论》（*Posthumanism: A Critical Analysis*，2013）开篇时问道，“谁将出现在人类之后？”她认为这个问题是后人文主义者思考的出发点。后人类的“幽灵”现在正被逐步唤醒，成为人类面临的不可避免的下一个进化阶段。赫布莱希特主张后人文主义话语应该包括一切关于后人类形象的讨论。她在书中勾画了当下流行的各种后人类场景的系谱，追踪它们的理论和哲学假设以及社会和政治关联。此书的写作路径是将有关人性未来的哲学争论与一系列文本结合起来，这些文本包括新媒体、流行文化、科幻小说等不同类型。她否定了将科技突破等同于后人类未来的看法，既不赞同技术崇拜，也反对末世论。赫布莱希特绘制了一条思想系谱，将不同的后人文主义理论并置，阐明了从尼采到德里达等具有预见性的哲学前贤的理论与后现代主义和后结构主义批评实践之间的联系。书中的讨论跨越学科疆界，涵盖从身体化、文学想象、数字化，到解构与系统理论的互动以及生存和死亡政治的抗争等论题。

卡里·沃尔夫（Cary Wolf）是后人文主义研究中的一位领军人物，他应明尼苏达大学出版社之邀担任“后人文学科”（Posthumanities）系列丛书的主编，他自己的著作《什么是后人文主义？》（*What Is Posthumanism?* 2010）便是这个书系中的一部。沃尔夫用问句作为书名，旨在厘清后人文主义的一些重要概念。他首先回顾了人文主义的历史演变，认为人文主义并没有终结，即使在 21 世纪初期的今天，我们仍然带有某种人文主义倾向。正如现代主义与后现代主义的关系一样，我们无法将人文主义和后人文主义截然分开。人文主义者坚持认为人类拥有理性和自我意志，人类状况具有普遍性。人文主义的宗旨是确立人的尊严和价值，通过世俗的方式去寻找人类的真理和道德。人文主义长达数百年之久，后人文主义尚初露端倪，但它标志着一个新的历史时刻的到来，“随着人类不断缠绕在科技、医学、信息以及经济网络之中，人类的去中心化逐渐变得不可能忽视。”[16] 沃尔夫尝试从哲学角度将“对立思维”去本体化，尤其对“文化与自然”这个二元对立体转化成没有对立性的“系统与环境”组合。他认为，后人文主义的哲学源头可以追溯到雅克·德里达、米歇尔·福柯、吉尔·德勒兹、多纳·哈拉维、朱迪斯·巴特勒等思想家。沃尔夫结合后结构主义理论和德国社会学家尼克拉斯·卢曼的系统理论来审视后人文主义，尤其是德里达的思想在书中随处可以察觉到，因为沃尔夫笃信以德里达为代表的后结构主义者们彻底改变了我们从表面上理解人类特质的

[15] Ivan Callus and Stefan Herbrechter, “Posthumanist Subjectivities, Or, Coming After the Subject...”, *Subjectivity*, 5.3 (2012), p. 242.

[16] Cf. Cary Wolfe, *What Is Posthumanism?* Minneapolis: University of Minnesota Press, 2010, p. xvi.

传统。[17] 沃尔夫还对控制论、生物学、生态学、系统论等学科颇有研究，并从中汲取有用的素材。

《什么是后人文主义？》一书分为两部分：前五章组成的第一部分阐明了沃尔夫有关后人文主义的基本见解；在第二部分的六章中，他精选了不同类型的艺术作品加以讨论。按照沃尔夫的设计，书中第一部分重点探讨"我们与非人类生命形式的关系所蕴含的深刻伦理暗示"，第二部分聚焦分析"我们如何思考正常的人类体验，这些体验如何在艺术、文化实践中以具体的方式折射出来或受到质疑"。[18] 沃尔夫筑造后人文主义大厦的两大理论支柱分别是德里达的解构理论和卢曼的系统理论，这两个理论的交集在第一章得到精彩的阐述。第二章回顾了德里达针对丹尼尔·登尼特（Daniel Dennett）有关动物思维能力的论述做出的激烈批评。第三章是全书最长也是最具理论价值的一章，作者集中阐述了人类和动物之间关系的话题，重点对比了德里达的后人文主义思维倾向与科拉·戴蒙德（Cora Diamond）关于人类、动物和伦理的论述。沃尔夫旗帜鲜明地指出，后人文主义就是要"挑战人类与非人类之间在本体论上以及伦理上的区分"。[19] 第一部分的最后两章分别讨论了动物研究和残障研究对后人文主义的启示。此书的前半部分主要围绕 20 世纪两位杰出的思想家德里达和卢曼展开讨论。沃尔夫用五章的篇幅向读者展示，后现代文学理论与生物学中的系统分析这两个我们通常认为截然相反的思潮实际上有诸多共同之处。这种并置思考的结果是，我们得以更为深入地意识到，我们对世界做出判断的行为不能理解为仅仅从属于我们对世界的认识，我们必须抛弃关于主体性、再现、笛卡尔式的身体与自我分离等观念。

该书第二部分应用德里达和卢曼的理论视角来诠释一系列艺术和建筑作品，发掘这些作品中的后人文主义主题。沃尔夫的重点不在于强调这些作品的内在重要性，而是凸显运用这两位理论大师的观点来重新评价这些经典作品的必要性。书中分析的作品体裁多样，譬如苏·柯（Sue Coe）的画册《死肉》（*Dead Meat*），丹麦导演拉斯·冯·提尔（Lars von Trier）的电影《黑暗中的舞者》（*Dancer in the Dark*），建筑师里卡多·斯科菲多（Ricardo Scofido）和伊丽莎白·迪勒（Elizabeth Diller）的杰作，以及华莱士·史蒂文斯和拉尔夫·爱默生的文学作品。运用后人文主义理论对这些作品进行的阐释与先前批评家的解读形成了鲜明对照。斯坦利·卡维尔（Stanley Cavell）、米切尔（W. J. T. Mitchell）、斯拉沃热·齐泽克（Slavoj Zizek）等评论家的审美观点都进入了沃尔夫的批评视野。他

[17] 王宁教授也肯定了后人文主义对解构主义的吸收和借鉴："正如当代西方文论中形形色色的'后理论'特征一样，后人文主义也受到解构主义以及其他后（现代）理论的启发，对传统的人文主义发起了挑战和消解"。王宁，《"后理论时代"的理论风云：走向后人文主义》，《文艺理论研究》，2013 年第 6 期，第 7 页。

[18] Cary Wolfe, *What Is Posthumanism?* Minneapolis: University of Minnesota Press, 2010, p. xxvi.

[19] Ibid., p. 62.

的真正用意不是对选取的作品加以细读，而是揭示这些文本在德里达和卢曼的思想映照下所体现的后人文主义倾向。例如，在分析《黑暗中的舞者》时，沃尔夫接受齐泽克提出的“作为假肢的菲勒斯”的观点，但不赞同后者将菲勒斯描述为一个“能指”。[20] 沃尔夫对待齐泽克所持观点的“辩证”态度是源于他对德里达的顶礼膜拜：伍尔夫判定齐泽克的第一个论点是对德里达有关弥补修复观点的补充，而后一个论点则与德里达的解构路线相抵触。与此同时，系统理论是沃尔夫的另一个重要支撑，尤其是在论述史蒂文斯和爱默生的章节中，他创造性地应用了卢曼有关系统与环境的功能区分理论。他指出，爱默生作品中的“‘自我发现’在逻辑上显得矛盾，它不是关于起源状态，而是通向未来性，不是关于存在，而是通向生成（becoming）”。[21]

虽然沃尔夫是英国文学教授，但他的《什么是后人文主义？》并不单纯是一部文学批评著作。沃尔夫在行文过程中也并不是自说自话，而是不时地对同行的见解加以评论，进而鲜明地陈述自己的主张。他指出，海里斯在《我们如何成为后人类》（1999）一书中似乎“将后人类与某种占据上风的去身体化联系在一起”，他自己的理论则正好相反：“在我看来，后人文主义根本不是后人类的（posthuman）——如果说‘后人类’意味着在我们的身体被超越‘之后’——而仅仅是后人文主义的（posthumanist），也就是说，它反对从人文主义本身继承而来的虚假的去身体化和自主性。”[22] 伍尔夫不赞同海里斯的观点，还有一个重要原因是后者倡导理论分析与历史环境相结合的研究模式，力图将自己的读者范围拓展到非学术群体，因而探讨的内容既学术又科普。伍尔夫的后人文主义将那些未能掌握解构主义和系统理论话语的人排斥在外，它面向人数很少的文学批评者和文化理论家，把学术界视为后人类关切的主阵地。沃尔夫竭力维护逐步受到侵蚀的学术领地，但笔者认为，这种精英主义做法不利于后人文主义研究的长足发展。

工作于美国得克萨斯州农工大学的韩国学者易东新（Dongshin Yi）在后人文主义研究方面也有不凡的表现。在论著《赛博格-哥特的系谱：后人文主义时代的美学和伦理》（*A Genealogy of Cyborgothic: Aesthetics and Ethics in the Age of Posthumanism*, 2010）中，她应用系谱学的研究方法，通过嫁接哥特文学和科幻小说这两个文类来建构她自创的赛博格-哥特文类。在她看来，传统文学批评的局限性在于它一直没有跳出再现模式的囚笼，因此她强调“采用虚构/想象（imaginary/imaginative）的方法来研究后人文主义的必要性”。[23] 她借用奥尔科夫斯基（Dorothea Olkowski）的著作《吉尔·德勒兹与再现的

[20] Cf. Cary Wolfe, *What Is Posthumanism?* Minneapolis: University of Minnesota Press, 2010, pp.185-202.

[21] Ibid., p. 262.

[22] Ibid., p. xv.

[23] Dongshin Yi, *A Genealogy of Cyborgothic: Aesthetics and Ethics in the Age of Posthumanism*, Surrey: Ashgate, 2010, p. 3.

坍塌》(*Gilles Deleuze and the Ruin of Representation*，1999) 中的核心观点，指出"在德勒兹的致使再现坍塌的去符号化 (designifying) 做法中存在一条通向变化和生成之本体论的路径。"[24] 易东新在书中分析的文本包括拉德克利夫的《奥多芙的神秘》、雪莱的《弗兰肯斯坦》、史多克的《吸血鬼》、刘易斯的《阿罗史密斯》，以及当代作家玛琪·皮尔西 (Marge Piercy) 的小说《他、她和它》(*He, She and It*，1991)。对于易东新来说，后人文主义至关重要，因为"它取决于我们如何选择，我们的后人类时代要么是一个通过科技更新的方式再现人文主义的时代，要么是一个人类和世界其他生物不断保持相互作用、相互回应和相互负责关系的时代。"[25]

易东新采用虚构/想象方法来探讨赛博格的变体，这种策略有助于平衡科技务实主义和人类中心主义占主导的话语场。她发明"赛博格-哥特"这一术语用以指称脱胎于哥特文学和科幻小说的一个新文类，并提出母系关爱式审美和伦理时间有助于人类和非人类建立起后人文主义式的对等关系。除了分析赛博格在文学中的体现，她还涉猎了一些哲学和批评著作，诸如伯克 (Edmund Burke) 的《关于崇高与美观念之根源的哲学探讨》、康德 (Immanuel Kant) 的《判断力批判》、米尔 (John Stuart Mill) 的《功利主义与逻辑系统》以及詹姆斯 (William James) 的几篇探讨实用主义的论文，还包括一些有关"他者"的伦理讨论,关于母性的女性主义著作,以及后人文主义的新近研究成果。易东新指出，人类想象出赛博格的方式受限于对未知的恐惧以及当前的科技进展，但是她在哥特文学中发现了一种美的实践，它在哥特式环境中得到升华的感知力被拓展到周边的物体和人，从而随着全新感觉的注入，恐惧感相应减弱。与此同时，她认为科幻小说展示了社会如何与科技协调发展，因此我们可以从科幻小说中找到纠正人类中心主义轨道的伦理依据。赛博格-哥特文学综合了哥特文学热衷于恐惧的美学和科幻小说对人类中心主义的伦理批评，并保留了这两种文类的预言性特征，进而将母系关爱发展成人类和赛博格都应该执行的美学和伦理实践。通过虚构/想象一种新文类，易东新向读者展示了一个与赛博格友好相处、非人类中心主义的后人类社会。

罗吉·布莱多蒂 (Rosi Braidotti) 的《后人类》(*The Posthuman*，2013) 一书对当前有关后人类的讨论有不容忽视的贡献。数字"第二生命"、转基因食品、人工弥补术、机器人以及生育技术是当下我们全球化和科技逻辑主导的社会中为人熟知的事物，它们的出现使传统区分中的人类和他者变得模糊。该书的开头部分探讨了后人文主义行动在多大程度上已经将人文主义主体的统一性打破。布莱多蒂并没有把这种情形看做是自我认知和道德的失控,而是主张由后人类帮助我们理解人类灵活多变的身份。主体性是《后人类》一书的重要论题，布莱多蒂呼吁，"我们需要设计新的有关主体构成的社会、伦

[24] Ibid., p. 5.
[25] Ibid., p. 9.

理和话语方案，来适应我们正在经历的深刻变迁，这意味着我们需要重新审视我们自己。我把后人类困境视作一个加速提出新式思想、知识和再现自我方案的契机，后人类状况促使我们批判性和创造性地思考处在变化过程中的我们是什么身份。”[26]

布莱多蒂随后分析了后人类中心主义（post-anthrocentrism）思维不断增强的影响，认为这种思维并非完全否定人类的能动性，而是提倡平等看待星球上的所有物种，着眼于全部居住者的可持续性。她指出，“后人文主义的出发点是启蒙时代的一些根本假设的消亡，即人类通过自我调节和有目的地使用推理和宣称旨在达到人的完美状态的世俗科学理性来取得进步。后人文主义虽然是基于人文主义的历史衰落这一假设之上，但它进一步探索其他路径，并没有落入人类危机的修辞之中。相反，它试图详细论证探究人类主体的其他理论模式。”[27] 因为当代市场经济依靠将所有生物加以控制和商品化来盈利，这就导致人类和其他物种、种子、植物、动物和细菌等之间发生杂交，种类划分被逐步消除。布莱多蒂在全书结尾部分讨论了这些变迁对人文学科的体制设置带来的影响。她设想了一种新世界主义框架下的新人文主义，它源自后殖民主义和种族研究以及性别分析和环境主义等学科知识。

进入新世纪以来，后人文主义研究的参与者日渐增多，提出的理论纷繁复杂，侧重点也各不相同，但他们有着大致统一的导向，即反对经典人文主义思维模式。经典人文主义将人类的优越性建构在人拥有理性能力的基础之上，这就将我们与动物区别开来；也正是由于我们是唯一拥有理性的生物，所以唯有我们才需要获得尊重和关注。后人文主义者力图打破这种基本的人文主义立场，坚持认为人类和非人类之间具有根本的连续性。虽然国外已有的后人文主义研究著作存在一些瑕疵和漏洞，但它们的探讨能够引发进一步的思考，对于推动后人文主义这个在国内新兴的学术思潮具有重要意义。

2011 年 10 月 25 日下午，应王宁教授之邀，美国著名文学理论家卡勒（Jonathan Culler）在清华大学外文系做了题为“当今的文学理论”的学术讲座，介绍了 21 世纪以来西方文论的六个走向，“后人文研究”（posthuman studies）是其中之一。[28] 此后，国内文学批评界对后人文研究投入了越来越多的兴趣和注意力。举一个最近的例子，2014 年 10 月 24—26 日在中国人民大学苏州校区召开的全国美国文学研究会第十七届年会确定的一个分议题便是“美国文学中的后人文主义倾向”。随着全国性研究会对后人文主义的集中研讨，此话题在国内的研究必将加速推进。

---

[26] Rosi Braidotti, *The Posthuman*, Cambridge: Polity Press, 2013, p. 12.

[27] Ibid., p. 37.

[28] 参见乔纳森·卡勒，《当今的文学理论》（Literary Theory Today），经作者同意，根据演讲录音整理的英文原文刊发在《文艺理论研究》，2012 年第 4 期，第 77-85 页；生安锋教授翻译的中文版本刊发在《外国文学评论》，2012 年第 4 期，第 49-62 页。

二、后人文主义的概念厘清

学者孙绍谊在《当代西方后人类主义思潮与电影》一文中指出，“posthumanism”这个英文单词应该对应中文里的“后人文主义”，意指20世纪末期西方自身对文艺复兴和启蒙传统所建立起来的对人类理性和人文精神之绝对信仰的质疑与反思。但他选择将这个词翻译成“后人类主义”，因为这个译名“突出了该思潮在技术和科学进步前提下对人类物种本身的反省，也彰显了人类日益技术化和技术日益人格化的当代发展趋势”。[29]为了使概念之间的逻辑关系清晰连贯，笔者主张将“posthumanism”翻译为“后人文主义”，对应“人文主义”（humanism），将“posthuman”翻译为“后人类”，与“人类”（human）相呼应。

关于“后人文主义”这个术语的起源，学者们通常会追溯到哈桑（Ihab Hassan）于1977年发表在《乔治亚评论》上的那篇文章中的一句话：“我们要知道，历经五百年的人文主义可能就要走到尽头，人文主义正变身为我们必须无助地称之为后人文主义的状态。”[30] 要弄清什么是后人文主义，首先必须对人文主义做出明晰的界定。尼尔·巴明顿在《路特利支文学与科学指南》一书的“后人文主义”词条中，对人文主义作了精辟的阐述：“人类自然而永久地占据所有事物的中心位置，在这个位置上，他们与机器、动物和其他非人类实体截然分开；人类的所有成员共享一个独特的本质；他们是意义之源和历史的主导者；……在人文主义者的叙述中，人类超凡脱俗、独立自主，高居于他们踩在脚下的世界。”[31] 巴明顿在该词条释义的结尾处写道，将后人文主义学者凝聚在一起的共识是“对人类超凡特质显得自信和执著的人类中心主义不再能够充分或令人信服地解释世界的运行”。[32]

还有两个与“后人文主义”相关的概念需要厘清，分别是“超人文主义”（transhumanism）和“反人文主义”（antihumanism）。刘魁教授在《超人、原罪与后人类主义的理论困境》一文中指出，

> 所谓后人类主义，是一种以神经科学、人工智能、纳米技术、太空技术和因特网等高科技为手段，对人类进行物质构成改造、功能提升，使自然的进化让位于以遗传科学为基础的人工进化，达到“提高智能，增强能力、优化动机结构、减少疾病与老化的影响”，甚至达到延年益寿、长生久视之目的的理论思

---

[29] 孙绍谊，《当代西方后人类主义思潮与电影》，《文艺研究》，2011 年第 9 期，第 85 页。

[30] Ihab Hassan, “Prometheus as Performer: Towards a Posthumanist Culture”, *Georgia Review*, 31.4 (1977), p. 843.

[31] Neil Badmington, “Posthumanism”, in Bruce Clarke and Manuela Rossini eds., *Routledge Companion to Science and Literature*, New York: Routledge, 2011, p. 374.

[32] Ibid., p. 381.

> 潮”[……]简单地说，后人类主义的目的就是为了利用现代高科技手段制造出能够在体能、智能、寿命等方面超越人类极限的“后人类”，如电子人、机器人与生化人。[33]

这个定义实际上与“后人类主义/后人文主义”（posthumanism）并不匹配，而是更贴近“超人文主义”（transhumanism）的内涵。这两个概念之间存在较大差异，后者在很大程度上是前者的批判对象。后人文主义批评叙事主张避免超人文主义倾向，因为超人文主义理论宣称在科技的作用下，人性转变为一种非生物经验。在后人文主义者看来，超人文主义正是人文主义信条的延伸和强化。[34] 关于后人文主义与反人文主义之间的关系，巴明顿作过清晰的勾勒：

> 后人文主义批评与“反人文主义”在某些方面有共同之处，后者通常体现在阿尔都塞、福柯、拉康等理论家的著作中，但在对待“人”的地位方面，它与反人文主义话语分道扬镳。反人文主义者习惯上通过与人类的遗产进行根本的、有时自称是科学的决裂，从而有力地粉碎人文主义的霸权。[……]然而，后人文主义通常不是把人文主义贴上不合法标签，而是将它的内在不稳定性作为出发点。“人”并一定需要推翻打倒或是远远摔在后边，因为“他”已经倒下或正在倒下，因此，致力于后人文主义研究的批评家或艺术家的任务是勾画和推动这个淡出的进程。[35]

沃尔夫在《什么是后人文主义？》一书中定义了两种不同意义上的后人文主义：一种是作为思维方式的后人文主义，主要在实用主义、系统论、后结构主义等平行领域加以探讨；另一种后人文主义直接针对人类中心主义和物种中心主义问题，主要探索我们的思考和阅读实践如何朝着批判的方向转变。[36] 简言之，后人文研究同时在理论和实践两个层面展开。后人文主义理论中的一个关键概念是“后人类”，对此王宁教授撰文指出，“在‘后人类’阶段，传统的人文主义便以一种‘后人文主义’的面目出现。”[37] 这句话精炼地阐述了“后人类”、“人文主义”、“后人文主义”三个术语之间的关系。“后人类”是人类在当前或未来所处的状态和阶段，“后人文主义”是“人文主义”的反拨和演化。据巴明顿考证，早在1888年，布拉瓦兹基（H. P. Blavatsky）在《秘密教义》（*The Secret Doctrine*）一书中就曾使用“后人类”（post-Human）一词，只是它的写法与

[33] 刘魁，《超人、原罪与后人类主义的理论困境》，《南京林业大学学报》（人文社会科学版），2008年第2期，第39页。

[34] Cf. N. Katherine Hayles, *How We Became Posthuman*, Chicago: University of Chicago Press, 1999; Cary Wolfe, *What Is Posthumanism?* Minneapolis: University of Minnesota Press, 2010.

[35] Neil Badmington, “Posthumanism”, in *Routledge Companion to Science and Literature*, edited by Bruce Clarke and Manuela Rossini, New York: Routledge, 2011, pp. 374-375.

[36] Cf. Cary Wolfe, *What Is Posthumanism?* Minneapolis: University of Minnesota Press, 2010, pp. xviii-xix.

[37] 王宁，《后人文主义与文学理论的未来》，《文艺争鸣》，2013年第9期，第28页。

现在略有不同。小说家杰克·科鲁亚克也在20世纪上半叶不同时期的信件中未加解释地使用过“后人类”一词。[38] 但是，“后人类”作为一个学术名词，起源于1988年尼克尔斯（Steve Nichols）发表的《后人类宣言》（*Post-Human Manifesto*）一书。不过，引发强烈反响的是另一个“后人类宣言”（Posthuman Manifesto），它发表于1995年，是佩普勒尔（Robert Pepperell）的专著《后人类状况》中的最后一章，该篇章的最后一句精辟地概括了人文主义者与后人类的根本区别：“人文主义者视他们自己为独特的生命，与他们的周边环境是一种对抗关系；相反，后人类视他们的存在为延展的技术世界的一种形态。”[39] 也是在1995年，哈尔博斯坦（Judith Halberstam）和利文斯顿（Ira Livingston）合编了一本颇具理论深度的论文集《后人类身体》（*Posthuman Bodies*）。该书发掘了福柯、德勒兹、瓜塔里和哈拉维等人的理论对后人类身体理论的建构所带来的启示。通过追踪后现代性中身体的政治科技侧影以及科技在电影、医药、娱乐产业、政治、艺术等领域的表现，这部跨学科的文集反映了当今世界人、电脑和生物医药科技等多个界面交叉的趋势。两位编者表现出对社会变迁的强烈意识，认为这些巨变将从根本上改变我们自己以及他人身体的体验。

另一个经常与“后人类”概念放在一起加以讨论的术语是人机合一体（cyborg），也即赛博格，它指的是一个生理功能受助于或依赖于机械或电子装置的生物，“是一个控制性机械有机体，是机器和有机物的混合体，既是社会现实的生物，也是虚拟的生物。”[40] 哈拉维对“赛博格”的详细描述对后人文主义研究贡献巨大。人文主义长期以来建立在人与动物、有机体和机器这些泾渭分明的区别之上，但是“在20世纪后期，在我们这个神秘的时代，我们都是怪物，被理论化和虚构成机器和有机体的混合体；简言之，我们是赛博格。赛博格是我们的本体，它赋予我们政治信仰。”[41] 在她看来，人类与非人类的界限已无法辨认，后人类的显著特点便是大脑、身体与科技、机器完全融合。

后人文主义的重点考察对象是人类主体性的机器性和/或动物性（the mechanicity and/or animality of subjectivity）。[42] 随着生态批评和动物研究等理论流派的兴起，人类主

[38] Cf. Neil Badmington, “Posthumanism”, in Bruce Clarke and Manuela Rossini eds., *Routledge Companion to Science and Literature*, New York: Routledge, 2011, p. 376.

[39] Robert Pepperell, *The Posthuman Condition: Consciousness Beyond the Brain*, Bristol: Intellect Books, 2003, p. 187.

[40] Donna Haraway, *Simians, Cyborgs, and Women: The Reinvention of Nature*, New York: Routledge, 1991, p. 149.

[41] Ibid., p. 150.

[42] 信慧敏对前者还作了细分：“关注人与机器/科技关系的后人类主义，存在两股分支。一支是基于马克斯·莫尔提出的熵，与承袭人本主义的超人类主义密切相关，强调理性思考，并对后人类未来持乐观态度；另一支被称为批判的后人类主义，是对前者的回应和批判。后一种后人类主义并没有全盘否定人本主义，而主张批判的继承。”信慧敏，《〈千万别丢下我〉的后人类书写》，《当代外国文学》，2012年第4期，第135页。

体性的动物性在学界得到较为充分的重视。动物问题是后人文主义研究的重要议题。麦康马克（Patricia MacCormack）的《后人类伦理：身体化与文化理论》（*Posthuman Ethics: Embodiment and Cultural Theory*，2012）审视了包括动物身体在内的不同类型的身体，其中动物权益保护问题在“动物性、伦理与彻底废止”这一章进行了专门的讨论。作者指出，这部著作不是为了定义什么是后人类，而是探寻后人类理论如何制造新的、富有想象性的方式来理解不同生命之间的关系。布莱多蒂的《后人类》（*The Posthuman*，2013）一书的第二章“后人类中心主义：超越物种的生命”也集中探讨了人类与动物的关系，其论证焦点是“生成动物”（Becoming-animal）的后人类。

沃尔夫认为后人文主义的叙述中心在于探索一条思考人类和动物二者关系问题的独特路径，他的专著《什么是后人文主义？》包括两章动物研究内容。在谈论科拉·戴蒙德（Cora Diamond）和玛莎·努斯鲍姆（Martha Nussbaum）的作品时，沃尔夫聚焦于它们对人类和动物关系的论述，探讨这些论述对构建人类和动物平等关系这一宏伟计划有何启发。不过，戴蒙德和努斯鲍姆是结合当代动物保护主义运动来谈论人类和动物的关系，但沃尔夫对这项社会运动的现实目标不太关注。[43] 当然，沃尔夫也时而在书中引述动物保护主义者的观点，尤其是动物保护主义运动的两位领军人物，彼得·辛格（Peter Singer）和汤姆·里根（Tom Regan）。沃尔夫讨论这些社会活动家的理论贡献时，并没有对他们应用自己的理论来解决诸如猎食动物和动物实验等实际问题的努力加以评价。正如本文上一节指出，沃尔夫的理论探讨仅着眼于学术圈，不主张在学术研究中过多关注历史条件和社会实践。尽管他的精英主义做派为不少学者诟病，但毋庸置疑，他的理论思考具有十分重要的价值。沃尔夫归纳了我们在进行人类和动物的伦理思考时需要特别注意的两个事项：一是我们需要避免人为地限定我们自身只使用生物学语言，就像大多数伦理研究者的做法一样；二是我们要避免使用不合理的关于人类和动物的伦理概念，这些概念会导致人类中心主义。沃尔夫的兴趣不是局限于描述这两种不合理做法，而是力求说明德里达已经给我们提供了非常高明的“第三条路线”（third way）。采纳“第三条路线”就意味着，我们乐于频繁使用关于人类和动物的伦理话语，在此过程中我们不是尝试抓住现实的某些部分，而是设法应对思维和言说方式的“物质性和技术性”。[44]

与人类主体性的动物性方面的研究相比，关于人类主体性的机器性的研究则相对薄弱。这种状况在我国学界尤为如此。可喜的是，2012 年 9 月 21—24 日，《外国文学》编辑部与杭州师范大学外国语学院在杭州联合举办“文学与机器”全国学术研讨会，来自全国各地的 130 余名学者就文学与机器的关系问题展开了热烈讨论，围绕相关话题进行

[43] Cf. Cary Wolfe, *What Is Posthumanism?* Minneapolis: University of Minnesota Press, 2010, pp. 62-68.
[44] Ibid., pp. 88-89.

了深层次对话。作为大会主旨发言人之一的王宁教授认为，“后人文主义对人类以及人文主义的挑战还在于，它重新思考并探讨了人与自己所创造出来的东西——机器的关系。”[45] 他在《“后理论时代”的后人文研究：兼论文学与机器的关系》一文中进一步指出，后人文研究中关于人类主体性的机器性和动物性的讨论可以相互借鉴研究成果，巴明顿在一篇题为《后人文主义的理论化》的论文中关于人与动物关系的论断同样适用于探讨人与机器的关系。[46] 鉴于人类主体性的机器性研究尚需加强，本文接下来的理论探讨和文本细读将聚焦于这个方面。

关于人体与机器二者之间的关系，历史上有诸多哲学家进行过深入的探究。笔者认为有必要厘清这些哲学探讨的思想脉络，从而更好地掌握后人文主义的理论根基与批判对象。英国著名的思想家、《乌有之乡》的作者巴特勒（Samuel Butler）曾详细区分了“器官”（organs）与“工具或机器”（tools or machines）。在此基础上，波普尔（Karl Popper）在《客观知识》一书中系统建构了动物进化与人类进化的差异：“动物进化主要是，尽管不完全是，建立在器官（或行为）的完善或新器官（或行为）的出现之基础上。人类进化主要是，尽管不完全是，由于在我们身体或个人之外新器官的产生，它们的位置‘在身体之外’（extra-personally），或者用生物学家的话来说，‘在体外’（exosomatically）。这些新器官是工具或武器或机器或房屋。”[47]

巴特勒的器官与工具/机器二分法，在海德格尔的哲理著作《形而上学的基本概念》中裂变成四分法，分别是“有机体”（organism）、“器具”（equipment）、“工具”（instrument）和“机器”（machine）。“器具”只是人类活动的产物，因而近乎是“无世界的”（worldless）。“工具”具有用途，它的存在论特性被界定为“为干某事的某物”（something for）。机器是生产出来的器具，它一定是服务于某种东西，并且这种“服务性”（serviceability）预设于机器的制造过程中。机器的最主要特征不在于其结构的复杂性，而在于它能够自主运行。那么，有机体与其他三者，尤其是与机器的关系如何呢？为了回答这个问题，海德格尔引入了生物学中的“生命过程”（vital process）概念，即生命过程是一个让诸过程展开的结构。有机体是一个生命过程，比机器多出一些东西，高于机器，在机器之上。具体来说，有机体的自我生产、自我调节和自我更新，是机器所不具备的特性。[48]

从波普尔描述的人类进化与动物进化的差异，到海德格尔强调的有机体与机器的区别，这些哲学家在某种程度上都是从人类中心主义出发去建构人类作为宇宙主人的优越

[45] 王宁，《“后理论时代”的理论风云：走向后人文主义》，《文艺理论研究》，2013 年第 6 期，第 8 页。

[46] 参见王宁，《“后理论时代”的后人文研究：兼论文学与机器的关系》，《外国文学》，2013 年第 2 期，第 122 页。

[47] Karl R. Popper, *Objective Knowledge*, Oxford: Oxford University Press, 1972, p. 238.

[48] Cf. Martin Heidegger, *The Fundamental Concepts of Metaphysics: World, Finitude, Solitude*, William McNeil and Nicholas Walker trans., Bloomington: Indiana University Press, 1995, pp. 213-222.

性。这种人类中心主义做派正是各位后人文主义理论家一致攻击的靶子。即便是对新技术承诺的身体化和去身体化（embodiments and disembodiments）持更加怀疑态度的海里斯也在《我们如何成为后人类》一书中声明，她“不会为人文主义主体性的丧失而哀痛，因为这个概念深深地纠缠着支配和压迫的行动”。[49] 当然，在批判人类中心主义的前提下，后人类研究学者也坚决抵制机器至上的教条。海里斯十分担忧“身体在当代关于控制论的主体性讨论中不断被擦除”的状况，强烈反对贬低人类的身体参与，因为对她而言，任何抵抗政治都是从这个具体的物质领地开启。[50] 在充分肯定科技和机器带给人类巨大益处的同时，信仰天主教的作家奥康纳也向读者发出警告：“现代化带来的破坏从根本上映照了人性本身，人性总是趋向于变得机械化和非人性化。”[51] 她的短篇小说《救人就是救自己》很好地传递了她先知般的信息，能够引发读者对身体与机器之间的关系进行深入思考。

三、有机身体与机械身体

后人文主义倡导人类与非人类（nonhumans）之间的平等关系，其中非人类涵盖星球上一切物种，包括人类制造的各类机器，主张有机身体与机械身体（organic body and mechanic body）的融合。《救人就是救自己》中的主人公汤姆·T. 史福特利特就是两者融合的典范。他来到克雷特太太破败的农场时，“左袖管高高挽起，露出仅剩的半截胳膊，骨瘦如柴的身影像是经不住微风的吹拂微微向一边侧去。他手提一个铁皮工具箱，身穿一套城里人穿的黑色套装。”[52] 史福特利特先生登场时，有两个特征十分显著：他左手只有半截胳膊，右手提着一个铁皮工具箱，前者标示了他身体上的缺陷，后者凸显了他驾驭机器的能力。史福特利特承认“我并不完美”，但他坚称，“我是个男人……这个种植园里还没有哪样东西是我修不了的。您看看我到底是不是一个只有一只胳膊的门外汉。”事实也证明，他的确非常能干：“第二天一早，他就忙着修整厕所的屋顶了……自打他来了一周，这里有了明显的变化。他修好了前后台阶，新建了猪圈，补好了篱笆，教会了露西奈尔说‘鸟儿’这个词，她之前可什么也听不见，一个字也不会讲。……老妇人远远地看着，心里暗自高兴。她渴望能得着个女婿。”虽然史福特利特是个受过伤的、不完整的男人，但他是带着工具箱，以一个劳工的形象出现在农场。史福特利特的劳动确实改善了农场，他甚至教会痴呆女孩说出平生的第一个单词。

[49] N. Katherine Hayles, *How We Became Posthuman*, Chicago: University of Chicago Press, 1999, p. 5.
[50] Ibid.
[51] Jeffrey J. Folks, “Ernest Gaines and the New South”, *The Southern Literary Journal,* 24.1 (1991), p. 45.
[52] 弗兰纳里·奥康纳，《好人难寻》，於梅译，北京：新星出版社，2010 年，第 53 页。下文引用的该短篇小说原文皆出自这个译本。由于本文分析的短篇小说《救人就是救自己》篇幅很短，出于论述简洁的考虑，以下的引文不再标出具体页码。

更重要的是，他修好了一辆停在农场15年没开动过的汽车。奥康纳浓墨重彩地描绘了史福特利特在这件事情上表现出来的成就感："随着一连串的突突声，汽车从车棚里冲了出来，车开得很凶猛，但自有一种庄重的气派。史福特利特先生笔直地坐在驾驶座上，他神情严肃，不卑不亢，好像他让死人活转过来了。"主人公刚步入农场就注意到这辆福特车，并且第一眼就迷上它。这个手臂残疾的流浪汉修复汽车的场景正好实现了亨利·福特的机器大生产理想。福特在他的自传《我的生活和工作》中谈到，生产T型车需要7882道工序，但是只有12%，也就是说只有949道工序需要"强壮、健全和在身体上几乎完美的人"来完成。剩下的工序，"我们发现670项可以通过失去双腿的人来完成，2637项可以通过有一条腿的人来完成，2项可以通过失去双臂的人来完成，715项可以通过有一条胳膊的人来完成，还有10项可以通过盲人来完成。"[53] 很显然，帮助残疾人实现造车梦想和自身价值，在福特看来是他创立的生产方式所取得的主要成就。独臂的史福特利特也是因为具备强大的制造和修复物品的能力，他的身体价值才得以充分展现。

不幸的是，身无分文的史福特利特先生没钱安装假肢。可以设想，如果他残缺的胳膊装上假肢，他肯定会变得更能干，足以媲美塞尔泽（Mark Seltzer）在《身体与机器》这部书中一幅插图里面的人物，该图展现了一个在战争中失去右臂的士兵，他用灵活的假肢握住一个元件，完好的左手轮着锤子，对元件进行加工。[54] 关于人类强大的自我修复能力，塞尔泽认为，从一个方面来说，它投射了自然身体的暴力解体和人类意志的清空，从另一方面来看，它预示了自然身体的超越以及通过代表人类意志的技术形式对人类意志的拓展。这正是假肢的双重逻辑，也正是坚称人是可以被制造出来的物品这一纯粹文化主义的双重逻辑。[55]

假肢体现了身体与机械的融合，揭示出身体器官与机器部件的共通性。在梅特里看来，"人体是一架会自己发动自己的机器：一架永动机的活生生的模型。体温推动它，食料支持它。没有食料，心灵便会渐渐瘫痪下去，突然疯狂地挣扎一下，终于倒下，死去。"[56] 在梅特里这一观点的映照下，史福特利特先生的一些怪诞言行似乎更容易得到理解。当克雷特太太提议史福特利特和她女儿去登记结婚时，他表示"不愿意随随便便就把她娶了……除非我可以把她带到宾馆里给她吃顿大餐。"在他看来，人体这架机器需要优质的食料才能更好地运转。然而，吃顿像样的午饭这点要求，竟也遭到吝啬的老妇人的直接拒绝。经过努力争取，史福特利特总算从克雷特太太那里有条件地获得十七块五，但

---

[53] Henry Ford, *My Life and Work*, Garden City: Doubleday, Page & Co., 1923, pp. 108-109.

[54] 该图名为"Education of the Movements of the Wounded Soldier"，原载于 Jules Amar 的 *The Physiology of Industrial Organization*（1981）一书中。

[55] Cf. Mark Seltzer, *Bodies and Machines*, New York and London: Routledge, 1992, p. 157.

[56] 拉·梅特里，《人是机器》，顾寿观译，北京：商务印书馆，2009年，第21页。

代价是他遭到老妇人的多番羞辱。这位农场女主人说，“我总共就这么多了。你再要榨也榨不出来了。你们可以去吃顿午饭”，但这点钱根本不够这对新婚夫妇外出游玩的费用，于是在登记结婚之后，“他们开回家，放下老妇人，带上午饭。”老妇人给的那点钱勉强够支付汽油费用，因此他们只能从家里带上午饭外出。对于爱车如命的史福特利特先生来说，给汽车加油远比去宾馆吃顿大餐更为紧要，因为人体这架机器可以从家里带来的午饭获取养料，但汽车没有燃料就无法运行。

史福特利特给这辆旧车更换几个零部件，加满一油箱汽油，刷上黄色条纹的艳丽油漆，成功地赋予了它新生命。在农场时他睡在车里，现在他开着它行驶在公路上，史福特利特和汽车已经完全融合在一起。这些场景打破了人类与非人类、身体与机器之间的疆界。发达工业时代的人“将机器或者机器的特点加诸自身，成为现代意义上的人机一体”。[57] 以汽车为代表的科技产品完全融入人类生活之中，人在身体上的不足可以通过购买科技产品来弥补。虽然没有安装假肢，独臂的史福特利特“将汽车视为能够使他变得完整和带他随处移动的途径”。[58] 正如他对克雷特太太所说的那样，他的精神“就像一辆车，总是在动，总是”。这个流浪汉无法在一个偏僻破旧的农场找到人生乐趣，因此他选择驾车逃离，“他离开的农场是他的过去，他自己就是未来，是美国工人的典型代表”。[59] 那辆旧福特车成为连接农场与外界的媒介，史福特利特先生驾车从封闭荒芜的前现代世界通向机器化规模生产和大众化疯狂消费的后现代世界。

四、自然身体与国家/文化身体

有机身体与机械身体的对应体现于个体层面，而自然身体与国家/文化身体（Natural Body and National/Cultural Body）的对应则体现于集体层面，旨在探求个人身体背后的国家和文化身影。根据奥康纳在不同阶段对故事标题所作的两次修改，可以看出她的关注点逐步由主人公的个人经历拓展为“二战”后美国大众的生活方式。乔治亚学院与州立大学（Georgia College and State University）收藏的手稿文档显示，《救人就是救自己》（The Life You Save May Be Your Own）最初的标题是《个人兴趣》（Personal Interest）。[60] 不过，奥康纳把故事的草稿给她的代理人伊丽莎白·麦吉时，暂定的标题是《世界快烂

[57] 李楠，《〈大都会〉：机器与死亡》，《外国文学》，2014 年第 2 期，第 85 页。

[58] Roger N. Casey, “Driving Miss Flannery: Automobiles in O’Connor’s Short Stories”, *Journal of Contemporary Thought,* 4 (1994), p. 87.

[59] Doug Davis, “Shiflet’s Choice: O’Connor’s Fordist Love Story”, in Avis Hewitt and Robert Donahoo eds., *Flannery O’Connor in the Age of Terrorism: Essays on Violence and Grace*, Knoxville: The University of Tennessee Press, 2010, p. 180.

[60] Jan Nordby Gretlund, “Mr. Shiftlet, Chapter Two: An Introduction to ‘The Shiftlet Fragment’”, *Flannery O’Connor Bulletin,* 10 (1981), p. 76.

透了》(The World Is Almost Rotten)。[61] 手稿中的标题强调故事主人公的个人兴趣，出版前暂定的标题意在将史福特利特置于一个和他“烂透了”的行为相匹配的现代世界，而正式发表的版本的标题中有一个“你”，读者阅读时会将自己放在与故事主人公相同的位置去感受和思考人类与汽车/机器的深层次关系。

史福特利特的“个人兴趣”主要集中在汽车上。他进入克雷特太太家的院子后，很快就注意到车库里停放的一辆锈迹斑斑的汽车。他目不转睛地盯着这辆车，以至于接下来的对话，他似乎不是对着克雷特母女俩，而是对着这辆车。他在作自我介绍时，“死盯着汽车轮胎”。史福特利特（Tom T. Shiftlet）是一个让人产生联想的名字。这个名字的姓氏可以解读为不中用的（shiftless）或诡诈的（shifty），还可以解读为汽车排挡器（shifter）。他中间的名字缩写 T. 会让人联想到福特 T 型车（福特公司于 1908 年至 1927 年推出的一款汽车）。在他的哲学式高谈阔论中，流浪汉对克雷特太太说，她无法知道他究竟是谁，接着他列举了一串他有可能的姓名，其中大部分名字都是与汽车相关的双关语：“我可以告诉您我叫汤姆·T. 史福特利特，打田纳西的达沃特来，但您以前从没见过我，您怎么知道我没在说谎？太太，您怎么知道我不叫阿龙·史巴克斯，打佐治亚的辛格伯瑞来？您怎么知道我不是打阿拉巴马露西来的乔治·史毕兹？”他列举的三个名字的姓氏所对应的英语原文分别是 Shiftlet，Sparks，Speeds，第一个上文已经详细分析，第二个是汽车“打火启动”的意思，第三个指涉汽车的“行驶速度”。与此对应，这三个名字的名，即汤姆（Tom）、阿龙（Aaron）、乔治（George）均暗指宗教人物，分别为模范牧师托马斯·阿奎纳，伟大的演说家阿龙（先知摩西的兄长），殉道者模范圣乔治。[62] 他列举的这三个名字都包含两部分蕴意，一部分与汽车相关，另一部分与宗教相关，这与史福特利特挂在嘴边的句子“人由两部分组成：肉体和精神”甚为契合。肉体与汽车平行，宗教与精神对等。

从克雷特太太母女见到史福特利特那一刻起，他就反复用汽车术语来描绘自己。随着故事的推进，带着工具箱的独臂流浪汉与背面锈迹斑斑的汽车之间的界限开始变得模糊。虽然它是辆多年未开动的旧车，但史福特利特情不自禁地爱上它，并迫不及待地向农场里的女人炫耀自己在汽车方面的专业知识。他透过引擎盖往里看，判断这辆车是福特 1928 年或 1929 年款，然后滔滔不绝地解释说：

> 造这辆车的年头，是实实在在造车的年头。他说，现在，一个人上一颗螺丝，又一个人上一颗螺丝，换一个人再上一颗螺丝，这样，一个人只上一颗螺丝。

[61] Flannery O'Connor, *The Habit of Being*, Sally Fitzgerald ed., New York: Farrar, Straus & Giroux, 1979, p. 44.

[62] Cf. Doug Davis, “Shiflet's Choice: O'Connor's Fordist Love Story”, in Avis Hewitt and Robert Donahoo eds., *Flannery O'Connor in the Age of Terrorism: Essays on Violence and Grace*, Knoxville: The University of Tennessee Press, 2010, p. 178.

所以现在买辆车才会那么贵，你要给所有这些人付工钱。要是只付一个人的工钱，买车就不会花那么多钱了。要是有人对造车有特别的偏爱，那就能造出更好的车来。

史福特利特的这段话间接批评了福特主义流水线造车模式的缺陷，即它只关注组装线的生产效率，而忽视工人的个人情感。正如葛兰西（Antonio Gramsci）在《狱中札记》中指出，工业主义者的生产动机近乎是清教徒式的：可以肯定，他们对工人的“人性”或“精神”并不关心，这些很快会被击碎。只有在生产和劳作的世界以及生产性“创造”中，“人性和精神”才能得到实现。它们主要体现在手工艺人或“造物主”身上，那时候他们的个性完全体现在他们创造的物体之中，艺术和劳动的关系仍然非常密切。但新工业主义正是要反对这种“人本主义”。[63] 在强大的工业机器面前人的主体性的消解或缺失令人忧心忡忡，这也是后人类研究关注的焦点之一。

然而，史福特利特并不是想要抵抗福特主义。他对克里特太太发表的那番高论只是为了强调自己对汽车的偏爱，以及为了奉承汽车的主人。值得注意的是，这些话传递出来的信息有误。首先，这辆 1928 年或 1929 年款的福特车不可能是他所描述的那种作坊式造车方式制造出来的，它一定是来自流水生产线。其次，福特汽车工厂的组装生产线将工人的动作与在他们旁边的机器无缝对接，从而极大地提高了生产效率，大幅度降低了生产成本，而不是增加了制造成本。一直以来，美国以技术创新而闻名于世，“或许除了热爱技术（美国制造）之外，没有什么比热爱自然（自然的国度）能更典型地反映美国人的身份感。”[64]

奥康纳将史福特利特刻画成一个典型的美国人，他对驾驶汽车的偏爱是美国大众所共有的。拥有一辆汽车是史福特利特先生的最大梦想，当他实现这个梦想时，他不由得心花怒放：“这辆车一小时只能开三十英里，但史福特利特先生满脑子想着上下坡和急转弯，他感觉很棒，早上的抑郁早跑到九霄云外去了。他一直想要辆车，但从没有那么多钱。他开得很快，想在黄昏前感到莫比尔（Mobile）。”在论及美国大众文化时，麦克卢汉感叹道，“说美国人是四个轮子的动物也许不错，指出美国年轻人把领取汽车驾驶执照的年纪看得比获得选举权的年纪更重要，似乎也恰如其分。而且，汽车成了美国人的衣服，如果没有汽车，他们在城市大院里就觉得不安稳、不完全，就觉得好像赤身裸体没穿衣服一样。”[65] 史福特利特最终拥有一辆汽车，过着美国式生活，“是奥康纳眼中福特主义者的模范。他的形象代表了她笔下战后涌现的有预知力的、异化的、与机器杂

[63] 引自 Doug Davis, “Shiflet's Choice: O'Connor's Fordist Love Story”, in Avis Hewitt and Robert Donahoo eds., *Flannery O'Connor in the Age of Terrorism: Essays on Violence and Grace*, Knoxville: The University of Tennessee Press, 2010, p. 174.

[64] Mark Seltzer, *Bodies and Machines*, New York and London: Routledge, 1992, p. 3.

[65] 马歇尔·麦克卢汉，《理解媒介——论人的延伸》，何道宽译，北京：商务印书馆，2005 年，第 271 页。

糅的人群，他们生活在一个机械与欲望交织的时代。"[66] 史福特利特选择汽车、抛弃家庭的做法，意味着“机器向感情、婚姻、家庭等领域进行殖民”。[67] 这种美国战后的经济思维和文化氛围让天主教作家弗兰纳里·奥康纳深感忧虑。

笔者打算结束本文写作之时，正值四年一届的世界杯足球赛开幕。2014 年 6 月 13 日凌晨在圣保罗举行的巴西世界杯开幕式上，开球仪式由一位身着机械外骨骼的四肢瘫痪的少年完成。专栏作家黄嘉鑫认为，“高科技让足球失去魅力的争论也从没停过。但总体来说，科技还是在为现代足球发展保驾护航。"[68] 足球世界中出现的人机合一体在文学世界中更是频频出现。奥康纳的短篇小说《救人就是救自己》既诠释了有机身体与机械身体的融合，又揭示了自然身体与国家/文化身体的关联。福克斯（Jeffrey J. Folks）曾撰文指出，盖恩斯（Ernest Gaines）和奥康纳对待机器和科技的态度很相似，对他们来说，“机器的隐含之意既不是彻底的摧毁，也不是至上的诱惑”，因而他们“既不把科技看成是万能药，也不否定它的切实益处”。[69] 以汽车为代表的机器能够增强人的生存能力，但消费文化控制下的欲望机器也会吞噬人的主体性。人类未来最可怕的事情是，越来越尖端的科技与越来越膨胀的欲望紧密结合在一起。面对这种“后人类状况”，“奥康纳深知，尽管科学是向着控制自然和完善人性的理想主义目标前进，但它从不质问是否仅仅因为我们能做某事，我们就应该做某事。作家必须担当起先知的角色，使我们直面那些问题。"[70] 海里斯也在《我们如何成为后人类》一书的结尾写道：“尽管现在有些后人类理论版本指向反人类和世界末日，但我们也完全可以建构有助于人类和其他生命形式生生不息的后人类理论版本，我们将同这些生物的和人造的其他生命形式一起分享同一个星球。"[71] 为了开创一个平等和谐的后人类时代，文学家和后人文主义学者等各方必须携手共同努力。

（作者单位：南昌大学外国语学院 / 清华大学外文系）

（本文是作者承担的国家社科基金项目“美国南方女性小说解读研究”（14CWW023）和教育部人文社科项目“弗兰纳里·奥康纳小说研究”（11YJC752032）的阶段性成果。）

[66] Doug Davis, “Shiflet's Choice: O'Connor's Fordist Love Story”, in Avis Hewitt and Robert Donahoo eds., *Flannery O'Connor in the Age of Terrorism: Essays on Violence and Grace*, Knoxville: The University of Tennessee Press, 2010, p. 170.

[67] 李楠，《〈大都会〉：机器与死亡》，《外国文学》，2014 年第 2 期，第 85 页。

[68] 黄嘉鑫，《谁说高科技让足球没“人性”》，《长江日报》，2014 年 6 月 13 日第 5 版。

[69] Jeffrey J. Folks, “Ernest Gaines and the New South”, *The Southern Literary Journal,* 24.1 (1991), p. 44.

[70] Christina B. Lake, *The Incarnational Art of Flannery O'Connor, Macon*: Mercer University Press, 2005, p. 240（着重符号为原文所有）.

[71] N. Katherine Hayles, *How We Became Posthuman*, Chicago: University of Chicago Press, 1999, p. 291.

原型范畴、原型和世界文学

李利敏

内容提要： 认知语言学中的原型范畴理论是一个结构化的、多产的、解释力很强的辩证性认知理论。文学中的原型是一个无所不包的、永恒的、形式多样的抽象概念。本文通过对比分析两者的定义、发展和性质，发现虽然原型范畴理论的内涵意义不像文学中的原型意义丰富，但是两者的理论基础和认知机制却相同。并且，原型范畴理论不仅在理论层面可以扩展原型的研究范围，在认知层面揭示原型意义的生成过程，还可以在文化层面上分析原型是世界文学宝库中不可或缺的瑰宝的原因。

关 键 词： 原型范畴　原型　图式　世界文学

Abstract: The prototype theory is a structural, productive and constructional cognitive theory with dialectical features. The archetype in literary criticism is an inclusive, everlasting concept rich in images. Comparing their definition, development, and nature, this article finds that they have the same theoretical base and cognitive mechanism, although the connotative meaning of prototype is not as much as the archetype. Moreover, the prototype could enlarge the research scope of the archetype theoretically, reveal the meaning-making processes of the archetype cognitively, and analyze the reasons why the archetype is a treasure in world literature culturally.

Key words: prototype; archetype; schema; world literature

引　　言

认知语言学中的原型范畴理论，常简称为原型理论或典型理论，是认知语言学中重要的理论基石之一。近年来有越来越多的学者注意到认知语言学中的原型理论与文学批评中的原型表述一样，容易引起混淆，因此邵军航、杨波在翻译德克·盖拉茨主编的《认知语言学基础》一书中便改用了“元型”。译者在“翻译后记”中解释，使用原型不够准确，使用类典型又不够简洁。“‘元’有‘主要、根本’的含义，用‘元型’指称‘认知范畴中的典型成员’这一概念就比较准确”。[1] 这说明大家慢慢注意到有必要

[1] Dirk Geeraerts ed.,《认知语言学基础》，邵军航、杨波译，上海：上海译文出版社，2012 年，翻译后记。

从表述上将文学中的“原型”与认知语言学中的“原型”区别开来。有区别就有联系，两个领域中的原型虽然关注的焦点不一样，但由于都产生于人类经验，因此在认知方面是一样的。本文试图从两个原型理论的定义、内容、性质方面考察它们的本质；在此基础上本文提出原型范畴理论与原型具有相同的认知机制，探讨了原型范畴理论在认知方面对文学中原型意义生成过程的解释力和对原型的启示。

一、原型范畴理论

维严·埃文斯（Vyvyan Evans）在《认知语言学术语汇编》一书中对“原型”的定义是：“最能体现范畴内成员典型特征的相对抽象的心理表征。原型是对所谈到的某一范畴成员显著特征的图式表征。原型理论认为原型提供的结构可以用来组织和服务于某一特定范畴，这种结构被称为原型结构。”[2] 在这个概念中，提到了“典型特征”、“范畴”、“图式表征”和“原型结构”，这不仅说明原型是从心理角度出发的，也说明对原型的理解离不开认知语言学中的其他概念，如“范畴化”、“家族相似性”、“基本层次范畴”等。

“原型（prototype）理论成为认知语言学的理论基石之一，致力于解释语言结构所有层面上语言与认知的互动。”[3] 对原型的研究是在20世纪60年代末，人类学家布伦特·柏林（Brent Berlin）和保罗·凯（Paul Kay）对98种语言进行研究，从中发现了“焦点色”的存在；[4] 而埃莉诺·罗施（Eleanor Rosch）和威廉·拉波夫（William Labov）将研究范围扩大到颜色以外的其他范畴，并发现同样的现象，因此提出原型（prototype）概念。罗施认为原型就是“一个范畴中最典型的、最具代表性的成员”，[5] 而约翰·泰勒（John R. Taylor）在此基础上抽象出原型应该是“范畴核心的心理图式”，[6] 此心理图式由一系列从实物中抽象出的典型特征（attributes）构成。其实无论是典型成员还是心理图式，原型本质上就是人们在范畴化过程中的“认知参照点。”[7]

[2] Vyvyan Evans, *A Glossary of Cognitive Linguistics*, Salt Lake City: The University of Utah Press, 2007, p. 175.

[3] Dirk Geeraerts, “Prototype Theory: Prospects and Problems of Prototype Theory”, in Dirk Geeraerts ed., *Cognitive Linguistics: Basic Readings*, Berlin: Walter de Gruyter GmbH & Co., 2006, pp. 141-165.

[4] Brent Berlin and Paul Kay, *Basic Color Terms: Their Universality and Evolution*, Los Angeles: University of California Press, 1999, p. 7.

[5] Eleanor Rosch, “On the Internal Structure of Perceptual and Semantic Categories”, in Timothy E. Moore ed., *Cognitive Development and the Acquisition of Language*, New York: Academic Press, 1973, pp. 111-140.

[6] J. R. Taylor, *Linguistic Categorization*, Oxford: Oxford University Press, 1989, p. 64.

[7] Friedrich Ungerer and Hans-Jorg Schmid, *An Introduction to Cognitive Linguistics*, Beijing: Foreign Language Teaching and Research Press, 2008, p. 18.

对于原型范畴理论，埃文斯认为它在人脑中引导范畴形成时有两个基本原则："一是认知的经济性；二是感知世界结构。两者结合才能形成范畴系统。"[8]"认知经济性"原则指的是人们在认知事物时，总是根据环境想通过最小的认知努力获得最多的信息。也就是说，人们总是将同类信息归入同一范畴，而不是一个一个分别记忆，这样在认知时任何同一范畴内的某一个成员的刺激就可以激活整个范畴的信息。这一层次的范畴化一般称作"基本层次范畴。"[9]因为只有基本层次范畴才拥有一个范畴内最多的典型特征，相应的这些典型特征在数量上与其余范畴差距最大。

"感知世界结构"认为所展示在我们面前的世界具有"关联结构"。[10]就像我们看到翅膀就会和飞翔（比如鸟、飞机）联系起来，肯定不会和水里的生物相联系。这就告诉我们人们在进行归类时的依据，也是"原型"的认知基础。

（一）原型范畴理论的分类

对于原型理论，学者们有着不同的解释。从目前资料来看，认知语言学家们对"原型"有两种主流解释：第一种以罗施（1973）为代表，他认为原型是范畴内的典型代表，因为原型与同一概念的成员拥有更多共同的特征；第二种以泰勒（1989）为代表，他认为原型是范畴概念核心特征的图式表征。这两种分类各有侧重，但都包含原型是可以描述且代表同一概念内的所有成员的典型特征。

可以从另外一个角度解释上述两种分类。第一种是基于实验基础对原型的分类，第二种是以严格的范畴认知观为基础。第一种可以理解为原型是从范畴化实验中推理出来的，在实验中，范畴的一些成员首先出现在大脑中并在确认任务实验中更快地被识别为范畴成员，因此原型应该是"范畴的最好样本"[11]、"显著样本"[12]、"范畴成员身份最清晰实例"[13]。但是，很多人对此理解不赞同，弗里德里希·温格瑞尔（Friedrich Ungerer）和汉斯-尤格·施密特（H. J. Schmid）就反对第一种理解，他们认为，"如果人们持严格的范畴认知观，就应该把原型定义为一种心理表征，定义为某种认知参照点。原型的范围应该可以从'意象'或者'图式'这样更具体的概念到'范畴表征'或'理

[8] Vyvyan Evans, *A Glossary of Cognitive Linguistics*, Salt Lake City: The University of Utah Press, 2007, p. 176.

[9] Ibid.

[10] Ibid.

[11] Eleanor Rosch, "Principles of Categorization", in Eleanor Rosch and Barbara B. Lloyd eds., *Cognition and Categorization*, Hillsdale: Lawrence Erlbaum, 1978, pp. 27-48.

[12] George Lakoff, "Classifiers as a Reflection of Mind", in Collette Craig ed., *Noun Classes and Categorization*, Amsterdam: John Benjamins, 1986, pp. 13-51.

[13] Cecil H. Brown, "A Survey of Category Types in Natural Language", in Savas L. Tsohatzidis ed., *Meaning and Prototypes: Studies on Linguistic Categorization*, Oxford: Routledge, 1990, pp. 17-47.

想’这种更抽象的概念。”[14] 从以上对原型的两种理解可以看出，被认为是“中心和典型成员”的原型为被称为“认知参照点”和“意象”的原型奠定了基础。而第二种对原型的理解扩大了原型的适用范围，原型在其理解下变身为不仅可以指具体的典型成员或特征，还可以指抽象的概念。这种扩展为认知语言学中的原型应用于文学批评提供了理据和基础。

（二）原型与家族相似性

哲学家维特根斯坦通过其著名的游戏说得出结论，“各种游戏是由交叉的相似性网络联结起来的，这就叫家族相似性。”[15] 罗纳德·韦恩·兰盖克（Ronald Wayne Langacker）就原型理论的“家族相似性”特点指出，“原型是某一范畴的典型例子，其他成分是由于它们与原型相似而被吸收到该范畴中来的。范畴受到原型效应的影响，同时也存在一种适合全体成员的特征集合。”[16] 由于原型理论具有中心凸显性的特点，核心的适合全体成员的特征在一个范畴里面还是可以找到的。而“维氏只注重‘家族成员’由重叠和交叉的相似性维系在一起这一事实，并不关心不同成员之间相似性的多少；‘范畴化’理论却更强调范畴的内部结构，即家族相似性的多少所导致的成员的不同地位。”[17]

维氏的“家族相似性”的提出其实是对亚里士多德对范畴的理解的补充。维氏论证很多范畴并不具备必要特征，“在这种范畴中没有任何一种属性为范畴全体成员所共有，只是在成员与成员之间存在部分的相似，并以这种相似性的交织联结成范畴的整体。”[18] 这一理论的提出的确对于范畴的研究产生了巨大的影响，也成为范畴化过程中的标准之一，但是它的确与原型有本质不同。

原型理论认为，范畴化的核心是原型（即典型特征的集合），原型是认知的参照点。但是根据维氏的“家族相似性”原理会发现一个语义范畴内的成员是根据事物彼此间的交叉相似来构成的，没有共同属性。维氏的家族相似强调重叠与交叉，在这个过程中慢慢地没有了核心，离最初的意义越来越远。而在原型理论中，范畴化是一个将事物与原型进行比较、根据其与原型是否存在足够的相似性来决定其是否属于某个范畴的过程，要求每一个原型之外的成员必须与原型共有一个以上的属性，成员之间的相似性是以典型特征为基础的，但“家族相似性”所说的相似性是空心的。用图形表示的话，区别显

[14] 弗里德里希·温格瑞尔、汉斯-尤格·施密特，《认知语言学导论》，彭利贞、许国萍、赵薇译，上海：复旦大学出版社，2009 年，第 44 页。

[15] 同上，第 31 页。

[16] George Lakoff, *Women, Fire and Dangerous Things: What Categories Reveal about the Mind*, Chicago: University of Chicago Press, 1987, p. 371.

[17] 王宇弘，《“家族相似”与范畴的本质——论“家族相似说”在认知语言学“范畴化”理论中的哲学意义》，《东北大学学报》（社会科学版），2008 年第 5 期，第 449-454 页。

[18] 同上。

而易见。图 1 中（a）的“A”与“F”之间没有任何共同属性，维系它们的仅仅是相似性；而图 1 中的（b）是在一个核心的基础上向外扩展的，虽然它的扩大会包含更多的属性，但是位于核心的典型 / 共同属性是固定的。

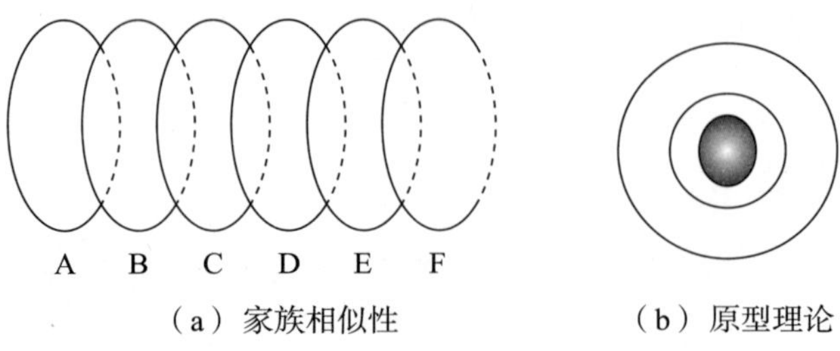

（a）家族相似性　　（b）原型理论

图 1　家族相似性与原型理论差异图

而文学中的原型，实质上是与认知语言学中的原型范畴相一致的。因此，判断作品是否属于同一原型，关键根据原型范畴理论，而非家族相似性。但这不是否定家族相似性，要判断一个事物是否属于某一范畴，除了要判断其与原型拥有共同属性的多少之外，还要判断其与原型的图式（即格式塔特征）相似度。这两个标准一个具体，一个抽象。后一标准将原型与完形联系起来。也就是说，将某物作为整体的感知，然后再把感知到的整体分解成独特的特性或属性。一个事物的属性决定完形原型性的程度，因此原型理论认为原型既可以是范畴中的典型成员，也可以是从范畴成员中概括出来的图式。

（三）原型与语境

原型的确定与变化是随着范畴的变化而变化的。而范畴在很大程度上受到语境的制约与影响，因而原型对语境有很强的依赖性。原型对语境的依赖有两方面的意思，一是原型的意义会随着语境发生改变；二是原型的属性会随着语境的改变而发生升降。比如，读到此句：He opened the door to face a pretty young woman with a dog in her arms（他打开门，与抱着一只狗的美丽少妇打了个照面），你脑海里映现的是只什么样的狗？是大个头的德国牧羊犬还是小个儿的宠物狗？从这个例子可以看出，“认知范畴的原型不是固定的，引入特定的语境，它们就可能发生变化。”[19] 从更广泛的意义上讲，原型依赖社会和文化知识。而原型的确定主要依靠属性，而属性又受到语境的影响。从属性的角度讲，语境有两方面的作用，“第一，语境改变与某种范畴有关的属性的重要性；第二，语境可以强调本不凸显的属性，甚至引入在非语境化的属性列举实验中根本不会提及的新属性。”[20] 如在猎狗中强调的就是“拾回猎物”或“指出猎物的位置”等这些狗的属性；而在赛狗中强调的就是“跑得快”和“有耐力”之类的属性。由此可以看出，原型并非静

[19] 弗里德里希·温格瑞尔、汉斯-尤格·施密特，《认知语言学导论》，彭利贞、许国萍、赵薇译，上海：复旦大学出版社，2009 年，第 48 页。

[20] 同上，第 50 页。

态的，它们会因语境的不同而产生变化，最终受制于我们储存于头脑中的文化模式之类的认知模式。

（四）原型与基本层次范畴

温格瑞尔和施密特在分析了基本层次范畴与上位范畴之后，得出这样的结论："基本层次范畴是原型范畴，而上位范畴是家族相似性范畴。"[21] 根据范畴的共有属性，基本层次范畴成员之间拥有相当多的共有属性，其中的典型成员集中了共有属性和具有代表性的家族相似性；而从原型的相似度来看，基本层次范畴成员在外形上很相似，典型成员的外形具有代表性。因此基本层次范畴的典型成员便成为范畴化的原型，即认知参照点。相反，上位范畴成员之间没有共同的图式特征，范畴成员之间的共有属性很少，而且成员与成员之间无论在属性方面还是在图式方面都存在较大的差异，因此上位范畴成员在范畴化的过程中并不具备认知参照点的作用。所以温格瑞尔和施密特便认为，"对上位范畴的描写主要依赖于组成上位范畴的各基本层次范畴之间的交叉相似性，所以上位范畴是家族相似性范畴。"[22] 由于上位范畴的家族相似性主要来源于组成上位范畴的基本层次范畴，温格瑞尔和施密特又将上位范畴称作寄生范畴。由此可以看出，原型理论和家族相似性所依托的范畴不同。原型范畴所对应的基本层次范畴，可以充当认知参照点，范畴内部成员拥有很多的共同属性，且具有共同的图式。而属于家族相似性的上位范畴内部成员之间仅仅存在交叉相似性。

原型、属性、家族相似性、完形和基本层次范畴这些都是认知范畴的特点。原型也并非一成不变的，它们要受到语境的影响和制约。弗里德里希·温格瑞尔和汉斯-尤格·施密特认为，

> 早期对认知范畴的心理学研究产生了范畴化的原型模式，所有范畴都定位于在概念上凸出的原型，原型在范畴形成中起着关键作用。认知范畴边界模糊，而在原型和边界之间，认知范畴内部成员之间存在典型性等级差异。与范畴内部结构有关的是属性、家族相似性和完形这几个概念：认知范畴的原型成员拥有最多范畴中其他成员的共有属性，而拥有最少与相邻范畴的成员同现的属性；认知范畴的原型成员与差样本之间靠家族相似性相联系；而完形感知在范畴化和合格性等级划分中也起着重要作用。[23]

---

[21] Friedrich Ungerer and Hans-Jorg Schmid, *An Introduction to Cognitive Linguistics*, Addison Wesley: Longman Limited, 1996, pp. 72-98.

[22] Ibid., pp. 74-80.

[23] 弗里德里希·温格瑞尔、汉斯-尤格·施密特，《认知语言学导论》，彭利贞、许国萍、赵薇译，上海：复旦大学出版社，2009 年，第 2-3 页。

从以上描述可以看出，认知语言学中的原型范畴理论与文学中的原型在核心上是相通的。首先，认知语言学中的原型范畴理论是一个图式，或一个典型成员，文学中的原型经过几千年的演变，也可以抽象成为一个图式，或者一个典型的人物、动作等；其次，原型范畴并非是静止的，它受到语境的制约，也会随着语境的变化而发生改变，文学中的原型在不同的文学作品中（由于作者、文化、创作意图等因素）也会产生不同程度的原型偏离；第三，对于原型范畴而言，存在边界模糊的成员，对于这些成员要靠家族相似性来维系，文学中的原型虽然没有“家族相似性”之类的术语，但是可以通过原型的人物特点或行为来判断其是否属于某一原型，正如大家都知道《尤利西斯》是对《奥德赛》的一种仿拟，其人物是以后者中的人物为原型的一样；最后，不管是原型范畴还是原型，人们对它们的认知都是通过整体感觉和突出特点来认识的，这也就是认知语言学中所说的完形与基本层次范畴。虽然原型范畴与原型从属于不同的领域，但是它们却具有相同的特征，因此可以把它们作为一类进行探讨。

文学中的原型是一个抽象的概念，只有把意义附加在原型意象上才得以外显。但是认知语言学中的原型范畴理论仅仅可以解释人类的认知，但是文学中的原型不仅仅具有认知功能，同时还与想象、情感、感觉、直觉等心理活动有关。所以我们可以说文学中的原型包含原型范畴。

举例说明，在文学原型中有“（大地）母亲”的原型：她可以是根据母亲的正面形象而塑造的好母亲形象（如温暖、保护、富饶、营养、生育等），可以是恶母形象（邪恶、危险、黑暗、恐惧等），也可以是灵魂伴侣（如圣母等）。在原型范畴中母亲的范畴包括生母、养母、继母等。一个将母亲形象抽象到无所不包，一个从母亲的生物遗传性出发，虽然形象不同，但是却都是有各自相对应的核心。所不同的是，文学中的原型更愿意在分解出的母亲特征上下工夫，让读者在阅读过程中产生陌生感；而原型范畴中母亲的任何一个特征都不能包含上述各种母亲。也就是说，文学中的原型强调的是包含整体性的个性化，而原型范畴中的原型强调的则是意义的一个方面。这也就是为何文学中的原型包含原型范畴的原因，因为文学中的原型更抽象，更具有适用性。

二、原　　型

根据美国文学理论家艾布拉姆斯（M. H. Abrams）对原型的定义，“原型在文学批评中指的是在文学作品中反复出现的、可辨识的叙事模式、行为模式、人物类型、主题、意象。它们可以出现在文学作品中，也可以出现在神话、梦境和社会仪式中。”[24] 从此定义中我们可以看出原型在文学批评中可谓无所不包。它既可以是某种固定的叙事结构，也可以

[24] M. H. Abrams, *A Glossary of Literary Terms* (7th edition), New York: Heinle & Heinle, 1999, p. 12.

是某个重复出现的行为动作，还可以是文学作品中反复出现的文学主题、人物形象或者意象。

对于原型，在不同的研究领域有不同的名称。神话研究把它称为“主题”；心理学中把它与布留尔的“集体表征”概念对应起来；在比较宗教领域，休伯特和莫斯把它定义为“想象的类别”，阿道夫·巴斯蒂安很久以前就把它称为“基本思想或原始思想”。从这些资料可以看出，原型是一个无处不在、内涵丰富的概念，因此很多领域都对其进行了研究。

原型最早出现在犹太哲学家斐洛·犹大乌斯（Philo Judaeus，15-10 BC—AD 45-50）的作品中，指人身上的神形象。原型也可以从大主教伊里奈乌（Irenaeus）的著作 *Adversus haereses* II 中找到，他说“世界的造物主并非按照自身塑造了这些东西，而是根据自身以外的原型复制了它们。”[25] 在《赫姆提卡文集》（*Corpus Hermeticum*）中，上帝被称为原始之光（archetypal light）。而在荣格看来，原型与柏拉图的“理念”是一致的概念，是“在处理远古时代以降业已存在的普世形象。”[26] 列维-布留尔（Levy-Bruhl）用“集体表象”表示原始世界观中的象征形象，其意义就包含无意识内容。

詹姆斯·乔治·弗雷泽的《金枝》从人类学角度探讨人类的巫术宗教、伦理道德和社会组织等思想的起源、演进和传播；并详细探究了世界各地原始部族的神话和仪式所体现的原型意义，奠定了原型批评的基础。因为卡尔·古斯塔夫·荣格认为神话和童话是原型的一种表达方式，因此他把神话和民间文学中的“原始意象”命名为“原型”，并运用精神分析的方法探讨集体无意识与原型的关系，考察原型与人们的知觉、领悟和理解的普遍模式，突出了原型意象的心理能量。诺思罗普·弗莱在继承弗雷泽和荣格对原型分析的基础上，从文学的角度考察原型，用文学作品的叙述和意义对应仪式和梦境，并使之统一于神话。这样做进一步加固了原型作为一种文学批评理论和手法的地位，并着力考察了一些反复出现在不同文学背景中的原型的原始意义和它们在形成共同文学经验中所起的作用。

（一）弗雷泽与原型

“原型”（archetype）一词源于希腊语“archetypos”，意为“原始的或最初的形式”。弗雷泽在《金枝》里将“原型”理解为一种“原始的神话仪式”。这些原始仪式的核心便是“死亡和再生。”[27]《夏娃的种子》一书的作者罗伯特·麦克艾文认为：“如果我们想

[25] 卡尔·古斯塔夫·荣格，《原型与集体无意识》，徐德林译，北京：国际文化出版公司，2011 年，第 6 页。
[26] 同上，第 7 页。
[27] 王丽蓉、胡妮，《论现代主义文学中的原型模式——以托尼·莫里森的〈所罗门之歌〉为例》，《江西社会科学》，2012 年第 2 期，第 125-128 页。

要得到人类历史的一幅真实的画面，生物学也是忽视不得的。”[28] 而最能体现人类生物性需求的原型行为就是为了生存而进行的捕猎，因此，死亡和再生就成为所有原型的本源，也成为文学作品中探讨的永恒主题。

弗雷泽在其《金枝》中详细研究了“死亡与再生”这个原型。在“杀死神圣的国王”一章中，弗雷泽描述了这个主题。原始部落的人们认为他们神圣国王的强健与否决定着大自然的兴衰，而病弱的国王所带来的危险是不可估计的。唯一可以转移危险的办法就是“国王身体上一旦开始表现出丝毫的力量减弱迹象，就必须被杀掉，而其未被严重损害的灵魂也就会随之移至强壮的继承人的身体里。”[29] 刚果那边的部落就采取这种行动来维持他们的繁荣。因为他们相信，如果他们的酋长自然死亡，世界就会毁灭，而靠酋长自身力量和功绩维持的地球也将立即毁灭。因此，一旦酋长生病并即将去世的时候，下任继任者就会拿着绳索或棍棒进入酋长的屋子将其勒死或用棍棒打死。

这种杀死酋长而求得繁荣的现象，弗雷泽经过分析认为，“这些原始部落的人们坚信国王的生命或灵魂与整个国家的繁荣紧密联系，一旦国王生病或衰老，牲畜就会生病并停止繁殖，田野里的庄稼也会腐烂，蔓延的疾病会让部落灭亡。因此，按照他们的观点，唯一能避免这些灾难的方法就是杀死仍健壮的国王，这样国王从他的前任那里继承的神圣灵魂就能转入下任继承者身上，以此保留灵魂的活力并避免其遭受衰老和疾病所带来的身体力量的削弱。”[30] “死亡与再生”在这些原始部落看来就是生命的有机循环，也成为这些部落赖以生存的信念，这一古老习俗成为原型并深深刻入他们的灵魂。通过弗雷泽的研究可以发现，原型是由人类最早的原始信仰发展而来的，原始信仰在人类生活中举足轻重。这些原始信仰与原始社会的古老习俗紧密相连，成为他们文化的核心。因此，可以认为，原型自远古时期，就在人类生活中扮演重要角色，对人类理解世界、认知事物起到决定性作用。

（二）荣格与原型

荣格首先通过对原型研究的综述，认为原型是一种具有普适性的形象。在此基础上指出原型是通过蕴含在神话和童话中被人们所认识的。在荣格看来，原型同时具有正面意义和反面意义，如“阿尼玛原型”在文学作品中既有仙女形象，也有水妖形象。荣格在“集体无意识的原型”一章中探讨了三种原型——阴影、阿尼玛和智慧老人。通过对上面三种原型的分析，荣格总结原型的意义取之不尽、所指丰富，但是这并不影响人们对原型的辨识。因为人们总是先从某一类原型的多重意义出发，进而抓住它本质上一致

[28] 罗伯特·麦克艾文，《夏娃的种子》，王祖哲译，上海：上海人民出版社，2005 年，第 2 页。

[29] Sir James George Frazer, *The Golden Bough: A Study in Magic and Religion*, Beijing: China Social Sciences Publishing House, 1999, p. 265.

[30] Ibid., pp. 268-269.

的东西，所以原型可以辨识。

在荣格的理论里，原型是原始人表达其典型经验的一种形式，它是在原始人的集体无意识中逐渐积淀而成的，经过代代相传，被无数次重复使用，并凝聚了巨大的心理能量，成为人们心理构架不可或缺的一部分，并不时通过图腾崇拜、梦幻、神话和精神病的形式表现出来。荣格认为："生活中有多少种典型环境，就有多少个原型。无穷无尽的重复已经把这些经验刻进了我们的精神构造中。"[31]

荣格在《原型与集体无意识》中重点研究了原型与集体无意识的关系。荣格认为"个人无意识在很大程度上是由情结构成，集体无意识的内容基本上是由原型构成。"[32] 并且，荣格认为"原型这个概念和集体无意识紧密联系，不可分割。它指的是在无所不在、无所不包的精神中存在的固定形式。"[33] 由此看来，在荣格的研究里，原型与集体无意识是等同的。并且，集体无意识对原型有很大的依赖性，或者说，没有原型，集体无意识就没有外在表现形式。荣格说："源自集体无意识的必要且必须的反应，通过基于原型形成的观念表达自己。"[34]

由于原型是集体无意识的表现，而集体无意识很难被人们察觉，那原型如何被人类发现呢？荣格认为，在西方世界里，各种宗教文化（以基督教为主）和秘传教学所带来的符号已经枯竭，而"唯有符号象征的空前枯竭才能使我们重新发现神明乃精神的主因，即无意识的原型。"[35]

而对于集体无意识是如何产生的及其性质如何，荣格研究发现，"集体无意识的形成不靠独自发展而靠继承。它由先在的形式和原型共同组成，它只能辅助有意识，并且只能在一些精神内容上才有具体形式。"[36] 经过分析，荣格认为人类集体无意识有两个特点："首先，集体无意识是先天的，所以它具有遗传性和人类的普遍性；此外，它既不受种族、性别和文化的不同所干扰，同时也不受家庭、教育和职业背景的不同所影响。"[37]

---

[31] 卡尔·古斯塔夫·荣格，《荣格文集：让我们重返精神的家园》，冯川译，北京：改革出版社，1997 年，第 90 页。

[32] 卡尔·古斯塔夫·荣格，《原型与集体无意识》，徐德林译，北京：国际文化出版公司，2011 年，第 36 页。

[33] C. G. Jung, *The Archetypes and the Collective Unconscious*, R. F. C. Hull trans., Beijing: China Social Sciences Publishing House, ChengCheng Books Ltd. 1999. Reprinted from the English Edition by Routledge & Kegan Paul, Ltd. 1980, p. 42.

[34] 卡尔·古斯塔夫·荣格，《原型与集体无意识》，徐德林译，北京：国际文化出版公司，2011 年，第 20 页。

[35] 同上，第 21 页。

[36] C. G. Jung, *The Archetypes and the Collective Unconscious*, R. F. C. Hull trans., Beijing: China Social Sciences Publishing House, ChengCheng Books Ltd. 1999. Reprinted from the English Edition by Routledge & Kegan Paul, Ltd. 1980, p. 43.

[37] Ibid., p. 79.

集体无意识具有继承性和先天性；弗雷泽所说的“原始神话仪式”具有继承性却不存在先天性。

神话和童话故事从某种程度上说可以归为“原始神话仪式”，经过荣格的研究，原型主要出现在神话和童话故事里。而为何出现在神话和童话故事中的原型容易被人感知，荣格认为，“神话首先属于揭示灵魂本质的精神现象，到目前为止，灵魂的东西都完全拒绝被人了解。”[38] 而且神话和童话故事中的内容是代代相传并在人们头脑中形成意象的，因此很容易成为原型。这些原型意象“是多种意义的叠加”[39]，而具体是何种可以言说的意义，人们却不甚了解。荣格把原型与集体无意识联系起来，分析了原型在人类头脑中形成的过程。荣格认为，“原型本质上是无意识内容被转变成有意识内容并被感知，而且原型是通过捕捉个人意识中偶然出现的内容获取其外在形式的。”[40]

荣格并非是讨论“无意识”的唯一一人，艾布拉姆斯认为“其实早在浪漫主义作家那里，写作实际上是一种‘无意识’的行为”，[41] 并且他认为“把‘无意识’的概念引进艺术创造过程，谢林并不是第一个，但是，这个变幻无定的术语最终得以成为艺术心理学中不可避免的一部分，谢林却比任何人都有更大的责任。”[42]

荣格对原型的心理学角度分析让很多人感兴趣。第一部完全运用荣格的原型思想来研究文学作品的是莫德·鲍德金的《诗歌中的原型模式：想象的心理学研究》（*Archetypal Patterns in Poetry: Psychological Studies of Imagination*，1934），这部作品成为原型批评的开山之作。在这部作品中，鲍德金检验了很多经典文学作品和莎士比亚的作品，发现不同的原型意象反复出现在作者的头脑里，并且这些象征和鲍德金的个人情感也联系起来，也就是所谓的梦境。鲍德金还发现，从古希腊悲剧开始到浪漫主义作品，都有相同特征的人物和情景。她认为诗歌具有特殊的情感意义是因为它激发了无意识力量，也就是原型——一种被描述为能决定个人当前经验的循环的、原始的、具有继承性的意象。这部作品通过例证支持了荣格的思想。

（三）弗莱与原型

弗莱是第一位把原型与文学结合起来的文学理论家。在弗莱的研究中，原型的内涵意义得到扩大。原型不再仅仅指弗雷泽所说的“原始的神话仪式”，也不仅仅局限于心理学中的“集体无意识”，而且还指文学作品中反复出现的人物形象、叙事模式和背景等。弗莱肯定了弗雷泽的研究，并且把神话归为一种文学形式。弗莱认为“最基本的

[38] Ibid., p. 6.
[39] Ibid., p. 13.
[40] Ibid., p. 5.
[41] 王宁，《比较文学、世界文学与翻译研究》，上海：复旦大学出版社，2014 年，第 190 页。
[42] M. H. 艾布拉姆斯，《镜与灯》，郦稚牛等译，北京：北京大学出版社，1989 年，第 255 页。

文学原型就是神话，神话是一种形式结构的模型，各种文学类型无不是神话的延续和演变。”[43] 并认为原型“本质上就是文学体验的一部分。”[44] 弗莱认为“原型在高度程式化的文学作品中更容易研究，比如原始神话和大众文学。”[45] 神话作为一种负载丰富历史内涵的文学体裁，有着固定的主题和结构，同民间故事和民谣一样，都属于程式化作品，非常适合于用原型理论来研究。

弗莱进一步论证了原型、神话与仪式和梦之间的关系。弗莱认为，仪式和神话是原型的基础，梦境是原型的主题。“要分析一部小说或戏剧的情节，原型批评会讨论与仪式相近的普遍的、再发的或程式化的行为。再现和欲望互相渗透，他们在仪式和梦境中同等重要。”[46] 仪式和神话在弗莱的原型批评中被抽象出来成为某些可再发的行为，梦境成为人类欲望的潜意识再现。更确切地说，弗莱认为“神话不仅给仪式赋予意义而且还给梦境提供叙述方式。仪式在原型角度上就叫神话，而梦在原型角度是主题。”[47]

弗莱对于原型的研究，最终是要抽象出某些能代表特定文学作品的深层结构。弗莱一直在探究文学中某些反复出现的意象的由来已久的原始意义和它们是怎样保存在文学经验之中的。邓杉等认为，“在弗莱的理解中，原型本是一些零碎的文化意象，是投射在意识屏幕上的散乱的印象，但这些意象构成信息模式，并能体现文学作品中的人物、情节和背景的发展过程。原型批评的目标就是不仅发现作品的叙述表层结构之下的原型组成的深层结构，而且揭示出连接一部作品与另一部作品的原型模式，最终使我们的文学经验成为一体。”[48] 为了达到这一目标，弗莱对世界各国文学之间共性的探讨往往多于对人类集体的精神共性的解剖。弗莱在各国的文学中找出了具有普遍性和代表性的象征原型与原型结构，并对它们进行人类学或神话学意义上的剖析，证明了文学是神话的移位和延伸，世界各国文学是同根的。把世界各国的文学作品最终归结为神话原型，弗莱的理论因此也叫“神话批评”。

文学中的原型理论经历了从弗雷泽的“原始的神话仪式”到荣格的“集体无意识”再到弗莱的“原型组成的深层结构（神话）”这三个阶段。从对社会的考察到对人类心理的分析再到对文学形式的探讨，原型理论从人类的社会活动中来，在人类头脑中形成一定的模式，通过文学作品外化并在文学作品传播过程中加深加固。慢慢抽象成为“在

[43] 诺斯罗普·弗莱，《批评的解剖》，陈慧、袁宪军、吴伟仁译，天津：百花文艺出版社，2006 年，再版译序。

[44] Northrop Frye, *Anatomy of Criticism*, Shanghai: Shanghai Foreign Language Education Press, 2009, p. 365.

[45] Ibid., p. 104.

[46] Ibid., p. 105.

[47] Ibid., p. 108.

[48] 邓杉、赵蓉，《原型批评理论探源》，《思想战线》（2008 年人文科学专辑），第 34 卷，第 68-70 页。

文学作品中反复出现的、可辨识的叙事模式、行为模式、人物类型、主题、意象。”其基础是人类最原始的神话仪式。

（四）原型与典型的区别

在文学领域里，人们有时候会混淆典型与原型。在英文表述上，典型是 stereotype，而原型是 archetype。原型提供构建意象的基础并允许其有变幻莫测的形式；典型却把所有成员划分为一组，并且贴上相似性的标签，一旦形成，很难改变。荣格说原型就是一个“原始意象”，从某种程度上像柏拉图的“理念”，除了“理念”是“在世界外存在”的，而原型是在人脑中出现的之外。原型就其本身而言仅仅是一种形式或一种观念，但是其具体的表现形式和其观念的表达形式却因为不同年代和不同国家差异很大。正如荣格所说，“和其他原型一样，母亲的原型几乎是以无限多的形式表现出来的。”[49]

原型意象与其隐含意义具有丰富多样的表达形式，相比较而言，典型却显得单调和毫无生机。比如在得墨忒尔，或（身披长袍站立的年轻女子的）雕像，或珀耳塞福涅（冥王之妻）神话中出现的具有代表性的母亲的原型形象，她融合了母亲、女神、女儿、大地、少女等形象，从而具有了创造性特征。这个原型形象同时映射女儿的死亡和与冥王哈德斯的结合。在雕像、珀耳塞福涅和得墨忒尔三者的结合中，它成为了具有复活和新生意义的春天原型。

而在埃及死而复生的那类复活神中，奥息里斯（埃及太阳神，掌管光明、农业、洪水等。他到外地旅行，回到埃及后，被弟弟泰丰杀死，身体被切成 14 块，撒在尼罗河中。后被他妻子救活，并与儿子荷鲁斯一起打垮泰丰）是个典型。在阿比陀斯（埃及地名，位于尼罗河西岸）建有奥息里斯的神庙。盛大的神秘剧中，年年表演他的受折磨、死亡和复生。同样，女巫作为一个典型，其个性特征却很少发生改变。简言之，原型是一种抽象的形式，拥有不同的形式，其“意义模棱两可、隐隐约约，最终取之不尽”[50]；而典型却是由某些特征聚集在一起的固定的人物形象，很难发生改变。

三、文学中原型的性质

艾布拉姆斯认为，“死亡—再生的主题是原型中的原型，而且认为这个主题植根于四季循环和人类生命有机循环”[51]，其实他的看法无疑受到弗雷泽《金枝》的影响。原

[49] C. G. Jung, *The Archetypes and the Collective Unconscious*, R. F. C. Hull trans., Beijing: China Social Sciences Publishing House, ChengCheng Books Ltd. 1999. Reprinted from the English Edition by Routledge & Kegan Paul, Ltd. 1980, p. 15.

[50] 卡尔·古斯塔夫·荣格，《原型与集体无意识》，徐德林译，北京：国际文化出版公司，2011 年，第 33 页。

[51] M. H. Abrams, *A Glossary of Literary Terms* (7th edition), New York: Heinle & Heinle, 1999, p. 13.

始社会人们的认知能力有限，从自然界中植物的春生冬灭认识到“死亡—再生”，并将其与部落首领的强壮联系起来，因而扩大到人的范围。实际上“死亡—再生”作为原型母题，繁衍出很多其他母题，所以艾布拉姆斯称其为原型中的原型也不过分。古尔灵等在其《文学批评方法手册》（*A Handbook of Critical Approaches to Literature*）一书中就总结出“创造、不朽、成为英雄”[52]三个原型母题，并且每一个下面都包含一些小的原型模式（也就是一系列动作），但所有的都可以用“死亡—再生”解释。古尔灵在该书中还归纳出了一些具有象征意义的原始意象，包括“水、太阳、颜色、圆圈、蛇、数字、原型女人、智慧老人、骗子、花园、树木和沙漠”[53]。这些原始意象很多都是人类生活中不可缺少的（如水、太阳等），由于人们对事物缺乏了解，所以它们很神秘，进而令人类对它们产生既敬仰又畏惧的感觉，所以才一直被研究。

冯川认为“原型是一种抽象的形式”[54]，范革新总结为“原型是由人类共享的心理模式为‘底板’与含有特定文化的意象或行为的‘外显’相结合的产物，而激活它们的是外部的心理或精神环境。”[55]按照荣格对原型的研究，可以认为原型是人类在生存过程中所获得的集体无意识的外化。而具体到文学作品中而言，原型可以是一个母题（过程）（如“生—死—再生”，成为英雄等），可以是一个人物（如女人、智慧老人等），可以是一种物质（如水、太阳、树木等），还可以是一个场景（如花园、沙漠等）。这些原型以抽象的形式存在，外化到文学作品中，使其获得生命并得以传播、演变。也就是说，文学中的原型也是动态变化发展的，它们可以以一个概念为核心，慢慢向外扩展，却依然保持原型的中心地位。如果用图形表示，就可以是：

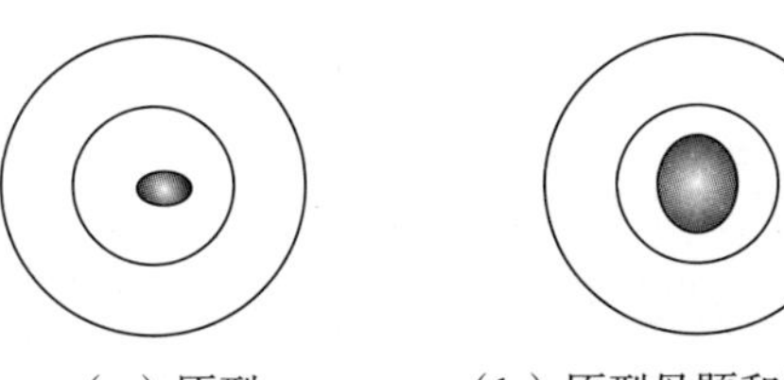

图 2　文学中原型演变图（原图为江桂英等的“原型程度可变性示意图”）[56]

---

[52] Wilfred L. Guorin et al, *A Handbook of Critical Approaches to Literature*, 4th ed., Beijing: Foreign Language Teaching and Research Press, 2004, p. 165.

[53] Ibid., pp. 163-165.

[54] 冯川，《荣格的精神》，海口：海南出版社，2006 年，第 63 页。

[55] 范革新，《论原型批评本土化的可行性》，《当代作家评论》，2012 年第 4 期，第 140-142 页。

[56] 江桂英、李恒，《原型范畴理论的缺陷——基于现象学的考察》，《福建论坛》（人文社会科学版），2011 年第 5 期，第 100-104 页。

（a）就是“死亡—再生”，（b）就是古尔灵等提炼出的其他原型母题和原始意象，它们呈逐渐扩大的状态。虽然这个图是用来表示认知语言学中的原型范畴程度变化，但是用来解释原型与原始意象却非常合适。文学中的原型是抽象且无形的，它需要借助原始意象及其象征意义表现在文学作品中。从人类存在至今，原型与原始意象都经历了无数次的被记忆、被浓缩、被表现和被叙述，都能反映人类最根本的需求。因为原型具有高度的概括性和抽象性，因此原型是不变的。而原始意象却并非如此，随着社会的进步，新的事物层出不穷，原始意象及其象征意义在慢慢地增加，因而表现力越来越强。

因此，原型与原始意象并不一样。原型抽象，原始意象具体；原型是精神，原始意象是物质；原型是内容，原始意象是形式。虽然原型是看不见、摸不着的，但是它却以千变万化的形式出现在不同领域里，就像一种到处蔓延、无所不在、无所不知的精神。所以对原型的研究只有借助于原始意象这个外在物。但是它们两者也并不是传统意义上的二元对立，它们是一体的。就像艾布拉姆斯在其经典著作《镜与灯：浪漫主义文论及批评传统》（*The Mirror and the Lamp: Romantic Theory and the Critical Tradition*）中的论述一样，虽然他更推崇“自然之才”[57]，却认为即使是天才的诗人也逃脱不了模仿，而在文学作品中对种种原型的再现无疑就是一种模仿，一种创造性的模仿。

四、原型的认知机制

从原型的发展历程就可以看出，原型具有很强的整合能力。弗雷泽对原型的人类学考察到了荣格那里，就有了一个精神分析的结果。而弗莱非常重视文学作品中的结构，十分关注作品的形式特征，因此就有了原型批评。如果原型可以把人类学、心理分析和结构主义结合起来，那么只要找到合适的点，原型也必然可以与认知语言学相结合。何出此言？因为认知语言学上的原型范畴理论和文学中的原型理论有很大的重合部分，如果对它们可以分析整合运用，会是不错的文学批评工具。

很多学者探讨过原型范畴理论的认知机制，如林书武就总结了意义认知学家认为原型范畴理论中的原型有三个来源：“1）来自人的感官的生理结构；2）来自拥有更多的共同属性；3）出现频率最多的即为典型。”[58] 但是把文学中的原型与认知语言学中的原型范畴理论放在一起，讨论其认知机制的还不是很多。如果说原型的形成依靠上述三个因素，那么人们对原型的认知过程也需要但不仅仅需要上述三个因素。

---

[57] M. H. 艾布拉姆斯，《镜与灯》，郦稚牛等译，北京：北京大学出版社，1989 年，第 228 页。

[58] 林书武，《认知语言学：基本分野与工作假设》，《福建外语》，1999 年第 2 期，第 1-6 页。

（一）社会文化因素决定原型的认知

原型理论是意义认知语言学家主要研究的内容之一，为认知语言学作出了巨大贡献。关于原型理论，很多学者都做过研究，如“荣格从生理学和心理学角度出发，把原型称作‘原始意象’。乔治·莱考夫（George Lakoff）则认为原型效应起源于人们的借代模型（metonymy model），即人们用某个子范畴、范畴成员或子模型来理解整个范畴和其他成员。”[59] 而劳伦斯·巴萨卢（Lawrence Barsalou）认为，“原型效应形成的信息来源于长时记忆，受文化或理论背景影响。一个概念可能包含大量信息，但是只有少量信息在具体情境中被用于构造原型。”[60] 原型范畴成员意义的确定更大程度上依靠的是语境，以及由此所带入的社会文化因素。并且，原型范畴成员的确立不仅要依靠必要属性，更要参照完形。完形就是人们对事物抽象的概括化图式总结。

文学中的原型也是如此。在人类文学宝库中，基本的原型保持不变，但是原型意象却在不断地增加，这些意象的象征意义更是丰富多彩。这主要就是社会文化因素在起作用。相同的文本经过翻译，遭遇不同社会、文化和读者，会给原型赋予更多的意义。从这些陈述中我们可以看出原型理论的形成是深深受到社会、文化、生活、理论知识和百科知识影响的。

（二）生理因素决定原型的认知

人类是认知的主体，对原型的认知除了上面的社会文化因素以外，生理因素也起决定性作用。颜色词就是最好的证明。如果一种语言只有两个颜色词，那一般是黑色和白色，因为它们具有最强的聚焦性，而且眼睛对这两种颜色也最为敏感。黑色和白色可以被认为是焦点色。焦点色具有明显的“认知显著性”，因此在光谱中容易被识别出来。这与人类自身的生理特点和认知机制密切相关。人们在认知过程中总是要通过“认知参照点”很快认识一个事物，而“范畴的原型成员通常具有‘认知显著性’，它们最容易被储存和提取，在形成概念的过程中它们也最接近人们的期待或预料，从原型成员到非原型成员，其‘显著度’等级呈递减趋势。”[61]

原型理论符合人类认知的生理特点和认知机制。例如，某类事物中的某一种具体事物具有很强的“认知显著性”，人们在第一次接触它时就对其第一印象越深刻，这种印象会被反复强化，直到该事物成为这类事物的模板。人们继续对该模板进行分析，归纳

---

[59] 江桂英、李恒，《原型范畴理论的缺陷——基于现象学的考察》，《福建论坛》（人文社会科学版），2011年第5期，第100-104页。

[60] Lawrence W. Barsalou, *Cognitive Psychology: An Overview for Cognitive Scientists*, Hillsdale: Lawrence Erlbaum, 1992, p. 173.

[61] 潘冬香，《原型理论的认知心理学诠释》，《武汉理工大学学报》（社会科学版），2005年第4期，第512-514页。

出它的显著特征，忽略一些细节特征，并使这些显著特征成为这类事物的核心事实。这样，这一具体事物就变成典型原型，这些显著特征就成为这类事物的基本特征和共同属性，作为判断其他事物属不属于该范畴的原型。但是仅靠这种生理上的“认知显著性”来决定原型理论很容易产生认知偏差，因此还需要其他因素的作用和制约。

（三）复现率决定原型的认知

仅仅通过“认知显著度”认知原型显然是不够的，有些认知语言学家强调过去经验对人类认知的重要作用，“如果我们的经验中有一些重要的规律和形式不断重复出现，那么由于我们本来较弱的行为和思考形式就会成为强烈的趋势——有时强到无法轻易改变，好像是固定的了。”[62] 伊斯特凡·凯奇凯斯（Istvan Kecskes）也以词义来说明复现率对原型效应的产生具有重要作用：“一个词的核心意义不是某一特定范畴所有基本特征的总和，而是该词最熟悉、最规则、最典型的使用。它不是一个纯粹的语言现象，因为它依赖语言以外的一些因素，如熟悉程度、规约程度和使用频率。”[63] 同样，经典的文学作品中总是重复某种原型（或人物、或情节、或动作）。荣格曾说：

> 原型有很多，正如在生活中有很多典型情景一样。不断的重复已经把这些经验刻在人们的精神构造上，但不是以有内容的形象形式出现的，它首先是无内容的形式，展示的仅仅是某种可能的观念和行为。当一种情景碰巧与某一个原型一致，这个原型就被激活并被迫显现，就像是直觉的力量一样，打破了所有的理智和意念。[64]

这种“不断的重复”与原型范畴理论中的“高复现率”的认知机制是一样的。只有通过不断地重复、强化，原型才会慢慢成为原型，才可以作为一个“认知参照点”，帮助人类更好地认识事物。以艾略特的《荒原》为例，从文学角度而言，艾略特借用了弗雷泽《金枝》中的神王形象（在原始仪式死而复活），将其置换成《荒原》中的主人公。死而复活成为《荒原》的叙事原型，神王形象成为《荒原》中的人物原型。从认知语言学角度而言，神王形象必然在艾略特头脑中成为一个由不同特征（如可以重生、勇敢、敢于追寻等）组成的人物形象，外化为祭司王、圣杯骑士、现代探索者。如果读者具有《金枝》的知识，就可以构建出《荒原》中“出现的祭司王也好，圣杯骑士也好，还有现代探索者，实际上都是一个原型的不同再现。”[65]

---

[62] 束定芳，《认知语义学》，上海：上海外语教育出版社，2008 年，第 61 页。

[63] Istvan Kesckes, “Contextual Meaning and Word Meaning”,《外国语》，2006 年第 5 期，第 18-32 页。

[64] C. G. Jung, *The Archetypes and the Collective Unconscious*, R. F. C. Hull trans., Beijing: China Social Sciences Publishing House, ChengCheng Books Ltd. 1999. Reprinted from the English Edition by Routledge & Kegan Paul, Ltd. 1980, p.48.

[65] 叶舒宪，《导读：神话—原型批评的理论与实践》，叶舒宪编选，《神话—原型批评》，西安：陕西师范大学出版社，2011 年，第 1-28 页。

（四）共同属性和相似性决定原型的认知

人类在和世界打交道的过程中发现很多事物、现象之间有相似性，于是以自己熟悉的事物、现象为原型，将与其相似的事物、现象范畴化，并对世界进行归类。人在认知过程中范畴化的活动以最少的语言、最小的思维加工通过原型获得了最大的认知效果。原型理论的基础就是共同属性和家族相似性，因此对原型的认知最主要是根据事物与事物之间的共同属性和家族相似性。事物从被发现到提炼出其典型特征，再经过复现率的强化和范畴化归类，这些典型特征慢慢演变为一类事物的原型特征，其他事物根据与原型特征的趋同或相似被划分到这个范畴里面。这是原型范畴理论形成的过程，而对其的认知过程却正好与其形成过程相反。

人们可以经济地使用最小的思维加工获得最大的认知效果，最主要是因为在人们的头脑中存在着各种不同的原型。人们在认知世界的过程中以这些原型为基础，通过发现事物的共同属性或相似性激活头脑中存在的原型，对它们进行加固或者调整，或者建立新的原型，从而可以快速高效地认知事物。例如，从最早的亚瑟王传奇到卢多维科·阿里奥斯托（Ludovico Ariosto）的《疯狂的奥兰多》，埃德蒙·斯宾塞（Edmund Spencer）的《仙后》和艾略特的《荒原》等都是其繁衍品。除此以外，当代英国著名作家戴维·洛奇的《小世界》也是从《帕西瓦尔：圣杯的故事》中获取灵感。因为它们都是浪漫传奇，所以读者在读到这一类文学作品时要经历激活原型、调整/加固原型、重构原型等认知活动。

原型理论之所以是一种有效的认知方式还在于其灵活性与稳定性并存。“范畴化就是要让同一个范畴内部成员的相似性最大化，让不同范畴的成员之间的相似性最小化。在认知语言学中，范畴没有明确界定的边界，范畴的边界是开放的、模糊的。范畴边界的开放性和模糊性确保了语义范畴的内在变化，使得新的成员可以比较容易地进入范畴，成为边缘成员，而不必从根本上改变整个语义结构。”[66] 原型理论是有效揭示人类认识的实现方式。通过原有的知识理解新的事实，在既稳定又灵活的结构基础上不断将新的事实纳入原有的知识体系中。也就是说，每次新的概念出现时，我们的概念组织结构都会用最小的认知努力获得最大的认知效果，不需要做出重大变化就能将新概念整合到原有概念系统中来。

这些因素在人类头脑中相互作用，共同作用于人类对原型的认知。人是社会的人，社会文化无所不在，人类从经验中获得知识；而认知显著度与复现率总是共同出现，激发人类头脑中的认知图式，在此基础上人们根据事物的共同属性或相似度对事物进行范畴化，从而完成对原型的认知。

[66] 吴世雄、陈维振，《范畴理论的发展及其对认知语言学的贡献》，《外国语》2004 年，第 4 期，第 34-40 页。

五、原型范畴、原型和世界文学

首先，原型范畴理论的研究方法对文学中的原型提供借鉴意义。原型范畴理论从最早的亚里士多德的具有逻各斯中心主义的范畴观中而来，经过维特根斯坦多元理念的改造，成为一个具有辩证本质的认知观。原型范畴理论吸收了维氏的家族相似性，也就随之成为一种融合范畴与范畴模糊性的理论。原型范畴理论既强调范畴的本体性，又兼顾其整体性。世界文学也是本体与家族相似性的统一。

其次，虽然两个原型都是抽象的图式，但是文学中的原型内涵更丰富，包含了原型范畴。而原型范畴却可以很好地从认知层面解释文学中的原型是如何在作者头脑中产生和在读者头脑中再现的。原型范畴理论产生的认知机制不仅可以"有助于人们更好地分类以及解释分类现象。可以克服概念结构经典理论难以确定定义特征的缺陷，从差异性和相似性来更好地对事物进行分类；有助于人们更好地认知事物。原型的存在，为人们的认知提供了范式和参考点，有助于事物突破狭隘的民族化从而走向世界化。"[67]

第三，原型范畴理论中的基本层次范畴给文学中原型的研究提供了很好的切入口。文学强调陌生化，而原型却是基于人类的熟悉度进行的。这就要求我们一方面明确具体的指导文学中原型的分类及特征；另一方面要关注次要人物、次要情节、次要主题，同时与所有人物、所有情节和所有思想内涵相结合，重新建构文本的网络关系。这样做不仅给经典文本的重新解读提供新的视角，还可以有利于原型中心/边缘的流动，从而弥补原型忽视作家主观创造的不足。

第四，原型范畴理论扩大了原型的研究范围。应用于文学作品分析中的原型经常以三种形式出现：意象原型、人物原型和主题原型（母题）。如果说主题原型是宏观的原型模式，那么意象和人物就是微观的。不管是何种分类，文学批评中的原型从时间轴上总是向前追溯。如人类学家弗雷泽在其代表作《金枝》中从文化人类学角度考察原型的来源，莫德·鲍德金在《〈老水手之歌〉中的原型》一文中从心理学角度分析诗人和读者对原型意象的感受，叶舒宪在《苏美尔神话的原型意义》一文中从比较神话学角度考察了创世神话、乐园神话和人祖神话的意义。原型似乎早已变成追问为何出现这种模式、这类人物及这个意象的象征意义的途径。如果按此研究方法继续下去，不仅没有原型理论可发展的空间，也非常容易禁锢于文化人类学学科之中。原型范畴理论的加入正好可以解决这一难题。文学中对于原型的研究可以抛开时间轴上的向前追溯；以文学经典作品中所塑造的人物形象、物品意象和叙事模式为基础，向后考察这些原型对后续文学作

[67] 牛海燕，《浅谈原型理论——从"中国的莎士比亚"谈下去》，《今日湖北》（理论版），2007 年第 2 期，第 76-77 页。

品的影响，或后续文学作品在哪些方面对它们进行了颠覆或置换变形，以及读者对此类文学作品的接受程度。随着读者在后现代主义文学中地位的日益凸显，这一方面的研究是很有必要且必不可少的。

最后，文学中的原型是世界文学中不可缺少的精华。王宁在《比较文学、世界文学与翻译研究》一书中指出，“世界主义的一些形式也在文学的永恒主题中得到一些反映，诸如爱情、死亡、嫉妒等，因此很容易得到学者和普通读者的识别和认可。”[68] 而这些主题就是文学中的原型。一个作品是否可以成为经典，并跻身到世界文学之列，取决于很多要素。其中的一个要素就是要具有传播性，或者叫“流通性”[69]。文学中的不同原型不仅会在各个国家文学作品中反复出现，也会通过翻译传播到其他国家并因为能够唤起全人类的共同情感而得到认同和肯定，成为世界文学的一部分。

结　论

关于认知语言学中原型范畴理论的优点，盖拉茨总结了三条：“1）运用更加结构化的方法处理语义；2）是一个多产的理论，不仅因为它对词汇范畴的结构认识能够轻松地应用于不同词汇领域，而且它还可以扩展到语言学的其他领域；3）具有很强解释力的原因是它既具有抽象特征，又具有跨学科特点。”[70] 本文通过分析再次证明原型理论的结构性、多产性和跨学科性。认知语言学从最开始就与相关学科进行对话，其中就包括文学批评。

文学中的原型是在人类历史进程中留下来的抽象概念，看不见，也摸不着。但是原型也是在人类社会中永恒不变的东西，原型母题（例如死亡与再生、追寻等）是在不同国家、不同民族、不同文化中都存在，且都被不断复制、重述的。也正因为原型是不同文化中共同存在的精神产品，赋予原型外衣的文学作品就通过翻译这一媒介开展起旅途，慢慢成为世界文学的一部分，并且无疑在世界文学中还占有重要地位。

综上所述，尽管文学和认知语言学属于不同的领域，其研究方法和研究对象皆不同，但是针对原型理论两者之间还是存在一些联系的。文学中的原型是一个抽象图式，而认知语言学中的原型有两种——抽象图式性的原型（属于基本层次范畴）和家族相似性的原型（属于上位范畴）。作为抽象图式性的原型，文学中的原型与认知语言学中的原型是相通的，虽然认知对象从词扩大到语篇，但是认知机制是相同的。它们都有一个相对

[68] 王宁，《比较文学、世界文学与翻译研究》，上海：复旦大学出版社，2014 年，第 228 页。

[69] David Damrosch, *What is World Literature?* Princeton: Princeton University Press, 2003, p. 5.

[70] Dirk Geeraerts, “Prototype Theory: Prospects and Problems of Prototype Theory”, in Dirk Geeraerts ed., *Cognitive Linguistics: Basic Readings*, Berlin: Walter de Gruyter GmbH & Co., 2006, pp.141-165.

稳定的“中心”，都是依据一些典型特征来判断一个词语或一个作品是否属于某个原型领域。因此认知语言学中原型的认知机制可以运用到文学中的原型认知上。借助原型的认知机制，可以很好地揭示文学中的那些原型意象、或过程、或主题意义是如何在作家和读者头脑中生成的。正如荣格所说，“原型是每个精神/灵魂中不可剥夺的有用之物。就它们本身而言，原型形象是人类精神中最具有价值的。”[71]

荣格曾说：在文艺作品中“一旦原型的情境发生，我们会突然获得一种不寻常的轻松感，仿佛被一种强大的力量运载或超度。在这一瞬间，我们不再是个人，而是整个族类，全人类的声音一齐在我们心中回想。”[72] 这不仅表现了在阅读文学作品时原型所带来的满足感，更体现了原型所反映出来的人类共性和世界文学的本质。在认知语言学原型理论的帮助下，研究者们会更进一步揭示这种轻松感是如何获得的。

（作者单位：西北政法大学外国语学院/清华大学外文系）

[71] C. G. Jung, *The Archetypes and the Collective Unconscious*, R. F. C. Hull trans., Beijing: China Social Sciences Publishing House, ChengCheng Books Ltd. 1999. Reprinted from the English Edition by Routledge & Kegan Paul, Ltd. 1980, p. 84.

[72] Ibid. p. 121.

结构主义的引进与中国本土文学批评理论

封宗信

内容提要： 结构主义源于 20 世纪初的现代语言学，通过不同的发展线索和阶段，成为人类学、社会学、符号学、文学/文化研究等学科的一个理论范式和 20 世纪最有影响的方法论。结构主义者旨在揭示人类所有行为后面潜在的结构和关系，认为只有在更大的系统或结构中思考人类文化的要素之间及其与系统结构的关系才能理解人类文化的本质。结构主义在中国由零星介绍、盲目批判到系统引进、接受、应用和发展，经历了一个漫长的过程和几个复杂的阶段，对许多人文社会科学学科领域都产生了巨大的影响。但总的来看，结构主义及结构主义文学理论在中国的引进、应用及本土文学批评和文学理论的发展还存在一些问题。

关 键 词： 结构主义　结构语言学　结构主义文学理论　文学批评　文化研究

Abstract: Structuralism originated from modern linguistics in the early twentieth century and, along several lines and over different periods, ultimately developed into a general theoretical paradigm in a wide variety of disciplines such as anthropology, sociology, semiotics, and literary/cultural studies, and the most influential methodology of the twentieth century. Structuralists work to uncover the structures and relational systems that underlie all human behavior and posit that we can understand human culture only by way of considering its elements in terms of their relationship in and to a larger system or structure. The introduction of Structuralism to China has gone through several lengthy and complicated stages, from sporadic translations, superficial discussions and reckless criticisms to systematic translations, critical reception, creative application and development, and has greatly influenced many disciplines and fields in China's humanities and social sciences. However, the introduction and application of Structuralism and structuralist literary theories are still on the way and the development of literary criticism and literary theory in China still faces some problems.

Key words: Structualism; structural linguistics; structuralist literary theory; literary criticism; cultural studies

引　言

结构主义源于瑞士语言学家索绪尔（F. de Saussure，1857—1913）的语言学理论，是20世纪最有影响的一个理论范式和分析语言、文化、社会、心理等许多学科的研究方法，也被认为是一个“知识学科”。[1] 广义的结构主义指俄国形式主义者、布拉格学派领军语言学家雅可布森（Р. О. Якобсон/R. Jakobson，1896—1982）、丹麦语言学家叶尔姆斯列夫（L. Hjelmslev，1899—1965）、法国人类学家列维-斯特劳斯（C. Lévi-Strauss，1908—2009）、俄国民间故事理论家普罗普（В. Я. Пропп/V. Propp，1895—1970）等创建的理论总和。狭义的结构主义指“二战”后由列维-斯特劳斯、巴特（R. Barthes，1915—1980）、福柯（M. Foucault，1926—1984）等法国学者发起并在60年代发展到顶峰的一次普遍的文化运动。

结构主义者的基本立场是：人类生活的现象如果不通过其相互关系去研究，就无法理解其实质。这些关系组成了结构（structure），在其表面现象的局部变量后面有一套有抽象结构的恒定规则。因此，表面上看似有明显差异的神话或艺术作品或婚姻习惯后面，都有某种相同的模式。[2] 结构主义以索绪尔的语言学理论为基石，以音位学、结构功能语言学、结构人类学和神话学、民间故事形态学为标志，对符号学、叙事学、诗学均产生了很大影响，通过译介也影响了20世纪中国文学和文化批评理论。本文沿着结构主义在西方的发展线索，追踪了结构主义在中国的译介和应用以及本土批评理论的发展，并指出了存在的问题。

一、结构主义要略

结构主义是一幅错综复杂的图景。它是一个全新的哲学理念，开辟了现代语言学的方法论，一种现代人文思潮，同时也是一种理论范式。现代语言学起源于瑞士，发展于俄国、捷克、丹麦、英国、法国、美国，不同的结构主义学派构成了20世纪前所未有的多元理论图式。俄国形式主义者的语言学研究几乎与索绪尔并驾齐驱，受其影响并不明显，但有不少异曲同工之处。布拉格结构主义语言学派较为接受索绪尔的理论，其主将多为流亡于欧洲的俄国形式主义者。哥本哈根结构主义语言学派并不完全接受索绪尔的观点，其主将叶尔姆斯列夫被尊为结构主义语言学的三大领军人物之一。法国语言学家对索绪尔的观点持保留态度，但法国结构主义人类学、神话学、叙事学、诗学都受到了索绪尔的影响。伦敦学派语言学家有自己的人类学传统和独立研究范式，早期的语言

[1] Katie Wales, *A Dictionary of Stylistics*, London: Pearson, 2011, p. 396.

[2] Simon Blackburn, *The Oxford Dictionary of Philosophy* (Revised 2nd ed.), Oxford: Oxford University Press, 2008, p. 365.

学家也不完全接受索绪尔的观点。曾对索绪尔语言学思想起到了重大影响的美国语言学家惠特尼（W. D. Whitney，1827—1894）是连接欧美语言学的重要纽带，但惠特尼的语言学传统和索绪尔的语言学思想并没有为美国结构主义描写语言学家布龙菲尔德（L. Bloomfield，1887—1949）等完全继承。20世纪五六十年代，结构语言学理论受到乔姆斯基（N. Chomsky，1927—）的生成语言学新范式的严峻挑战，以人类学家列维-斯特劳斯为首的法国人文社会科学家并没有盲目追随潮流，而是把索绪尔的二元对立概念运用在自己相关领域的研究中，形成了一场轰轰烈烈的结构主义人文思潮，直到60年代末，结构主义的基本宗旨受到法国知识分子福柯、德里达（J. Derrida，1930—2004）、阿尔都塞（L. Althusser，1918—1990）和巴特的批判，出现了后结构主义（poststructuralism）思潮。

瑞士结构语言学

结构主义语言学理论是索绪尔的《普通语言学教程》[3]（以下简称为《教程》）中反映的有别于传统语文学和语法学的思想、原则和方法。该《教程》并非索绪尔亲著，而是他的弟子巴利（C. Bally）和薛施蔼（A. Sechehaye）整理了同学们1907年至1911年间在日内瓦大学聆听索绪尔三度讲授普通语言学的笔记之大成。巴利和薛施蔼在他们编辑的《教程》前言中写道，索绪尔留下的讲义很少，因此他们只得搜集听过课的各届学生的笔记。每一届学生的笔记都能基本全面地反映索绪尔讲课的内容，但问题是：三届学生听课的任何一份原始笔记都不完整。因此，巴利和薛施蔼与听过索绪尔授课的同事们一起做了个大胆的决定——整理出一本比较全面的书稿。虽然他们把重点放在索绪尔的第三次讲稿上，但也吸收了他第一和第二次讲课的很多材料。美国文学理论家、结构主义批评家卡勒（J. Culler）在他的专著《索绪尔》[4]一书中指出，《教程》（1916）的编辑们在三个方面不尽如人意：1）章节顺序并不一定是索绪尔本人的，因此并不能准确反映索绪尔思想的潜在逻辑；2）与讲课笔记相比，书中对符号的任意性概念讨论得不够；3）在讨论语言的声音平面时，编辑们并没有索绪尔本人那么仔细，也缺乏索绪尔表述的一致性。尽管如此，《教程》在欧洲传播索绪尔的语言学思想过程中起到了巨大作用，使20世纪语言学研究的对象彻底有别于19世纪及以前。[5]桑德斯和皮雷在他们合译的《普通语言学手稿》前言中写道：索绪尔有关普通语言学的思想见于三类文本：1）索绪尔本人的手稿；2）他的学生们1907年至1911年在日内瓦聆听他三度讲课过程中所做

[3] Ferdinand de Saussure, *Cours de linguistique générale, édition originale*, Paris: Payot & Rivages, 1916; *Course in General Linguistics,* Wade Baskin trans., New York: Philosophical Library, 1959; *Course in General Linguistics,* Roy Harris trans., London: Gerald Duckworth, 1983.

[4] Jonathan Culler, *Saussure*, London: Fontana, 1976; *Ferdinand de Saussure* (Revised ed.), Ithaca: Cornell University Press, 1986.

[5] Jonathan Culler, *Saussure*, London: Fontana, 1976, p. 17.

的笔记；3）巴利和薛施蔼根据学生笔记编辑并于 1916 年以“普通语言学教程”为题出版的书。[6]

《教程》出版后，在相当长的一段时间内没有得到学术界的重视。虽然索绪尔的弟子及徒孙们殚精竭虑发扬和光大索绪尔的思想，但著名法国比较语言学家梅耶（A. Meillet，1866—1936）和丹麦结构主义语言学家叶斯柏森（O. Jespersen，1860—1943）等人对索绪尔思想的谨慎态度，在一定程度上影响了《教程》在欧洲大陆的传播。英国语言学家和哲学家奥格登（C. K. Ogden，1889—1957）和文学批评家里查兹（I. A. Richards，1893—1979）对索绪尔的语言学思想则持否定态度，认为索绪尔的符号理论完全忽视了符号所代表的事物，从一开始就背离了科学的可证方法；[7] 布龙菲尔德的结构主义语言学理论在美国一统天下。这种局面，影响了索绪尔的思想在英美两国的传播。

1959 年，美国作家和翻译家巴思金（W. Baskin，1924—1974）译的第一部英文版《教程》在纽约出版。1983 年，牛津大学语言学教授哈里斯（R. Harris）根据法文第二版（1972）英译的《教程》在伦敦出版，给一些关键概念取了新的译名，如巴思金译本中所没有的“结构”（structure）和“语言结构”（linguistic structure）。《教程》[8] 中体现的创造性思想、原则和方法构成了结构语言学的核心理论，影响了整个 20 世纪的欧美语言学：1）语言符号与其所代表的事物之间没有必然联系。语言符号连接起来的，不是事物和名称，而是概念和声音形象，即“所指”与“能指”结合在一起才构成了语言符号。语言是一个由相互依赖的要素组成的纯价值符号系统，词项的意义取决于系统中词项之间的差异关系。概念不是由肯定性内容界定的，而是通过在系统中与其他词项的关系的反差用否定性手段界定的。2）语言可分为语言系统与语言现象，前者是隐性的，具有社会性；后者是显性的，具有个人性；前者存在于后者，体现于后者。这两者之分，不但区分了社会性的和个人性的东西，也区别了主从两个类别。语言学家的任务就是研究前者，而且研究不是简单的描述，而是确定组成语言系统的单位和组合规则。3）语言成分之间存在横向的组合关系与纵向的聚合关系。话语中的各个词项连接在一起，彼此结成了以语言的线条特性为基础的关系，排除了两个或两个以上词项同时出现的可能性。4）语言研究可分为历时的与共时的两种方法，而且应该重视共时研究。语言系统的变化很像棋局，每一个棋子的挪动都会使系统由一个状态进入另一个状态，但每一个状态

[6] Ferdinand de Saussure, *Writings in General Linguistics*, Carol Sanders and Matthew Pires trans., Oxford: Oxford University Press, 2006.

[7] C. K. Ogden and I. A. Richards, *The Meaning of Meaning*, London and New York: Harcourt Brace Jovanovich, 1923, p. 6.

[8] 1993 年，哈里斯英译了日本学者小松英辅（Eisuke Komatsu）依据索绪尔弟子康斯坦丁（E. Constantin）的笔记编辑的《索绪尔第三度普通语言学教程（1910—1911）》，法、英文对照出版。1996 年在瑞士发现了索绪尔的原始手稿，由布凯和恩格勒整理出版为《索绪尔普通语言学讲义》，2006 年被英国萨里大学法文教授桑德斯和皮雷译为《普通语言学手稿》。

是相对静止的。有些棋子的挪动，对全局影响很大；而有些棋子的挪动，对全局影响不大。[9] 5）符号的任意性和规约性原则支配着整个语言学，因此语言学可以作为符号学的研究模式。语言是最复杂、最广泛、最富有特点的表达系统，语言学可以成为整个符号学中的典范。[10]

索绪尔因此被尊为“现代语言学之父”和“现代大师”。[11] 他的一系列二元对立概念，开辟了现代语言学理论，也是结构主义思想的核心。[12] 他的现代语言学创始人地位在半个多世纪里毫不动摇，是因为他既发现了语言学在科学领域立足就必须回答的特殊理论问题，又亲自为这些问题提出了答案。[13] 他使我们认识到语言是社会互动的集合产物，是掌握人类世界的“核心手段”和构建并表达世界的“基本工具”，对现代人类学、神话学、社会学、心理学、知识考古学、符号学、叙事学等都产生了重要的影响。

俄国形式语言学与诗学语言研究

俄国形式主义是结构主义理论发展的重要源头之一。俄国形式主义思想运动包括两个重要的组成部分，一个是活跃于 1915 年至 1924 年的莫斯科语言学会，也称“形式语言学派”，另一个是 1905 年至 1915 年间成立于圣彼得堡并活跃到 1930 年的“诗学语言研究会”。这两个研究会都重视语言的形式特征，分属于两个阵营的语言学家和文学史家为结构主义做出了重要贡献。诗学语言研究会的创始人是什克洛夫斯基（В. Б. Шкловский，1893—1984），主要成员包括研究民间故事结构并在《民间故事形态学》[14] 中提出结构主义“功能”（функция）的普罗普和形式语言学派的领袖人物及后来的著名符号学家、结构语言学家和现代语言诗学创始人雅可布森。

莫斯科语言学会的创始人是福尔图纳托夫（Ф. Ф. Фортунатов，1848—1914）。他精通多种语言，是语音学、历史—比较语言学、古文字学专家，为建立印欧语的系统历史比较语法做出了极大贡献。他早在 19 世纪 90 年代就在波罗的-斯拉夫语中发现了词重音在一定条件下由词首移向词尾，与索绪尔在立陶宛语中发展同样规律几乎同时，被俄国语言学界称为“福尔图纳托夫-索绪尔定律”。他的主要思想包括：1）语言是一个符

[9] 封宗信，《现代语言学流派概论》，北京：北京大学出版社，2006 年，第 14-16 页。

[10] 同上，第 17-18 页。

[11] Jonathan Cullor, *Saussure*, London: Fontana, 1976, p. 7.

[12] Roy Harris, *Language, Saussure and Wittgenstein*, London and New York: Routledge, 1988, p. ix.

[13] Roy Harris, “Translator's Introduction”, in Ferdinand de Saussure, *Course in General Linguistics*, Roy Harris trans., London: Gerald Duckworth, 1983, p. i

[14] Владимир Я. Пропп, Морфология сказки, Ленинград, 1928; Vladimir Propp, *Morphology of the Folktale* (Edited with an introduction by Svatava Pirkova-Jakobson; translated by Laurence Scott), Bloomington: Indiana University Research Center, 1958; 2nd revised ed., Austin and London: University of Texas Press, 1968.

号系统，而且是一个与其他系统有着原则性区别的符号系统；2）语言是一种关系系统，在建立语言系统并确定语言的相同性和差别时，判别的标志不是语言单位外在的相似或不同，而是它们之间的内在联系；3）语言的标记性/非标记性概念；4）语言的交替原则，探求语言单位在发生规律性交替变化时在功能上的同一性和等同性的根源；5）语法的形式概念；6）语言研究的共时性。[15] 莫斯科语言学会的音位学研究最为突出，他们坚持“位置决定功能”的主张，认为处在同一位置上的不同语音是一个音位，即在位置交替中不同的语音实体同化为一个音位。但他们强调语言的社会性，把语言看作众多单词和词组的总和；主张区分语言的内部历史与外部历史；重视语言史同社会史的联系，认为社会的变化会引起语言的相应变化。

雅可布森对俄语的格和俄语动词范畴的分析，是莫斯科语言学会的重要成就。在他的影响下，语言学派摆脱了传统语法的束缚，积极探索语言本身的形式标志，提出语言中的纯形式范畴问题，反对把语法问题同逻辑、心理问题混为一谈，主张区分共时研究和历时研究等哲学观点对俄罗斯语法理论和普通语言学理论的发展做出了极大贡献。雅可布森还是杰出的文学理论家，在 1921 年对文学科学研究的对象——“文学性”有精辟的论述。[16] 俄国诗学语言研究注重文学手段的功能性作用，也强调文学史的原始概念，提出了一套“科学”的方法，排除了传统的心理学和社会—文化方法。他们的文学研究有两个大原则：1）文学本身或使文学区别于其他人类活动的特征必须是文学理论探索的对象；2）必须把“文学事实”置于文学批评的形而上学方法之上，不论是哲学的、美学的还是心理学的。[17]

什克洛夫斯基最著名的理论是“陌生化”（остранение），而且把它用在小说研究中。普罗普运用语素概念，在上百种俄国民间故事里总结出了七种人物类型和一些常见的行为群的类属性要素，归纳为 31 个功能性要素，并用索绪尔的聚合轴和组合轴分析了叙事结构，开辟了研究叙事结构的先河。他写道，“并非每一个……民间故事都产生这一结构。如果该结构不存在，那么其后面潜藏的模型不论有多么相似，都会因为它们不属于同一类型而无法放在一起比较。”[18] 他的《民间故事形态学》后来影响了一大批学者，对格雷马斯的结构语义学和符号学、巴特的叙事语码理论、布雷蒙的叙事逻辑研究、热奈特的话语分类研究、托多洛夫的诗学和叙事研究都产生了直接而深远的影响。但在印

[15] 杜桂芝，《莫斯科语言学派百年回溯》，《外语学刊》，2005 年第 3 期，第 22-30 页。

[16] Roman Jakobson, “On Realism in Art”, in Ladislav Matejka and Krystyna Pomorska eds., *Readings in Russian Poetics: Formalist and Structuralist Views,* Cambridge: The MIT Press, 1971, pp. 38-46.

[17] Peter Steiner, “Russian Formalism”, in Raman Selden ed., *The Cambridge History of Literary Criticism* Vol. 8, Cambridge: Cambridge University Press, 1995, p. 16.

[18] Vladimir Propp, *Morphology of the Folktale,* 2nd revised ed., Austin and London: University of Texas Press, 1968, p. 152.

第安纳大学人类学中心 1958 年出版英文版之前，西方世界几乎没有注意到这部力作。在译成法语的当年，法国叙事学家布雷蒙（C. Brémond）就发表了《法国民间故事形态学》。[19]

俄国形式主义理论家从语言学、诗学语言理论和故事形态结构研究等不同领域对结构主义做出了巨大贡献，也为欧美孕育和输送了不少杰出的结构主义理论家。

捷克结构功能语言学

布拉格结构功能语言学派是结构主义语言学的主要阵地之一。美国语言学家鲍林杰指出："在欧洲所有的团体里，最具影响的毫无疑问是布拉格学派。"[20] 1926 年成立的布拉格语言学会里，有一批俄国形式主义者：侨居维也纳的特鲁别茨科伊（Н. С. Трубецкой，1890—1938）、客居布拉格的雅可布森和留在日内瓦的卡尔采夫斯基（С. И. Карцевский，1884—1955）。[21] 学会创始人马泰休斯早在 1911 年就指出了历史比较语言学家强调历时研究而忽视共时研究、观察孤立的语言现象而忽视语言系统的整体、重书面语言研究而忽视语言的声学特征等问题。因此，布拉格学派重视语言的共时研究，但不与历时研究相割裂；强调语言系统性的本质属性，研究语言系统中成分之间的功能反差或对立。他们认为语言是由语言社团用来完成一系列基本任务的工具，因此把语言看作"功能"。

布拉格学派为结构主义做出的最大贡献是音位学/音系学研究，代表作是特鲁别茨科伊的《音系学原理》(1939)[22]。现代音位学始于 19 世纪末期波兰语言学家库尔德内（B. de Courtenay，1845—1929）和俄国语言学家克鲁舍夫斯基（Н. В. Крущевский，1851—1887）提出的"音位"。20 世纪 30 年代，特鲁别茨科伊等人沿用索绪尔的理论，认为语音属于语言现象，音位属于语言系统，把音位概念当作语音系统中的一个抽象单位，区别于实际发出的音，从而开创了研究语言的独特方法"音位学/音系学"(phonology)。音位是区别性特征的总和，音位学是"研究语音功能的学科"，为抽象的音位研究提供了一个高度科学的框架，使语言学家能准确描述和分析相同的语音对立在不同语言中的不同结构。特鲁别茨科伊系统阐明了音位学的任务、原理和研究方法，为结构主义语言学提供了方法论，对语法学、词汇学、语义学都产生了深远的影响。

---

[19] Claude Brémond, "Morphology of the French Folktale", *Semiotica*, Vol. 2, No. 3 (1970), pp. 247-276.

[20] Dwight Bolinger, *Aspects of Language*, New York: Harcourt Brace & World, Inc., 1968, p. 199.

[21] 有些语言学家，如奥地利的布勒（K. Bühler, 1879—1963）、法国的马丁内（A. Martinet, 1908—1999）等虽非布拉格语言学会成员，但其观点不同程度地接近布拉格学派，对功能语言学的发展做出了贡献。1976 年马丁内在法国成立的国际功能语言学协会，是布拉格学派基本思想的延续。

[22] Nikolai Trubetzkoy, *Grundzüge der Phonologie*, Cercle Linguistique de Prague, 1939; *Principles of Phonology*, C. Baltaxe trans., Berkeley: University of California Press, 1969.

特鲁别茨科伊找出了语音对立的音位特性，雅可布森在此基础上发展了音位理论，提出了预示音位对立的方法，并使用声学频谱来分析语音，对语音学和音位学做出了重要贡献。他的另一重大发明是，每个音位特征只有两个值，正值和负值，分别标记为 [+] 和 [-]，如音响特征 [+ 元音性] 对 [- 元音性]、[+ 浊音性] 对 [- 浊音性] 等和声调特征 [+ 抑扬性] 对 [- 抑扬性]、[+ 扬升性] 对 [- 扬升性] 等。雅可布森把音位学分析方法用在句法和形态分析上，一贯强调结构分析并找出音系结构的普遍法则。在吸收了美国符号学家皮尔斯（C. S. Peirce，1839—1914）等人的理论后，又提出了研究诗歌、视觉艺术和电影的符号学方法。他认为语言是表达和发展文化的手段，用与文化交织在一起的符号去构建关系系统，而不是研究孤立的物质对象本身。他是把结构分析方法运用于语言学以外的人类学和文学理论等领域的重要学者，对列维-斯特劳斯、巴特等人影响至深，是把索绪尔语言学理论发展为第二次世界大战后欧美人文思潮的关键学者。虽然结构主义的影响在 20 世纪 70 年代渐渐消退，但雅可布森和特鲁别茨科伊的结构主义思想在人类语言学中和文化符号学中继续产生着影响。

丹麦结构功能语言学

哥本哈根学派的结构语言学也是结构主义的一个重要组成部分。该学派始于叶尔姆斯列夫和布龙达尔（V. Brødal，1887—1942）在 1931 年共同创立的哥本哈根语言学会。叶尔姆斯列夫的《普通语法原理》（1928）是最早的代表作。[23] 他在《语言理论导论》和《语言理论概要》中提出了“语符学”（glossematics），认为语符（glosseme）是语言中的基本单位，语符学就是研究各种语符如何组合的学问。[24] 叶尔姆斯列夫强调，不该把他的语符学与索绪尔的理论等同，因为他自己的理论在接触索绪尔的理论之前就逐渐形成了。尽管索绪尔承认个人行为的重要性及其对语言变化的决定性作用，并对传统观点做了让步，但他的重要贡献是建立了全新的结构语言学。

叶尔姆斯列夫的主要贡献是建立一个把交流当作形式系统来理解的框架，提出了一套准确的描述语言系统不同部分及其相互联系的术语。他的追随者们致力于把自然语言中抽象的概念用在真实的语料分析上。叶尔姆斯列夫从哲学和逻辑学的角度阐述语言学的理论性问题，明确提出语言的符号性质，成为哥本哈根学派的理论纲领。但是他的理论直到五六十年代才受到重视。

叶尔姆斯列夫认为语言理论研究的对象是篇章。他发现整体与部分之间有相互依存关系，一个整体不是由许多独立实体构成，而是由许多“关系”构成；单个实体的科学

[23] Louis Hjelmslev, *Principes de grammaire générale*, Copenhague: Bianco Lundo, 1928.

[24] Louis Hjelmslev, *Prolegomena to a Theory of Language*, Francis J. Whitfield trans., Madison: University of Wisconsin Press, 1961. *Résumé of a Theory of Language*, Copenhague: Nordisk Sprogog Kulturforlag, 1975.

现实性其实是实体的内部和外部关系的科学现实性。这与对索绪尔有关形式和关系系统的观点一致。但他发现实体之间的关系非常复杂，如相互依赖关系（interdependence）、决定关系（determination）、共存关系（constellation），而且这几种关系在“过程”和“系统”中有不同的表现。[25] 他强调篇章分析更注重过程而非系统。他同意索绪尔的观点——语言是一种符号系统，但他对语言符号的本质有新发现：语言实体可以是句子，也可以是小句和单词。语言的篇章可以包括无数个句子、小句和单词，但这些看似无限的实体实际是有限的。他把能满足分析条件的依赖关系叫作“功能”（function），认为在语类与其成分之间以及成分与成分之间都有功能。传统概念中的符号是表达（expression），代表符号本身以外的内容（content）。叶尔姆斯列夫继承了索绪尔的观点。但他认为符号的依存关系中有“功能单位”（functives），类似于“音位”，不是可以叫作“实体”的东西。[26] 重视研究关系而非物质对象，是叶尔姆斯列夫重要的结构主义思想。他的语符学也被称为新索绪尔语言学（Neo-Saussurean Linguistics），对结构主义语言学有非常重要的影响。

法国结构主义人类学、神话学、叙事学

法国结构主义人类学和神话学是结构主义的重要组成部分。列维-斯特劳斯在“二战”巴黎沦陷后流亡到美国纽约，结识了从布拉格取道北欧来到纽约的俄国形式主义者雅可布森，在他的影响下把结构主义语言学方法运用于人类学和神话学研究，对结构主义产生了巨大影响。他的研究主要集中在人类亲属关系、古代神话和原始人类思维本质三大方面，而语言与神话的关系是其核心。

列维-斯特劳斯认为，以二元对立表述的高—低、内—外、人—动物、生—死等概念可以用来理解不同的文化领域。他在《语言学与人类学中的结构分析》（1945）中指出，语言学不仅是一门类似其他科学的社会科学，而且也许是唯一可以真正称为科学的学科，因为它既形成了一种实证性方法又很清楚自己要分析的数据是什么。结构语言学的诞生，使语言学家与人类学家不再各行其是。在研究亲属关系以及其他问题上，人类学家发现自己与结构语言学家的处境完全相似。亲属关系称谓跟音位一样，是意义的元素，只有在一个系统里才能取得意义；亲属关系系统，跟音位系统一样，是由人脑在无意识思维层面构建的。亲属模式、婚姻规则等在不同地方的重复出现，让我们相信，可观察到的现象产生于某些普遍行动法则，但这种法则是看不见的。[27]

---

[25] Louis Hjelmslev, *Prolegomena to a Theory of Language*, Madison: University of Wisconsin Press, 1961, pp. 24-25.

[26] Ibid., pp. 33-34.

[27] Claude Lévi-Strauss, *Structural Anthropology,* Claire Jacobson and Brooke Grundfest Schoepf trans., New York: Basic Books, 1963, pp. 32-34.

列维-斯特劳斯的结构主义神话学研究，其实是人类学研究中必然要涉及的对象。传统神话研究探求神话在历史发展过程中所产生的作用及对人类生活的意义，而列维-斯特劳斯把神话还原为结构，从共时性角度分析，透过神话表面纷繁杂乱的现象去挖掘其深层结构，找出适用于解释全人类的心灵的思维构成原则。他早在《亲属关系的基本结构》[28]中就指出，表面偶然而纷杂的各种婚姻规则背后，其实蕴含着一条基本原则：互惠与各别、亲昵与敬畏。这两个二元对立是所有可能的亲属关系的最基本结构。但是，亲属关系有明显的实用功能，因此他开始研究没有明显实用功能的神话。他认为，如果神话领域里人类心灵也受着法则的支配，那么就更有理由相信，在所有其他领域里人类心灵也受着法则的支配。通过对神话的研究，他发现来自不同地方的神话有惊人的相似性。表面上看，这些神话是各民族的随意创造，但实质上与人类语言一样，都有人类思维的普遍性。

列维-斯特劳斯认为，尽管神话与语言有相同的范畴，但语言在神话中的功能不同。神话中的语言比任何其他语言表述中的功能都更多更复杂。因此神话可以被分解为组成单位，而且这些组成单位与语言的组成单位不同。神话的组成单位——神话素（mytheme）是以“关系束”（bundles of relations）在发挥功能的。[29]

在结构主义语言学影响下，结构主义符号学、叙事学和诗学相继出现。这几个学科之间关系紧密，因为列维-斯特劳斯、巴特、托多洛夫、格雷马斯等人都是活跃的跨学科理论家。结构主义符号学最早的论著是巴特的《符号学要素》[30]。他的神话学研究运用了索绪尔语言学中的符号学概念，建构了自己的符号学框架，对流行的文化事件进行了有效诠释。他的《神话学》用符号学的结构来解析神话的概念，理清了流行文化中的神话及其发展线索，并提出了系统研究符号学的方法论。[31] 巴特的神话学通过语言及以语言方式运作的其他文化符号与现实之间的关系，揭示了文化符号生产文化意义和意识形态观念的一般规律，对我们理解语言和非语言符号与现实之间的关系有重要意义，为我们研究流行文化提供了科学的方法论。结构主义叙事学是法国结构主义理论家对文学研究的杰出贡献。叙事学指对叙事进行任何系统的研究，起源于普罗普，发展于托多洛夫等法国结构主义文学理论家。托多洛夫在《〈十日谈〉语法》（1969）中创造了 ***narratologie*** 这一术语，指一门尚不存在的科学，旨在研究叙事和叙事结构以及它们如何

---

[28] Claude Lévi-Strauss, *Les Structures élémentaires de la Parenté* (Paris, 1949); *The Elementary Structures of Kinship,* Rodney Needham ed., J. H. Bell, J. R. von Sturmer, and Rodney Needham trans., Boston: Beacon Press, 1969.

[29] Ibid., p. 211.

[30] Roland Barthes, *Éléments de Sémiologie*, Paris: Editions du Seuil, 1964; *Elements of Semiology,* Annette Lavers and Colin Smith trans., London: Jonathan Cape, 1967/ New York: Hill and Wang, 1968.

[31] Roland Barthes, *Mythologies*, Paris: Seuil, 1957; *Mythologies* (Selected and translated by Annette Lavers), New York: Noonday, 1972.

对我们的知觉进行影响的学科。[32]

恰如列维-斯特劳斯用“音素”概念找到了最小的关系单位——神话素，巴特发现了“叙述素”（narrateme），以此来分析任何一个具体的叙事故事。[33] 这些要素是结构主义文学批评理论的核心。托多洛夫的《诗学》介绍了叙事的结构。他系统地阐述了用现代语言学的理论来分析作品的一系列要点，并试图找出一整套分析文学作品的方法，从而达到对文学的理解，这是他对结构主义文学理论做出的重要贡献。

美国结构主义

20 世纪 20 年代美国人类学家在调查美洲印第安语的基础上形成了一个独特的描写语言结构的学派，它跟欧洲结构主义一样强调语言结构的系统性，但与布拉格学派的结构功能研究和哥本哈根学派结构间功能关系研究不同，侧重结构形式描写。美国结构主义的核心人物是布龙菲尔德，代表作是“语言科学的一套公设”（1926）和《语言论》（1933）。他强调形式的分析和归类。继他之后，哈里斯（Z. Harris，1909—1992）在《结构语言学的方法》（1951）里为语言结构分析规定了两项基本任务：切分话语里的单位（如语素），对单位进行归类。[34] 分析要根据语言单位的分布特征，用替换法来鉴别，也被称为“分布主义”。

美国结构主义的特点是：注重口语和共时描写，注重形式分析，注重语言行为描写，不注重语言能力的解释；着眼于语言间的差异，而不重视语言的普遍性。只研究语言本身，不重视与语言有关的心理因素和社会因素。50 年代以后，乔姆斯基不满于结构主义分析方法的局限性，提出了生成语法理论。但美国结构主义的分布和替换法、直接成分分析法和把语音和语法相结合的“语素音位”概念，是美国结构主义语言学的宝贵财富。

结构主义文学理论家借鉴了乔姆斯基的“表层结构”和“深层结构”[35] 概念，把文学结构分为表层和深层结构，从可感知的表层结构入手分析潜藏在作品中的深层结构模式。结构主义诗学家卡勒在乔姆斯基提出“语言行为”与“语言能力”之分上，提出了“文学能力”的概念。他与美国新批评派的一致之处是，认为研究历史和作者对文学研究没有什么重要意义。他进一步认为，文本本身也没有什么重要意义。语言的结构产生了现实，这种现实与反映现实的语言相对立，即“语言使用我们”与“我们使用语

---

[32] Gerald Prince, “Narratology”, in Michael Groden and Martin Kreiswirth eds., *Johns Hopkins Guide to Literary Theory and Criticism*, Baltimore: Johns Hopkins University Press, 1994, p. 524.

[33] Roland Barthes, “An Introduction to Structural Analysis of Narrative”, *New Literary History*, 6(2), (1975), pp. 237-272.

[34] Zellig Harris, *Methods in Structural Linguistics*, Chicago: University of Chicago Press, 1951.

[35] Noam Chomsky, *Aspects of the Theory of Syntax*, Cambridge: The MIT Press, 1965.

言”之别。语言本身有其结构，字母组成词，词组成句子，句子组成篇，对读者构成声音和意义。但每个读者的解读并不完全相同。作品仅以某种方式写出来，文学中要表达的所有东西都受语言系统的限制。卡勒感兴趣的不是读者会得出什么不同的解读，而是他们得出不同解读的方式方法，遵循的原则和依照的系统，他们获得意义时使用的解读规约。诗人和小说家会遵循建立在自己对诗歌和小说的知识上的某些惯例。同样，读者也会辨认出诗歌或小说，即使把诗歌的分行打乱使其看上去像是散文，读者读起来有难度，但仍然能认出来诗就是诗。他还区分了能力（competent）读者/作者与无能（non-competent）读者/作者。能力作者写出的东西，能力读者能看明白，是因为这种作者知道何以为诗、何以为小说。结构主义诗学与结构主义神话学和叙事学相比，更进一步，超出了民间故事和神话分析的范畴，直接扩展到了诗歌和小说，甚至整个文学领域。

作为一个理论范式，结构主义主张把人类文化中的元素放在一个更大的起支配作用的系统或结构里，从其关系角度去理解。只有从这个视角出发，才能揭示出人类行动、思维、感知和感受的所有东西后面潜藏的结构。斯特罗克在《结构主义》[36]第二版序言中写道：即使在80年代，结构主义这个概念已不再有新意，但既不特别时髦也非明日黄花。结构主义在60年代初已由法国传到英美两国，尤其在大专院校，逐渐成为一个耳熟能详的名词。有人坚持把结构主义当作一个客观、科学的思考方式；但有人竭力反对，认为它太僵化、太机械、人情味不足，而且是舶来品。实际上，结构主义促成了思想文化史上古人与现代人之间的又一次周期性争论，其危险之处在于它的整套思想及研究方法会因其名称本身激起的个人情绪而变得含糊不清或受到歪曲。但到了90年代，已经听不到人们频繁地提结构主义了，这个概念不再是要么招人恨要么招人爱的东西，而成了一个中性词，用来描述一种思考方式。结构主义能取得这个全新的地位，是因为我们都是结构主义者。

二、结构主义的引进与接受

结构主义在中国的引进，始于对索绪尔语言学理论的介绍。从零星介绍到整体引进结构主义思想，经历了一个漫长的时期。

结构主义语言学的引进

根据索绪尔的学生笔记整理而成的《普通语言学教程》（1916）法文版出版时，正是第一次世界大战期间，1920年后才在欧洲大陆产生了一定影响。在英语世界里产生广泛影响，则是将近四十年后的1959年。虽然中国第一个汉译本（高名凯译）出版于1980年，但结构主义语言学思想的引进和介绍要远远早于这个时候。陈望道在30年代

[36] John Sturrock, *Structuralism* (2nd ed.), Oxford: Blackwell Publishing, 2003.

便撰文介绍过索绪尔的一些关键概念。刘复翻译的法国学者保尔巴西著的《比较语音学概要》(1930)中反映了结构主义语音学思想。岑麒祥编的《语音学概论》(1939)通过英国、法国、日本等国学者的语音学著作，对“音韵学”、“音素”等结构主义概念进行了详细介绍。

1957年《中国语文》(第8期)发表了苏联学者卡勉斯基的《关于结构主义的几点意见》(刘涌泉译)。同年《俄文教学》发表了《结构主义及其方法》并连载了杰格捷列娃的《欧洲语言学说简述：19世纪至20世纪》。1958年，对结构主义语言学的引进和讨论比较集中。《中国语文》(1958年第2期)发表了岑麒祥的《介绍〈语言学结构主义和方言地理学研究〉》一文。岑麒祥编著的《语言学史概要》(1958)第十一章“语言学中的结构主义及其主要派别”里介绍了索绪尔的结构语言学理论及由此发展起来的三个流派(布拉格学派、哥本哈根学派和美国描写主义语言学派)。最后在“总结”里写道：结构语言学的哲学基础及其批判结构语言学虽然导源于索绪尔的语言学观念，……可是他们那种反历史主义的倾向和把语言只看作一种脱离现实、脱离社会生活的“符号王国”的观点，在语言学里却是极其有害的。

50年代结构主义的引进，受苏联语言学影响太大。国内对结构语言学思想的研究和讨论，也都太片面。李振麟在《英美资产阶级的音位学批判》中指出，音位是“唯心论学说”，在20世纪初传入中国并统治了中国的语言学界，原因是“解放前的伪中央研究院是传播资产阶级唯心论语言学的总机关”。[37] 在该文第三部分，他批判了“英美资产阶级音位学中的唯心论”及“否定音位客观存在的心理主义音位学”。[38] 现在不难理解，这篇文章很可能是作者在当时“坚持学习苏联，批判欧美资产阶级唯心论”的政治气候下的昧心之作。多年后他在笔谈里承认“欧洲和美国描写语言学、音位学的一些理论和研究方法”的引进对我国语言学的积极作用，并明确指出，语言学“没有阶级性”，应用语言学中的大量新兴边缘学科“更扯不上阶级性问题”。[39] 罗常培与王均的《普通语音学纲要》(1957)专门讨论了音位、音位学及“对英美资产阶级学者音位理论的批判”。[40] 他们认为，西欧资产阶级语言学家从俄罗斯学者那里接受了音位学的理论，“片面夸大了音位在某一方面的性质和作用,甚至整个歪曲了事实”；索绪尔对音位的解释“是十分错误的”，“特鲁别茨科伊的理论”同样地站不住脚，“美国的布龙菲尔德也属于这一派”。[41]

1958年，许国璋撰文指出，我国50年代批判结构主义语言学是步苏联之后尘；结

[37] 李振麟,《英美资产阶级的音位学批判》,《复旦学报》(人文科学版)，1955年第2期，第65页。
[38] 同上，第72页。
[39] 李振麟,《借鉴国际研究成果发展祖国语言科学》,《国外语言学》，1980年第1期，第7-11页。
[40] 罗常培、王均,《普通语音学纲要》，北京：科学出版社，1957年；北京：商务印书馆，1981年。
[41] 同上，第195-197页。

构主义与语言的结构分析不同；在语言的结构分析上，例如语音与音位的差别，在于某个音品是否“有区别意义的功能”，语音“结构”有其特殊含义，其本质是语言内部各种成分之间的关系和各种成分配合和分布的规律。虽然国人同意结构主义者关于语言只能从其“内在结构”去研究的主张，但又认为这是唯心主义的方法。[42] 1959 年，田逸民等译的法国语言学家马塞尔·科恩（Marcel Cohen）在北京的讲演——《语言学的研究方法与科学思想发展的关系》，对各种结构主义语言学流派的研究工作进行了总结，对索绪尔有关语言学研究对象的观点进行了批判。[43] 方光焘在 1962—1963 年的普通语言学讲稿中指出了叶尔姆斯列夫对索绪尔理论的继承和修正，强调索绪尔的“结构”指“语言的组织、结构体系”。[44] 王宗炎的《英美学者论美国结构主义的谬误》(《语言学资料》1965 年第 5 期)综述了英美语言学家对布龙菲尔德结构主义语言学思想的片面批判，对国人盲目拒绝结构主义语言学有客观上不可否认的影响。总的来看，五六十年代中国语言学界对外国语言学论著的翻译和引进受政治因素影响太大。以苏联学者为主的外国语言学理论在一定程度上丰富了中国的语言学思想，但盲目批判西方语言学思想也在一定程度上影响了中国语言学理论的发展。国内语言学界有意或无意地曲解结构主义语言学的基本概念和精神，导致没有真正引进结构主义语言学思想，反而一味地排斥结构主义语言学。

80 年代，结构主义语言学理论开始在中国内地得到系统引进。索绪尔的《普通语言学教程》第一部中文版（高名凯译，1980 年）由商务印书馆出版，同年《国外语言学》（1980 年第 1 期）上发表了岑麒祥的《瑞士著名语言学家索绪尔和他的名著〈普通语言学教程〉》，同期还刊载了李忆民的《对索绪尔生平的一点补充》。实际上，早年曾在法国巴黎大学获得语言学博士学位的北京大学教授高名凯先生在 1963 年就根据《教程》法文第五版翻译成了中文，1964 年交其同事岑麒祥先生校订，未能及时出版。岑麒祥先生校订时又参考 1933 年苏霍廷的俄译本和 1959 年巴斯金的英译本。岑麒祥在《教程》中文版前言里“提醒”读者：索绪尔在书中提出的各种见解和主张，不能看作语言学中的定论，……我们必须采取科学的态度，以实事求是的精神加以分析批判。”由此可见，在当时的政治气候下对西方学术著作的普遍态度，对结构主义语言学的引进和传播仍然有不利的一面。

结构主义理论的引进

内地最早介绍“结构主义”的论著是《哲学社会科学动态》（1975 年第 4 期）发

[42] 许国璋，《结构主义语言学述评》，《西方语文》，1958 年第 2 卷第 2 期，第 209-223 页。

[43] 马塞尔·科恩，《语言学的研究方法与科学思想发展的关系》，田逸民等译，《西方语文》，1959 年第 3 卷第 3 期，第 144-156 页。

[44] 方光焘，《索绪尔〈一般语言学〉选讲》，《方光焘语言学论文集》，北京：商务印书馆，1997 年，第 479 页。

表的《近年来欧洲结构主义思潮》，对结构主义做了全盘否定，认为“结构主义理论是资本主义思想体系衰落的又一阶段”。[45] 杨熙令编译的《结构主义是什么》(《哲学译丛》1978 年）介绍了黑尔曼德和萨特的看法，前者认为结构主义是“一种形式主义体系”，漠视历史，反对一切进化和发展，追求所谓“封闭体系”和“结构”；后者认为结构主义学说是“一个逻辑学上的丑闻”。

1980 年，商务印书馆在“汉译世界学术名著丛书”中出版了索绪尔的《普通语言学教程》外，还出版了美国结构主义语言学家布龙菲尔德的《语言论》(袁家骅、赵世开、甘世福译）和比利时哲学家布洛克曼（J. M. Broekman）的《结构主义：莫斯科—布拉格—巴黎》[46](李幼蒸译)。随后出版了瑞士心理学家皮亚杰(J. Piaget)的《结构主义》[47](倪连生、王琳译，1984 年)。这两部《结构主义》专著中译本的出版，标志着整体的结构主义在中国生根，其影响已不限于语言学领域。

傅季重翻译的《结构主义对科学理论的说明》(《世界科学译刊》1980 年第 1 期)，原作者布莱克威尔对结构主义的科学观作了比较完整的论述，认为当代的科学哲学家对科学理论的性质没有做出恰当的说明，逻辑经验论的说法同样不高明。结构主义对整个问题进行重新考察，提出了新的探讨方法和新的看法。[48] 80 年代初几篇有影响的译介，多由哲学领域的学者所为。《哲学译丛》连续发表的译文包括：列维-斯特劳斯的《结构主义的产生及其他》(梦海译，1981 年)、阿尔都塞的《是结构主义还是理论主义？》(张烨译，1982 年）和波兰学者沙夫的《作为一种思潮的结构主义》(阎克文译，1983 年)。1982 年《国外社会科学》第 6 期上发表了特罗菲莫娃的《今日法国结构主义》(黎汶译）和库卡勒的《文学中的结构主义》(张金言译）等。

结构主义在不断译介的同时，对其研究也陆续展开，包括林敏的《略论结构主义的结构认识方法》(《中国人民大学报刊复印资料》1982 年第 10 期)，高宣扬的《结构主义概说》(天地图书有限公司，1983 年)、徐崇温的《结构主义与后结构主义》(辽宁人民出版社，1986 年）等。林敏将结构主义的基本特征归结为五个方面：视事物的内在秩序为认识的对象；在本质上是一种活动；运用一种“理想模型”的实验室方法；强调整体性的观点；批判存在主义的主体中心论，而强调主体移心化。[49]

---

[45] 周英雄，《比较文学与小说诠释》，北京：北京大学出版社，1990 年，第 265 页。

[46] 原著为德文，1971 年由德国 Verlag Karl Aller 公司出版；英文版由 Jan F. Beekman 和 Brunhilde Helm 译，1974 年由荷兰 Reidel 公司出版。李幼蒸的中译本译自英文版，并参考了德文版。

[47] 根据法兰西大学出版社 1979 年法文版翻译。

[48] 布莱克威尔（Richard J. Blackwell），载于《国际哲学季刊》(*International Philosophical Quarterly*) 1976 年 12 月。

[49] 林敏，《略论结构主义的结构认识方法》，中国人民大学书报资料社《复印报刊资料》(外国哲学与哲学史)，1982 年第 10 期，第 89-95 页。

结构主义文学理论的引进

当结构主义语言学理论的方法和关键概念在中国引进和讨论早已成规模之时，文学理论领域对结构主义的引进和讨论步伐要慢得多。由于相当一部分文学研究者不关注结构主义语言学为文学和文化研究提供的方法论和概念，结构主义语言学在长达半个世纪里对中国文学理论几乎没有产生任何影响。

最早介绍结构主义文学理论的论文是袁可嘉的《结构主义文学理论述评》(《世界文学》1979 年第 2 期）和他翻译的巴特论文《结构主义——一种活动》(《文艺理论研究》1980 年第 2 期)。袁可嘉在“述评”中系统介绍了结构主义的历史发展、批评理论及其在散文文学、戏剧、诗歌中的批评实践，既肯定了结构主义的成就，也指出了结构主义的缺陷。他概括了结构主义的三种情况：第一种是从语言学出发，以分析文学作品中的句法结构为主要任务；第二种是以人类学和精神分析学的假设为依据，发掘神话、童话中的无意识结构；第三种是就某个文学体裁内部的模式演变进行论述，力图发现一些规律性的东西。之后指出，就文学系统而言，结构主义学者是“不考虑产生它的社会历史条件和作者的世界观的，这就会使文学成为无源之水，一个僵化的机械的系统”；“作为文学批评，结构主义学派一个严重缺点是它常常脱离了作品本身的思想和艺术”。[50] 袁可嘉对结构主义理论的译介和评述，紧跟世界文学理论潮流，为结构主义文学理论在中国的译介与广泛传播起了重要作用。

哲学家李幼蒸对法国结构主义、符号学和电影美学做了译介及较有深度的分析。他在《法国结构主义哲学的初步分析》(1979 年 11 月“全国外国哲学研讨会”论文）一文中介绍了法国结构主义产生的哲学思想背景、语言学模式、基本的哲学性质、主要哲学观点、方法论、基本价值观，并指出了结构主义的反主体、反中心论和反历史主义特征。他在《电影艺术译丛》(1980 年第 3 期）上发表的《结构主义与电影美学》，强调了结构主义是一种认识论和方法论及其对社会、文化、人生的冷静分析态度，结构主义的方法学首先是符号学分析法。结构主义美学不是“一般性的美学研究”，而是“诸种文艺类别中较为具体的美学记号问题的研究，其中最主要的是文学中的符号学研究”，电影符号学是“仅次于文学的另一个重要的符号学美学研究领域”。他指出了结构主义—符号学的电影美学（或电影理论）的三个研究内容：一般的理论性研究；对具体影片进行结构主义式的“读解”分析；把结构主义符号学方法用于各种现代派电影的探讨。

王泰来的《关于结构主义文艺批评》(《外国文学研究》1981 年第 2 期),张裕禾的《新批评——法国文学批评中的结构主义流派》(《外国文学报道》1981 年第 3 期)，李宪如和石倬英的《结构主义概述》(《河北大学学报》(哲学社会科学版）1981 年第 3 期)，赵

[50] 袁可嘉，“结构主义文学理论述评”，《世界文学》，1979 年第 2 期，第 291-309 页。

毅衡的《诗歌的结构主义研究方法举隅》(《社会科学战线》1981年第1期)，邓丽丹的《文学作品的结构分析》(《外国文学报道》1983年第1期)，王泰来的《一种研究文学形式的方法——谈结构主义文艺批评》(《国外文学》1983年第3期)等都有非常重要的意义。1983年，张隆溪以“西方文论略览”为总标题在《读书》上发表了4篇专论结构主义的文章:《艺术旗帜上的颜色——俄国形式主义与捷克结构主义》(1983年第8期)、《语言的牢房——结构主义的语言学和人类学》(1983年第9期)、《诗的解剖——结构主义诗论》(1983年第10期)、《故事下面的故事——论结构主义叙事学》(1983年第11期)。他全面介绍了结构主义文论的整体发展，从结构主义的起源和俄国形式主义、索绪尔的语言学和列维-斯特劳斯的结构人类学、雅可布森的语言学诗学、卡勒的结构主义诗学，到结构主义叙事学的三个部分——普罗普的童话形态学、列维-斯特劳斯的神话学、托多洛夫的“叙述语法”理论，详细阐述了结构主义文论的整个发展过程。徐文博的《希腊神话研究的哲学倾向和结构主义方法》(《深圳大学学报》(社会科学版)1985年第4期)、施用勤的《结构主义与文学》(《光明日报》1985年5月2日)等都有一定影响。结构主义文学理论的大规模译介和引进，为中国的结构主义文学理论研究提供了接受并与西方接轨的客观化、科学化分析的工具模式和方法论。

列维-斯特劳斯的《野性的思维》(赵建兵译，京华出版社，2000年)和格雷马斯的《结构语义学》(吴泓缈译为《结构语义学：方法研究》，生活·读书·新知三联书店，1999年；蒋梓骅译为《结构语义学》，百花文艺出版社，2001年)的出版，是引进结构主义文学理论的重要译作。前者是结构主义思想对存在主义思想的全面挑战，后者是法国百年来第一部语义学专著，其中提出了一系列符号学方法论新概念，建立了文本的叙事和话语研究，是法国结构主义符号学的奠基之作，对国内的语言学、符号学和叙事学研究发挥了非常重要的作用。法国理论家多斯的《结构主义史》(季广茂译，金城出版社，2012年)对国内了解结构主义及解构主义时代法国结构主义者创造重绘人类知识地图、改变世界的走向有重要作用。

80年代以来的大规模译介，促进了结构主义文学理论在中国的进一步传播。但文学理论界对结构主义的专著译介和引进力度不够。例如，张金言在1982年从《二十世纪世界文学百科全书》(补编)中译介了结构主义文学理论家卡勒(J. Culler)的《文学中的结构主义》(《国外社会科学》第6期)一文，但卡勒1975年获得美国现代语言协会大奖的专著《结构主义诗学》[51]在1991年才得以翻译引进(盛宁译，中国社会科学出版社)；叶舒宪1988年编选的《结构主义神话学》里就包括了普罗普的《民间故事形态学》的定义与方法、列维-斯特劳斯的《神话的结构研究》等内容，但《民间故事形态

[51] Jonathan Culler, *Structuralist Poetics: Structuralism, Linguistics and the Study of Literature*, Ithaca: Cornell University Press, 1975.

学》2006年才被引进（贾放译，中华书局），《结构人类学》1995年才被引进（俞宣孟、谢维扬、白信才译，上海译文出版社），《神话学》2007年才被引进（周昌忠译，中国人民大学出版社）。

英国文学理论家伊格尔顿的《马克思主义与文学批评》[52]（文宝译，人民文学出版社，1980年）第二章"历史与形式"中有"卢卡契与文学形式"和"戈德曼与遗传结构主义"专节。80年代中后期系统翻译和引进结构主义文学理论的译文有：肖厚德译的戈德曼著《文学史中的发生结构主义方法》（《法国研究》1986年第3期），周始元译的埃拉姆著《布拉格结构主义和剧场中的符号》（《剧艺百家》1986年第4期），潘大渭译的西利切夫著《对列维-斯特劳斯结构主义文化理论的批判》（《现代外国哲学社会科学文摘》1987年第12期），屈儆聆和木公译的斯高利斯著《浪漫主义和结构主义的诗歌语言理论》（《河南大学学报》（哲社版）1987年第5期）等。引进的专著包括英国学者霍克斯的《结构主义和符号学》[53]（瞿铁鹏译，上海译文出版社，1987年），法国学者尼耶的《结构主义作品分析》（万胜译，湖南人民出版社，1988年），美国文学理论家肖尔斯的《文学中的结构主义：导论》[54]（刘豫译为《文学结构主义》，生活·读书·新知三联书店，1988年；孙秋秋等译为《结构主义与文学》，春风文艺出版社，1988年）、库兹韦尔的《结构主义时代：从莱维-斯特劳斯到福科》（尹大贻译，上海译文出版社，1988年）[55]。伊格尔顿1983年出版的《文学理论：导论》[56]（伍晓明译为《二十世纪西方文学理论》，陕西师范大学出版社，1986年；刘峰译为《文学原理引论》，文化艺术出版社，1987年；王逢振译为《当代西方文学理论》，中国社会科学出版社，1988年）中有专章"结构主义与符号学"。荷兰学者佛克马与易布斯著的《二十世纪文学理论》[57]（林书武等译，生活·读书·新知三联书店，1988年）中也有专章介绍符号学。译文选集有：巴特论文选《符号学原理：结构主义文学理论文选》（李幼蒸译，生活·读书·新知三联书店，1988年）、叶舒宪编选的《结构主义神话学》（陕西师范大学出版社，1988年）和李幼蒸选编的《结构主义和符号学：电影理论译文集》（生活·读书·新知三联书店，1987年）等。

李幼蒸选编的《结构主义和符号学：电影理论译文集》包括四部分：符号学与电影

---

[52] Terry Eagleton, *Marxism and Literary Criticism*, London: Methuen, 1976.

[53] Terence Hawkes, *Structuralism and Semiotics*, London: Methuen, 1977; London: Routledge, 2003.

[54] Robert Scholes, *Structuralism in Literature: An Introduction*, New Haven: Yale University Press, 1974.

[55] Edith Kurzweil, *The Age of Structuralism: Levi-Strauss to Foucault*, New York: Columbia University Press, 1980.

[56] Terry Eagleton, *Literary Theory: An Introduction*, London: Blackwell, 1983; 2nd ed., 1996; 3rd and the 25th Anniversary edition, London: Blackwell/Minneapolis: University of Minnesota Press, 2008.

[57] Douwe W. Fokkema and Elrud Kunne-Ibsch, *Theories of Literature in the Twentieth Century: Structuralism, Marxism, Aesthetics of Reception, Semiotics*, London: C. Hurst, 1977.

理论；电影语言结构问题；电影本文结构分析；电影深层结构研究。其中收录了包括意大利符号学家乌伯托·艾柯在内的英、法、美等国 12 位学者六七十年代发表的论文。他选编的《结构主义和符号学：电影文集》（艾柯等著，台北桂冠图书公司，1998 年）既讨论了 20 世纪一些批评著作的内容，也涉及作者与这些文学批评的对话和思考，试图考察 20 世纪的主要意识形态潮流及其在文学和文学批评上的反映，并希望找出一种“更有道理”的意识形态立场和近乎正确的“文学观和批评观”。他译的《符号学原理：结构主义文学理论文选》收录了巴特的 7 篇著作及附录“巴尔特研究”的两篇论文。

叶舒宪的《结构主义神话学》分为上、下两编，内容包括：普罗普的《民间故事形态学》的定义与方法，列维-斯特劳斯的《神话的结构研究》、《结构与辩证法》、《〈生食与熟食〉序曲（节选）》、《神话与意义》、《语言学与人类学》、英国利奇的《作为神话的〈创世记〉》，日本伊藤清司的《〈天婚〉故事的结构论研究》、苏联梅列金斯基的《斯堪的那维亚神话的对立系统》；下编收录了英、美、日等国学者从不同角度对结构主义神话学的研究、批评或阐述，最后在附录中收录了台湾学者古添洪的《唐传奇的结构分析》。

美国文学理论家詹姆逊的《语言的牢笼：马克思主义与形式》[58]（钱佼汝、李自修译，百花洲文艺出版社，2010 年）的上册第三章探讨了马克思主义在结构主义中的体现。赵利民主编的《当代西方文学批评方法与实践》（中国文史出版社，2013 年）的第七章“结构主义——符号学文学批评”中，分节探讨了结构主义的产生背景及基本理论特征、结构主义叙事理论和巴特的叙事理论。

结构主义文学理论及叙事学理论的经典——普罗普的《民间故事形态学》的引进经历了漫长的岁月。如果说 20 世纪六七十年代中苏、中美关系紧张而影响到学术交流和学术著作的引进，那么在实行改革开放政策后的 80 年代，当索绪尔的《普通语言学教程》、布龙菲尔德的《语言论》等欧美“资产阶级语言学”开禁于中国之时，命运多悖的苏联学者巴赫金（М. М. Бахтин，1895—1975）20 年代后期以来的许多著作被陆续翻译引进，[59] 甚至在普罗普的《民间故事形态学》和《民间故事理论及历史》英文版从美国传入中国并被广泛引用之时，他的著作仍然没有被译成中文。50 年代，苏联文学和

[58] 该书把 Fredric Jameson 的两本专著 *Marxism and Form: Twentieth Century Dialectical Theories of Literature*（Princeton: Princeton University Press，1971）与 *The Prison-House of Language: A Critical Account of Structuralism and Russian Formalism*（Princeton: Princeton University Press，1972）译在一起，成为上下两册。

[59] 如《弗洛伊德主义评述》（汪浩译，辽宁人民出版社，1987 年）、《弗洛伊德主义批判》（张杰、樊锦鑫译，中国文联出版公司，1987 年）、《陀思妥耶夫斯基诗学问题：复调小说理论》（白春仁、顾亚玲译，生活·读书·新知三联书店，1988 年）、《文艺学中的形式方法》（李辉凡、张捷译，漓江出版社，1989 年；邓勇译，中国文联出版公司，1992 年）、《小说理论》（白春仁、晓河译，河北教育出版社，1998 年）、《拉伯雷研究》（李兆林等译，河北教育出版社，1998 年）等。

文学理论在中国影响巨大，苏联语言学理论在中国也是一统天下，西欧和美国结构主义语言学理论不为国人注意和引进，不难理解。但在十分重视苏联文学理论的年代，普罗普等重要文学理论家的著作在国内一直无人问津，值得反思。2006年才出版了第一个也是迄今为止唯一的中文版《民间故事形态学》（贾放译，中华书局），这已经不是国内文学批评理论研究的滞后和对结构主义文学理论认识不足的问题了。

继中国社会科学出版社1990年出版热奈特的《叙事话语 新叙事话语》[60]（王文融译）后，百花文艺出版社2001年出版了《热奈特论文集》[61]和《审美态》[62]（史忠义译）。阎嘉主编的《文学理论精粹读本》（中国人民大学出版社，2006年）选译了西方学术界20世纪80年代以来文学理论领域极具前沿性的论述。全书由五部分组成，在第一部分"文学理论传统问题的现代进展"中收录了黄辉译的查特曼著《故事与叙事》、潘纯琳译的热奈特著《叙事的顺序》等。《热奈特论文选：批评译文选》（史忠义译，河南大学出版社，2009年）第一部分收录了叙事学理论家热奈特的10多篇论文，第二部分收录了相关文论家如巴特、格雷马斯、托多洛夫等的代表性论文10多篇。《转喻：从修辞格到虚构》（吴康茹译，漓江出版社，2013年）脱胎于热奈特在2002年国际叙述学研讨会上的发言，是这位当代著名文艺理论家在"跨媒介叙述学"领域所作的最新探索。

三、结构主义文学理论的研究

随着西方结构主义文学理论的持续引进，结构主义文学理论的研究也在一步步深入。魏家骏的《在中国的结构主义批评》（《学术研究》1994年第4期）、周英雄的《结构主义批评在中国》（《社会科学研究》1999年第4期）等文系统描述了结构主义批评在中国的发展历程。陈厚诚、王宁主编的《西方当代文学批评在中国》（百花文艺出版社，2000年）有专章阐述结构主义批评在中国的传播过程，其中也对结构主义批评在国内的研究和应用都进行了介绍和分析。

中国学者对结构主义文学批评理论的研究，论文包括阎沐新的《语言学与法国结构主义文论》（《法国研究》1986年第1期）、张弘的《结构主义对文学史研究的启示》（《辽宁师范大学学报》1986年第3期）和《结构主义和文学史研究》（《社会科学》1986年

[60] 这是 Gérard Genette 的 *Discours du récit*（Paris: Seuil，1972）与 *Nouaeau discours du récit*（Paris: Seuil，1983）的合译本。英文版 *Narrative Discourse: An Essay in Method*（Ithaca: Cornell University Press，1980）与 *Narrative Discourse Revisited*（Ithaca: Cornell University Press，1988）均由 Jane E. Lewin 译。

[61] 译者根据法国巴黎瑟伊（Seuil）出版社1979年的《广义文本之导论》（*Introduction à l'architexte*）、1982年的《隐迹稿本，二级文学》（*Plimpsetes, La litérature au second degré*）和1991年的《虚构与行文》（*Fiction et diction*）翻译。

[62] 包括《广义文本之导论》（全译）、《隐迹稿本》（节译）、《虚构与行文》（全译）及《热奈特著作年表》。

第 12 期）、程代熙的《罗兰·巴尔特的结构主义文艺观》（《文艺争鸣》1986 年第 6 期）、滕复的《皮亚杰的结构主义》（《探索》1987 年第 6 期）、刘莘的《结构主义与历史主义》（《重庆师院学报》（哲社版）1987 年第 4 期）、胡万福的《阿尔都塞的原文理论及其结构主义性质》（《华中师范大学学报》（哲社版）1987 年第 6 期）、于沛的《戈德曼发生学结构主义文学社会学评介》（《社会科学》1987 年第 5 期）、林青的《法国当代文学批评与戈德曼发生学结构主义》（《文艺研究》1987 年第 2 期）、段炼的《"蕴意结构"：戈尔德曼发生结构主义》（《外国文学评论》1987 年第 4 期）、《发生学结构主义对比较文学的启示》（《中国比较文学》1997 年第 1 期）、王宁的《后结构主义与分解批评》（《文学评论》1987 年第 6 期）、胡亚敏的《结构主义叙事学探讨》（《外国文学研究》1987 年第 1 期）、陈力川的《西方小说的视角——结构主义叙述学比较研究》（《文学评论》1987 年第 2 期）、龙迪勇的《叙事学研究的空间转向》（《江西社会科学》2006 年第 10 期）等为结构主义文学理论在中国的发展提供了非常重要的专题研究。

张秉真和黄晋凯的《结构主义文学批评论》分四部分：结构主义概说；结构主义文学批评的缘起与兴衰——从俄国形式主义到法国结构主义；结构主义文学批评的基本原理和分析方法；几点评价。并有附录（国外百科全书中有关"结构主义"的阐释）。李广仓的《结构主义文学批评方法研究》以结构主义流派中心概念的缘起、嬗变和文本解读方法的流变为主线，通过共时和历时分析，对结构主义批评方法进行了透视，总结梳理了有操作价值的批评模式，进一步解释了尚存争议的问题。王利芬的《变化中的恒定：中国当代文学的结构主义透视》（广东人民出版社，1999 年）分析了结构主义与中国当代文学的关系，包括工农兵文学（1942—1976）中人物结构模式对普罗普民间故事研究方法的借鉴，情节结构模式中对布雷蒙有关作品逻辑发展方法的借鉴，工农兵文学神话与神话的建构和政治神话的破灭。后新时期文学自我的消解（1985—1995）中叙述话语的革命、叙事语言的革命等。陈平原在《中国小说叙事模式的转变》（上海人民出版社，1988 年；北京大学出版社，2003 年）一书中指出：中国小说叙事模式的转变基于两种移位的合力：第一，西洋小说输入，中国小说受其影响而产生变化；第二，中国文学结构中小说由边缘向中心移动，在移动过程中吸取整个中国文学的养分因而发生变化。后一个移位是前一个移位引起的，但这并不减弱其重要性。没有这后一个移位，20 世纪中国小说不可能在短短几十年时间内获得自己独立的品格，并取得突出成就。

70 年代台湾学者就大胆地指出，"中国的文学本质有其独特性，不宜施以结构主义的分析"；也有人审慎地指出，"每一个时代都有权利诠释前人的作品与看法。20 世纪的结构主义从整体、底层的观点看文学，自有其立足之根据，也不必因它无法鞭辟入里地勾出中国文学的精髓，也因此扬弃不用"。[63] 结构主义理论在文学批评领域（尤其是诗

[63] 周英雄，《结构主义与中国文学》，台北：东大图书公司，1983 年，第 219、225 页。

歌分析和小说研究）取得的成果，为结构主义方法在中国文学研究中的运用提供了成功的经验。

诗歌分析

运用结构主义方法分析诗歌，是结构主义文学批评的最早成果。雅可布森 20 世纪 60 年代初就在《语法的诗歌和诗歌的语法》中对从 13 到 20 世纪用六种欧洲语言写成的一组诗歌进行了结构主义分析，后来他又与列维-斯特劳斯合作分析了法国现代诗人波德莱尔（Charles Baudelaire，1821—1867）的十四行诗《猫》（*Le Chat*），从中发现了鲜明的对称和反对称，平行结构，对等形式和强烈对仗的巧妙的积累，最后还有对诗中的词法和句法成分的类别的严格限制。[64] 台湾学者杨牧用结构主义诗学方法分析了汉乐府《公无渡河》。[65] 尽管他从形式因素着手，得出人的悲剧精神胜利的结论，多少显得有些牵强，但他借鉴了西方诗歌语言对人称、时态、数、格、韵律等语法、语音要素的重视，在分析汉语诗歌时突出了音序的作用，把结构主义的二项对立原则渗透其中，创造性地从语音层次的分析上升到语义层次的分析，使形式的分析与内容的分析相互交融、相得益彰，这一尝试是十分可贵的。[66] 周英雄也对《公无渡河》作了结构主义分析。他立足于结构主义的二元对立原则，从《公无渡河》故事演变的过程入手，建立起了一个阅读和分析的动态过程，进而讨论了文学和人生的关系，认为在象征的层次上，《公无渡河》描写的是人与人之间以及人与大自然之间无可化解的冲突，体现了结构主义文学批评的基本精神。[67]

对汉语诗歌的结构主义分析，是结构主义文学理论本土化的一种开拓性尝试。但这种最早的尝试并非在本土。旅美华人学者、普林斯顿大学教授高友工和康奈尔大学教授梅祖麟 1968 年至 1978 年间用英文撰写了三篇研究唐诗的经典论文：《杜甫的〈秋兴〉：语言学批评的实践》、《唐诗的句法、用字与意象》、《唐诗的语义、隐喻和典故》，被汉译为《唐诗的魅力：诗语的结构主义批评》（李世耀译，上海古籍出版社，1989 年）和《唐诗三论：诗歌的结构主义批评》（李世跃译，商务印书馆，2013 年）。他们从语言学角度运用结构主义批评方法研究唐诗，对诗歌的语义变化、节奏转换、繁复意象及错综语汇进行了细致翔实的分析，并在论述过程中对中西诗歌作了精深的比较研究，开辟了一条研究中国古典诗歌的路径，充分彰显了语言学在结构主义文学批评领域的巨大魅力。他们在《唐诗的语意研究：隐喻与典故》（黄宣范译，《中外文学》台湾大学文

[64] Roman Jakobson, "Poetry of Grammar and Grammar of Poetry", in Krystyna Pomorska and Stephen Rudy eds., *Language in Literature*, Cambridge: Harvard University Press, 1987, pp. 121-144.

[65] 杨牧，《传统的与现代的》，台北：志文出版社，1974 年。

[66] 魏家骏，《在中国的结构主义批评》，《学术研究》，1994 年第 4 期，第 107 页。

[67] 周英雄，《试就〈公无渡河〉论文学与人生的关系》，卢兴基选编，《台湾中国古代文学研究文选》，北京：人民文学出版社，1988 年，第 87 页。

学院，1978 年第 4 卷第 9 期）一文中认为，结构主义诗学分析不应停留在雅可布森的对等原则方面，对语法和语义功能也应当加以研究。他们在对杜甫《秋兴》进行分析时，注意到对语音既作结构主义分析也作语义阐释，可使这一形式因素的分析与鉴赏评论相结合。结构主义诗学理论在中国本土化分析作品的基本操作原则，是重视语音分析，舍弃了西方结构主义批评对语音关系的繁琐罗列，在一般读者审美感知所及的范围内展开分析；吸收了结构—功能的分析方法，注意展示诗歌内涵各要素之间的结构关系；重视采用结构主义语言学的二元对立原则，尽可能揭示诗歌的内容与形式诸方面的联系，并做出相应的语义解说；不拘泥于诗歌语言的纯形式因素的分析，遵循中国诗歌的“言志”传统，重视诗歌形式因素的语义内涵和语用效果。[68] 这几个原则，不仅是对西方结构主义诗学分析方法的应用，而且是扩展和创新。

小说分析

高辛勇通过分析清末小说家董说《西游补》的叙事技巧，对热奈特的叙事理论做了阐释。他认为该书巧妙地运用了创造性的叙事动作来“制造一种如梦的气氛，使得各层‘现实’境界交融莫测、虚实之间扑朔迷离”，使故事与表达全书的题旨——“真”与“幻”的问题——配合得天衣无缝，“二而为一”，并强调其文学性“不在其题旨哲理的深邃或精辟，而在于题旨与表达方法巧妙的配合过程。”[69] 陈力川在《西方小说的视角》一文中详尽分析了体现作家特殊的观察与感受方式的视角问题。赵毅衡的《中西小说的叙述主体》(《中国比较文学》1988 年第 3 期）专门研究了中国古今小说的叙事人指点干预、评论性干预和隐指作者的问题，已经注意到结合中国小说的艺术特点来论述叙事技巧，如中国古典小说中大量的解释性评论及评论性干预。魏家骏指出，赵毅衡的分析摆脱了对法国结构主义叙事学成果的复述，注意从方法的角度来吸取其精髓，希图建立起对小说技巧的独立解说。[70]

把叙事技巧研究引入具体作品的分析，具有批评方法的普遍意义。采用全局整体框架性的分析方法，实现了叙事形式和技巧与作品内涵的统一，是中国学者对结构主义叙事理论的运用和发展。乐黛云采用结构主义二元对立方法阐释了鲁迅小说《药》中艺术特征的结构。她认为，革命者夏瑜和愚昧的华小拴这两个人物结构要素通过“人血馒头”联系在一起，两个母亲隔着一条小路，小拴坟上青白色的小花（自然的）和夏瑜坟上红白相间的花环（人为的）都构成了二元对立关系，甚至树上的乌鸦也可以理解为静与动、凝固与腾飞的二元的象征。[71] 季红真的分析认为，《药》包含的深层叙述结构是

[68] 魏家骏，《在中国的结构主义批评》，《学术研究》，1994 年第 4 期，第 108 页。
[69] 同上。原载《中外文学》1984 年第 12 卷第 8 期。
[70] 魏家骏，《在中国的结构主义批评》，《学术研究》，1994 年第 4 期，第 108 页。
[71] 乐黛云，《比较文学与中国现代文学》，北京：北京大学出版社，1987 年，第 278-279 页。

“一个中心对称的基本结构框架”，其中一个个基本结构形式在作品中还形成一个核心对称结构，而且呈现出很大的不平衡性。[72] 这些分析和评论对小说主题在结构中的实现所作的阐释，为小说叙事艺术解释提供了客观的方法。

高辛勇运用托多洛夫的理论，提出叙事作品中“故事铺叙时事件以正、反或预期与实现等形状出现的可能组合式”。他认为中国传统小说的基本结构方式有报应式、了悟式、离合式、理念式等，而不同的结构方式又可以糅合或重叠。他的分析对中国古典小说的深层结构进行了概括，并揭示出中国古典小说的几种结构特征。[73] 古添洪在《唐传奇的结构分析——以契约为定位的结构主义的应用》一文中，综合格雷马斯的行动素理论和普洛普的民间故事形态分析法，分析了唐传奇的结构特征。[74] 张汉良用普洛普的模型和分析方法对《杨林》故事系列进行了研究。他在《〈杨林〉故事系列的原型结构》（台湾《中外文学》月刊，1975 年第 3 卷第 11 期）[75] 中做了详细的结构分析，认为唐人传奇中的《枕中记》（沈既济）、《南柯太守传》（李公佐）、《樱桃青衣》（任繁）均系《杨林》（见刘义庆《幽明录》）的仿作。他大胆运用了巴特和热奈特视文本为扩展句的理论，还运用巴特对核心功能和催化功能的分析方法，分析了描述性因素与叙述性因素的关系，充分体现了结构主义叙事学的方法和原则在中国文学研究中的应用。他还注意到《杨林》故事系列的几篇作品里主人公的身份变化，并努力寻找出引起结构因素变化的社会、政治、经济的动因，也是中国学者对结构主义文学批评方法的重要贡献。

结构语言学理论把语言当作一个自足的封闭系统，以此为基础的西方结构主义理论对文学批评的影响是，强调文学作品内部的形式因素及其相互关系，把文学作品变成超越社会历史的形式系统。而中国学者在运用结构主义方法时，还注意在形式的解析中寻求语义解释，探寻形式因素据以形成的语义内涵及其社会历史原因，因而使结构主义在中国文学研究中有一定深度。但吴亮等人编的“新时期流派小说精选丛书”中有专卷《结构主义小说》（时代文艺出版社，1989 年），是从结构主义视角编选的中国小说专辑，却会误导读者把“结构主义小说”当作一个小说创作流派。其实，结构主义仅仅是“作为一种文学批评的方法”，所有结构主义思潮中有一些最基本的、与文学批评相关的假设。[76]

---

[72] 季红真，《文明与愚昧的冲突》，杭州：浙江文艺出版社，1986 年，第 283-284 页。

[73] 高辛勇，《形名学与叙事理论》，台北：联经出版事业公司，1987 年。

[74] 卢兴基选编，《台湾中国古代文学研究文选》，北京：人民文学出版社，1988 年，第 261 页。

[75] 温儒敏编，《中西比较文学论集》，北京：北京大学出版社，1988 年，第 105-119 页。

[76] Isaiah Smithson, “Structuralism as a Method of Literary Criticism”, *College English*, Vol. 37, No. 2 (Oct., 1975), pp. 145-159.

四、本土结构主义文学理论探讨

随着结构主义文学理论和批评实践在中国的发展，国内学者开始注意结构主义文学理论分析本土作品并使之适应中国文学理论。季红真在《文学批评中的系统方法与结构原则》(《文艺理论研究》1984 年第 3 期）一文中提出用结构主义建构中国本土文学理论体系的设想。他的理论模式由三组二元对立的关系组成：表层结构与深层结构、内容结构与外部结构、静态结构与动态结构。他指出，这种理论模式是根据辩证唯物主义与历史唯物主义的基本方法论思想建立起来的，也是根据这一原理对结构原则的基本范畴加以重新阐释的结果；要根据中国文学理论的实际以及发展需要来批判地吸收和借鉴结构主义文论的成果，只有在此基础上创建具有中国特色的文学理论体系，才能真正地体现出结构主义文论的历史意义和价值。[77] 袁可嘉的《西方结构主义文论的成就和局限》(《文艺研究》1986 年第 4 期）总结了结构主义文论的成就，也指出了结构主义基本理论和方法的得失。他认为“结构主义文论基本上是描述作品客观结构的理论，不涉及文学的价值标准和审美判断，也不重视文学的社会意义和作家的世界观”。受托多洛夫的主张“要从文学研究中除去任何价值判断”之影响，结构主义者忽视文学的这些重大理论问题，是他们封闭的系统论和形式主义倾向所导致的必然结果。[78] 结构主义的基本理论有合理的、科学的部分，值得我们学习；在文学体裁的结构形态方面的贡献，有参考价值；在诗歌语言和叙事语法的特征方面的建树及在小说模式理论方面提出的有益见解，值得我们借鉴。[79]

结构主义方法对文学（尤其是中国文学）研究的可行性及其意义，文学理论家有分歧。有人认为，结构主义是一种形式主义的方法，不值得推崇；有人认为结构主义方法在中国文学研究上是可行的，应该接受和应用。康林在《本文结构批评的“拿来”与发展》(《文学评论》1987 年第 5 期）一文中指出了结构批评的重要性，认为中国文论发展及文学批评史上，文学作品的细部研究，尤其是本文结构批评最为欠缺。形式结构批评在西方已成为一股强大的艺术批评潮流，而我国文学理论与批评的发展有重大的缺陷。“无论是中国当代文学理论建设还是其批评实践，均须将一个重要任务提上日程：发展本文结构批评。”但是不少中国学者认为，既要看到结构主义研究方法的合理性，如强调文学研究的客观性和科学性，又要注意其中所存在的一些问题，如过分追求形式研究的倾向性以及抽象性。周发祥指出，将西方理论方法与中国文学研究相结合，一方面可为中国文学研究提供多种可能性；另一方面也可以检验西方文论的科学性与普适性。结构主义强调文本之间的沟通及作品的潜在层面，这与人们习惯所说的寻找“客

[77] 季红真，《文学批评中的系统方法与结构原则》，《文艺理论研究》，1984 年第 3 期，第 10-17 页。

[78] 袁可嘉，《西方结构主义文论的成就和局限》，《文艺研究》，1986 年第 4 期，第 114 页。

[79] 同上，第 117-118 页。

观规律”并非互不相容。[80] 周英雄在《结构主义是否适合中国文学研究》的专论中指出：“结构主义是否适合中国文学批评，不能轻率一概而论，应该视个别情形，利用个别结构主义方法、理论，或哲学来加以处理。”[81] 他最后指出，我们必须让结构主义在中国文学批评的范畴中生根结果，而后再将由此理论整理所得的中国文学批评，与传统的批评，或其他批评的结果作一比较，看看是否有本质上的差异。结构主义应运而生，正是解决当代问题之关键所在。[82]

1987 年第 2 期《文学评论》在“当代中国文艺理论新建设”栏目里刊发了以“我们的思考与追求”为题的 17 名文学理论家的笔谈。王宁指出了“二十世纪文艺理论批评四大趋势”：一、走向科学：从俄国形式主义到法国结构主义以及符号学和分解批评理论，无一不试图从形式入手，进而达到批评的客观性和科学化。二、直觉心理：克罗齐的美学理论还仅注重直觉表现，后来的精神分析学派则把心理学引人文学批评领域，形成最有效的批评方法之一。萨特等人又把精神分析学作了新的解释，形成存在主义、结构主义和后结构主义。三、走向读者：接受美学等理论的特点是从作者走向读者，强调读者在批评阐释上的主体性和能动性，认为未经阅读的作品，只能算一部“半成品”。四、政治批评：马克思主义文学理论批评模式不可缺少。上述几大潮流，对新时期中国美学理论批评都有或多或少的影响，而且我们“应在冷静考察分析之基础上，作出自己的选择，进而有所创造”。[83] 申丹在《叙事学研究在中国与西方》(《外国文学研究》2005 年第 4 期）中指出，改革开放以来，经历了多年政治批评的中国学界欢迎客观性和科学性，重视形式审美研究，为经典叙事学提供了理想的发展土壤。在西方经典叙事学处于低谷的 90 年代，国内的经典叙事学翻译和研究却形成了高潮，以杨义的《中国叙事学》为代表的本土叙事学研究的热潮，旨在建构既借鉴西方模式，又有中国特色的叙事理论。中国叙事学研究主要有三种不同的研究对象：中国古典叙事文学、中国现当代叙事文学和外国叙事文学。

刘律在《西方文论中国化的若干策略问题》(《江西社会科学》2009 年第 4 期）中指出，西方文论的引入为中国当代文论的变革与创新提供了强大的理论支撑，同时也造成了事实上的挤压效应。国内学者提出的“西方文论中国化”的命题颇有时日，但对西方文论中国化的标准以及如何实现西方文论的中国化，则太泛或语焉不详。他提出了几条叙事理论接受的策略路径：立足通约性，注重实效性；立足普泛性，侧重民族性；立足主体性，保持开放性。董乃斌在《建构基于中国叙事传统的本土叙事学》(《中国社会科学报》2012 年 9 月 14 日）中提出，应将对叙事传统的探索和叙事学的建设结合起来，

[80] 周发祥，《西方文论与中国文学》，南京：江苏教育出版社，1997 年，第 278 页。
[81] 周英雄，《比较文学与小说诠释》，北京：北京大学出版社，1990 年，第 36 页。
[82] 同上，第 37 页。
[83] 又见《文艺争鸣》1987 年第 5 期。

把中国叙事学建立在中国文学史的研究之上，否则既没有坚实的基础也没有自己的特色；中国叙事学不能像西方经典叙事学那样在技巧、方法上不厌其烦细，而不关心叙事的宗旨、社会功能和根本目的；要认真总结古代和近代文学史，试图从传统发展演变的角度解释“当代文学何以如此”的问题，并尝试为当代文学的健康发展提供一些新思路。蒋述卓和王瑛在《论西方叙事学的本土化》(《中国比较文学》2012 年第 4 期）中指出，叙事学本土化就是“要尽可能穷尽在中国进行叙事学研究的一切可能性，而非仅仅建立具有中国文化特色的狭义的中国叙事学”。

徐岱的《小说叙事学》(中国社会科学出版社，1992 年；商务印书馆，2010 年)、和《小说形态学》(杭州大学出版社，1992 年)、傅修延的《先秦叙事研究——关于中国叙事传统的形成》(东方出版社，1999 年)、杨义的《中国叙事学》(人民出版社，1997 年)、罗书华的《中国叙事之学》(中国社会科学出版社，2008 年）等是中国本土化叙事学研究的重要专著。杨义写道，“在以西方为参照系的同时，返回中国叙事文学的本体，从作为中国文化之优势中开拓思路，以期发现那些具有中国特色的、也许相当一些侧面为西方理论家陌生的领域。”[84] 谭君强的《叙事学导论：从经典叙事学到后经典叙事学》(高等教育出版社，2008 年）和申丹与王丽亚的《西方叙事学：经典与后经典》(北京大学出版社，2010 年）明确了西方经典与后经典之分，而且肯定了东方叙事学或中国叙事学的存在。

五、存在的问题

虽然国内介绍和研究结构主义思想和结构主义文学理论的著作数不胜数，理论与实践上也有一定深度，但由于历史文化等客观因素对翻译引进过程的影响，结构主义在中国经历了一个由被排斥、批判到接受、应用再到深入发展的过程。存在的问题也很明显，主要表现在：

(一）对结构主义的蓝图了解不够全面。索绪尔与俄国语言学家的思想有相通之处。索绪尔的语言学理论影响了整个 20 世纪的语言学，但俄国形式语言学通过移居到欧美的语言学家对现代语言学也产生了巨大影响，俄国诗学语言研究构成了 20 世纪文学理论的重要篇章——俄国形式主义文论。如果没有俄国形式主义者的语言学和音位学研究，布拉格学派的结构主义音位学就不大可能诞生和发展；如果没有普罗普的民间故事形态学研究，起源于法国的结构主义叙事学也许会逊色很多。叶尔姆斯列夫有关结构和功能的重要理论、列维-斯特劳斯的结构人类学和结构主义神话学等都离不开索绪尔的理论为基石和参照。如果没有美国人类学和结构语言学对雅可布森和列维-斯特劳斯的影响，

[84] 杨义，《中国叙事学》，北京：人民出版社，1997 年，第 9 页。

如果他们两人没有相遇、相互影响和合作，也许结构人类学和结构主义神话学就不会发展到高峰。如果没有雅可布森的结构主义语言学和诗学研究，如果没有乔姆斯基的“语言能力”论，卡勒的结构主义诗学就缺少重要的理论基础或框架。相对于国内介绍和研究俄国语言学理论的力度，文学理论界对俄国结构主义文学理论的引进和研究不够。相对于介绍法国结构主义理论，对俄国形式主义理论作为结构主义组成部分的重要性认识不够。相对于叙事学的介绍和研究，国内对托多洛夫和热奈特等发起的诗学引进和研究不够。相对于国内语言学界全面介绍和深入研究各个结构主义语言学流派及其在文学研究（尤其是文学文体学）中的应用，叶尔姆斯列夫、乔姆斯基等人的结构主义语言学思想还没有引起文学批评及文化研究等领域学者的充分注意。

（二）对结构主义语言学的精神实质理解和介绍不够到位。结构主义源于结构语言学理论，但远远超越了语言学。语言是人类社会里最复杂的符号系统，通过语言和语言结构，产生了有高度科学性的结构主义思想和方法论。索绪尔把语言看作一个符号系统，开辟了作为科学的现代语言学和符号学的新篇章。系统是由相互作用、相互依赖的若干组成部分结合并具有特定功能的有机整体，一个系统又构成了更大的系统，即系统之系统。系统论认为，系统中至少包含两个不同元素，且这些元素按一定方式相互联系。系统的特性是多元性、相关性、整体性。系统是多样性和差异性的构成，其所有要素间相互依存、相互关联，形成一个统一整体。语言符号产生意义的条件是一个限定的系统，任何一个孤立存在的符号都没有意义。例如，“甲”的价值（意义）来自于它与“乙”在同一个系统中的关联和反差，相互成为界定的条件，否则“乙”也没有意义。“甲”与“乙”构成最小的系统，扩展到“甲、乙、丙、丁……”便是天干系统，与地支系统“子、丑、寅、卯……”相关。索绪尔的“语言”与“言语”之分并非书面语与口语之别，而是语言系统与语言现象之别，从而明确了语言学的研究对象。他揭示的语言符号本质，并非要割断语言与现实世界之间的关系。他强调语言的共时研究，并非要否定语言的历史发展，而是强调语言符号系统内部各成分之间的相互联系及共存关系及在相对静止的语言系统中研究这些关系的可能性。他的历时与共时之分，与动态语言学与静态语言学之分及历代史与断代史研究之分一样，在方法上是无懈可击的。以“把语言当作封闭系统”、“割裂语言与现实的关系”、“否定历史观”等对结构主义的种种指责，是对结构主义精神实质的误解。对结构主义语言学的主要理论原则，国内的译介和研究应该去粗取精，但不能盲目追随西方少数学者片面理解、曲解甚至一概否定的态度。

（三）对结构主义理论的关键概念把握不到位。结构主义语言学为包括结构主义文学理论在内的一系列学科提供了关键概念、视角和分析框架。所有科学领域，不论是自然科学还是人文社会科学，客观、系统的描述和解释都要有一套完整的方法论、科学的视角和准确的工具语言。结构主义的核心概念不是简单的“结构”，而是系统要素之间及系统与系统之间的“结构性”（structurality）关系。结构主义理论家探讨的对象是一种高度抽象、潜在的关系系统。布洛克曼说，结构主义可以看作一个过程，通过这一过程，我们意识到一定的方法论原则。[85] 皮亚杰指出，结构主义主要是一种方法，其含义是“这个术语所包含的技术性、强制性、智慧上的诚实性以及在逐步的接近过程中取得进步。”[86] 结构主义语言学找出语言结构里最小构成部分的方法，与自然科学中把研究对象按其结构组织细分成最小单元的做法一致。但结构主义的文学分析，绝不是简单的类推。把文学文本分析成最小的结构单位，这些最小单位并不是一个个机械、毫无生命的本体性单元，而是类似音位的功能性单位（如神话素和叙述素）。列维-斯特劳斯强调，发现现象之“秩序”的结构主义方法并非要给现实强加一种预想的“秩序”，而是对现实进行再生、重构并建模。一部神话、一个哲学思想、一套科学理论都不仅有一定的内容，而且是由一定的逻辑组织来决定的。结构主义分析方法揭示了研究对象中本来存在但不明显的潜在的要素及其关系。指责结构分析只能破坏文学文本的整体美及其对挖掘文学意义没有任何积极作用者，是误把深层的功能结构性（structuralist）分析当成了表层的本体结构（structural）分析。国内学者不论是对诗歌还是小说的结构主义分析，有不少还停留在表面，至少在挖掘文本深层潜在的功能性和结构性要素上不够深入。

（四）对结构主义的方法论价值认识不够。重视结构性和系统性的结构主义方法论原则，是揭示包括文学文本在内的任何研究对象中潜在规律性本质的重要原则。建立在结构语言学思想之上的西方结构主义文学批评，强调对文学作品内部的形式因素及其相互关系的研究，是文学研究的一大进步。但认为结构主义把文学作品看做超越社会历史的形式系统，不重视文学结构与社会、历史、文化、经济等的联系，不是结构主义语言学的缺陷导致结构主义文学批评方法之错。结构主义提供了科学的方法论，而非技术性的操作方法。运用结构主义方法对文学作品进行结构分析，是手段，而不是目的。对作品的形式结构解析，并非要把文学当做封闭的系统，并非要抹杀文学的特殊性，而是结合文本社会历史文化背景去寻求意义解释并探寻其深层原因的前提。中国文学理论界盲从西方学者对结构主义文学理论的批评者，不足取。不盲从者，用结构主义方法分析并阐释文学，是结构主义理论的精髓在中国文学研究中的正确应用，也是对结构主义文学分析方法的发扬，可以说是中国学者对结构主义文学批评的贡献，但标以“中国特色”，言过其实。

（五）对结构主义文学理论的科学性认识不够。有人只看到结构主义源于结构语言

[85] Jan M. Broekman, *Structuralism: Moscow-Prague-Paris*, Jan F. Beekman and Brunhilde Helm trans., Dordrecht: Reidel, 1974, p. 9.

[86] 皮亚杰，《结构主义》，倪连生、王琳译，北京：商务印书馆，1984 年，第 97 页。

学，便认为结构主义方法寄生于语言学，或结构人类学、神话学、叙事学等领域仅仅从语言学里借用了术语和概念而已，根本不适合文学艺术研究。在雅可布森20世纪50年代提出语言学诗学前，语言学与文学研究两大领域一直是鸡犬之声相闻，老死不相往来。语言学的分析方法，被很多从事文学研究的学者认为是机械的肢解和描述；而文学是与美学、意像等有关的艺术，与语言学分析方法水火不容。文学领域承认人类学、神话学、叙事学等的结构语言学性质的"科学性"，但有人不愿承认文学理论的结构语言学的科学性，造成了结构主义文学研究中科学思维方法的不足，使文学研究难以像语言学一样走上科学之路。尤其是在后结构主义者德里达以"解构"、"言语"、"中心主义"为突破口，用"延异"、"散播"等概念对"逻各斯中心主义"进行解构之后，有不少人认为结构语言学毫无用处，更有人认为语言学的结构主义与文学的结构主义是完全不同的东西。有人看不到后结构主义作为"新结构主义"或"超结构主义"对结构主义的调整和改造，笼统地认为结构主义理论已经过时，盲目地对其口诛笔伐。事实上，现代结构语言学的最大贡献，是以语言为手段，让我们认识到结构主义表现出了一种科学的思维方式，是思想方法上的一场革命。乔姆斯基的生成语言学理论把语言学看作心理学的一部分，对许多语言学家来说也是很艰涩的，与文学批评没有任何明显关系，但它符合当时美国人文社会科学潮流和文化环境对文学理论"科学性"的要求。他提出的"语言行为"与"语言能力"的辩证关系，为卡勒发起由新批评向结构主义诗学的转向提供了理论依据。虽然有不少学者借用西方结构主义批评家的分析方法，在中国文学批评实践中提供了有价值的视角及分析样板，但在构建结构主义文学理论方面的科学性上贡献不大。

（六）对西方结构主义理论译介有余，研究和阐释不足。虽然自20世纪90年代以来，持续译介和深入研究结构主义的论著数量不断增长，但对结构主义文学理论的研究，要么太泛、要么太注重细枝末节，深度不够，可以推而广之的参考价值有限。有些译介对西方原著研读不够，在二手资料上反复介绍一般内容。有些研究对早期的翻译不准确和歧义之处不加甄别，以讹传讹，无法对具体问题进行深入分析。因此，至今没有中国学者撰写的结构主义总论、结构主义史、中国的结构主义等专著。[87] 虽然叙事学领域出现了一派繁荣景象，如杨义的《中国叙事学》、苏永旭主编的《戏剧叙事学研究》（中国戏剧出版社，2004年）、何纯的《新闻叙事学》（岳麓书社，2006年）、曾庆香的《新闻叙事学》（中国广播电视出版社，2005年）、李显杰的《电影叙事学：理论和实例》（中国电影出版社，2000年）、黄昌林的《电视叙事学》（电子科技大学出版社，2003年）、祖国颂的《叙事的诗学》（安徽大学出版社，2003年）及其主编的文集《叙事学

[87] 李增的《结构主义在美国的本土化过程研究》（东北师范大学出版社，2002年）是国内唯一研究结构主义在国外本土化的专著，而国内学界对结构主义在中国本土化的研究专论还是空白。

的中国之路》(中国社会科学出版社，2006年)等，但从中国视角研究结构主义神话学和符号学的专著几乎没有。与黄筱慧主编的《哲学·符号·叙事》(台北：书林出版有限公司，2013年)、刘宁的《〈史记〉叙事学研究》(中国社会科学出版社，2008年)、林镇山的《台湾小说与叙事学》(台北：前卫出版社，2002年)、张文娟的《五四文学中的女子问题叙事研究》(山东人民出版社，2013年)、王志明的《广西文学的哲学叙事研究》(广西师范大学出版社，2014年)等著作相比，对叙事小说以外其他各种体裁的结构主义批评研究非常滞后，影响了本土结构主义文学理论走向深入及整体研究水平的提高。

(七)本土化结构主义文学批评研究不够。国内有些研究以中国古典和现代文学作品为对象，对阐释中国文学发挥了重要作用，但结合中国文学理论对外国经典文学作品的结构主义分析的研究成果总体上太少。与申丹的《叙述学与小说文体学研究》(北京大学出版社，1998年)、《英美小说叙事理论研究》(北京大学出版社，2005年)、《叙事、文体与潜文本——重读英美经典短篇小说》(北京大学出版社，2009年)和《短篇叙事小说的文体与修辞》[88]等对英美经典小说研究的重要成果相比，国内学者从中国文学的视角对结构主义文学理论进行验证、补充和修正的研究不够；把结构主义理论与中国社会历史文化语境、文学创作以及中国文学理论的构建结合起来的深入研究太少；把中国文学、文学理论和批评实践与国际大环境结合起来研究的成果也太少。这一现状限制了中国学者与国际同行交流和对话的规模和高度，使中国的结构主义文学理论和批评实践尚未与国际文学理论界完全接轨。

(八)本土化结构主义文学理论的体系构建薄弱。尤其在整个文学理论界还没有对“文学”和“文学理论”做出严格的界定之时，文学研究难以界定自己的研究范围和对象，文学理论干脆与文艺理论、艺术理论交织在一起。时至今日，国外最新版文学理论专著几乎都有专章讨论“文学是什么？”的老问题。“文学”的概念难以界定，那么“以文为学”、“文之学”便难以成为一门科学的学科。Literature既指“文学作品”也指“文献”，而“文学学”(literaturology)没有被广泛接受，与“科学学”(scientology)最初不被接受的命运相似。[89] 西方学者倾向于使用literary studies而不用literaturology，中国学者也沿用“文学研究”，但更多用“文艺学”。因此，有关文学的理论，名称五花八门，既不是“具体文学作品的理论”，也不是“文学的普遍理论”，而是“文艺理论”、“艺术理论”甚至远离文学的“文论”；在“文论”和“文艺理论”的大旗下，理论无所不包，有些

[88] Dan Shen, *Style and Rhetoric of Short Narrative Fiction*, London: Routledge, 2014.

[89] 1901年，厄普沃德(Allen Upward)创造了scientology一词，被认为是“盲目、不加思考地接受科学教条的一个蔑称”(见*The New World*一书)。阿根廷裔德国哲学家诺登霍尔兹(Anastasius Nordenholz)在他的《科学学》(1934)一书中用scientology指“科学之科学”(science of science)。

仅仅是抽象的“理论”[90]，导致有些文学研究者远离文学作品本体甚至文学范畴空谈理论。董学文和张永刚在《文学原理》一书中写道，文学理论有四个特征：作为科学的文学理论，作为思想史的文学理论，作为意识形态话语的文学理论，作为一种方法的文学理论。[91] 他们强调“让文学理论成为文学理论”的努力，是在“文艺理论”或“文论”越来越庞杂、越来越脱离对具体文学文本分析的趋势下为“文学学”理论正名。结构主义文学理论在本土的应用，在方法论上为中国文学研究走向科学化有重要贡献，但理论化程度不够，体系太笼统，没有能像研究符号的符号学、研究神话的神话学和研究社会的社会学那样为研究文学的“文学学”提出普遍的理论。结构主义语言学是人类历史上语言研究首次真正成为“科学”的飞跃，结构主义的科学价值已经体现在符号学、神话学等学科中，但没有真正体现在本该以文学为研究对象的“文学学”中。

结　语

结构主义者认为，所有社会现象看似纷繁甚至杂乱地存在，但任何现象后面都有一定的规律和模式。只有从现象入手才能认识内在的本质，这种本质就是事物之间内在的结构关系。不论是自然界、人类社会还是人类思维活动，到处都存在着结构。结构主义理论家吸收了现代西方哲学中“在场”与“不在场”的辩证对立关系，认为一切客观现实和现象都有明显的表层结构和潜在的深层结构之分。恰如索绪尔研究语言事实的最终目的是研究语言系统，结构主义研究文学的最终目的是揭示文学的内在规律并阐释作品的意义。因此，结构主义文学批评是继承了结构主义精神重视“结构性”和关系系统的方法论，而不是主观、唯心、自说自话的“结构”切分。结构主义批评方法，能对传统的文学批评本身的性质和任务提出质疑，改变传统的主观、印象主义的分析模式，把研究重点从作家本体转移到作品本体上来，树立以作品本体为核心的结构主义阅读理解模式。

20 世纪西方社会科学的大多数研究都力图明确化或明晰化，因为明确化是形式化和客观化的科学研究的重要功能之一。西方哲学家中的“在场”与“不在场”关系，实质上是虚拟世界与现实世界的关系。现实世界里，各种因素总以不稳定的变量出现，而在相对应的虚拟世界里，特定条件下假设的因素是不变的常量。只有在特定系统中把无限的变量分析为相对有限的常量，才能在无限的变量中找到有限的规律和定理，这是体现科学研究的普遍概括性、系统性和经济性原则。任何科学研究都不能忽视现实世界与虚拟世界的关系。从现实世界的具体事实出发研究虚拟世界中的最一般规律，这是贯穿 20 世纪至今所有结构主义流派的一条主线。

---

[90] Jonathan Culler, *Literary Theory: A Very Short Introduction*, Oxford: Oxford University Press 1997.

[91] 董学文、张永刚，《文学原理》，北京：北京大学出版社，2001 年，第 285-288 页。

结构主义的诞生，改变了人们看问题和思考问题的方式，渗透到社会生活和政治生活的各个方面。作为文化思潮，涉及社会科学的各个门类；作为文艺思潮，几乎影响到文学艺术的所有领域。作为继英美新批评和法国现象学之后20世纪西方文学理论的第三大思潮，超越了意识形态，对几乎所有国家都产生了影响。作为20世纪下半叶用来分析语言、文化与社会的最普遍的研究方法，结构主义既不是一个学派又不是一场运动，也不是一个哲学或文学潮流。其整体的基础是，语言学概念及相关概念不但可以阐明语言学问题，而且还可以阐明哲学、文学、社会科学及有关科学理论的问题，并能对这些问题提出妥善的解决办法，仅是这种思考方式的结果而已。[92] 结构主义也不是一个被明确界定的“流派”或传统意义上的哲学学说，而是一种具有许多不同流派但被人文科学和社会科学家在各自的专业领域里共同应用的一种普遍的研究方法。因此，它的研究对象无所不包，从衣食住行的规约、餐桌礼仪、宗教仪式、游戏、文学与非文学类的文本以及其他各种文化活动，通过找出文化中意义是被制造与再制造的深层结构，使人文科学和社会科学也能像自然科学一样达到精确化、科学化。结构主义这一术语“在所有社会科学领域都带来了真正的革命，并成为20世纪的核心。各门社会科学都相继承认，受到了科学的洗礼。”[93]

（作者单位：清华大学外文系）

（本文是作者参与承担的国家社会科学基金重大项目“二十世纪域外文论的本土化研究”（批准号：12&ZD166）的阶段性成果。）

[92] Jan M. Broekman, *Structuralism: Moscow-Prague-Paris*, Jan F. Beekman and Brunhilde Helm trans., Dordrecht: Reidel, 1974, p. 3.

[93] 弗朗索瓦·多斯，“序言”，《从结构到解构：法国20世纪思想主潮》，季广茂译，北京：中央编译出版社，2004年，第8页。

新历史主义思潮在中国的传播与接受

生安锋

内容提要： 从20世纪80年代末开始，新历史主义被引介到中国并在文化界，尤其是文学批评界产生了巨大的影响，我国学者除了对新历史主义在欧美国家的理论实践和创造加以评介外，还运用新历史主义的理论方法，结合中国语境和中国文本、文学潮流等，尝试着进行了一些积极的探索和颇具开拓性的研究，产生了不少令人称道的研究成果。本文首先对新历史主义思潮的主要思想和代表性人物做简单的介绍，之后梳理了该思潮传入中国语境后的接受状况，指出按照所发表的关于新历史主义的论文数量，我们可以粗略地将该思潮在中国的引介与发展划分为两个时期：20世纪80年代末至整个90年代为这一思潮的引进介绍期；进入21世纪的十五年为新历史主义的蓬勃发展期。论文最后分析了新历史主义在中国盛行的原因和在中国语境接受过程中存在的种种问题。

关 键 词： 新历史主义　文化诗学　传播与接受　文学批评　文化批评

Abstract: New Historicism has been introduced into China since the end of the 1980s and exerted expansive influence in the whole cultural circle, especially in the field of literary criticism and theories in China. Chinese scholars not only comment on and criticize its theories and practices in America and Europe, but also try it with various Chinese texts and literary schools, producing a lot of impressive and innovative achievements. This essay firstly gives an overview of New Historicism, including its major theories and theorists, then sorts out the situation of its spreading and reception in China from the late 1980s to the present. The author, based on his reading of the statistics from the Chinese CNKI database, attempts to divide its reception in China into two periods: the introductory period from the late 1980s to the end of the 1990s; the developing period from the beginning of the 21st century to the present. The author in the end analyzes the various reasons why the New Historicism has become so popular in China and the problems during the course of its introduction and application in the Chinese context.

Key words: New Historicism; Cultural Poetics; spreading and reception; literary criticism; cultural criticism

讨论新历史主义在中国的传播与接受，首先要对本文所说的新历史主义有一个清晰的定义，然后才能循着这一定义来探讨它在中国语境中的译介和变形。众所周知，新历史主义自从上世纪末译介到中国来以后，迅速地在中国的语境下，主要在文学界和史学界产生了较大的影响。尤其是对人们以往所持的“科学的”历史观提出了质疑，并对文学作品中对历史人物的描写是否真实有了一个全新的看法。在新历史主义的影响和启迪下，人们再也不像以往那样拘泥于人物细节在文学作品中的描写，甚至对史书中的历史人物记载也不那么吹毛求疵了。那么，究竟新历史主义主要有哪些代表性的人物和代表性的观点呢？它是通过何种路径进入中国的呢？它又是如何在中国的文化土壤里生根的呢？它对中国的文学和史学研究究竟产生了何种革命性的影响呢？这些都是本文所要讨论的。

一、新历史主义的兴起及其主要代表人物

在西方学界，新历史主义自20世纪70年代末开始出现并逐渐发展，到90年代走向繁盛，并在世界范围内产生了广泛的影响。新历史主义思潮所形成的社会根源和文化根源及其所受到的多种影响包括传统的历史主义、形式主义、解构主义、西方马克思主义、人类学、后现代主义等，而新历史主义与这些理论思潮或者学科领域之间形成了既吸收又扬弃的复杂关系。新历史主义意在从具体作品的大文化语境来理解文本，同时也通过文学来理解人类的智性发展史，故而也称之为“文化诗学”。在《新历史主义》（1989）的编者维瑟（H. Aram Veeser）看来，新历史主义者有一些主要的假设，尽管他们都声称自己的研究路径与别人的不同，但其实这些假设都反复地出现在几乎所有新历史主义者的著述中，这些假设包括：

> 1. 每一个表达行为都是埋置于物质实践的网络之中的；
> 2. 每一个揭露、批评和反对的行为都使用它所谴责的工具，并且都冒着成为它所揭露的行为的牺牲品的风险；
> 3. 文学和非文学的“文本”不可分割地交织流通；
> 4. 没有什么话语——无论是想象的和档案中存放的——能够让我们获取不变的真相或者展示不变的人性；
> 5. 最后［……］一种足以用来描写资本主义文化的批评方法和语言参与到了他们所描述的体系（economy）当中。[1]

新历史主义深受包括福柯理论在内的后结构主义和吉尔茨的文化人类学的影响，因而它迥然有别于之前流行欧美数十年的新批评和传统的历史主义。从最直接的层面看，

[1] H. Aram Veeser ed., *The New Historicism*, New York: Routledge, 1989, p. xi.

新历史主义主要是作为对统治英美文学理论界三四十年的新批评的反驳而出现的，是对专注于文本自身和细读分析这一批评趋势的一次反思和逆转，是在文学理论界痴迷于语言学转向之基础上的一次对历史路径的更新层面上的回归。正如美国当代著名的文学理论家 J. 希利斯·米勒在 1986 年所感叹的那样：文学研究正在经历一次转向甚至是突变，它从对文学做修辞式的“内部”研究转向对文本“外部”联系的研究，从对语言本身的研究转向对产生文本的历史、文化、社会、政治、体制、阶级、性属、社会语境与物质基础的研究。[2] 新历史主义在欧美学界的主要代表人物和主要实践者包括美国的斯蒂芬·格林布拉特（Stephen Jay Greenblatt）、路易斯·蒙特洛斯（Louis Montrose）、乔纳森·戈德伯格（Jonathan Goldberg）、斯蒂芬·奥格尔（Stephen Orgel）、凯瑟琳·盖勒赫（Catherine Gallagher）、海登·怀特（Hayden White）、焦尔·法因曼（Joel Fineman）、布鲁克·托马斯（Brook Thomas）和英国的乔纳森·多利摩尔（Jonathan Dollimore）、艾伦·辛菲尔德（Alan Sinfield）等。

那么新历史主义与之前的文学批评或文化批评有怎样的区别呢？传统的历史主义者认为，文艺复兴时期的文本不过是反映了所有人都持有的一种连贯的世界观，而这是新历史主义者所极力反对的，如格林布拉特反对新批评将文艺复兴时期的文本看作是一个自给自足的美学领地而与“文化生产”的其他形式脱离开来。在新历史主义者看来，如果批评家想要真正去理解 16 世纪、17 世纪的写作，就必须去描述那些文本与当时由种种机构、实践、信仰等构筑起的文艺复兴时期文化整体如何发生关联的方式。[3] 格林布拉特自己也指出：“相较于建立文学作品的某种有机统一体，新历史主义似乎更注重开放地把这些作品看成是种种力量场域、意见分歧和利益转换的场所、正统和颠覆冲动碰撞的场合，”新历史主义研究者大多对英国文艺复兴时期的文学情有独钟，并对之都有着精深的研究，他们想摆脱以往传统的研究视域的狭窄和单调，而试图另辟蹊径，在他们眼里，“文艺复兴时期的文学作品，已不再被看作是和所有其他表达形式脱离开来的、包含他们自己确定含义的一系列固定文本，或者是对他们背后历史事实的一套稳定的反映。他们所表述的批评实践对之前的很多假设提出了挑战，这些假设确保在“文学前景”和“政治背景”之间，或者是更笼统的艺术产品和其他各种形式的社会产品之间有着严格的区分。这样的区分事实上也确实存在，但是他们对文本来说并不是本质性的；相反，他们常常被艺术家、观众和读者所编造出来和不断重述。一方面，这样的集体性社会建构定义了在一个既定表述模式内的审美可能性的范围；另一方面，这些集体性社会建构

[2] J. Hillis Miller, “Presidential Address, 1986: The Triumph of Theory, the Resistance to Reading, and the Question of the Material Base,” *PMLA* 102 , No. 3 (1987), p. 283.

[3] Hunter Cadzow, Alison Conway, and Bryce Traister, “New Historicism”, in *Johns Hopkins Guide to Literary Theory and Criticism*, Baltimore: Johns Hopkins University Press, 2005.

也将这一模式连接到构成文化整体的机构、实践和信念的复杂网络。”[4] 这就表明，新历史主义不仅是对流行一时的新批评方法的反拨，也是对传统历史主义批评策略的反拨。新历史主义不但借取了后现代主义的质疑精神，否认文本具有一整套固定的内在意义并稳定地反映出背后的历史事实和社会事实，而且也具有开创性地指出，作为“文本”的各种艺术产品（包括文学作品）其实与其他形式的社会产品之间并不存在本质的差异，而是能够彼此借力、相互阐发的。

新历史主义的领军人物格林布拉特曾分别就读于耶鲁大学和剑桥大学并获得学士、硕士和博士学位，是当今著名的文学理论家和新历史主义的代表人物，现任哈佛大学约翰·科根讲座教授，是哈佛为数不多的“大学讲席教授”（University Professor）之一，同时也是美国艺术与科学院院士，还担任作为文化批评理论阵地的学术期刊《表述》的主编。他所开创并积极推动的新历史主义文学批评和文化理论实践也称“文化诗学”。作为当代著名的文艺复兴时期研究专家和莎士比亚研究专家，从 20 世纪 80 年代初起，格林布拉特的理论不仅在英美文学界，而且开始在全球文学和文化理论界产生巨大影响，其撰写的专著、编著有十余种，主要包括：《文艺复兴的自我型塑》（1980）、《莎士比亚的协商》（1988）、《炼狱中的哈姆雷特》（2001）、《学会诅咒》（1990）、《绝妙的占领》（1991）、《诺顿英语文学选》（2000，总主编之一）、《实践新历史主义》（2000，与盖勒赫合著）、《诺顿莎士比亚文集》（1997，总主编）、《重划疆界》（2007）、《莎士比亚的自由》（2010）、《转向：世界是如何变得现代的》（2011）等。2005 年出版的《俗世威尔——莎士比亚新传》（*Will in the World: How Shakespeare Became Shakespeare*）[5] 是他将理论性学术研究和文学创作相结合的典范，连续九周位列《纽约时报》畅销书排行榜上并引起学界和通俗文化界的极大反响。格林布拉特的研究领域很广，包括莎士比亚、文艺复兴、历史、文化研究等。他曾经指出，自己最深刻而持久的学术兴趣就是“文学与历史之间的关系，是那些出色的文艺作品既深植于高度具体的活生生的世界之中，同时又似乎游离于那个世界之外的过程。我不断地被阅读作品时那种奇异的感觉所打动：那些作品在私下里对我窃窃私语，而它们的作者却早就归于尘土了。”[6] 格林布拉特在其主要著作之一的《实践新历史主义》（与盖勒赫合作，2000）一书中讨论了逸闻奇事是如何触及历史的真实层面的。在《走向一种文化诗学》（1987）中，格氏断言，“艺术与社会是如何相互关联”的这一问题，是不能仅仅通过诉诸一种单一的理论姿态加以解决的。[7] 他的著作《文艺复兴时期的自我形塑》一书和《诺顿莎士比亚文集》的序言被认为是其将新历史主义理

[4] Stephen Greenblatt, *The Power of Forms in the English Renaissance*, Norman: Pilgrim, 1982, pp. 5-6.

[5] 汉译本见《俗世威尔：莎士比亚新传》，辜正坤等译，北京：北京大学出版社，2007。

[6] Quoted from “Greenblatt Named University Professor of the Humanities”, in *Harvard University Gazette*, 21 September 2000.

[7] Hunter Cadzow, Alison Conway, and Bryce Traister, “New Historicism”, in *Johns Hopkins Guide to Literary Theory and Criticism*, Baltimore: Johns Hopkins University Press, 2005.

论运用于实践的最好诠释和例证。[8]

新历史主义者深受20世纪中期兴起的后结构主义的影响，认为历史不再是坚实的客观存在，而是一种历史叙述或者“撰史学”（historiography），这样就突出了历史的虚构性和文本性，原来大写的历史也就为小写的复数的“诸种历史”（histories）所取代。这一观点的代表性人物是加州大学圣地亚哥分校的英文杰出教授路易斯·蒙特洛斯。作为新历史主义早期的推手之一，蒙特洛斯是一位十分活跃的美国文学理论家和学者，在伊丽莎白时期书写、演出与视觉文化、文学研究、文化史研究等方面建树颇丰，在文艺复兴时期诗学、英国戏剧等领域多有著述。他将新历史主义理论运用于早期现代的英国文学和文化批评方面，取得了不少令人瞩目的成果。其代表作包括《伊丽莎白时期的主题：权威、性别与表述》（2006）、《演出的目的：莎士比亚与伊丽莎白时期剧场的文化政治》（1996）以及论文《新历史主义》和《声言文艺复兴：文化的诗学与政治》（1989）（Professing the Renaissance: The Poetics and Politics of Culture）等。蒙特洛斯在这篇发表于1989年的最为著名的论文中曾经说过：新历史主义者要对“历史的文本性和文本的历史性进行交互式的关注”（the reciprocal concerns with the historicity of the texts and the textuality of histories）。蒙特洛斯意在指出，我们再也无法回到完满的过去或者“本真”的历史状态，重新拾回那个已经生活过了的物质存在，因为社会上有幸留存下来的文本踪迹已经对所谓的历史做了种种调剂。[9] 作为“文本”而进入后人视野的历史不再具有原先虚拟的正统性、权威性和客观性，而只不过是一种个体性的、人为的“表述”（representation），它与文学文本、艺术文本（绘画、雕塑等）甚至以前不入流的逸闻奇事、边角新闻、偶然事件等都处于同一地平线，是新历史主义者信手拈来进行文化阐释的形形色色的素材之一。包括戏剧和小说在内的文化文本对现存秩序和权力模式具有或隐或显的破坏性和去神圣性，而“每一种文化的真正整体格局都是在官方提供的和官方反对的格局之间的功能性平衡中产生的。在占统治地位的文化和他异因素之间不是单纯的对抗关系，而是被新历史主义批评所揭示的极复杂的支持、破坏和利用化解过程的不断交错和演化。文化统治不是一个静止的状态，它是一个过程，一个不断有争夺，不断需要更新的过程。”[10] 因此，这种方法驳杂、穿越古今、横跨多个学科界限的理论路数的文化批评实践也被新历史主义者自己笼统地称之为“文化诗学”。[11] 实际上，在新历史主义者看来，文学文本如戏剧、小说、诗歌等与传统上并不属于文学的“非文学文本”之间的关系变得日益模糊，以至于历史与文学、高雅与通俗、经典与普通之间的疆界也可以

[8] Stephen Greenblatt, *The Greenblatt Reader*, Hoboken: Wiley-Blackwell, 2005, pp. 1-3.

[9] H. Aram Veeser ed., *The New Historicism*, New York: Routledge, 1989, p. 20.

[10] 徐贲，《新历史主义批评和文艺复兴文学研究》，《文艺研究》，1993年第3期，第103页。

[11] Stephen Greenblatt, *Renaissance Self-Fashioning: From More to Shakespeare*, Chicago: University of Chicago Press., 1980, pp. 5, 8-9.

任意消解或者根据论者的需要而加以重新划定，“文学前景”与“历史背景”之间的二元对立也被打破，艺术生产与其他形式的社会生产也不再壁垒分明，甚至格林布拉特近期的一部重要编著就以《重划疆界》（*Redrawing the Boundaries*）来命名。这无疑显示出新历史主义者打破形式主义的追求细读套路，在文艺批评中融汇社会能量、历史积淀和文化传统以求得新声的抱负。

新历史主义文论家乔纳森·戈德伯格是专事文艺复兴时期文学研究的著名学者，他毕业于哥伦比亚大学，现任美国埃莫瑞大学艺术与科学杰出教授，曾任教于霍普金斯大学并担任威廉姆·奥斯勒爵士讲座教授，其作品多涉及早期现代文学与现代思想的关系，尤其是性别、性、种族及物质性等，其代表作主要包括《詹姆斯一世与文学政治：莎士比亚、多恩与他们的同代人》（1983）、《发出最后的回声：后现代主义与英国文艺复兴时期的文本》（1986）、《莎士比亚的手》（2002）、《加勒比海的暴风雨》（2004）、《事物的种子》（2009）等。最近刚刚出版了一部关于阿尔弗雷德·希区柯克的《火车怪客》的专著。

另一位新历史主义理论的实践者斯蒂芬·奥格尔毕业于哥伦比亚大学和哈佛大学，现任美国斯坦福大学英文教授，美国艺术与科学院院士，是著名的莎学研究者，尤为关注文艺复兴时期文学的政治特征与历史特征、艺术史等，注重跨学科研究，多次获得学术界大奖。其主要代表作包括：《权利的梦幻》（1975）、《扮演：莎士比亚时期英国的性别演绎》（1996）、《真实的莎士比亚》（2002）、《想象莎士比亚》（2003）、《约翰·弥尔顿：主要著作》（与乔纳森·戈德伯格合编，1991）。

凯瑟琳·盖勒赫是美国艺术与科学院院士，现任加州大学伯克利校区的埃格斯英文讲座教授，斯坦福大学人文中心顾问、国家人文中心董事会成员，专攻18世纪、19世纪的英国小说和文化史的研究，是著名的文学史家和批评家。由于其卓越的学术贡献，先后获得美国古根海姆、国家人文中心及普林斯顿高等研究院等的高级研究员资格。和格林布拉特一道，是著名的新历史主义学术阵地《表述》（*Representations*）期刊的主编，此外，她还参与了很多其他知名学术书刊的编辑工作。其主要代表作包括：《身体经济：政治经济和维多利亚小说中的生命、死亡和奇闻》（2005）、《实践新历史主义》（与格林布拉特合著，2000）、《无名小辈的故事：市场上女性作家消失的行动，1670—1820》（1994）、《英国小说的工业改革：社会话语与叙事形式，1832—67》（1985）、《现代身体的制作：19世纪的性与社会》（与托马斯·莱克尔合编，1987）等。

海登·怀特是一位世界著名的历史学家，在文学批评传统领域功勋卓著，被认为是新历史主义的“鼻祖”。怀特早年从韦恩州立大学和密歇根大学获得学位，现在是加州大学圣塔克鲁兹分校的荣休教授，退休之前任斯坦福大学的比较文学教授。其代表作无疑是蜚声世界的《元历史：19 世纪欧洲的历史想象》（1973），另外其影响较大的著作还包括《形式的内容：叙事话语和历史表征》（1987）、《话语的转喻：文化批评论文集》（1978）、《叙事的虚构：历史、文学和理论论文集，1957—2007》（2010）等。怀特在文学史上第一次明确指出，历史书写其实在很多面向上都与文学创作相类似，都会为了达意而严重依赖叙述手段或叙事策略，因此根本不存在所谓客观的历史或者真正科学的历史。[12] 后来的新历史主义者们也从这里受到不少启发，使新历史主义一步步走向辉煌。

焦尔·法因曼是加州大学伯克利校区英文教授，著有《西方文学传统中的主体性效果》（2003）等，并发表多篇有关新历史主义的论文如《莎士比亚的耳朵》、《轶闻的历史：小说与虚构》、《莎士比亚的意志：强奸的时间性》等，被收录进维瑟或者郝武德·布劳驰等人所编的论文集中，是一位新历史主义的积极实践者。

布鲁克·托马斯是加州大学厄湾校区英文与比较文学系主任、校长讲座教授（Chancellor's Professor），出版了五部著作，包括《新历史主义与其他过时的话题》（1991）、《美国文学中的现实主义与未能实现的合约》（1997）、《拷问法律与文学：库珀、霍桑、斯托与麦尔维尔》等。另发表多篇有关新历史主义的文章，收录于维瑟等编辑的文集中。

乔纳森·多利莫尔毕业于英国基尔大学和伦敦大学，约克大学英文教授，是英国当代著名的社会学家和文化理论家，善于从社会学的角度钻研英国文艺复兴时期的文学，尤其是戏剧，并取得了丰硕的成果，在性别研究、同性恋研究、艺术审查制度研究、思想史研究、死亡研究、颓废研究等诸多新颖的领域都做出了骄人的成绩，被认为是与美国的新历史主义相对应的英国文化唯物主义的开创者和代表性人物，其代表作包括《政治的莎士比亚：文化唯物主义论文集》（与艾伦·辛菲尔德合编，1985）、《激进的悲剧》（1984）、《性异议》（1991）、《死亡、欲望与损失》（1998）、《性、文学与审查》（2001）等。论文集《政治的莎士比亚》收录了格林布拉特、多利莫尔、列奥纳德·台南豪斯（Leonard Tennenhouse）、凯瑟琳·麦克鲁斯凯（Kathleen McLuskie）、辛菲尔德、雷蒙德·威廉斯等多位理论家的影响甚大的论文，试图将莎士比亚置于其生活的历史语境中，在社会冲突、政治冲突和意识形态冲突中重新阐释一个全新的莎士比亚形象，而不再是将其视为一个毫无时代特征的、充满仁爱的、善于教化的传统形象。

艾伦·辛菲尔德是英国萨塞克斯大学英文荣休教授，在莎士比亚研究和性学研究方面卓有建树，其他研究领域还包括性别研究、同性恋研究、文化研究、现代戏剧等方面。他曾与乔纳森·多利莫尔一起在萨塞克斯大学创建了英国第一个“性异议研究中心”，引

[12] Hayden White, "Interpretation in History", *New Literary History*, 4 (Winter, 1973), pp. 281-314.

发了轰动性的反响，其代表作包括《战后英国的文学、政治与文化》(1989)、《莎士比亚、权威、性：文化唯物主义中未了结的事务》(2006)、《性与权力》(2004)、《政治的莎士比亚：文化唯物主义论文集》(与多利莫尔合编，1985)、《故障线路：文化唯物主义与异议阅读的政治》(1992)、《男同与其后：性属、文化与消费》(1998)、《登上舞台：20 世纪的同性恋剧场》(1999)等。

从以上对新历史主义代表性人物的介绍，我们可以看出，这些人们称之为新历史主义者的批评家，似乎都没有将自己看作是新历史主义者；如果我们浏览一下他们的个人网页，他们也都没有将新历史主义或者文化诗学或者文化唯物主义列入他们的代表性研究领域。很多人当被问及他们是否是新历史主义者时，也往往矢口否认，这是为什么呢？我想这主要是因为在他们看来，新历史主义这种说法其实是一种过于时髦的东西，作为在各自的专业领域扎实问学的学者来说，公开声称自己是新历史主义者，未免有追求时尚之嫌。而且他们也深知，他们纵然可以随意采用后现代主义、解构主义、后殖民主义或者新历史主义的思想与策略去研究文学和文化，但也没有必要去为自己贴上一个时髦的标签，更何况这种标签的寿命往往是不会长久的。他们深深扎根于自己的研究领域，不论是文艺复兴时期的戏剧研究，还是 18 世纪、19 世纪的英国小说，或者简洁明了的莎士比亚研究，因此他们认为没有必要为自己设定一个框架，将自己的研究方法局限在所谓的新历史主义里面。这其实是一种十分开放而聪明的做法。新历史主义终会时过境迁，但莎学研究已延续数百年而不显颓势；纷繁复杂的方法与理论不断推陈出新，但对人文、社会、历史和文学经典的关注虽经波折却依然前景广阔。他们虽然在自己事业的某个时期都关注文学与历史、社会的关系并采用新历史主义的方法和策略来解读文本，但他们的研究范围其实都比新历史主义要宽泛得多，他们或者关注文化研究与文化史，或者精研社会学，或者对历史学造诣深厚，或者是早期欧洲现代史领域的权威。从他们的著作也可以看出，这些所谓的新历史主义者，其实都是跨学科的思想家和理论家，文学批评、历史学、社会学、人类学、政治学、民俗学与文学研究在他们眼里都是研究文化，重新认识历史和人类社会的多种维度和不同侧面。当格林布拉特第一次听说某大学正在招收所谓“新历史主义”专业的教师时，不禁为新历史主义竟然成为一个专业领域而感到惊愕。此外，众多新历史主义者们其实也没有什么统一的流派行动纲领，没有固定的方法论和批评策略，正如格林布拉特所言，新历史主义不可能有什么单一的方法论和总体规划，也没有什么确定不变的“文化诗学”。[13] 在这里我们必须要指出的是，新历史主义其实是一种跨学科的理论思潮。也正是因为这些新历史主义者能够打破学科疆界，不拘泥于单一的学科方法和思维方式，在多个学科之间自由穿梭，而不是死守某一

[13] Stephen Greenblatt, *Shakespearean Negotiations: The Circulation of Social Energy in Renaissance England*, Berkeley: University of California Press, 1988, p. 19.

个传统学科的纯洁性，才使得他们创造出了所谓的新历史主义方法，在文学、文化、历史及整个人文社会领域产生了世界性的影响和回声。

二、新历史主义在中国的传播与接受

在欧美国家学术界，新历史主义一出现就引起了十分热烈的讨论，支持者有之，质疑之声也不绝于耳，但新历史主义这股思潮却义无反顾地在发展，越来越多的学者参与进来，越来越多的成果涌现出来，到了 20 世纪 80 年代末，已是蔚然成风。美国学者海洛德·维瑟于 1989 年编辑出版了第一部新历史主义论文集《新历史主义》，收录新历史主义代表性人物如格林布拉特、蒙特洛斯、盖勒赫、怀特的论文，以及多位著名理论家、评论家如斯蒂芬·班（Stephen Bann）、乔纳森·阿拉克（Jonathan Arac）、理查德·特迪曼、布鲁克·托马斯等的论文，包括著名后殖民批评家和女性批评家佳亚特里·斯皮瓦克（Gayatri Chakravorty Spivak）的一篇论文和著名文学理论家、读者反应批评的代表性人物斯丹利·费什（Stanley Fish）的评论。全书共收入 20 篇论文，反映了 80 年代新历史主义批评实践的主要成就和对这一思潮的批判性反思。新历史主义者深受克利福德·吉尔茨（Clifford Geertz）等人类学家的影响，试图在动态中对文本中的文化现象和社会现实进行“深描”（thick descriptions），抓住传统文学批评中为常规批评家所忽视甚至所不屑的逸闻趣事、偶然事件、看似无关的零星文物（文件）等，通过将它们与经典文学文本的关联和重新阐发，试图向读者显示：我们可以从这些看似微不足道的细节中找到影响当时整个社会的动力。

1994 年，维瑟又编辑出版了一部至今被读者奉为经典的读本——《新历史主义读本》（*The New Historicism Reader*）并为该书做了 30 页的长序，对新历史主义做了概括和评介，展示了新历史主义批评在 80 年代及 90 年代初的代表性成就。全书包括多位研究者的 15 篇论文，研究领域涵盖文艺复兴时期文学研究、性属研究、女性主义、浪漫主义、现实主义、传播、修辞等多个领域。维瑟在序言中指出了与新历史主义密切相关的领域，总结了新历史主义者通常关注的话题如混杂性、居间状态、尴尬、自传性趋向和私人书写等。新历史主义一出现就获得了很多学者的同情和呼应，很多高校的著名学者纷纷撰文或者评介或者采取新历史主义的分析路子来进行作品分析，如前文提到的哥伦比亚大学的乔纳森·阿拉克、肯特大学的斯蒂芬·班、加州大学圣克鲁兹分校的理查德·特迪曼、加州大学厄湾分校的布鲁克·托马斯、哥伦比亚大学的斯皮瓦克、曾在杜克大学任教的斯丹利·费什，也包括美国西北大学的基罗尔德·格拉夫（Gerald Graff）、埃莫瑞大学的伊丽莎白·福克斯热纳威兹（Elizabeth Fox-Genovese）、纽约城市大学的吉恩·马库斯（Jane Marcus）、威斯康辛大学的吉恩·盖勒普（Jane Gallop）、约翰·霍普金斯大学的沃特·迈克尔（Walter Ben Michaels）、达特茅斯大学的多诺德·辟兹（Donald E. Pease）等。

也有不少学者开始以新历史主义者，尤其是格林布拉特为对象来剖析这一思潮和批评方法的优劣，如比利时根特大学的尤根·皮特斯（Jurgen Pieters）、澳大利亚莫纳什大学的克莱尔·柯布茹可（Claire Colebrook）和英国诺丁汉大学的马克·罗伯逊（Mark Robson）等。但是，新历史主义也招来了很多反对和质疑的声音。就像有批评者指责爱德华·赛义德不懂历史学和政治学一样，新历史主义者也常常被指责他们不是专业的历史学家却喜欢班门弄斧；作为撰史学的一种后现代形式，新历史主义惯于否认现代性的宏大叙事，常常采取一种相对主义的姿态，否认科学严谨的历史概念或者社会形式。[14]更有批评者指责新历史主义将文学批评变成了推进某种政治议程的工具，将文学看作是更为宽泛的文化语境的某种文化效果，从而在某种程度上忽略了作为艺术的文学本身。美国费城艺术大学的文化批评家卡米尔·帕格里亚（Camille Paglia）指出，这些伯克利出来的新历史主义者以为自己的那一套理论能够破旧立新，但其实她自己早就尝试过这些路数，认为他们所做的一切都是糟糕透顶；[15] 在帕格里亚看来，新历史主义其实已经成了英文专业那些在历史或者政治科学领域里缺少批评才能或广博学识的学者的一个“避难所”，要想实践这套理论，“你显然绝对不能有任何历史感”。[16] 对新历史主义做出的最具影响力的批评无疑来自当代著名的文学理论家、耶鲁大学斯特林讲座教授哈洛德·布鲁姆（Harold Bloom）。布鲁姆声称，新历史主义将文学简化为历史的注脚，却从不关注分析文学过程中需要的细节，他甚至造出一个新词“憎恨学派”（School of Resentment）来指称包括新历史主义、新马克思主义、女性主义、后结构主义、非裔美国文学研究在内的新潮批评流派。这些流派都是从拉康、德里达和福柯等理论家的解构理论中获取精神灵感和理论支撑，从 20 世纪 70 年代开始流行起来的。他们试图通过向西方传统经典中注入更多少数族裔的、政治性的和女性作家的作品来扩充正典，而不太注重作品本身的美学价值，而这无疑会威胁到经典的性质并最终带来其毁灭。布鲁姆声言自己并不反对学者在著述中分析讨论社会问题和政治问题，而是反对文学教授们对自己的政治动机竟比对文学的美学价值更感兴趣。在布鲁姆看来，憎恨学派其实是为了自己的政治目的而将一些劣质的作品塞入经典从而破坏经典。他认为阅读的唯一目的就是审美愉悦和自我洞察，而非去改进社会，布鲁姆认为指望文学去改进社会是极其荒谬滑稽的想法。他指责这些憎恨学派的学者们由于“过度执迷于政治活动主义和社会活动主义而牺牲掉了文学的美学价值”。[17] 布鲁姆的严苛批评也获得西方学界很多学者的呼应

[14] http://plato.stanford.edu/entries/relativism/#3.3，转引自维基百科 http://cn.wikipodia.org/wiki/New_Historicism.

[15] http://www.reason.com/news/show/29737.html, Interview with Reason Magazine，转引自维基百科。

[16] Camille Paglia, “Junk Bonds and Corporate Raiders: Academe in the Hour of the Wolf”, reprinted in *Sex, Art and American Culture: New Essays*, New York: Viking,1992.

[17] Harold Bloom, *The Western Canon: The Books and School of the Ages*, New York: Riverhead Books, 1995, p. 4.

和支持。在笔者看来，虽然格林布拉特等新历史主义者在一开始都表现出极为激进的姿态，但是他们的落脚点总归还是文学。在笔者为格林布拉特所做的访谈中，当笔者问及他对活动主义的看法时，他十分理性地指出，虽然将自己的政治观点与教学截然分开并不容易而且也不正确，但“我总还是一个英文教授而不是一个政客。”[18] 格林布拉特后来应邀担任著名的《诺顿英语文学文集》、《诺顿莎士比亚文集》的总主编，这也证明了他在英语文学领域的影响力和权威性。

新历史主义作为一股强劲而清新的批评思潮，在 20 世纪 80 年代末传入中国并在我国的文学批评与文化理论界掀起了一股不小的波澜。为了对新历史主义思潮在中国的传播、接受与研究状况做更系统的分析，笔者用中国知网（CNKI）分别对“新历史主义”和“文化诗学”进行了主题和关键词检索。根据所检索到的论文（包括期刊文章、学位论文、报纸文章、会议论文等）我们可以清晰地看出，对新历史主义的最初介绍是在 80 年代末；90 年代关于新历史主义的文章较少，每年都有数十篇关于新历史主义的论文发表，而且多数属于介绍性的普及文章，但也在稳步发展。对新历史主义真正进行认真扎实的研究是进入 21 世纪之后的事了，这一时期关于新历史主义或文化诗学的报刊文章、学位论文数量猛增，2002 年尤其是这一时期发展的一个节点，从该年份开始，每年发表的以新历史主义为主题的论文接近 100 篇，以后这一数据逐年上升；从 2008 年至 2013 年，论文数量稳定在每年 300 篇左右，势头至今不衰。一大批对新历史主义进行理论探讨以及试用新历史主义理论分析中外各种文学作品的文章如雨后春笋般地刊发出来，尤其对文学研究和历史研究领域产生了强大的冲击力。这股研究风潮近年来一直势头不减，至今稳步地向前发展。因此，我们可以粗略地将新历史主义在中国的引介与发展划分为两个时期，80 年代末至整个 90 年代为这一思潮的引进介绍期；进入 21 世纪的十五年为新历史主义的蓬勃发展期。从陈厚诚、王宁在 2000 年对 20 世纪八九十年代新历史主义在中国的传播与接受所做的详细考察来看，新历史主义在该时期不但存在很多误读，而且在接受这一思潮时也存在很多障碍，这主要是因为中国历史撰述讲究信实精神，历史编纂学和考据学向来发达，强调历史甚至文学上的非虚构性，加上我国当时历史哲学的落后等因素，[19] 新历史主义在八九十年代的发展属于平缓的介绍与发展期。只有到了后结构主义、后现代主义和解构思想逐渐普及并深入人心的时候，新历史主义的魅力才开始为我国学界所欣赏。新历史主义引入中国十余年后，开始对中国文学批评界、历史学界及整个文化艺术界产生深刻的影响，我国学者除了对新历史主义在英美国家的理论实践和创造加以介绍评述外，还运用新历史主义的理论方法，结合中国语境和中国文本、文学潮流等，逐步进行了一些尝试性的探索和颇具开拓性的研究，

[18] 生安锋编著，《智性的拷问：当代文化理论大家访谈集》，北京：北京大学出版社，2010 年，第 180-181 页。

[19] 参见陈厚诚、王宁主编，《西方当代文学批评在中国》，天津：百花文艺出版社，2000 年，第 483-484 页。

产生了不少研究成果。

据笔者考察，最早涉及新历史主义批评思潮的是中国社会科学院的施咸荣，他在发表于 1987 年的一篇题为《当代美国文学发展的几个新趋势》[20] 的论文里简略提及了新历史主义和文化唯物主义。[21] 第一次对新历史主义详加介绍和评述的是中国社会科学院的王逢振，在其 1988 年出版的访谈录《今日西方文学批评理论》[22] 中，他介绍了新历史主义者弗兰克·伦特里契亚（Frank Lentricchia）和简·汤姆金斯（Jane Thompkins）的思想。[23] 初期积极引介新历史主义的中国学者还包括程代熙（1989）、韩加明（1989）、杨正润（1989；1991）、赵一凡（1991）、王一川（1993）、程锡麟、徐贲、盛宁、张京媛、王岳川等。韩加明于 1989 年发表了题为《新历史主义批评的兴起》一文，对新历史主义做了整体性的介绍；[24] 杨正润发表的《文学研究的重新历史化——从新历史主义看当代西方文艺学的重大变革》一文，以格林布拉特的著作《莎士比亚的协商》为例，详细介绍了新历史主义的批评实践和主要理论创建，同时也指出了其理论盲点。[25] 赵一凡的文章《什么是新历史主义》以生动幽默的笔调更加详细地介绍了新历史主义的背景、理论谱系、特色与问题等。[26] 徐贲于 1993 年发表了题为《新历史主义批评和文艺复兴文学研究》的长篇重头论文，对新历史主义的理论渊源、新历史主义之所以繁盛于文艺复兴时期文学研究的原因、新历史主义批评实践的政治化、文学与意识形态之关系等议题做了深入的剖析，见解独到，笔锋犀利，是新历史主义引进中国初期的一篇不可多得的好文章。[27] 徐贲在其后出版的专著《走向后现代与后殖民》中，除了深刻剖析后现代主义和后殖民主义思潮及其在中国的变异之外，还进一步对新历史主义做了深刻的探讨。[28] 1994 年，杨正润接连发表两篇论文，对新历史主义的理论基础及其文学功能论和意识形态论做了进一步的探讨和批评。[29] 韩加明于 1994 年发表《新历史主义批

---

[20]《美国文学》创刊号，1987 年第 1 期，第 113-131 页。

[21] 翌年该文又被刊登在《译林》杂志上，参阅《八十年代美国文学发展的几个新趋势》，1988 年第 1 期，第 212-216 页。

[22] 王逢振，《今日西方文学批评理论》，桂林：漓江出版社，1988 年。

[23] 前者的论文《福柯的遗产：一种新历史主义？》被收录在 1989 年维瑟主编的《新历史主义》一书中，而后者的论文《感伤的力量：〈汤姆叔叔的小屋〉及文学史的政治》被收录在 1994 年维瑟主编的《新历史主义读本》中。

[24] 韩加明，《新历史主义批评的兴起》，《青年思想家》，1989 年第 1 期。

[25] 杨正润，《文学研究的重新历史化——从新历史主义看当代西方文艺学的重大变革》，《文艺报》，1989 年 3 月 4 日，3 月 11 日。

[26] 赵一凡，《什么是新历史主义》，《读书》，1991 年第 1 期。

[27] 徐贲，《新历史主义批评和文艺复兴文学研究》，《文艺研究》，1993 年第 3 期。

[28] 徐贲，《走向后现代与后殖民》，北京：中国社会科学出版社，1996。

[29] 杨正润，《主体的定位于协合功能——评新历史主义的理论基础》，《文艺理论与批评》，1994 年第 1 期；《文学“颠覆”和“抑制”——新历史主义的文学功能论和意识形态论述评》，《外国文学评论》，1994 年第 3 期。

评的发展及启示》，提出了新历史主义这股批评思潮对我国当代文学批评和文化批评的启示和借鉴意义。[30] 另外，王一川、陆扬、毛崇杰、张宽、王岳川等学者也纷纷撰文对新历史主义加以评述。[31]

1993 年张京媛主编的《新历史主义与文学批评》是国内第一本新历史主义译文集。该书以 1989 年维瑟主编的《新历史主义》文集为蓝本，也收录了怀特的《话语转义论》等文章和后现代主义理论家弗雷德里克·詹姆逊的相关论文，是早期研究新历史主义的较好的资料性文集，对后来者研究新历史主义很有帮助。同年，中国社会科学院外国文学研究所编辑出版的《世界文论》第一期即命名为《文艺学与新历史主义》，翻译了新历史主义的五篇代表作，向中国读者介绍了这一思潮的概况和主要研究成果、研究方法和思路等，也使读者初步见识了新历史主义的批评实践，原作者包括格林布拉特、霍华德、多利莫尔和盖勒赫等。[32] 盛宁于 1994 年出版了题为《20 世纪美国文论》的专著，“第二次世界大战以后的美国文学批评”的最后一节就是“新历史主义的文化批评和文学批评：怀特、格林布拉特等”，对新历史主义的渊源，尤其是对怀特和格林布拉特的主要理论进行整理，并在此基础上加以扩充和深化，于 1995 年在台北出版了题为《新历史主义》的专著，对新历史主义的来龙去脉、主要观点和成就、所产生的影响等做了进一步的梳理。1997 年，盛宁在其新著《人文的困惑与反思——西方后现代主义思潮批判》中，又以“新历史主义/后现代主义”为题专辟一节，对新历史主义的实践和理论提出很多“质疑”。[33] 王岳川在 1999 年出版《后殖民主义与新历史主义文论》，全书用五章的篇幅对新历史主义的主要代表人物格林布拉特、蒙特洛斯、多利莫尔、怀特等做了介绍和简要评价，最后一章对新历史主义和后殖民主义做了简略的对比和关联。[34]

正如笔者在前文所指出的那样，进入 21 世纪，是新历史主义思潮在中国蓬勃发展

---

[30] 韩加明，《新历史主义批评的发展及启示》，《青年思想家》，1994 年第 5、6 期。

[31] 参见王一川，《后结构历史主义诗学——新历史主义和文化唯物主义述评》，《外国文学评论》，1993 年第 3 期；陆扬，《关于新历史主义批评》，《外国文学研究》，1994 年第 1 期；毛崇杰、钱竞，《论新历史主义——西方 80 年代崛起的新马克思主义美学与批评》，《学术月刊》，1992 年第 11 期；张宽，《后现代的小时尚——关于新历史主义的笔记》，《读书》，1994 年第 9 期；王岳川，《新历史主义的文化诗学》，《北京大学学报》（哲学社会科学版），1997 年第 3 期；《新历史主义的理论盲区》，《广东社会科学》，1999 年第 4 期。

[32] 参见陈厚诚、王宁主编，《西方当代文学批评在中国》，天津：百花文艺出版社，2000，第 474-475 页。

[33] 参见盛宁，《二十世纪美国文论》，北京：北京大学出版社，1994；《新历史主义》，台北：扬智文化事业股份有限公司，1995；《人文的困惑与反思——西方后现代主义思潮批判》，北京：生活·读书·新知三联书店，1997。盛宁的主要观点先期发表在两篇论文中，参阅《历史·文本·意识形态——新历史主义的文化批评和文学批评刍议》，《北京大学学报》（哲学社会科学版），1993 年第 5 期；《新历史主义·后现代主义·历史真实》，《文艺理论与批评》，1997 年第 1 期。

[34] 王岳川，《后殖民主义与新历史主义文论》，济南：山东教育出版社，1999。

的时期，各种有关新历史主义的论文层出不穷，学者们纷纷从文学、文化、政治、历史、人类学等多个视角对新历史主义理论进行梳理，并尝试着将相关理论运用于文学与文化批评的实践当中，取得了不菲的成果。张进于2004年出版了一本关于新历史主义的专著，题为《新历史主义与历史诗学》，[35] 试图在分析欧美新历史主义理论发展的基础上，指出新历史主义在中国的传播，激发了中国当代文艺思潮的活力，有助于我们建立起自己的“历史文化诗学”。2013年张进在其所主持的国家社科基金项目“新历史主义文艺思潮通论”的结项成果、著作《新历史主义文艺思潮通论》中，对其先前的理论探索进一步丰富、扩充和发展，分六大章分别从新历史主义的美学风貌、思想谱系、文学观念、创作实践、批评探索和价值效应六个方面对新历史主义的文艺思想做了细致入微的探析和评判，正如作者在“前言”中所指出的那样：

> 本书试图在历史唯物主义指导下，整合运用历史的与逻辑的相结合、宏观历史诗学理论综合与微观创作批评个案分析相补充、话语分析与意识形态批判相统一、多学科综合治理与中外理论批评跨语际研究相参证的方法，对新历史主义文艺的思潮倾向、思想谱系、文学观念、创作实践、批评探索和价值效应等诸多方面的问题展开多层次、全方位、立体式的研究剖析，指出这一思潮在诸多方面进行了有价值的探索，提出了富有洞见的观点，挑战了陈旧的文艺观念和创作实践，但它并没有解决这些问题，而是将其“当代化”和“问题化”了。[36]

青年学者王进在其博士论文之上修改而成的著作《新历史主义文化诗学——格林布拉特批评理论研究》[37] 中，也对新历史主义的代表性人物格林布拉特做了细致新颖的探讨。他从新历史主义产生的文化背景、理论渊源、批评实践、文化诗学的多维度特征、新历史主义与其他理论思潮的互动浸染等多个方面，对新历史主义进行了深入的分析。这一时期有关新历史主义或者文化诗学的学术论文发表也呈逐年上升的趋势，从2003年以后，每年的论文数量都过百篇，从2008年至2013年稳定在每年300篇左右，足以看出新历史主义在中国持续的影响力。

此外，运用新历史主义的理论与方法进行文学研究的著作还包括石坚、王欣编著的《似是故人来——新历史主义视角下的20世纪英美文学》(2008)、李荣庆的《新历史主义批评：〈外婆的日用家当〉研究》(2011)、杨仁敬等著的《新历史主义与美国少数族裔小说》(2013)等。[38] 石坚等的《似是故人来》梳理了新历史主义的理论脉络，介绍

[35] 张进，《新历史主义与历史诗学》，北京：中国社会科学出版社，2004。

[36] 张进，《前言》，《新历史主义文艺思潮通论》，广州：暨南大学出版社，2013，第1页。

[37] 王进，《新历史主义文化诗学——格林布拉特批判理论研究》，广州：暨南大学出版社，2012。

[38] 石坚、王欣，《似是故人来——新历史主义视角下的20世纪英美文学》，重庆：重庆大学出版社，2008；李荣庆，《新历史主义批评：〈外婆的日用家当〉研究》，杭州：浙江大学出版社，2011；杨仁敬等，《新历史主义与美国少数族裔小说》，上海：上海外语教育出版社，2013。

了这一思潮是如何看待文学与历史、文学文本与历史文本、新历史主义与传统历史主义的关系的，也追溯了新历史主义的理论渊源，阐述了其主要理论创见与实践成就，并选取了多篇典型的新历史主义批评的中英文论文，使读者清楚地了解英美的新历史主义者是如何对传统的文学经典如约瑟夫·康拉德的《黑暗的心》、夏洛特·珀金斯·吉尔曼的《黄色的墙纸》、詹姆斯·乔伊斯的《死者》，以及狄更斯、萨克雷、福克纳、沃尔夫、斯托、莫里森等的著作进行新历史主义解读的。李荣庆的专著试图用新历史主义理论对美国著名非裔女作家艾丽斯·沃克的小说《外婆的日用家当》做了分析，但其实除了对小说中“诸多被忽视的情节进行深入的语境探讨和话语分析”外，作者所用的分析方法并没有超出过去流行的社会历史分析法，用作者自己的话来说，就是作者仍旧“持一种旧历史主义为体、新历史主义为用的研究理念”。[39] 杨仁敬等的著作《新历史主义与美国少数族裔小说》虽然声称运用新历史主义的理论来解读美国少数族裔文学，但全书除了第一章“绪论”简略谈及新历史主义的概况和影响并提及美国少数族裔小说具有历史性之外，在其后的小说分析中很少提及新历史主义或者用新历史主义的理论、方法来剖析所涉及的小说作品。

与此同时，一大批硕士和博士研究生也纷纷将新历史主义作为研究课题，或者研究新历史主义思潮的理论建树，或者研究某位新历史主义者（尤其是格林布拉特）的功过得失，或者梳理新历史主义在中国的传播与接受，或者尝试用新历史主义来重新建构中国的文学与文化理论。从中国知网的博硕士论文统计数据，我们同样可以清晰地看出 21 世纪我国文学理论界对新历史主义的兴趣。根据中国知网（CNKI）的统计，从 2002 年第一篇以新历史主义为关键词的博士论文算起，到 2013 年共有 19 篇，[40] 其中 2011 和 2012 年为零，其余为 1~3 篇不等，发展较为平稳；而硕士论文的数量则清晰地呈现了近十年来新历史主义的发展状况。2001 年和 2002 年每年两篇，2003 和 2004 年每年 7 篇，从 2005 年开始猛增到 18 篇，2005—2013 年九年间共有 301 篇以新历史主义为关键词的硕士论文，每年平均硕士论文数为 33 篇，数量最高的年份为 2012 年计 53 篇。由于硕士的论文题目常常是由导师和学生共同商定或者导师推荐研究生接受的，我们足以从中看出新历史主义思潮对我国高校或学术界强大而持久的影响力。下面笔者将择要对那些与新历史主义相关性强的论文进行简要概述。

厦门大学和山东大学是中国高校中研究新历史主义的重镇，一向领风气之先并卓有建树。厦门大学陈世丹的博士论文《库尔特·冯内古特对现实世界与小说世界的解构与重构及其新历史主义倾向》（2002）和甘文平的博士论文《论罗伯特·斯通和梯姆·奥

[39] 李荣庆，《新历史主义批评：〈外婆的日用家当〉研究》，杭州：浙江大学出版社，第 28 页。

[40] 由于技术或者其他方面的原因，北京语言大学朱静的博士论文《格林布拉特的新历史主义文化诗学研究》在中国知网上检索不到，但笔者有幸通过朋友从北京语言大学图书馆借到。所以准确地说，到 2014 年底，以新历史主义为关键词的博士论文计 20 篇。

布莱恩有关越南战争的小说》(2003)都尝试用新历史主义的策略和理论来解读美国当代后现代小说。陈世丹用历史分析与文本分析相结合的方法讨论库尔特·冯内古特的后现代小说，认为这些小说具有新历史主义倾向并试图以其反思历史并揭示文本与历史同样是虚构的这种真实。甘文平的论文也认为美国后现代作家罗伯特·斯通和蒂姆·奥布莱恩有关越南战争的小说中透露出新历史主义的理念，并通过小说创作而显现出另一种真实，揭露了关于美军在越南战争中失误性大屠杀的历史叙述的虚构本质。厦门大学谷红丽的论文《新历史主义和文化唯物主义批评视角下诺曼·梅勒的作品研究》(2003)运用新历史主义和文化唯物主义的批判理论，对诺曼·梅勒的《裸者与死者》、《鹿苑》、《一场美国梦》等多部作品进行了相当全面透彻的分析，认为梅勒与新历史主义和文化唯物主义在关于后现代历史状况、历史与文学的关系，以及文学文本与政治意识的关系等问题的看法上都存在着共识。作者通过详尽的分析指出，梅勒的小说几乎就是新历史主义和文化唯物主义批评所谓的权力关系的载体，充满了各种各样的政治矛盾和斗争，反映了战后美国社会的主要历史事件、科技发展和社会各个方面的强权主义等。河南大学李仰智的论文《应然存在的已然追问》(2004)和山东大学刘永春的论文《在后现代性的地平线上》(2005)也从新历史主义的角度分别尝试分析了中国的新历史小说和新生代小说，提出了一些颇有新意的见解。

山东大学杨杰的博士论文《海登·怀特的历史书写理论与文学观念》(2006)探讨了海登·怀特的主要思想和成就，尤其是其对新历史主义理论建构的贡献。作者指出，怀特的理论可以概括为一个核心即怀特始终坚持文史相通的观念；两个维度即形式主义与回归历史是支撑其理论大厦的两轴；两种视角即在文学中审视历史、在历史中研究文学；怀特理论的多声部、复调式特点是指其历史书写理论是一个多元复合体，把历史编纂和文学批评完美地结合起来，指出文学性与历史性这两个维度都是重要的，从而拓展了文学研究的视野。论文最后提出了文学研究的两种方略：文本间性的批评模式和意识形态性研究。上海师范大学张秀娟的论文《断裂性问题与新历史主义》(2006)以后现代文化的断裂性问题与新历史主义的互动为研究对象，并结合中国新时期以来重写文学史和历史题材小说创作的现状，考察新历史主义文学批评发展的缘由和嬗变轨迹，分析了新历史主义的断裂批评模式，从其对意识形态理论的阐述论述了断裂性问题的复杂性，并通过考察新历史主义的断裂史观，论述了新历史主义独特的理论素质。

山东大学傅洁琳的博士论文《格林布拉特新历史主义与文化诗学研究》(2008)主要从理论上探索格林布拉特的学术渊源、文化诗学的主要特点和格氏理论的成就和价值。论文分八个部分从两个看似矛盾的层面——断裂的历史观和整体文化观——展开讨论，强调文化诗学具有跨学科的特点，将文本阐释与社会政治、经济等一切现实活动结合起来，着力透过文学文本发现现实的物质流动，并在社会文本的剖析过程中发现文学艺术与审美的踪迹，从宏阔的角度探索人类文化活动的意义。作者认为，格林布拉特的新历史主义思想以独特的研究方法和理论思维方式改变了文学理论批评的研究范畴，对文学研究发生了革命性的影响，并广泛渗透到小说、诗歌、戏剧以及电影、电视等多种文艺样式之中，体现于创作实践和理论批评等各个文艺活动层面，具有重要的理论价值和现实意义。

厦门大学林莉的论文《论菲利普·罗思后期小说的历史解读与文学话语》（2008）运用新历史主义的理论方法，剖析了美国后现代主义作家菲利普·罗思晚近的六部小说，包括《生活逆流》、《夏洛克在行动》和《美国牧歌》等，全面考察了这些作品的主题、特点、历史再现和文学话语等问题，力图勾勒出作品背后所潜隐的创作理念、文化信息和人文价值观，审视当代美国历史文化发展的脉络，进而更深刻地透视美国社会的本质。浙江大学黄健的论文《穿越传统的历史想象》（2008）试图从新历史主义的视角出发，将中国新历史小说置于“中西合璧”的文化系统中来考查其精神，关注中西文化之间的碰撞、压迫、反抗与反思，以及由此而带来的作品在精神、审美意义上的收获。

吉林大学刘雪松的论文《世纪之交的文学批评新潮》（2009）则梳理了20世纪90年代以来文学批评领域出现后现代批评、后殖民批评、新历史主义批评、新左派批评和女性主义批评五种流派，较全面地展示了世纪之交文学批评多种思潮争奇斗艳的面貌，对各种思潮的理论资源、批评实践、独特创见和存在的问题等进行了细致的探讨。复旦大学盖建平的博士论文《早期美国华人文学研究：历史经验的重勘与当代意义的呈现》（2010）则用新历史主义和后殖民主义的批评视角探讨了早期美国华人文学的四部代表作品。北京语言大学朱静的博士论文《格林布拉特的新历史主义文化诗学研究》（2010）对新历史主义，尤其是对格林布拉特的文化诗学做了理论性探讨，从理论和实践两个层面对新历史主义的假设、方法论、批评实践和具体内容等进行了分析，作者最后对新历史主义在方法论和批评实践中所存在的问题做了颇有价值的讨论，对新历史主义之后文学理论的发展走向做了预测和展望。

吉林大学辛雅敏的博士论文《20世纪莎士比亚批评研究》（2013年）回顾了20世纪国内外莎士比亚研究的发展历程，历数从精神分析莎评、历史主义莎评、形式主义莎评到70年代以后的新历史主义政治文化莎评。论文第四章指出，在马克思主义和解构主义等理论的影响下，莎士比亚研究领域诞生了新历史主义、文化唯物主义、女性主义等莎评流派，这些带有明显政治“左”倾色彩的新一代莎士比亚学者以格林布拉特和多利摩尔为代表，不像形式主义莎评那样只专注于文本内部，也不像旧历史主义那样认为历史是一个透明的棱镜，而是深入到文本与历史不断变化的关系之中，关注以往不太被关注的问题，将莎士比亚批评推向一种政治文化批评。

在以“新历史主义”为关键词搜到的三百二十余篇硕士论文中，我们大致可以按照研究内容和主题将它们分为下列三大类。一是运用新历史主义的理论和方法对经典的中外文学作品、作家进行解析，或者对某个时期的文学、某个文学流派进行讨论。二是对代表性的新历史主义理论家做评述讨论，或者对新历史主义本身做理论性概述、廓清、探讨和质疑等。三是运用新历史主义的理论方法在其他如翻译、电影电视、教学等领域进行跨学科的应用和研究。这些论文的总体水平比较低，属于对新历史主义的浅层次的介绍，虽然有些论文对新历史主义也提出了质疑和讨论，但大多由于未能公开发表而未产生任何影响。

总的看来，中国对新历史主义的研究和运用这一理论方法来研究作家作品的趋势仍旧十分强劲，在近十几年来也取得了不小的成就，但所取得的这些成果基本上都是在中文语境下的产物，几乎没有任何研究成果达到与国际文学理论界，尤其是新历史主义研究学者，进行平等对话的高度，因此在很大程度上仍未脱离“自说自话”或“自娱自乐”的浅层次。这大概是为什么中国的外国文学和文学理论研究者队伍十分庞大，人数也众多，所产出的成果也不在少数，但却很少有国际影响的原因所在。在中文的语境下，我们从这些论文所涉及的题材和领域就可以知道新历史主义在文学、教学、历史、翻译、影视、艺术等多个文化领域产生了举足轻重的影响，对这些领域的反思和研究注入了新的活力，提供了新的视角。虽然我国有些学者也认为新历史主义存在很多问题，如它与马克思主义关系暧昧、徒具表面的激进姿态而其实缺乏对现实政治的关注、对历史文本和文学文本都缺乏整体把握、研究方法过于繁复等等，[41] 但毋庸置疑，自 20 世纪 70 年代末新历史主义初试锋芒一直发展到现在，这股新颖强劲的理论风潮已历经三十余年的接受、嬗变和发展而鲜见颓势，新历史主义的理论、方法和视角还在不断地拓展新的试验领域，其批评潜力也将继续得到不断的挖掘和提升。

三、批评的反思：新历史主义的未来

从前面的分析可以看出，新历史主义在中国学界受到了极大的关注，很多学者和博硕士研究生都以此为题进行了很多有益的探索和研究，并取得了引人注目的成果。笔者通过浏览近二十五年来的相关研究成果，初步得出这样的印象：新历史主义在中国语境内广受欢迎，而且研究势头至今不衰，对新历史主义理论本身的探索及运用新历史主义的理论方法来研究文学文本与文学流派的热潮还将延续下去；对新历史主义贡献最大的是高校教师及研究所的研究人员，尤其是博硕士研究生在这方面的研究和尝试尤为踊跃，也出产了较为深刻的一批学位论文，很多论文的章节也以单篇论文的形式在学术期刊上发表了；新历史主义在中国学界的影响不仅仅局限在文学研究领域，而是广泛渗

[41] 详见陈厚诚、王宁主编，《西方当代文学批评在中国》，天津：百花文艺出版社，2000 年，第 478-482 页。

透到翻译研究、影视研究、史学研究、艺术研究甚至文学创作等多个文化领域，真可谓是全球化时代后现代文化研究的一个重要组成部分，对人文社会科学整体都产生了不可小觑的影响。至于新历史主义思潮在中国学界如此盛行的原因，在笔者看来，这首先与中国传统的历史主义批评模式十分相关。新中国成立后的社会历史分析批评模式，一向十分重视从作品产生的社会背景、历史渊源和作者背景等方面来剖析文学作品，在整体政治环境的影响下，尤其重视作品的政治因素分析，这与新历史主义重视作品产生的历史背景、社会环境和政治因素等颇有契合之处，所谓“似是故人来”。其次，新历史主义在中国广为接受，也是因为后现代社会早已为我们的乐于接受做好了铺垫。从70年代末开始，后结构主义、解构主义直至后现代主义的思潮接踵而至，冲击着国人的固有思维模式和意识形态；文本意义的不确定性、宏大叙事的虚妄性、线性历史观与发展观的不可靠性等，早已浸润到人们思维的深处。因此，当新历史主义在世界上风靡之时，中国学界当然也会欣然笑纳。再次，随着全球化进程的加快和信息时代的来临，学术交流已经不像20世纪五六十年代那样闭塞滞后，出国访问、学者交换、参加国际会议、在国际期刊上发表论文从80年代末已经成为学界的常态；互联网技术的发展使国人不出家门而可以知天下事，发达国家的新思潮和学术动向刹那间都可以为地球另一端的学者所知悉。这也为新历史主义在中国迅速传播创造了技术条件。另外，在日益讲究学术文化交流和学术接轨的今天，国内知识分子对于国际学术前沿的动态日益敏感，学术上求新求异的渴望愈加突出。一旦甩掉了政治上的包袱，再加上技术和工具的便利，使得我们在学术上与世界前沿愈加同步成为可能。而展望将来，在国内学者的共同努力下，发展出我们自己的理论去影响国际学术界也不是遥遥无期的事情。

反观国内近年来在新历史主义研究的情形，我们在出版了一大批令人耳目一新的研究成果的同时，也可以清楚地看到还存在的许多问题。首先，新历史主义引进初期，大多数论文都是介绍性文章，缺乏有深度的阐释和借鉴，而且重复率很高：同一位博士生导师甚至可以指导不止一篇博士论文，同一个刊物也可以发表一些新意不多的评介性论文。即使有些论文旨在对新历史主义的历史观和审美观提出质疑，那也是在缺乏大量原始材料的情况下进行的“单向度”的批判，并未达到与国际学术同行进行对话的高度。如果说在20世纪八九十年代这种状况还情有可原的话，到了21世纪的今天，如果我们的著述还停留在这种初级阶段，就实在让人尴尬了。纵观新历史主义旅行至中国的30年，有分量的著作唯有张进的《新历史主义文艺思潮通论》，其他冠名新历史主义的著作其实与新历史主义并没有太大的关系。论文方面的情形要好一些，出现了一大批颇有深度和新意的文章，包括学位论文，但总体而言，我们在新历史主义研究领域确实还有很长的路要走。其次，不论是新历史主义，还是精神分析、后殖民主义、解构主义，误读的问题似乎对任何一种新引进的理论思潮都是不可避免的厄运。任何一种理论引进初期都可能会遇到这样的问题，很多人一看到一个新名词，还顾不上查看资料或者对其多做一些了解，就急于发表自己的见解，试图占领学术阵地的前沿高地，故而造成了种种生吞活剥、张冠李戴的局面。这其实与有些学者的盲目追风有关，而追风的背后是因为他们没有一个稳固的研究领域，只好什么时髦就去谈什么，他们不会去费心阅读原著而是严重依赖译文和介绍，他们也没法写出富有创见性的深刻文章，而只是随波逐流写一些浅层的、投机性的宏观论述。再次，很多学者在运用新历史主义理论去做文本分析或者文学流派分析的时候，缺少一种批判性的思维方式，导致论文成为对新历史主义理论的一种印证，就是用新的文本分析来证明新历史主义理论的正确性。为数不少的论文就属于这种情况。引进理论的目的是为了以之为工具对新旧文本做新的观察，用新的视角和方法能够让我们看到前人所未见的知识和见解；同时，新的理论也不是万能的或者完全不用修正就完全可以运用的，这就需要我们在引进理论、应用理论的同时注意理论的适用范围和局限性。很多学者缺少的正是这种批判性的精神，导致很多成果固然有一定新意，但却缺乏深度和反思。

以上所提及的这些研究论文大多出自中国的外国语言文学和文学理论研究者的手笔，因而在讨论的广度上显然有着知识上的局限。作为一种介于文学和历史之间的理论思潮和研究方法，新历史主义在中国的文学创作界和史学界也产生了较大的反响。特别是新历史主义进入中国以来对中国的那些专事历史人物传记写作的作家无疑是一个强有力的武器。当人们指责他们的作品中有失历史真实时，他们完全可以用新历史主义的利器来为自己辩护：我们今天所读到的历史不就是“文本化”的历史事件的叙述吗？当我们无法读到大量原始的历史档案时，所能接触到的历史事件的描述就只能是一种“胜利者的历史”，因为失败者是没有资格去撰写历史的。[42] 即使对那些原始档案的处理而言，文学和思想史的撰写也产生了重要的影响，撰史学的力量就体现在它以叙述的语言将碎片般的历史事件写成一种历史的叙事，因而可以流传给后人阅读。例如在文学和古文献方面造诣很深的葛兆光的《中国思想史》[43] 和现代文学研究者汪晖的《现代中国思想的兴起》[44] 就自觉地运用了新历史主义的理论原则，通过对历史事件的“文学式”的叙述消解了文学与历史的界限，使得历史的叙述读起来就像文学叙事一样。他们的这些著述可以说达到了从中国撰史学的角度与新历史主义的一些理论教义平等对话的高度，因而在西方学界也产生了影响。显然，新历史主义的历史观已经渗透到了作家对历史事件的描述，例如最近在中国走红的大型电视连续剧《历史转折中的邓小平》就在聚焦邓小平在历史转折关头的作用的同时，通过几个虚构人物的刻画使得邓小平与普通

[42] 青年历史学者陈新近年来十分活跃，发表了这方面大量的著述和论文，尤其可参考他的《历史认识：从现代到后现代》，北京：北京大学出版社，2010 年；以及早先的《西方历史叙述学》，北京：社会科学文献出版社，2005 年。

[43] 葛兆光，《中国思想史》，上海：复旦大学出版社，2001 年。

[44] 汪辉，《现代中国思想的兴起》，共四册，北京：生活·读书·新知三联书店，2004—2007 年。

人民的距离拉近了，也使得以往充满了说教意味的历史片变得可看和可读并达到寓教于乐的效果。如此等等。当然，新历史主义的滥觞也造成了一些负面的效应，例如一些为了迎合政治上需要的作品不顾历史事实漫画式地描写抗日战争的故事，使人看来啼笑皆非，这显然大大地失去了真实性和基本的历史客观性。他们往往在为自己辩护时也会打出新历史主义的旗号，这些都是应该引起我们警觉的。总之，新历史主义在中国的接受充满了误读和误构，它在中国的实践在某种程度上形成了一种新历史主义的变体。关于这一点，笔者将另文专论。

（作者单位：清华大学外文系）

（本文是作者主持的国家社会科学基金项目“新历史主义理论家斯蒂芬·格林布拉特研究”的阶段性研究成果，项目号：12BWW004；清华大学人文社会科学振兴基金研究项目“格林布拉特的文化诗学研究”的阶段性研究成果，项目号：2012WKZD006）

艾柯的文学符号学理论及其在《玫瑰的名字》中的体现

李　瑾

内容提要： 艾柯认为，至为全面的一般符号学大纲应该包括符号的“谎言”理论，否则符号无法用以阐明真理，并在此基础上将符号学研究推衍至整个文化符号系统。文化符号学就是文化符号在何种语义场中如何发挥其意指与交流作用。文化单元作为表意符号，本身具有多义性、不确定性和悖谬性。文学表达科学理性同时也表达神圣信仰。在小说《玫瑰的名字》中，艾柯的符号学论点随处可见，尤其是符号本身包含的悖谬性，这可以说是其符号学理论在文学领域里的延伸和运用；那些涉及符号衍义的推断，成为符号悖谬的绝妙注释。在后现代文化语境下解读小说，可以看出文本中的理性推理与神圣信仰之间或隐或显地存在着难以弥合的符号悖论，主要体现在：1）文本中的玫瑰之“名”违逆常态的诗性传统和读者的阅读期待；2）符号编码与意指关系错位。文化单元编码在意指过程中滑落最初的意义，走向悖谬与谎言；3）在试图建构符号意义的过程中，文化单元的核心意义被瓦解，理性、信仰及语言崇拜三重符号遭到颠覆。在此意义上，《玫瑰的名字》的写就便成为艾柯文学符号观的冗长脚注与符号理论的生动实践。

关 键 词： 符号　悖论　理性　信仰　《玫瑰的名字》

Abstract: In his theory of semiotics, Umberto Eco holds that only if a theory of lie signs is covered, the general semiotic theory could be completed; otherwise it would not be available for the illustrations of any truth. On the basis of the above mentioned presumptions, he has abducted his general semiotic studies to the whole system of cultural signs, which is to study how cultural signs function in terms of signification and communication in what kind of semantic field. As notional signs, cultural units are characterized by ambiguity, uncertainty and paradox, while literary works are employed to express scientific reasons as well as sacred belief. In the novel *The Name of the Rose*, semiotic thoughts prevails, especially the paradoxical features entailed in the signs, which could be regarded as the application and extension of his semiotic theory to literary field, and the deduction involved with the unlimited semiosis, outstandingly serves as the notes to the paradoxical signs. With the interpretation of the text in the postmodern context, it would be discerned that incompatible paradoxes do exist in reason and belief implicitly or explicitly. They manifest themselves as follows: firstly, the *name* of the text is in violation of the poetic tradition and the normal reading expectancy. Secondly, codes are not in accordance with references. Concretely speaking, the cultural units gradually lose the original meaning in the process of signifying, moving towards paradoxes even lies. Thirdly, in constructing the significance of signs, the core meaning of cultural units are deconstructed with the subversion of three levels of reason, belief and sign worship. In this sense, the achievement of the text, *The Name of the Rose* could be read as the expatiatory notes as well as vivid practice to Eco's literary theory.

Key words: signs; paradox; reason; belief; *The Name of the Rose*

翁贝托·艾柯[1]是意大利符号学家，但让他蜚声国内外的在很大程度上却是其长篇小说《玫瑰的名字》，该作雅俗共赏，创造了学者写小说成为畅销书的奇迹。小说至今虽已问世三十多年，但研究者的兴趣仍然方兴未艾。自1959年艾柯开启学者生涯，执教符号学、美学、建筑学、视像通信交流等课程，其符号学思想最为精深也最有创建，普遍贯穿于教学和研究的各领域，并于1975年出版《符号学理论》一书。因此，作为学者的艾柯及其理论，首先应该是作为符号学家的符号学理论。艾柯明白无误地称自己"是个疑心很重的符号学家"。[2] 至于给他带来世界声誉的小说，艾柯称，这是因为"发现心中有许多话无法用理论表述，必须求助于小说。"[3] 在这个意义上，可以说，小说成为艾柯符号学理论的补遗和延伸，一如中国宋代诗人之不善诗而工于词，词无力留归正传而被称为"诗余"，却意外流芳。那么，这些让艾柯意犹未尽的"无法用理论来表述"的"话"究竟是什么？大凡用理论表述的，当是理性的、确切的。除了能够言明的符号理性之外，到底又存在着何等理性无法趋近的感性或不确切因素？

国内学者对《玫瑰的名字》的解读，基本上可以分为两大类：第一类主题论，如戴锦华称该小说的真正主题是知识权力，是"一个极好的福柯式理论的读本"，"图书馆"就是"核心象征编码"的明证。另外，对文本进行互文性解读也当归属该类，因为均有指向某个主题的倾向；[4] 第二类是符号诠释论，如杨慧林认为，与基本观念相应，艾

[1] Umberto Eco，除了译为翁贝托·埃科外，还译为安贝托·艾柯、翁贝尔托·埃柯、安伯托·艾柯、乌蒙勃托·艾柯等。本文正文统一为艾柯，脚注以译本上的译名为准。

[2] 安贝托·艾柯，《诠释与过度诠释》，王宇根译，北京：生活·读书·新知三联书店，1997年，第76页。

[3] 翁贝托·埃科，《玫瑰之名》，林泰、周仲安、戚曙光译，重庆：重庆出版社，1987年，第4页。

[4] 戴锦华：《镜与世俗神话：影片精读18例》，北京：中国人民大学出版社，2004年，第132-135页。再如胡全生：《在封闭中开放：论〈玫瑰之名〉的通俗性和后现代性》，《外国文学评论》，2007年第1期，第96-103页；张琦：《"笑"与"贫穷"：论埃柯小说〈玫瑰的名字〉的主题》，《当代外国文学》，2006年第2期，第133-140页；马凌：《诠释、过度诠释与逻各斯：略论〈玫瑰之名〉的深层主题》，《当代外国文学》，2003年第1期第34-40页；刘佳林：《火焰中的玫瑰：解读〈玫瑰之名〉》，《当代外国文学》，2001年第2期，第129-134页；袁洪庚：《影射与戏拟：〈玫瑰之名〉中的互为文本性研究》，《外国文学评论》，1997年第4期，第44-51页。其他不再一一列举。

柯的小说总是围绕着符号与诠释游戏，并非要揭示什么真相。[5] 可以这么说，持上述两类观点的学者主要是从有无主题方面各自作了符合逻辑的诠释。的确，符号与诠释是艾柯表达观念的强力工具，因使用者独具的娴熟技巧，颇有乱花迷眼之势。在小说序中，艾柯开宗明义，宣称“务须将真理忠实的记号一一详细澄清”。[6] 此处真理何谓？记号何指？如何澄清？本文认为，艾柯在建构符号理论、追寻符号意义的过程中，发现理性推理与神圣信仰之间或隐或显地存在着难以弥合的符号悖论，所以在提出一系列的符号理论之后，小说《玫瑰的名字》的写就便成为其现代文学符号观的冗长脚注与生动实践。

一、重访艾柯的文学符号学

在普通语言符号学理论基础上，艾柯构建了颇具个人风格的文学符号学理论。前者主要集中在《符号学理论》、《符号学与语言哲学》等，后者则散见于《开放的作品》、《诠释与过度诠释》、《误读》、《读者的作用》、《悠游小说林》、《诠释的界限》等，在这些作品中，他以一种开放的姿态，诠释文学文化符号意义的多元性、不确定性和无限衍义性。

就一般符号学理论而言，艾柯吸纳并综合了前人的符号观，睿智地建立了自己的符号理论体系。艾柯首先承袭了索绪尔语言能指与所指的符号二元论，发展了叶姆斯列夫的形式、内容与质料的多维论，将叶氏与语形系统对应的内容系统扩展为具有辐射广度的意义结构或语义场，然后在此基础上引入皮尔斯符号三分法中的核心因素：解释项（interpretant）。所谓解释项就是携带新的意义的符号，是“任何可以使另一物（解释项）指向它自己也指向客体，并同时能成为一个符号，如此往复，以至无穷。”[7] 因为连接符号与客体的解释项的表意作用，符号便获得了无限衍义性。这样，在符号语义场构成的动态关系中，艾柯打通了二元论与三元论的隔膜，采取了圆融的结构系统观和行为动态说的折中立场，关注符号的意指和交流作用，形成了组织形式、内容表达、解释意义三位一体的符号论模式，实现了从简单的索绪尔语言符号向皮尔斯逻辑符号的无障碍过渡。

在语言符号理论的基础上，艾柯将符号学研究推衍至整个文化符号系统，提出“全部文化必须作为一种符号学现象而进行研究；文化的所有方面都可以作为符号学活动的

[5] 杨慧林，《“圣杯”的象征系统及其解码：〈达·芬奇密码〉的符号考释》，《文艺研究》，2005 年第 12 期，第 30-40 页。

[6] 翁贝尔托·埃科，《玫瑰的名字》，闵炳君译，北京：宝文堂书店，1988，第 1 页。目前有多个中译本，本文引文均出自闵炳君译本。

[7] Charles Sanders Pierce, *Collected Papers*, Vol.2, Cambridge: Harvard University Press, 1931, p. 228.

内容而加以研究。"[8] 可见，文化符号学就是文化符号在何种语义场中如何发挥其意指与交流作用，这为透视当下文化现象开辟了新视角。艾柯以词典与百科全书喻指符号二元论与三元论模式。后者因集符号的多义性、灵活性、甚至悖谬性于一体，其强大的意义空间无疑为解读文学作品提供了无限的诠释空间。在文化语义场中，作为文化单元的符号环环相扣，结成一张无形的巨网，无拘无束地表达真理、谎言、想象、传说，而文学赖以生存的载体不论是摹写真实的历史故事、记录想象的神话传说，还是投射生活的小说诗歌，便理所当然地被罩在这张文化符号的网络之中。在表达对象时，文学符号主要呈现为多义化、不确定性与悖谬性等，因此作为衍义的基本特征，符号诠释（interpretation）便成为文学文本解读之必需。一方面，这自然有皮尔斯符号解释项的学理支持，另一方面，也与试图确立上帝之言的意义、释读《圣经》经文的自觉意识一脉相承。

为能以最俭省的笔墨直观地概述艾柯的文学符号观，我们不妨讨论一个有趣的现象。有两个动物意象时常幽灵般地徘徊在艾柯的写作中：鸭嘴兽与独角兽。这两种动物在某种程度上真正可以成为艾柯文学符号学的寓言。鸭嘴兽确有其物，生活在澳大利亚，跨属不同的动物分类范畴，融卵生哺乳的矛盾特点于一身。[9] 艾柯著有《康德与鸭嘴兽：论语言与认知》，详述现实的认知框架与符号描述之间的关系。从符号摹写现实例如历史角度而言，鸭嘴兽在相当程度上能够类比符号感知携带的多义性和诠释的悖谬性。在符号表征的虚构领域例如诗与小说中，这些符号特征依然存在，即文学符号除了摹写现实，还一并表达谬误与谎言。对此，艾柯念念不忘另一个无中生有的物类：独角兽。独角兽大概相当于中国神话传说中的"龙马"、"麒麟"，集高贵与祥瑞于一身，神圣而美好。《玫瑰的名字》中，独角兽虽属奇禽异兽，但在藏书中却与科技著作、与充塞谬误的典籍存放在一起，也并非像阿德索所认为的"是动物中最可爱的，是高贵的一种象征。它代表基督，代表童贞"。[10] 威廉饱经沧桑，理性、博学而世故，称独角兽的贞洁只是传说，是寓言，是异教徒编造出来的，并称有威尼斯旅人在遥远的、距离人间天堂很近的地方见到过独角兽，"它们粗野而笨拙，模样又丑又黑。"阿德索提出疑问：那些古代大师是凑巧蒙受圣主的启示而认识了独角兽的真实面目的吗？威廉称"不是天启，而是实际经历。"[11] 在不同主体的视界中，独角兽分属不同的意义层次，其张力在于集神圣与世俗、信仰与理性、虚无与真实于一身，甚至高贵与卑微、美与丑都纠缠于一处，成为容纳悖谬、诠释多元的意义符号。独角兽本身确实不存在，但它确实可以存在。

---

[8] 乌蒙勃托·艾柯，《符号学理论》，卢德平译，北京：中国人民大学出版社，1990 年，第 25 页。

[9] Cinzia Bianchi and Manuela Gieri, "Eco's Semiotic Theory", in Peter Bondanella ed., *New Essays on Umberto Eco*, New York: Cambridge University Press, 2009, p. 29.

[10] 翁贝尔托·埃科：《玫瑰的名字》，闵炳君译，北京：宝文堂书店，1988，第 324 页。

[11] 同上，第 325 页。

符号表征世界和解释世界，反过来，符号可以形塑世界、构筑世界。否则，有谁还会相信伊甸的乐园和宗教的故事呢？

在艾柯的文学符号论中，谎言和想象并没有截然分明的界限。而对符号多重性与悖谬性的认识，也只能发生在后现代文化语境。在艾柯的写作技巧更加娴熟的《波多里诺》中，谎言这一可以合理存在的符号更是频频露面。如果说《玫瑰的名字》还是艾柯初次为实践符号研究应当涵盖谎言的文学符号理论而尚扭捏作态的小脚女人，羞涩地摇摆于信仰和理性之间的符号悖论，那么《波多里诺》则径直摆脱了铺陈符号理论的保护性做法，毫无顾忌地放开手脚，大胆泼辣地直奔谎言而去：波多里诺的一生就是在制造谎言中度过的。小说末尾，作者甚至称“不要自认为是世上唯一的作家，迟早会再出现一个比波多里诺更会说谎的人。”[12] 作家的职责就是游戏符号，使之渗透意义，让谎言因此而成为正统，一如波多里诺的父亲加里欧多用树根雕凿的木碗，一旦赋予其意义，它便成为圣杯。“诗人们有权利编造谎言。”[13]“如果你想成为文人墨客，或甚至有一天撰写历史……你必须说谎，发明一些趣闻，否则历史会变得单调无比。”诗人说谎是“高尚的事情”，应受到“赞赏”。[14] 诗人用符号的神游嫁接了沉重得令人窒息的现实理性世界和空灵的想象信仰世界，天上的花园不再荒芜废弃。如此说来，信仰也莫过于诗人某种超越高尚的想象而已。

而这些，也是艾柯迷恋文字追寻文化的鲜明印迹。此岸不乏理性，彼岸在信仰中；而通往彼岸的路，当从符号的悖论开始，也正是穿越重重叠叠的符号密林，艾柯的文字开始了漫长的意义之旅。

二、违逆诗性期待的玫瑰之“名”

《玫瑰的名字》之“名字”一直以来是研究者热烈讨论的重要话题，以至于艾柯为之特地著随笔《玫瑰的名字注》，撰写创作缘起与历程。无论作者匠心如何独运，作为一个常规意义上的文本符号，玫瑰本该指向爱情与美。而小说中，如此故事边缘而模糊，只是在血腥的死亡之余捎带发生的事儿，因为“玫瑰”作为“名字”在小说中只出现过两次。不仅如此，艾柯的写作初衷也是为制造一个悬疑侦探故事。[15] 就符号学理论

[12] 翁贝托·埃柯，《波多里诺》，杨孟哲译，上海：上海译文出版社，2011 年，第 532 页。

[13] 同上，第 57 页。

[14] 同上，第 44 页。

[15] 艾柯称小说有过另一个工作用名《修道院凶杀案》，也梦想着定名为《梅尔克的阿德索》。考虑到前者因只强调侦探线索后者因出版商不喜欢专有名词而弃用。见《玫瑰的名字注》，王东亮译，上海：上海译文出版社，2010 年，第 3 页。另有《修道院的谋杀》(Murder in the Abbey)，见胡全生，《外国文学评论》，2007 年第 1 期，第 96-103 页；《隐修院的谋杀》，见林泰等译本 1987 年出版说明。

而言，符号形式与表达内容之间原则上应具有同构关系。因为“文本的形式结构与产生相应结构的世界之间存在着严格的相似性。”[16] 作为符号学家的艾柯，自然最熟稔名实互相彰显、名正言顺的重要性。因为“物体……是理念的印迹。理念是事物的符号；而意象则是理念的符号，是符号的符号。”[17] 换言之，符号与理念具有某种发生发展以及因果关系上的一致性。因此，沿着符号踪迹，自然可以追溯文本意义。就“玫瑰的名字”之符号“名字”与实体“玫瑰”之间的关系而言，上述论断似乎不起作用。被追问急了，忍无可忍的艾柯在“关于《玫瑰之名》的思考”一文中借用格特鲁德·斯泰恩（Gertrude Stein）的诗句似乎无厘头地宣布：玫瑰就是玫瑰就是玫瑰就是玫瑰。如此玫瑰朵朵排列延伸下去，在时间序列上，最后一朵玫瑰与最初一朵玫瑰相同吗？小说在结尾处写道：“昔日的玫瑰存在于它的名字当中，我们有的只是这个名字。”[18] 那么，到底该如何诠释只剩下“名字”的玫瑰这一符号？

在《过度诠释文本》一文中，艾柯曾论述道：“……玫瑰，由于其复杂的对称性，其柔美，其绚丽的色彩，以及在春天开花的这个事实，几乎在所有的神秘传统中它都作为新鲜、年轻、女性温柔以及一般意义上的美的符号、隐喻、象征而出现。”[19] 就是说，从传统意义上来说，玫瑰是唯美、爱情、女人的符码，一如罗伯特·彭斯之“我的爱人是一朵红红的玫瑰”。照此论述推理，玫瑰作为一个指引性符号，《玫瑰的名字》文本也该是在铺天盖地的玫瑰中，迷狂般的炽热爱情无法收敛其奔放不羁的缱绻情愫，绽放得激情澎湃，演绎得心动神摇，从而将幽远四溢的芬芳从经验作者传递至经验读者，且余香长留，这是容易理解的；而且事实上，传统的文学和艺术作品就是这样来表现“玫瑰”的：夜莺与玫瑰的唯美色彩，象征性的艾米莉小姐的玫瑰，凸显人性艺术的餐馆和玫瑰，意蕴精妙丰厚的米斯特拉尔的玫瑰树根，等等，简言之，“玫瑰”这一符号的诗意性已成为美学上的一种惯性反映。“由于这一缘故，被罗塞蒂本人称为‘新鲜而甜美的玫瑰’就作为女性美的象征出现在 13 世纪另一位诗人丘罗·达尔卡莫（Ciullo d’Alcamo）的作品中，作为情欲的符号出现在阿普列乌斯的作品以及一部大家都非常熟悉的作品《玫瑰传奇》中。”[20]

然而，身处一个与审美惯性相悖的时代，艾柯不仅审美，也审丑，以及其历

---

[16] Norma Bouchard, “Eco and Popular Culture”, in Peter Bondanella ed., *New Essays on Umberto Eco*, New York: Cambridge University Press, 2009, p7.

[17] 翁贝尔托·埃科，《玫瑰的名字》，闵炳君译，北京：宝文堂书店，1988 年，第 326 页。

[18] 同上，第 477 页。

[19] 安贝托·艾柯，《诠释与过度诠释》，王宇根译，北京：生活·读书·新知三联书店，1997 年，第 59 页。

[20] 同上，第 59 页。

史。[21]《玫瑰的名字》讲述的恰是发生在中世纪修道院里的一个罪恶的谋杀故事。僧侣阿德尔摩意外坠死，小说主人公威廉修士受院长阿博内之托，与徒弟阿德索——小说叙述人的“我”——前往调查该事件。来到修道院后，几乎每天都会有新的僧侣死于非命，案件接连不断。除了死亡阴影的笼罩，宗教派别之间的不同理念也在符号、推理、争辩中重重交织，最后，作为保存宗教信仰和世俗诗学、真理和谬误的图书馆，也在一场大火中化为乌有。整个故事里都不曾见到鲜艳浓郁的玫瑰。1986 年，让·雅克·阿诺执导的同名电影更是通过积雪灰泥的混合、鸡飞狗跳的喧闹、不断被搅动的猪血、出没逡巡的老鼠、尘封的书籍等意象传达出一种阴郁、肮脏、沉闷得令人窒息的中世纪修道院气息。偶尔会出现夜晚的灯光，但在行路人游走的过程中，镜子的晃动会将其幻化得阴森可怖。唯一能带来爱情的女人——这是文本中第一次出现“玫瑰”的字眼：“她的嘴唇发出一股玫瑰香。”[22]——好不容易出现了，却是在伙房混乱的草堆里与“我”的一场意外邂逅。她走后留下了让“我”恐惧不已，直疑其为又一死亡者心脏的血肉模糊的一团——虚惊一场，那是牛心，女人为饥饿所逼出卖肉体的交换物；女人第二次也是最后一次出现是被当作女巫处死。“玫瑰”在文本中就这样偏离爱情，并与唯美隔绝。

无独有偶，在历史脚步迈进现代门槛的 1940 年，中国诗人穆旦也曾写过一首诗《玫瑰之歌》：“……现实的洪流冲毁了桥梁，他躲在真空里 / 什么都显然褪色了，一切是病恹而虚空……我长大在古诗词的山水里，我们的太阳也是太古老了，没有气流的激变，没有山海的倒转，人在单调疲倦中死去。”诗人笔下的玫瑰与小说家文本中的玫瑰不乏异曲同工之妙。穆旦的诗深受 T. S. 艾略特传统的影响，[23] 具有丰富的象征寓意。与常规的玫瑰意象不同，诗人呈给读者的竟也是这样一幅逆诗意化的“玫瑰”图景：没有温柔的美感，没有井然的秩序，没有明丽的希望和亮色。“玫瑰”这个符号指向毁灭、病恹、虚空、古老、窒闷、单调、疲倦。小说的名字与诗的本源、与真实的生活经验，尤其是与读者的传统阅读经验和阅读期待相脱节。艾柯从符号学角度讨论艺术中的象征方式，认为在现代诗歌中，象征方式是和艾略特的“客观对应物”一起形成的。[24] 所谓“客

---

[21] 艾柯著有《美的历史》、《丑的历史》。戏仿与偏离常规在其小说中司空见惯。如在《知识分子写真》中，曾假托出版社特约审稿人的身份，对所审稿件提出取舍意见，从现代出版业的生意眼和价值观出发，以《代拟退稿信数则》为名，认为《圣经》“是一部肯定会轰动一时的名副其实的巨著，结构巧妙，情节曲折，充满新意，而宗教感情恰如其分。”并称将《圣经》改名为《红海亡命》如何？神圣能被如此诙谐地反动，对于存在于艺术中的玫瑰，悖逆又算得了什么？与《玫瑰的名字》作比，不乏对观一笑之智慧与趣味。见安贝托·艾柯等，《知识分子写真》，董乐山译，北京：中央编译出版社，2010 年，第 296 页。

[22] 翁贝尔托·埃柯：《玫瑰的名字》，闵炳君译，北京：宝文堂书店，1988 年，第 263 页。

[23] 刘燕，《穆旦诗歌中的“T. S. 艾略特传统”》，《外国文学评论》，2003 年第 2 期，第 134-142 页。

[24] 客观对应物即特定的事物、情景或事件的组合会造成特定的感性经验，可立即唤醒特定的情绪，因而艺术中表现情感的唯一方式就是找到这些“客观对应物”。见翁贝尔托·埃科，《符号学与语言哲学》，王天清译，天津：百花文艺出版社，2006 年，第 294 页。

观对应物”，简言之，从符号学角度来看，即内容与形式的同构或对应关系。艾柯认为，在所有的理论家中，较少论述客观对应物的却正是艾略特本人，因为他不肯屈就象征之逻辑，而是“毫无顾忌地大量使用了源于古代神话的象征论的原型”，其目的是揭示象征符号的脱离语境性。这种缺乏“客观对应物”的“错位”，以及“时间的距离、退归的愿望、对现在的拒绝、古代性，……”等正是“近代诗学象征的本性”。[25] 如此诗学本性深入艾柯脑髓，在小说文本中被发挥得淋漓尽致。因此，对小说的解读，或许通过这样一种违逆诗性期待的意志，才是最佳切入点。

首先，小说作者是置身于20世纪80年代的现代语境来讲述中世纪的故事的，这种跨越历史的时间感知非常重要。1952—1959年，艾柯主要从事新闻传媒工作，这为他透彻地观察理解现代文化的特质提供了坚实的平台。身临流行文化之境无疑会成为小说的着力点。共时的现代大众文化观连同艾柯深远的历史时间感，使他“对人类文化采取了一种整体观”，在“《玫瑰之名》后记”中，艾柯提出，“文化从整体上表现出一种现代性断裂，其相关性就是审美标准的缺失，统一审美判断标准的衰退。那种谴责流行性是价值缺失的现代前卫性的看法，或者刚好相反，将价值注入非流行信息，已不再是现代文化的有效假定。”[26] 小说出版于1980年，它的顺势而生应和了特定的文化背景和历史使命。20世纪80年代通常被认为人类进入了后现代纪年。[27] 在艾柯看来，“在古代的1980年发生那场灾难之前”，“古代文明曾经在那里繁荣昌盛”，而后遭到“非常严重的辐射污染”等的破坏。[28] 自然，这场灾难就是世俗工具理性在企图征服神圣宗教信仰的过程中，因理性泛滥所导致的信仰灾难。而在地球人中“唯有有文化的人才会感觉到灾难将近，尽其所能地提供一些补救的办法。”[29] 艾柯被公认为是欧洲重要的一位公共知识分子，他对于自己承担的社会责任和负载的历史使命深信不疑。其眼中的补救措施就是诉诸诗性文字。文化人能充当时代先知，凭借的也只有承载思想的文字符号。“只有通过诗的语言才能完全表达，因为诗综合了对世界的想象和现实，唯有通过诗，人们才能看清其历史地位。”[30] 有良知的“文化人”首先付诸行动的就是通过诗性符号，弥合理性与信仰的距离、缝合历史与现实的绽裂。

---

[25] 翁贝尔托·埃科，《符号学与语言哲学》，王天清译，天津：百花文艺出版社，2006年，第294-298页。

[26] Norma Bouchard, “Eco and Popular Culture”, in Peter Bondanella ed., *New Essays on Umberto Eco*, New York: Cambridge University Press, 2009, p.13.

[27] 艾柯认为，“后现代不是某种可以用编年的方式确定的倾向，而是某种精神范畴，某种艺术意志，某种操作方式。”“今天人们似乎到处随意套用这个名称，……以前，它只适用于近二十年来的几个作家和艺术家，然后它总是不断往前追溯，渐渐就追溯到了20世纪初，过不久，‘后现代’这一范畴就可能落到荷马身上了。”见《玫瑰的名字注》，王东亮译，上海：上海译文出版社，2010年，第66页。

[28] 安伯托·艾柯，《误读》，吴燕莛译，北京：新星出版社，2009年，第11页。

[29] 同上，第13页。

[30] 同上，第17页。

毋庸置疑，20 世纪 80 年代和中世纪的 1327 年，表层形式上相隔的是不可逆转的时间，而深层意义上却是跨越不同历史时代的人类思想意识：人类摆脱了神圣意志后于无所适从的状态下，用怀疑一切的现代理性目光回首打量信仰无所不在的上帝大一统的前启蒙时代。“玫瑰的名字”从含义丰富的“但丁笔下神秘的玫瑰；代表爱情的玫瑰；引起战争的玫瑰；使艺术相形见绌的玫瑰；以许多其他名字出现的玫瑰”历经历史的风吹雨打，托举意义的花瓣纷纷坠落碎裂，不再摇曳多姿，“以至于现在它已经没有任何意义了：玫瑰就是玫瑰就是玫瑰就是玫瑰，玫瑰就是罗塞克卢主义者。”“玫瑰”退却最后一抹残红，剩下的“真正的意义是更深一层更深一层更深一层的意义”。[31] 玫瑰的意义在无限延长的历史里被无限衍义，通过符号的层层指称，失去了原初的鲜艳和生机。“像玫瑰一样美丽的少女，……形象全面地迅速行进，而符号过程的网络使‘接近’与‘远离’活跃起来。”[32] 在绵延的时间里，符号之间的名实关系成为一条渊源同而流向异的河，经历历时变化、共时碎裂，某些符指虽然形式接近其真实意义远离，另外一些符指其真实意义趋近形式却远离，这不能不说是现代人对传统和现实进行深刻反思的一种符号意指。没有一成不变的符号形式和意义，符号形式承载的内容在时间流里不停地指向再指向。时间是“有关之前和之后的运动的量化量度”，“是灵魂的伸展或伸展运动。”[33] 作为衡量运动的量的信仰和理性也在时间的延伸中相离、相向。人类从自然远古的洪荒时代一路走来，挣脱了多神教的羁绊，在一神教的呵护下，忠实地聆听圣言，历经千年不衰，而后渐生疲惫厌倦，然后自以为是开辟精神鸿蒙，一把推开神圣信仰，盲目而任性地打出理性大旗，傲慢地走进缺乏神恩根基的现代，正如幼年时崇拜威廉的阿德索在成年后对老师的盖棺定论：“宽恕他由于理性的虚荣而做出的许多傲慢举动。”[34] 理性不断地检视并催逼技术，为满足世俗欲望去发明更多——威廉有两副技术上过硬的目镜，他自然可以认为俯身洞察一切仰首傲视万物；他时不时地摆弄着旅行袋里的星盘、磁铁，享受占有技术带来的优越感和过人之处；尊崇天上飞的与海底游的机器等现代性标志，无疑认可天任其高地任其厚，理性才是唯一的超越。技术理性的结果是率性而行，路遇穷途：现代之后，理性发展至无路可走的后现代。回首是岸或许是现代人的最后选择了。那么，后现代之后呢？从逻辑上来说，后现代就是终极，面前再也没有前进的空间和可能。当被现代性逼仄至后现代之一隅，人类不得不开始思考面临的困窘：自己究竟会被盲目的理性带向何方？虚妄的步伐迈得太大太快，所以距离神圣与自然也越来越遥远——遥远得不接地气，只剩下空荡荡的理性符号。而在这个符号横飞理性张扬的时代，人类无处遁逃，以至于窒息，所以只好沿着符号的踪迹，逆向而行，

[31] 安贝托·艾柯，《诠释与过度诠释》，王宇根译，北京：生活·读书·新知三联书店，1997 年，第 84 页。

[32] 翁贝尔托·埃科，《符号学与语言哲学》，王天清译，天津：百花文艺出版社，2006 年，第 228 页。

[33] 安贝托·艾柯等，《时间的故事》，刘研、袁野译，北京：中央编译出版社，2010 年，第 12-14 页。

[34] 翁贝尔托·埃柯，《玫瑰的名字》，闵炳君译，北京：宝文堂书店，1988 年，第 475 页。

回顾过往的真实和信仰，解答中世纪恐怖笼罩之时的死亡谜案。

其次，对现代理性的理解与中世纪信仰传统之间形成巨大的反差，具有深远的反讽意味。艾柯玩文字，玩符号，同时也玩审美，也一并审与之毗邻的丑。正是浸淫在意大利古老的诗与美的传统里，在一个首先以十四行诗呈献给世人、以艺术作品独占鳌头、扬名其深厚的诗歌传统和审美规范的国度，玫瑰的文本内容与符号形式显而易见地成为一种审美冒犯和阅读冲击，它挑衅着、也颠覆着公众对美和诗人的习惯性认知。在现代文化中，我们不断地破坏传统颠覆秩序，几乎摧毁了安放灵魂的精神家园，那么迷失信仰的人类最终去往何处？人类从何时走错了路？又该在哪里构建自己的圣殿，安放躁动不安的灵魂？作者在对现实的质疑中，试图恢复传统，从卑微的虔敬与微笑开始，重建诗学体系。似乎是在温水中进入了似睡非睡的梦幻状态的蛙，突降或陡升的温度，使之猛然间打一个激灵，跳将起来。正是凭借这种逆诗意化的写作策略，小说从退归古代而拒绝现代开始，找到了一种进入现实、回归传统的方式。在现代语境中，信仰被剥光了神圣的袍衣，历史的细枝末节被重植，诗意遭到尘封，鲜活的名字只剩下一个干瘪的符号。逆转是后现代的起点，也是策略，没有对传统诗学的修正、扩展、刷新、诠释，再造文化与重铸现代性便无从谈起。“自从 1980 年代起，文化再造和重铸便成为艾柯作品的中心。”[35] 在这种强烈的震动与悖逆之间，艾柯剪辑拼图般的符号文本，试图通过颠覆人们对习以为常的诗性期待，在现代文化碎片中显现真实。在《碎片》中艾柯明白无误地断言：“古代 20 世纪的诗歌，无论在意大利，还是其他地方，都旨在表现危机，清楚地知道危在旦夕的世界命运。同时诗歌也表现信仰。我们手头有一行诗歌——哎呀，唯一清晰可辨的一句——想必是在谴责世俗欲望的作品：‘这是物欲横流的世界。’”[36] 肆意膨胀的物欲丝毫不顾及基督的贫穷，在精神的荒原中肆意取笑、恶搞，全然没有一丝敬畏之心，行无所止。在这个意义上，乔尔戈闭紧的双目除了指向对真理丧失理性的盲目追随外，还成就了客观上的非神圣信仰“勿视”，或许是刻意为曾经的纯洁信仰留存最后一方不愿被侵蚀的空间。

再次，无论是古代信仰还是现代理性，其最后的归途都指向真理。小说中，以威廉的符号推理为主的理性探索与阿德索提出的关于多尔西诺的异端史的疑问，以及圣方济各教会与罗马教廷关于“基督是否贫穷”的历史争论并行，构成理性探索的实线，乔尔戈笃信上帝以及与威廉争论亚里士多德喜剧中的“笑”构成信仰探索的虚线，两线在真理问题上交织，庄谐共济，古今相参，从而将历史拉至现实，现实引向历史，打通昔日和现实的历史鸿沟。例如，在严肃的宗教会议上争论看似无聊的基督是否贫穷的

[35] Norma Bouchard, “Eco and Popular Culture”, in Peter Bondanella ed., *New Essays on Umberto Eco*, New York: Cambridge University Press, 2009, p.11.

[36] 安伯托·艾柯，《误读》，吴燕莛译，北京：新星出版社，2009 年，第 18 页。

问题，实则意义深远。在整个中世纪基督教王国大一统时期，信仰内部并非风平浪静，派系之间充满着激烈的思想交锋。教会因占有并追求丰富的财产而致使精神堕落行为腐败，保守严谨的天主教神父与修士奋起反抗教皇，因其行为背离了贫穷耶稣之旨意。甚至还有更极端的教派认为，有钱意味着不义，剥夺其无尽的财产与贪欲，实则是拯救他们于堕落境地。现代人在物质财富的诱惑与重压下，精神贫乏颓废，一片荒原；笑作为人类的基本生理反应，与原初的情感欲望相连，基督不笑，意味着超越凡俗欲望，并且超越一切之上。现代人在恶搞的笑声中，瓦解并消弭了敬畏之心。在张扬精神蔑视肉体的中世纪，笑更是腐朽肉体开放的恶之花。乔尔戈知道，笑是对笃信神圣真理的反叛，是身体欲望打击圣言圣意的致命武器，护持真理就是在真理被世俗欲望攻克之前首先摧毁身体所仰仗的邪恶，所以他首先要摧毁散播欲望的大本营——那些懂得或掌握世俗符号者的身体，从根源上灭绝谬误的流散。

最后，剩下的就是在后现代语境下，在消解与重建的浪潮里，深刻地思考并反省历史以及对历史感的认识，更深刻地反省诗与历史、诗与宗教、诗与文明的关系。诗人的时代职责，就是在贫穷与笑之间缝合神圣信仰与世俗理性之间的绽裂。海德格尔曾经提出："……在一贫乏的时代里，诗人何为？"[37] 贫乏时代的诗人，"必须特别用诗聚集诗的本性，那所发生之处，我们可以断定诗人的整体生存顺应着世界时代的命运。"[38] 整体顺应就是在理性的导引下，倾听诗人的言说，澄明存在，并"去注视、去吟唱远逝诸神的踪迹"，走向神圣，诗意地栖居。因为只有诗人能够"领悟远逝诸神的行踪，留驻于诸神的轨迹，于是为其同源的短暂者追寻走向转变的道路。"[39] 酒神领悟诸神的行踪就是"笑"，诗人用笑去"讴歌酒神"而不乏"庄严"。"后现代主义在一定程度上复活了中世纪西欧的嘲笑文化：允许否定，滑稽模仿，嘲笑一切。"[40] 所以，返回——未必原路，退到卑微处，放缓脚步，以虔敬的姿态，在匆匆而过的路上回望或者驻足，寻找失落的神圣信仰，这是笑的原初形式决定的："喜剧起源于 komai——也就是说，起源于农庄——它最初是饭后或狂欢后的一种欢乐形式。"[41] 这是最谦卑的讴歌诸神的形式，人类不再好高骛远，而是着眼于最微不足道的自己，检视自己，深刻地剖析自己，承担罪责。

其实，说到底，违逆诗性不过是在某种程度上拒绝传统，否认现代，退回古代，归根结底，就是在理性与信仰之间、教会与学园之间寻找某种契合点。从两希文化融合至今，"雅典还是耶路撒冷"的问题被不断重提，"犹太人是要神迹，希腊人是要智慧。"

[37] M. 海德格尔，《诗·语言·思》，彭富春译，北京：文化艺术出版社，1988 年，第 84 页。

[38] 同上，第 85 页。

[39] 同上。

[40] 图甘诺娃，《后现代主义及其哲学根源》，转自王岳川、尚水编，《后现代主义文化与美学》，北京：北京大学出版社，1992 年，第 206 页。

[41] 翁贝尔托·埃柯，《玫瑰的名字》，闵炳君译，北京：宝文堂书店，1988 年，第 453 页。

而“神迹和智慧本来就源出于一，十字架上的道理最终还是需要希腊人的智慧来加以补充和说明。”[42] 凭借诗性符号，真理应该存在于神迹引领的信仰和诗意引领的世俗智慧中。

三、符号编码与意指关系的错位

而有趣的是，“按图索骥”竟然成为后现代的符号寓言。

小说文本中，作者刚把威廉修士带至读者面前，甚至还未入修道院的大门，就让他凭借符号推断理性地帮助食品监管员找到了丢失的马。在这个意义上，威廉的推理与信仰无关，换言之，他的行动过程与目的均在信仰之外，因而食品监管人对威廉的赞叹指示着对世俗理性的认可。威廉拥有认识世界的理性知识，亦即逻辑的、形式的，自然也是符号认知的知识。他认为，“是我面前的推理把我带到了真理的身边，由此可见，我早些时候用以想象一匹我尚未见过的马的概念纯粹是符号，正如雪中蹄印是‘马’这一概念的符号一样。只有在我们不具备具体事物时，才使用符号和符号的符号。”[43] 使用符号是某物不在场的明证。真理与真相缺场，因此充当指示性的符号大肆其虐。符号同时与推理相联系。雪中蹄印是“马”的标引性符号，这一符号与标引的事物之间隔着逻辑推理这一中介。回察符号的踪迹，反观符号的意指过程，正是寻找那个原始的、真实的具体存在的一种方式。修道院外的威廉胜修道院内的食品监管员一筹之处，就在于他弄清真相的方式，不再是跑遍漫山遍野，凭借体认回到原初的真实，直面具体的实在，而是从抽象的符号出发，与真实存在拉开一段距离，进行理性思考和判断。

根据上述“马迹”来推断马的去向，“也即通过反向投影来重建印迹客体，也就足矣。”[44] 这是认识符号的基本能力。这种根据符号进行逆向推理来重建客体的行为，是基于符号能指和所指的基本编码关系，也就是，能指与所指表现为内容与形式的某种对应关系。换言之，是言与道或名与实表层符号关系中符号形式与内容的基本关系，即索绪尔意义上的任意编码关系。而人类执著探索的则是获得道与言之间、本质与现象之间的某种启示性关系。推断文本的深层含义或复杂关系需要深刻的理性认知。如果说，能指和所指之间是一种简单的索绪尔符号学意义上的浅层编码关系，那么，据此而进行的“外推”（abduction）就是皮尔士符号学意义上的比演绎和归纳更为复杂的诱导关系。与索绪尔不同的是，在皮尔士那里，符号关系呈现为符号、事物与解释项三者之间的关系。解释项不仅将人的感知纳入了符号体系，同时也把人对上帝的认识纳入了符号

[42] 耿幼壮，《圣痕：基督教与西方艺术》，台北：基督教文艺出版社，2009 年，第 31 页。
[43] 翁贝尔托·埃柯，《玫瑰的名字》，闵炳君译，北京：宝文堂书店，1988 年，第 25 页。
[44] 乌蒙勃托·艾柯，《符号学理论》，卢德平译，北京：中国人民大学出版社，1990 年，第 347 页。

认知体系。符号的产生是在其之前存在着确有的存在实体：留下马迹的当然是马。“为把该动物外推为印迹的原因，……人们必须已经掌握若干一般内容范式才行。只有通过把踪迹解释为一种或数种已知动物的印迹，那么人们才能对未知名动物的蹄爪形式进行推断。”[45] 人类在由已知推衍未知时，不是全部凭借脑中的理念，而是依靠本已经存在的“已知动物的印迹”，然后才能从“有”中去创造“无”，即不知名的代码。这种创造，终究不能脱离真实本身，即已有的创造物。也可以说，创造者创造的世界是人类凭借理性进行再创造的基础，或者说，是创造者留给脆弱的人类认识世界的一种启示性方式，是在照亮世界黑暗面的那一刻使存在澄明的一线天，存在只是为自我显示而显示。符号与存在之间预设着某种神秘关联亦即人类认为的逻辑关系，所以以符号为指向的理性推理才能发挥一定的作用。“探险者不仅仅是在追溯有关踪迹与其使成因素之间的直线，一系列内容单位则起着中介线索的作用。换句话说，探险者正利用现存代码的要点而外推出一种不知名的代码。”[46] 艾柯一方面鼓励探险者“外推”，去创造不知名的代码，另一方面，他又因具有恰如其分的“宗教感情”而谨小慎微，以防理性全然吞没神性，因为只有这样才能为人类探索终极真理留下一线可能的希望。威廉之所以能推断出马的去向，是因为“他想到的是那无边无际的排列中的符号，上帝正是借助这些符号，通过他的创造物，向我们传授永恒的真谛。”[47] 永恒的真谛只为上帝所有，这才是真正的存在，才是终极意义上的真理。这样，不管是振叶寻根还是观澜索源，凭借符号进行推理，根源就是接近上帝和真理。而事实上，上帝的造物多种多样，多种多样的造物有其各自的符号表征。既然上帝是通过作为其造物的符号向我们揭示真理，传授真理，那么在西方理性杀死上帝之后，想要再次皈依上帝，也只能是沿着这些符号指引的踪迹，求证符号之间的相互关系，原路返回。艾柯认为，符号系统呈现出百科全书式的编码方式，是一个永恒的反向性差异构成的网络。所以陷入这样的认知网络中，要想原路返回，首先要对真实的存在进行全新的认知，然后才能寻找并皈依被淡漠了的原初信仰。遗憾的是，人类在当初逃离上帝时，理性诱惑太多，步子迈得太大，面对的世界犹如一座充满着盘旋楼梯的迷宫，在返回时，面对众多的分岔小径，没有启示之光，便无从选择，有目的却迷失了方向。

好在“名字乃显示神性的工具”，[48] 世界以被命名的符号方式向人类敞开，虽不自明但却自现。威廉有理性，正是借此理性来探索真相。他引用阿兰诺思·德·因苏利的话称：“世间的一切生物 / 像镜子中的书或画 / 展现在我们眼前。”[49] 书是什么？海德格

[45] 同上。

[46] 同上。

[47] 翁贝尔托·埃柯，《玫瑰的名字》，闵炳君译，北京：宝文堂书店，1988 年，第 17 页。

[48] 安贝托·艾柯，《诠释与过度诠释》，王宇根译，北京：生活·读书·新知三联书店，1997 年，第 87 页。

[49] 翁贝尔托·埃柯，《玫瑰的名字》，闵炳君译，北京：宝文堂书店，1988 年，第 17 页。

尔认为："现代的根本事件就是将世界转化为图书的征服。"[50] 图书是理性符号，是现代技术的理性工具符号。现代技术世界观成为支配性力量的根源和基本构成，人通过技术理性来征服世界。至于画，"从本质上来理解，世界图画并不是指世界的一幅图画，而是指世界被作为图画来加以想象和把握。"[51] 画一如符号，提醒我们某个原型的不在场性。正是这种不在场性通过在场将我们引向终极存在。而终极存在从不言说，所以人类认识世界的方式不是直接的，要在点点滴滴的蛛丝马迹中艰难地追逐实证。可以这么说，"书、画"是人类借此认识世界的价值与方法。镜子中的书或者画是人类借以反观存在的中介。镜子反射光，一方面，存在物可以被照亮，具有上帝之光的启示作用；另一方面，因为存在着镜像中介，所以认识会因此被扭曲。人类没有意识到的自身脆弱在于借助外物，借助现代技术的工具理性。工具理性可能指向认识上的真实，也可能指向谬误，并非绝对可靠：书和画本来已经是在描摹理念，是描摹上帝创造物的符号，即使这些符号形式存在着与现实世界的同构性，但是经过一番被扭曲的符号与符号的意指过程，成为镜像，加剧了失真程度，甚至于导致荒谬。所以威廉得出结论，"唯有透过最扭曲的事物才能看到上帝。"这就是现代人类认识世界的根本现状。

凭借符号来认识世界因此具有不可靠性。除了与一般符号学家对符号的常规性作出的论述相同外，艾柯还表达了对符号学与众不同的看法："符号学是这样一门学科，它研究可用以说谎的事物。倘若某种东西不能用来说谎，那么，反过来，也就无法用以阐明真理：事实上，等于压根无法用来'诉说'什么。我认为，关于'谎言'理论的定义应该视为一般符号学至为全面的大纲。"[52] 这是艾柯符号理论的重要内容，但常被忽视甚或略去不提。表面看来，谎言和真理是对立的，但在艾柯那里，它们不仅能统一起来，真理用来彰显谎言，谎言用以阐明真理，而且唇齿相依，唇亡齿寒。通过符号接近真理就是穿越重重谎言密林接近唯一澄明存在的过程。一如现代人借助计算机软件给自己带来快捷和方便的同时，也要经受查杀病毒的烦恼和折磨，因为程序编写者在制作严密的运算符号时，同时也为保证自己的权威和独一性而编制病毒。在完整的林泰等译本原作者序中，艾柯几经绕圈兜弯，称本书不是第一人称的作者所撰，而是翻译的。手稿是在以前的修道院里找到的，原作是一位德国修士于 14 世纪末以拉丁文写成，17 世纪以拉丁文印行出版，而所谓的"作者"所根据的则是一本来历不明的法文译本。以上转述虽极尽简约之力，仍未免繁杂。可见，几经曲折已经远离真实，来历不明则更难以查验真实。总之，现实读者貌似被带进一个真实的历史符号世界，实则是被绕进模糊难辨的符号王国，直至出现似是而非的知识迷宫——图书馆，这是人类面临的后混沌时代：真理和谎言、信仰和理性的文字在那里遭遇，并在烈火的炙烤下，化为灰烬，然

[50] 耿幼壮，《圣痕：基督教与西方艺术》，台北：台湾基督教文艺出版社，2009 年，第 33 页。
[51] 同上，第 80 页。
[52] 乌蒙勃托·艾柯，《符号学理论》，卢德平译，北京：中国人民大学出版社，1990 年，第 5 页。

后成为没有际涯漫游不止的符号尘埃。

自然，过往的历史或者当下的现实也是经由开放的语言符号来摹写自身可能的存在。因此，所谓真理，只是符号意指过程中存在着的某一个限度，过之或不及都会导向谎言。为此，艾柯将符号分为一般符号学与特殊符号学两类。前者的任务是“提出隐藏在所有这些现象下面的唯一一种形式结构，即是说提出蕴含（解释的产生者）的那种结构。”[53] 这种结构即能指与所指的一一对应关系；而特殊符号学则是“研究把表达的类别同内容的类别联结起来的不同方式，即研究一般模式以纯粹形式的方式提出推论的那个符号的认识论的力量。”[54] 可见，不同于一般符号学“唯一形式结构”的简单性，在特殊符号学中，形式与内容分别处于具有多项选择可能的“类别”范畴。在这两个不同的范畴中，其联结方式也不是唯一的：由于存在着不同的推论方式和认识方法，对同一个连续统一体的不同切分与联结会导致不同的解释结果，因此，特殊符号学就是“根据研究过的符号系统确立各种蕴涵的较大或较小的符号的必然性”。符号的必然性即“指令性的各种规则”，这既是符号被符号化的过程，也是意义产生的过程，解释也以此为准则。“解释的标准允许从一个符号出发，逐一地浏览全部符号的整个流程。”[55] 在此意义上，符号才能圆满实现意指和交流过程。小说中，随处可见这样的佐证，例如，“公鸡是最难令人信服的家禽了，它象征魔鬼又代表复活的基督。”公鸡这一编码将一组对立的意指符号融于一身，让人无从选择，在神圣和邪恶之间摇摆。一方面，“动物发出的声音是自然的符号，它们跟病人的呻吟一样。”[56] 雄鸡报晓属于自然指号，[57] 因其表达形式和内容之间是一种无须约定的编码关系，是“来自自然源点的物质事件”。[58] 另一方面，自然指号的意义是被“赋予”的，由解释者制定标准。即使这样一种本来无关文化的符号也会被编码为真实信仰与邪恶谎言之间的悖论，何况人类对于历史文化事件的理性认知。既然文化符号能在意指和交流中建构意义，自然也就为符号的诠释留出丰富的空间。存在可能产生的意义就是符号被编码的意义。

在看似自然的符号编码中，符号意指过程逐渐滑落最初的意义，指向对立的维度——谎言。威廉对真相的追寻就是为去除谎言的遮蔽。他对真相的追寻是逆时的，因此是历史的，所以这同时也是对历史、对信仰、对终极真实的逆向探索。人类在现代理性面前，可以发挥理性力量，按其所欲处置符号。而初始状态下，符号与存在之间的编

[53] 翁贝尔托·埃科，《符号学与语言哲学》，王天清译，天津：百花文艺出版社，2006 年，第 61 页。

[54] 同上，第 242 页。

[55] 同上，第 61 页。

[56] 同上，第 28 页。

[57] 李幼蒸将艾柯的符号概括为三类：自然事件类，人们用该类符号进行认知活动，如由烟知火；人为符号类：人们用该类符号与他人交流，如语言符号与手语；古意性（或废弃性）和诗意性符号类，即从事艺术表现活动。见李幼蒸，《理论符号学导论》，北京：中国人民大学出版社，2007 年，第 510 页。

[58] 乌蒙勃托·艾柯，《符号学理论》，卢德平译，北京：中国人民大学出版社，1990 年，第 19 页。

码关系是确定无疑的、唯一的，换言之，编码是上帝发出的行为，这是真理性的存在，所以威廉称："我从未怀疑过符号的真实，它们是人类借以在世界上寻找自身位置的唯一可靠的东西。"[59] 真理本身的存在毋庸置疑，而存在的真理不会自我显现，所以接近终极真实的过程，就是揭示以存在为编码的符号之间的关系，而人类的理性困惑恰在于"我所不知道的，是符号与符号之间的联系"。[60] 因为用以澄明世界的符号包括真理和谎言，所以，这个过程自然就是在符号的密林中，剔除谬误，追寻真理。正是在这个意义上，艾柯认为："每当有谎言存在时，就有意指活动。每当有意指活动时，也就有用它去说谎的可能性。假如这一点真实无疑（此外，在方法论上也必须坚持其真实无疑），那么符号学就已揭开了一种新阈限，是介于意指条件和真值条件之间，换句话说，这种阈限是介于内涵和外延语义学之间。"[61] 在文本中，符号的意指活动可以理解为因叙述而导致的符号漫游。因为漫游，所以符号的意义在真值和意指之间无限衍义下去。这是符号的功能和职责，而使用者的职责则在于追逐以符号为表征的终极意义。借助小说中的符号飞散，艾柯将谎言与意指活动的关系表述得非常清楚。除了《玫瑰的名字》，其被称为写在羊皮卷上的小说《波多里诺》则径直拿奥托主教编写的《历史》开刀，从无忌的童言习作着手，根据事情的片段和残迹，编串成带有神意的故事，在一个谎言上创造出另一个谎言。揭开纠结在一起的历史与谎言的真面目，其本质是一致的：都是为探索真实而推出的有效证据，其目的仍是在接近某种至少在探索者看来的真理。不信，看看《波多里诺》中的波多里诺是怎么说的：如果你是远游罗马回乡的人，你忍心告诉那些满怀憧憬的乡下人，罗马只是在废墟中的几头羊、羊群中的几处废墟吗？[62] 你会添油加醋地说谎，描述一番好景致。罗马的现状与羊群和废墟之间存在着适切的常规编码关系，而在意指过程中则会成为精彩的奇景，虽然编码与意指关系发生错位，却正是符号意指过程实际功用的发生。没有意指，编码就失去了存在的必要。换言之，在时间的线性延展中，符号的原初意义逐渐蜕变，从一层意义到另一层意义再到另外一层意义，直到无法辨认原初的踪迹，接近谎言乃至成为谎言。

在小说文本中，艾柯发挥的符号魔力足以腐蚀一切信仰的恶魔、理性的天才。而他自己则站在后现代的角落里，观看形形色色的读者打量着历史舞台，翻阅着符号画卷，把沉默的文本诠释得叮当作响，制造喧嚣的对话和争吵，一定会偷偷地掩嘴葫芦而笑。大音希声的创世者何尝不是这样。存在和文本符号一样，以其真实的存在而存在，被现实地编码，而符号与符号之间的关系，编码和意指过程，则在于对创造物进行再创造。编码和意指过程在这个意义上与皮尔士符号的直接对象和动态对象有某种

[59] 翁贝尔托·埃柯，《玫瑰的名字》，闵炳君译，北京：宝文堂书店，1988 年，第 472 页。
[60] 同上，第 372 页。
[61] 乌蒙勃托·艾柯，《符号学理论》，卢德平译，北京：中国人民大学出版社，1990 年，第 66 页。
[62] 翁贝托·埃柯，《波多里诺》，杨孟哲译，上海：上海译文出版社，2011 年，第 36 页。

相通之处。在符号的意指过程中，可能会指向真实，也可能指向谎言，因为"说谎的可能性就是符号过程的特性，正如（对经院哲学而言）笑的可能性就在于人作为理性动物（animal rationale）的特性（proprium）"，[63] 既然笑属于理性，那么它与无条件的绝对信仰之间就存在着距离，所以基督才会不笑，"和全能上帝相关的事情也不能开玩笑"。[64] 符号化的过程就是编码了的符号进入意指的过程。谎言作为进入意指过程的符号，在层层意指中被扭曲，逐渐失真。"那么我们现在就可以说，符号学不仅仅是诸事都听命于谎言的科学：它而且是诸事都受制于喜剧或悲剧曲解手段的科学。这一定义囊括了全部范围的自然语言。"[65] 虽然艾柯本人不赞成对文本进行过度诠释，无奈符号本身的属性决定了谎言与历史近在咫尺，信仰与理性仅一步之遥。在符号被扭曲依然进行意指的过程中，被编码的符号即真理和意指过程中的符号亦即谎言便同时存在。例如，阿德索认为乌贝蒂诺"挺怪"，威廉说之所以如此，是因为他是或曾是一个伟人，他可以成为一名"他纵容烧死的异教徒"，也可以成为一名"神圣罗马教廷的主教"，这两种相反状态集中到一个人身上成为双重人格，一如公鸡的"最难令人信服"，是编码从一个意指过程漫游到另一个意指过程。威廉称对此有一种感觉："地狱是从另一边看到的天堂。"[66] 这里符号既是被编码的存在，同时也是意指过程。正是在相反甚至完全对立的状态中，符号进入交流过程。物之所"用"，正是符号被使用——进入交流过程的最好体现。《玫瑰的名字》中类似的例子俯拾即是。"植物园美妙地吟唱造物主的赞歌。"因为主的恩典正是"植物……在相反的气候里，也能生长。"[67] 如果把这些仅看作是对物的物性进行的编码，那么下面的例子则能明晰地确证作为判断的真理与谬误的同时存在：教规明文规定要进行"lectiodivina"（神学阅读），而修道院的神职及"人事探讨"却已达到"很深的层次"。再如，教规写明要"集体宿寝"，修道院却"给每个人一个单室"，从集体到个人，也不是从一极简单地走向另一极；教规对"静穆"的要求非常严厉，但修道院认为所有交谈都被认为是"正当有利"的；教规限定"一顿简朴的饭菜"，但现在修道院里"则较多地放纵餐桌上的享受"。[68] 教规的规定是被编码的存在符号，如果这是对圣言的编码，那么这种符号具有真实性，人类与万物在世界上借此建立秩序，并寻找自身的真位置。倘把从神到人的活动看作一个统一体，这其中必定存在着无数可切分的等级。被编码的符号在进行意指的过程中，可以脱离应然的编码状态进入或然的编码体系，例如，首先从"一顿简朴的饭菜"发展至"一顿饭菜"，再从"随意的饭菜"

[63] 乌蒙勃托·艾柯，《符号学理论》，卢德平译，北京：中国人民大学出版社，1990 年，第 66 页。
[64] 翁贝托·埃柯，《波多里诺》，杨孟哲译，上海：上海译文出版社，2011 年，第 57 页。
[65] 乌蒙勃托·艾柯，《符号学理论》，卢德平译，北京：中国人民大学出版社，1990 年，第 66 页。
[66] 翁贝尔托·埃柯，《玫瑰的名字》，闵炳君译，北京：宝文堂书店，1988 年，第 64 页。
[67] 同上，第 65 页。
[68] 同上，第 68 页。

到“一些饭菜”，接下来从“更多饭菜”到“丰盛的饭菜”然后到“简单的享受”再到“奢华的享受”最后到“放纵的享受”，在意指过程中哪里还见到原初“简朴饭菜”的踪影！符号无限地意指下去，最后放纵自己终至于成为“享受”，也因此较之最初的编码而在意指过程中成为谎言。教规传达上帝之言，但是在诠释中，因为“过度”致使意指过程无限延宕，最终偏离了符号的本义，偏离了圣言。偏离了本义的符号无限地游走、滑落并重新指向的过程就是意指发生的过程。意指使符号成为谎言，成为德里达那里的解构。艾柯认为，“外延语义学无法助符号学一臂之力，因为它不涉及说谎和发笑之举：……对喜剧效果进行解释，就意味着去详解一种名副其实的内涵语义学，或某种内容理论。对谎言的符号学内容进行解释，就意味着弄懂：谎言（伪陈述）为什么和怎样在符号学上有所关联，而不管那一陈述真或伪。”[69] 归根结底，外延语义学仍旧没有摆脱语言符号的逻辑编码体系，无论语义场如何扩大，终究不能超越特定的意义范围，不能无限意指下去，因此不会偏离意义的逻辑常规，所以不涉谎言，更无关发笑。一旦逻辑学上的假命题偏离原初的编码而无限意指，寻不到丝毫最初编码的踪迹，背离逻辑常规，那就成为符号学范畴中的谎言，所以具有引人发笑的喜剧性。在《玫瑰的名字》中亚里士多德的喜剧之所以被乔尔戈束之高阁并企图永久尘封，正是因为它背离了被认为是圣言的常规编码体系。雪莱在《诗之辩护》中提出：“在较古的时代，诗人都被称为立法者或先知，一位诗人本质上就包含并且综合这两种特性。”[70] 诗人同哲人一样，认为自己能够解释世界、把握真理，其作品一如《圣经》，包含着远古初民的历史、伦理、教化，包含着对世界的全部想象和认识。而其中，哲人所倡导的“笑”的理性内容距离独一真实的信仰太遥远，且两者之间不可弥合。因此，为保持神圣信仰的纯洁性，为独一真实不会被诠释得接近谎言，乔尔戈采取极端的方式，以绝对信仰反对世俗理性。

不仅独立性符号可以通过静态编码与其意指过程发生错位，连续性事件也可以通过符号编码与动态意指过程错位。小说中，故事在前后共七天的时间里展开和完成。就宏观叙述策略而言，在时间上以事件发生的时间为顺序，从第一日到第七日，每一日又根据具体的经院活动来推进叙述。“时间仍然是因果链条的顺序。”[71] 具体来说，就是按照教会仪式时间来记录修道院七天中的生活与见闻，即先发生的事情先说，后发生的事情后说。例如在第一日，以时间为线索，分别讲述在晨经、晨时经、午时经、申初经、申初经之后、晚课、夜课经等发生的事件，事件的发生继起与时间不可逆的单向延展平行，作为能指的时间符号与所指的事件并行不悖，呈现出线性的象似匹配关系。在空

[69] 乌蒙勃托·艾柯，《符号学理论》，卢德平译，北京：中国人民大学出版社，1990 年，第 66 页。

[70] 雪莱，《诗之辩护》，缪朗山译，章安祺编，《缪灵珠美学译文集》第 3 卷，北京：中国人民大学出版社，1998，第 138 页。

[71] 安贝托·艾柯等，《时间的故事》，刘研、袁野译，北京：中央编译出版社，2010 年，第 12 页。

间上则以见习僧侣阿德索的视角转换为基点，以步履所到之处和耳目所及范围为描述对象，呈现块状结构。如第二日，从威廉得知维南蒂乌斯被害到第三日贝伦加溺亡开始展开调查，全书用了将近100页的篇幅，小说叙述可谓旁逸斜出，植入大量看似闲置的信息：从阿德索思考神圣性与魔王的丑恶、修道院腐朽的生活到威廉与乔尔戈笑的论争以及教派斗争史等，天马行空，不一而足。在看似井然有序的时间线性结构下，实则是符号衍义过程的漫无边际：文本中充斥着无休无止的教义争辩、历史话题探讨，医学、草药学、心理学、哲学、图书馆学、文字学、版本学、自然科学等各种知识一齐喧嚣着，冲击着看似封闭实则与世俗明来暗往的修道院。

首先，七日中，《圣经·启示录》预言末日审判时七个天使吹响号角出现的异象与威廉在修道院七日发生的事件在时间轴上看似同步相应：第一声号角，冰雹夹杂着火与血落地。第一日阿德尔摩修士在凛冽的风雪之夜坠落，尸体“被撕得皮开肉绽”；第二声号角，海洋三分之一变成血浪。第二日，翻译韦南休斯的尸体“被头朝下投进了血缸，两条腿留在缸外”；第三声号角警告死亡来自水上，一个燃烧的星辰将陨落在三分之一的水中。第三日，图书管理员助理贝伦加被溺死于浴缸，“第一眼看去时，水面在灯盏的光线下显得平静无物。但当灯光照进水面，我们看到底下一具没有声息的赤裸的人体”；第四声号角，太阳月亮和星辰的三分之一将被吞食，天下将几乎全部黯然无光。第四日，药剂师塞韦里努斯的死尸“趴躺在一汪污血中”，“尸体旁是一架浑天仪”；第五声号角是蝎子蜇人的痛。第五日，图书管理员马拉吉殒命，临终前微弱、嘶哑地对威廉说了一句“它有一千条蝎子的毒力……”；第六声号角，约翰吃小书卷。这个结果也是威廉不能阻止的亲眼所见，乔尔戈“慢慢地把手稿残缺的书页撕成碎片，送入口中。”[72]

号角吹响后呈现出的异象亦即编码与实际指向的事件看起来确实呈现出一一对应的关系。诚然，艾柯吸收了索绪尔的线性以及皮尔士的象似性符号观。但艾柯的符号视野更宽更远。在艾柯看来，这就像鲁滨逊在荒岛上发现了星期五的脚印一样，只是定义荒岛的元符号学，[73] 即有人存在或者有人路过而已。据此符号指向的仅仅是多种关系的预设。艾柯认为：“当踪迹事先没有得到编码时，人们有义务认为：踪迹中的每一点都必须对应于印迹所指物中的某一点。人们可以认为，印迹在这种情况下实际上就是一种标引，这是就皮尔士意义而言的。[74] 皮尔士意义上的符号学需要依靠人的感知参与方可解读，换言之，皮尔士的符号学调和了实用哲学、宗教伦理学、神学，包括宇宙与上帝的

[72] 翁贝尔托·埃柯，《玫瑰的名字》，闵炳君译，北京：宝文堂书店，1988年，第26、111、273、363、399、460页。

[73] 乌蒙勃托·艾柯，《符号学理论》，卢德平译，北京：中国人民大学出版社，1990年，第346页。

[74] 同上，第346-347页。

真正共同体。[75] 也就是说，圣言有待于人言的诠释，神性有待于人性的参与，信仰有待于理性的补充，理性有待于信仰的印证，这样才能够真正形成完美的共同体。事实上，没有得到事先编码的“印迹并不是一种符号，而是一种指涉行为。指涉行为有必要加以验证。”[76] 所谓指涉行为，是指进入意义符指关系的符号。在符指关系中验证指涉行为恰是读者积极作用的表现，也就是世俗理性参与对神性信仰的诠释，主要在于对文本的意图进行推测，就像威廉利用符号按图索骥进行理性推理一样，之后，“加以证明的唯一方法就是将其置于本文整体的连贯性中进行验证。”[77]

尽管预言看起来与真实事件一致，经过检验，威廉还是见证了自己的最终失败，因为他无法捕捉流动的符号进入错综复杂的关系时携带的是哪一种意义。他最后的成功不是凭借符号进行的理性推断，而只是受到阿德索梦境的启发，漫长艰巨的理性推断在刹那间轻灵的启示之光中戛然而止，一切归于无功而返般的懊恼与平淡，这让他感到沮丧，感到很可悲，很不光彩，也许根本不应该。以符号推理为表征的真理探索一如以符号为表征的创作，作为造物的世界文本如同充当符号的诗，“在我们面前的诗，不是那种以文化自夸的知识分子靠痛苦、曲折的研究而写成，……诗……是上帝创造的奇迹，而不是创作的痛苦使然。”[78] 神圣的浑然天成非理性探索能够强求，理性符号编码与信仰的意指关系错位，煞费苦心的理性求索在神恩之灵光一现中宣告终结。

四、理性、信仰及语言崇拜的三重符号颠覆

威廉的推理失败看似是理性遭遇信仰的失败，实则是信仰崇拜、理性崇拜及语言崇拜的三重符号颠覆。

艾柯认为，符号可以分为两大类：意指符号和交流符号。前者是指符号与存在之间的关系，即符号与指称对象之间的关系，是交流行为尚未发生等待进入交流过程的符号，是功能性话语；后者是符号与符号之间呈现出的关系，是进入交流过程的符号，是实际操作性话语。两类符号可作如下理解：意指符号为静态符码，可简约为词，等待意义的分配，因为“是词而不是句子隐藏着那未曾说出的东西”。[79] 可见，词是蓄势待发的意义；交流符号为动态符号，是符号与符号之间的关系，可简约为句子，在交流中构建意义。因此在这个意义上，符号是否能够履行相应的功能，在很大程度上依赖于

[75] John R Shook, “Peirce's Pragmatic Theology and Stoic Religious”, *Ethics Journal of Religious Ethics*, Vol. 39 No. 2 (2011), pp. 344–363.

[76] 乌蒙勃托·艾柯，《符号学理论》，卢德平译，北京：中国人民大学出版社，1990 年，第 347 页。

[77] 同上。

[78] 安伯托·艾柯，《误读》，吴燕莛译，北京：新星出版社，2009 年，第 22 页。

[79] 安贝托·艾柯，《诠释与过度诠释》，王宇根译，北京：生活·读书·新知三联书店，1997 年，第 42 页。

是否进入某种可操作性关系。文本中的能指符号各有其相应的所指，所指表面看来具有开放性，开放程度有赖于符号的关联程度。就意指符号来说，符号文本具有开放性，但就具体的交流符号而言，则是封闭的：在将某一符号与某一所指联结在一起时，意义便就此定格，理性探索或根据符号进行的推断即意义追寻与建构也就此收刹，呈现出封闭状态。

在《玫瑰的名字》中，文本初始便以一种等待符号意义降临的姿态拉开了序幕。可以这么说，文本犹如一张扩撒开去捕捉意义的网，其中网络结点为意指符号，各结点在延伸中构建特定的交流意义。阿德索手稿中开篇便引用了《约翰福音》的卷首语："太初有道，道与神同在，道就是神。"太初是上帝创世之初。神与道是整个文本织网的纲。叙述背景被拉至存在之初，大道欲行，一切看似从头讲起，自然也该从头来过，文本符号隐匿的意义因此指向大道与圣言，真理与符号之间的关系便成为文本要旨，此举因此奠定了探索基调：探索虽早已存在但并未显现的终极奥秘。修士的职责就是为了传达永恒真理，因为"唯一永恒不变的经传"之所以被"谦恭吟诵"，是因为其中包含着"颠扑不破的真理"。[80] 经传与真理之间的关系就是言与道的关系。作为无形大道的圣言符号初现端倪。中世纪经院哲学中，名实之争曾一度成为哲学思辨的焦点，亦成为神学争辩的核心。圣言与大道的关系，既是符号与终极实在的关系，也是小说主人公威廉沿着理性的符号溯回从之，进行推论，寻找真相的方式。威廉的智慧在于他"不仅知道如何读懂大自然这部巨著，还知道修道士们如何读《圣经》的经书，又如何依据经书进行思考"。[81] 大自然是上帝的造物，是一部无声的书，不仅如此，整个"世界是上帝写出的一本书"。[82]"作品是一符号。"[83] 这部巨著是一个充满着神秘意义的符号系统，客观真理隐藏于其中，终极信仰隐藏于其中。同为被造物的人类观察到的是目力所及的真实，除此表象之外，他们极力想弄清的，主要是隐藏在这个符号体系下的深层关系：永恒真理。为此，修道士们日复一日地解读圣言。"大自然这部巨著"代表终极真实的"道"的藏匿之处，"圣经的经书"即表达"道"、"言"关系的形式符号。为沟通言与道，人类能做的，一方面是"依据经书进行思考"，求助于虔诚的信仰，笃信或者隐藏，让符号只是成为符号，如乔尔戈；另一方面则是后退一步，进行远距离的理性认知，拆解符号之间的关系，如威廉。无论哪个方面，其终极目的趋向同一：威廉凭借世俗符号进行理性推理，接近真相，乔尔戈通过拒绝散播世俗诗意而抱持神圣信仰的独一性。无论圣俗，都是通过不同的方式来处理"符号"，趋近真理。所以就世俗理性的符号探索和神圣信

[80] 翁贝尔托·埃柯，《玫瑰的名字》，闵炳君译，北京：宝文堂书店，1988 年，第 1 页。

[81] 同上，第 19 页。

[82] 翁贝尔托·埃科，《符号学与语言哲学》，王天清译，天津：百花文艺出版社，2006 年，第 291 页。

[83] M. 海德格尔，《诗·语言·思》，彭富春译，北京：文化艺术出版社，1988 年，第 23 页。

仰的符号护持来说，追寻符号的意义贯穿文本始终。

在文本符号进行意指的同时，小说也开门见山，从卷首便开始进入符号意义的追寻：威廉以显性方式——带着查明案情真相的明确目的，公开高调地宣布探索符号与存在之间的关系，乔尔戈以隐性方式——带着不可告人的目的，为阻止喜剧这一世俗符号被解读而身不由己，制造死亡事件，秘密地守护已有的编码体系。两种方式同时运转，直至两条进路慢慢靠近、碰触，并展开激烈交锋，然后在表面形式上的不可调和中达至白热化。乔尔戈守护信仰的极端方式，一如传说中的哈里发（Caliph）：他叫人烧毁了亚历山大图书馆，并为自己的行为诡辩说：图书馆的书籍要么表达了《可兰经》同样的意思，这样一来它们就是多余的，要么表达了不同的意思，这样一来其存在就是错误的。[84] 哈里发的诡辩只有一个目的：维护《可兰经》的唯一神圣性。同样，乔尔戈作为忠实的护教者，也是在护持唯一的神圣性。亚里士多德的《诗学》，从事实上与逻辑上来说，其文本符号是并且应该是希腊文，这是表征世俗智慧的符号。三位中毒而亡的修士也都是懂希腊文的，[85] 他们的存在意味着散播世俗谬误的可能性。将他们置于死地，乔尔戈不仅不会产生负罪感，而且正是“死”，才会让他如释重负，产生完成使命般的奉献感和神圣感。正如《失乐园》中的名句所言：“对于有信仰的人，死是永生之门。”乔尔戈本人也正是如此践行绝对信仰的。“为了消灭谬误他可以不择手段。”尽管“方式过于卑鄙”，但他始终怀着对真理之爱。最后，他抓起浸渍着毒药的《诗学》第二部，“像吃圣饼一样，并想变成自己的血肉。”虽然就世俗生命来说，乔尔戈“做了一件恶事”，[86] 害人，且自己也没有落个好下场，貌似死有余辜，可是在他自己看来，却是死得其所。死亡成为通往神圣的最短距离，成就他的生命价值的也正是死亡，笃信终于化为超越性信仰：乔尔戈以有限的世俗躯体实现了无限的永恒追求。他本人对死亡的认识直接而纯粹：“他们每个人都有罪，他们的死是命中注定的。我只不过是上帝的工具。”[87] 工具与目的一致、同一，一如“圣言”是解释“道”的工具，乔尔戈甘做上帝的工具，至死无悔：在撕掉浸渍着毒药的书页吞下后，他满怀殉道者的悲壮意气，称“它虽然苦在肠胃，但在你的嘴唇上，它如蜜一般香甜。”[88] 他自认为所遵循的是“上帝的意

[84] 安贝托·艾柯，《诠释与过度诠释》，王宇根译，北京：生活·读书·新知三联书店，1997 年，第 31 页。

[85] 小说中各死者、身份及死因如下（在本文脚注 4 中，胡全生据此分析凶杀悬疑小说的通俗性）：

死者	身份	死因
阿德尔摩	图书管理员	自杀
韦南休斯	翻译、精通希腊文	毒死
贝伦加	图书馆助理管理员、懂希腊文	溺死 / 毒死
塞韦里努斯	药草师	被（马拉吉所）杀
马拉吉	图书管理员、懂希腊文	毒死

[86] 翁贝尔托·埃柯，《玫瑰的名字》，闵炳君译，北京：宝文堂书店，1988 年，第 473 页。

[87] 同上，第 452 页。

[88] 同上，第 460 页。

愿”，所做的一切都是以“三位一体的名义”，[89] 卑劣的动机与邪恶的手段因追求的恒久性和超越性而被笼罩上神圣的光环。

同是对待工具，威廉对阿德索则说：“我们头脑中想象的规律就像是一张网，或是一架梯子，用途是捕捉猎物。但事成之后应该把梯子扔掉。因为你会发现，它虽然有用，却毫无意义。工具用完了就应该扔。”[90] 这一番论断大有得意忘形、得兔忘蹄、得鱼忘筌之势。“网”、“梯子”、“猎物”都是具体的，微言而无关神圣大义，理性在此表现出短视、现世的后现代俗世文化特征。威廉从事的是理性探索，他倾力为之的就是探索脱离具体事物的形而上规律，是符号与符号之间的关系。威廉追寻的符号意义，具有符号工具论目的论的双重含义，语言符号是实现某一目的的工具，两者被割裂开来。人类认识发展至现代，将理性工具推向极致，世俗理性与神圣信仰从此愈骛愈远，极度隔膜，以至于到最后，威廉看到眼前的乔尔戈呈现出一张因“仇视自然哲学而扭曲的面孔。”[91] 乔尔戈对亚氏《诗学》第二部的喜剧含有深刻敌意的原因亦不证自明：“这家伙写的每一部书都将多少世纪以来基督教世界所积累的学识毁掉一部分。……受到这位哲人的诱惑按照傲慢的自然理性重新将它们命名。”[92] 在笃信神圣的乔尔戈那里，“基督教世界所积累的学识”无疑才是真理，是大道，而现在，大道为自然理性所废，“重新命名”即脱离道与言原初的名实关系被再次符号化的过程。自然理性的目的是“教导人们如何歪曲真理的外表”，[93] 外表就是指称真理的符号，威廉正是凭借外在的符号进行推理而追溯真相的。外在形式一旦失真，就容易导致名实错位，真理被歪曲，甚至遭到颠覆。圣言与大道本是也应当相互彰显，不能偏废任何一方，以便严格恪守绝对真理。乔尔戈反对笑，憎恶喜剧，是因为“喜剧中的诙谐文字谜与怪诞的比喻使其讲述的事件不同于事实真相，使人感到它似乎是篇谎言。……它揭示真理的途径是通过把人和世界描述得比事实糟糕，或者比我们所想的要坏。”[94] 在威廉看来，喜剧貌似荒谬，实则是通过世俗的方式揭示真理。唯因符号偏离常规所指才成为荒谬。在共同的符号场域里，真理与荒谬并非对立的二元，而是在始终之间反复，形式上虽假于异物，实质上则托于同体。乔尔戈敌视世俗的笑与喜剧，是因为其一谬论易于遮蔽严肃真理，其二随心所欲的怀疑和肢解往往会颠覆神圣信仰。艾柯的前辈思想家维科曾把世界历史分为四个阶段的退化过程：神祇—神权时期、英雄—贵族时期、人—理性时期、颓废—反讽时期。前两个时期已经真正成为历史；眼下，人类意识似乎在无法遏制的理性中疯长，不堪重负，终而至于穷

[89] 同上，第 459 页。
[90] 同上，第 473 页。
[91] 同上，第 471 页。
[92] 同上，第 454 页。
[93] 同上，第 472 页。
[94] 同上，第 453 页。译文略有改动。

途末路，进入颓废—反讽时期，意识无奈地走向悖谬与谎言。当代哲学家罗蒂提出以反讽主义代替形而上学世界观。“当代文化本质上是一种反讽文化。”[95] 乔尔戈虽双目紧闭，但依然清楚地意识到真实与伪装。他使尽浑身解数，却无法阻挡潮涌般的历史文化洪流。同是追求真理的双方，只是追求真理的进路不同而已：乔尔戈固执地护持的是符号的表层意义，而威廉则专注于符号与符号之间的深层关系，即形而上的规律。

就威廉和乔尔戈分别被表征为趋近终极存在的两种力量而言，前者呈现为事件真相的揭示者，后者则是制造者。揭示者企图在表层关系中利用符号推理来揭示深层本质，制造者则居于深层关系中扭曲真相而制造虚假表象。在两个平行的层面中，一个执著于理性推理，一个固守神圣意志。执著于理性推理的，因过度尊崇工具力量的强大而显其自负傲慢，固守神圣意志的，则因盲目敌视世俗而展示其封闭狭隘。威廉与乔尔戈对符号的工具性力量都有充分认识，发生碰撞、冲突的焦点集中在对待符号真相的态度上。语言是神圣恩赐，是神恩赋予人类去认识世界的一种方式、一种能力，无疑具有工具性力量。就喜剧而言，威廉认为，虽然亚里士多德的喜剧“看上去是谎言”，但它“表达的真理由最令人震惊的方式证实”。[96] 通过去除符号遮蔽，能澄明真相。以后现代为立足点回望过往，乔尔戈对秉持的信仰不仅盲于目，同时他也盲于心：他敬畏神性存在，但不知道神性何以存在，何处存在，具体地说，在何种程度上存在。信仰过度使他认为排斥一切看似与圣言不一致的外显符号即是维护信仰的纯洁与神圣性，也正是在这个意义上，卑微的小抄写员、图书管理员和翻译才会因懂得希腊语可能导致谬误流传而陷入非命。乔尔戈年长、博学，主宰着修道院里的藏书馆，其失明与多识如同藏书楼的迷宫一样为年轻修士们所好奇。“当人失明，那里存在这样的问题：是否他的失明源于某种缺陷和某种失误，或者在于过多或过度？”乔尔戈藏匿诗意喜剧，使我们“非诗意地居住，它没有能力度量，这源于狂热的度量和计算的荒谬的过剩。”[97] 过度源于某种缺陷，同时也会带来另外的一系列缺陷，例如现代社会的信仰缺失和理性过度都会导致某种难以医治的痼疾。作为药草师的塞韦里努斯早就清醒地认识到人类的需要在于能平衡地把握一个“度”：“没有哪一种能作食物的植物不能用来治疗人体——只要按适当的剂量服用。过度会引起病痛。”[98] 植物本身能作食物，同时也可以充当医治疾病的良药，偏废则会产生严重后果。上帝赋予了人类以信仰，同时还有适度的理性即能借此进行推理的语言符号。语言符号本身是信仰的工具，同时也是理性认知真相的工具。人类不明白的是如何才能恰如其分地找到某种适切的关系，恰当的度。现代理性工具符号的滥用一

---

[95] 转引自赵毅衡，《符号学》，南京：南京大学出版社，2012 年，第 222 页。

[96] M. 海德格尔，《诗·语言·思》，彭富春译，北京：文化艺术出版社，1988 年，第 199 页。

[97] 同上，第 199 页。

[98] 翁贝尔托·埃柯，《玫瑰的名字》，闵炳君译，北京：宝文堂书店，1988 年，第 66 页。

如中世纪乔尔戈的偏执信仰，失度成为欠缺。在被害致死的修士中，药草师塞维里努斯是唯一看似无关言道、不涉神理的一位，但事实上，艾柯制造这样一个中庸适度的符号，恰是为企图调和现代文化最深层的关系。暂且搁置文本引导食色性的科学性与反讽不论，艾柯借塞维里努斯之口煞有介事地大谈食物功效："……南瓜，有清凉、滋润的特性，消热止咳，而吃了烂熟的南瓜会得痢疾，解药是盐水加芥子；洋葱温和湿润，少量可以增强性功能，过量则会引起头晕，解药是喝牛奶和醋。大蒜温性燥热，但过量会产生过多的体液，豆类疏通小便，但过多会引起噩梦。有的甚至引起鬼怪幻影。"[99]误解或误释存在与存在之间即符号与符号之间的适度关系普遍存在于生活的基本层面，追求的过度过量在社会文化中泛滥成灾。符号学是"当代过度偏专的天然解药"。[100]然而在人类二元论思维框架中，如此灰色地带显然缺少土壤和生机，本该存活的却遭到扼杀。

于是，造物一味地盲目信仰或理性冲撞，企图逾越造者之功，使原本置身于其中可以滋润自身的自然与精神世界呈现出一片焦灼气息，进而发展为鬼魅幻影，诚如中世纪信仰的褊狭逼仄与现代文化泛滥所致的可怕梦魇。回首"昔日"的"名字"符号，一方面，它意味着上帝创世之初的名实关系：上帝将各种造物带至亚当面前，亚当怎样叫各样的活物，那就是它的名字。另一方面是指称名实关系的实在性，亦即世界的本体实在性：为创造物命名是为揭示其本质，即责名以指实。"名者，圣人所以纪万物也。"[101]"天地之纲，圣人之符。"[102]对名实的笃信也就是对言道一致神圣性的信仰，造主和造物相安无事。至中世纪，人类虽然依旧沐浴在神恩中，但已经产生了唯名论和唯实论的困惑。名实之惑，向前追溯，无疑是对命名者——造者的困惑：如果毫无疑问地抱守绝对信念，便会死心塌地地笃信与之有关的一切，包括用来为创造物命名的符号。疑惑竟然在信仰的时代潜滋暗长！文艺复兴时期，经由莎士比亚的戏言，借助咫尺见方的人性舞台，把神恩推至幕后，将理性与颠覆演绎得淋漓尽致，认为玫瑰若改叫其他的名字，会依然芳香如故。[103]对神圣意志的偏离与背叛从此愈演愈烈。而在时间上与作为中世纪的"昔日"相对的，应该是"我们自身"仍然所处的时代——当下，即现代或者后现代，"玫瑰"这一符号的所指在不断被诠释的历史过程中，被重构、扭曲，

[99] 同上，第 66 页。

[100] 约翰·迪利，《符号学基础》，张祖建译，北京：中国人民大学出版社，2012 年，第 212 页。

[101]《管子·心术上》

[102]《申子·大体》

[103]《罗密欧与朱丽叶》的第二幕第二场中，朱丽叶如是独白："只有你的名字才是我的仇敌；你即使不姓蒙太古，仍然是这样的一个你。姓不姓蒙太古又有什么关系呢？它又不是手，又不是脚，又不是手臂，又不是脸，又不是身体上任何其他的部分。啊，换一个姓名吧！姓名本来是没有意义的；我们叫作玫瑰的这一种花，要是换了别的名字，它的香味还是同样的芬芳；罗密欧要是换了别的名字，他的可爱的完美也绝不会有丝毫改变。"

原初的能指与所指之间的关系距离神圣的名实对应越来越远，或者后现代人在躁狂的理性驱使下被蒙蔽了知性，根本无视天地间存有的奥秘，丧失敬畏之心，言对于道的彰显亦不复存在，言与道的分裂指向的是理性与信仰之间愈来愈宽阔终至无法弥合的鸿沟。时至今日，失落了神恩根基的所指，因此也失去了自身的方向和目标，兀自飘零兀自凋谢，只剩下空洞的、回不到原初状态的符号躯壳。

而威廉的理性进逼和乔尔戈的信仰持守都仰仗着对符号的依赖，甚至可以说是过度依赖。到头来，词与物之间、痕迹与终极真实之间最终没有呈现出理性探索的必然关系和预期结果。符号学的推理力量被限制和消解，在小说的结尾处符号学遭到偶然性反讽：由于人作为被造物的有限性，威廉依靠的单纯理性推理失败了。符号学的理性是不完备的，它无法恢复事件的实有原貌。威廉探索关于世界的终极真理，终极真理来自理性同时也来自启示。乔尔戈盲目的深刻之处在于，在威廉貌似理性的诗学拯救中，他燃起大火，在诗、言以及信仰的冲动中焚烧一个贫乏的时代。他憎恶非信仰的诗，但他的固执与无悔，一如能够进入到存在的本质层面进行追问和担当的诗人。“记住七声雷鸣的话语吧，不要写出来，把它吞下去；……你看我在封闭住不应该说出来的话，封闭在我即将变成的坟墓中。”[104] 乔尔戈封住的那些“话”，就理性而言，它拓展了诗意阐释与诗性追寻的空间，昭示着现代人以神性为尺度来测度自身的诗学品质和精神维度，叩问存在。就信仰而言，它遏制了泛滥的理性符号流传。理性与信仰在诗意追问中，试图实现自我颠覆，并因此有望获得重建。

但是理性与信仰并没有因为共同的诗性意图而就此达成和解。令人遗憾的是，理性探索至极致，诗意被闭锁的信仰隔绝。玫瑰是诗的符号，是诗人在贫乏的时代寻找神的踪迹的最后依据。基督是一种信仰，基督的贫穷就是时代信仰的贫穷，时代的贫穷在于神的行踪无法辨认。“语言凭借给存在物的首次命名，第一次将存在物带入语词和显象。这一命名……这种言说即澄明的投射。……投射的言说是诗。”[105] 乔尔戈以过度的信仰遮蔽诗。他所不知道的是，他同时也遮蔽了上帝。海德格尔认为，诗人在时代的贫困中讴歌时代的神性。神从来没有离开诗而存在过。诗人如此深情地寻觅着神的踪迹，渴望诗意地栖居，诗意的栖居就是神的栖居，所以“我们这些人必须学会倾听诗人的言说”。诗人的言说，就是在的言说，神圣者的言说。乔尔戈尘封世俗的诗，以彻底避开对神的诠释，而不能被诠释的信仰，就是信仰的终结。当下所处的时代，正是因为对诗意的遮盖，才导致了逻辑、计算、测量等理性的疯狂肆虐。[106] 从这个意义上来看，理性的过剩吞没了内在信仰。对诗意的遮盖，正是对神性本源的颠覆。作为圣言的符号遭

[104] 翁贝尔托·埃柯，《玫瑰的名字》，闵炳君译，北京：宝文堂书店，1988 年，第 460 页。
[105] M. 海德格尔，《诗·语言·思》，彭富春译，北京：文化艺术出版社，1988 年，第 69 页。
[106] 同上，第 12-13 页。

到颠覆，神恩与信仰一道，亦同时遭到瓦解。

在世俗理性世界中，试图接近并揭示真相的威廉自认为充当的是上帝的角色。尚未进入修道院时，威廉凭借道路上的迹象推断出马的去向；站在阿德尔莫死亡的地点，推断出当时窗子是关闭的，下面无水。阿德索对此钦佩有加，因为老师从外知内、从现在识过去。威廉认为，上帝也是因此而明了这个世界的：先在心里构想，然后去创造。哲学上所谓的神目观即是如此：上帝就是用全面的、最客观的眼光打量这个世界的。他认为，"整个世界本无秩序可言"，可是，"虽说谈不上秩序，起码还有一系列互为牵连的关系。"[107] 如果说忠于理性的威廉对上帝颠覆得还不够彻底的话，作为后学者的阿德索则彻底否定了上帝的存在。曾经的先例尼采也一度自认为是上帝，是太阳。当然，他不是，他发了疯。倘若人类任由膨胀的理性引领下去，横亘在眼前的，无疑也是一条疯癫或灭亡的不归路。

事实上，人类并非深谙创造的结构与规则，它们先于人类。傲慢的理性与虔敬的信仰均与真理失之交臂，正如威廉最终认识到的："实际上，它能迫使我们更认真地看待事物，迫使我们得出这样的结论：啊，事实正是如此，我以前怎么没想到。"[108] 威廉"以前没有想到"的"事实"就是真相，是乔尔戈看似谨守神圣意志实则因持守过度以至于违拗的结果。理性和信仰成为纯粹的符号追逐，到头来，威廉的单向度理性推理终究要依靠神启之光的照亮，乔尔戈用生命守候的亦不过是流散的世俗符号。

结　论

从几经易手的中世纪文稿辗转开始进入摄人心魂的曲折推衍，到末尾散淡的结语"有的只是这个名字"，艾柯引领他的读者穿越一座理性与信仰悖谬的迷宫，做了一次只剩下《玫瑰的名字》的符号之旅。旅途中，他边走边释，那些普通读者可能拒斥的繁冗的符号理论被拆解成浅易的推理图式，一改正襟危坐的学者装模作样的说教模式，将理论注释得声情并茂。

一般来说，在理论和创作之间似乎存在着一定的间距，并且是主体难以跨越的间距。因此，古往今来，似乎偏废一方才是文学史上的常态。大凡有一定声望的大作家，大都得意于文章天成，妙手偶得，因气质才情使然，故不善或不屑于经营理论，反之，理论家则又自诩学富五车，往往居高临下，形而上地指手画脚，具体到创作则眼高手低，招致作家的善意揶揄或者恶意斥责。作家创作之余，偶尔有些感悟或者心得，也只能

[107] 翁贝尔托·埃柯，《玫瑰的名字》，闵炳君译，北京：宝文堂书店，1988 年，第 388 页。
[108] 同上，第 453 页。

是“经验、体会”之类，属于闲话，不能称为理论——理论是某个领域系统的理性知识，而文学创作需要驰骋纵横、汪洋恣肆的感性，例如不管是愤激的176次天问还是发愤的130篇史记。理性的严谨理论与感性的散漫创作似乎天生同床异梦，难处一室。倘若强为，如同同时做着会计和出纳，易于在来往进退之间，蝇营狗苟，以某种不可告人的小伎俩，向乏味妥协，滋生些不见长进的营生。所幸艾柯把玩的是不拘一格的符号理论，其识精深，谙熟符号运作的来龙去脉，其见博大，囊括一切欲以表征的东西，其见其识足以将符号理论的井井有条与符号具体衍义过程的散漫奇妙整合。在后现代五彩纷呈的文化现象里，艾柯的符号学理论与《玫瑰的名字》犹如播放诱人的广告视频，一面有序推进让人目眩的产品，一面注解着符号的玄奥章法，不着一丝牵强附会的痕迹，而艾柯只是狡黠地站在幕后，收放有度地切换着镜头而异。同时作为理论家和作家，唱罢登场，角色互换，精彩不减。明人袁宏道曾在《雪涛阁集》序中评江盈科“才高识远，信腕信口，皆成律度”，为一代才人无疑；叶嘉莹称善评好作的曹丕有节制有反省，是一位“以感取胜”的“理性诗人”。如此冠冕若并诸艾柯，实不为过。在艾柯手里，创作延伸理论，理论为创作先行，如一把锐利剪刀的两股，背反相向而行，通力合作，当下的具体文学符号样式，任凭作者腕口互信，裁之得之。

现在回到本文开篇的问题：此处真理何谓？记号何指？如何澄清？

艾柯综合了索绪尔能指与所指的武断任意性，吸收了皮尔士的符号感知和推衍解释力，研究了德里达符号意义的不确定性，将符号理论向前推进了一大步。在文本中，艾柯以自己的符号理论为支撑，调用一套独特的语言策略，同时把玩多重写作游戏，在现代后期的文化语境中，前溯时间，虚构历史，将新符旧痕叠合在一起，从而在浮泛与沉淀的文化中通过符号生产和消费带来的歧路、困惑和危机来诠释理性和信仰。

正如本雅明在《译者的任务》中曾指出的，人类解读的已经不再是上帝原初的纯语言。作为圣言的符号失落了，作为造物的文本也殒殁了神圣光环。大众文化在世俗的喧嚣中，用虚饰的理性湮没了信仰。不论在世俗理性世界还是神圣信仰世界，人类都在追求“真理”，面对的是后现代文化的符号泛滥，“符号泛滥的结果是形成选择悖论。”[109]《玫瑰的名字》充满百科全书式的知识，一如艾柯的符号学理念。在单一的元语言理论背景下，从封闭的符号系统出发，自然会产生单一的解读结果；在元语言构成的复杂体系下，将目光投向开放的历史文化视野，无疑会获得多元的诠释结果，这就不可避免地会导致某种程度的诠释不足或者过度。而充斥着矛盾的、结果不同的解读，正是当代人不得不面临的选择悖论。符号是历史文化的表意方式，同时也为历史进程提供意义解释。这也是后现代人类面临的社会文化的真实写照：在错位、颠覆的无序中，历史

[109] 赵毅衡，《符号学》，南京：南京大学出版社，2012年，第372页。

文本成为一系列知识勉强兼容的片断，充其量也只是临时文化符号感知的产物，缺乏永恒的可信度和绝对的解释力。散乱的符号片断拼贴成真实的时代感知，不追求也远非浸透因果延续的大河小说格局。

（作者单位：山东财经大学外语教学部）

当代科幻小说研究与多丽丝·莱辛

刘　宁

内容提要： 科幻小说在当代已经进入主流理论家的视野，西方马克思主义批评家创建了科幻小说的理论框架，从乌托邦写作的角度界定科幻小说的写作，并指出科幻小说只能在乌托邦和反乌托邦的视角下进行创作。多丽丝·莱辛正是这样一位在乌托邦和反乌托邦框架下进行科幻小说创作的作家。莱辛的科幻小说秉承英国科幻小说的传统，同时也受到文化形态史观的影响，她在科幻小说中构建了一个反乌托邦世界，对文明的终结阶段给予了形象刻画和深度思考。在其反乌托邦科幻小说中，莱辛构建的文明终结景象契合了汤恩比文明解体理论，表现出汤恩比所设想的对环境能量的丧失、技术的衰退、社会组织的崩坏、战争的频发，以及对原始社会的回归等现象。同时，莱辛还试图探索文明毁灭的原因，并将其归因于拥有现代化大规模杀伤性武器的高度文明社会间的战争。

关 键 词： 科幻小说　乌托邦　反乌托邦　文明终结

Abstract: Science fiction in the contemporary world has caught the critical attention of mainstream literary critical circles, especially those Marxist theorists in the West. They have established the theoretical framework of science fiction from the perspective of utopian narrative, pointing out that science fiction can only work in a utopian or anti-utopian framework. Doris Lessing's science fiction novels are working in a utopian or anti-utopian framework, a fine embodiment of the theory. Influenced by both the English science fiction tradition and morphology of civilization, Lessing examined the end of civilization in her science fiction which represented Toynbee's theory of disintegration at the end of civilization: loss of control over environment, deterioration of technology, dissolution of social organizations, frequent wars, and regression to primitive society. Lessing also attempted to explore the reason for a civilization to be destroyed and attribute it to warfare between highly civilized societies with modern weapons of mass destruction.

Key words: science fiction; utopia; anti-utopia; end of civilization

科幻小说从诞生伊始，就和科技及科技发展对人类社会、对人类内心世界以及对自然环境的影响分不开。科幻小说通过描述迥异于现实世界的科技、人物以及社会关系，以实现对社会现状的反思和对精神世界的内省，这使其成为一种独特的文学类别。也正因为如此，科幻小说才吸引了部分主流文学作家的目光。虽然科幻小说不为主流文学界所看重，在相当长的一段时间内甚至被认为是类文学，不登大雅之堂，但是颇有成就的主流文学作家提笔进行科幻小说创作已经不是新鲜事，亚当·罗伯茨（Adam Roberts）的《科幻小说史》中甚至专门辟有一章“非科幻作家”来讨论这些跨界写作的小说家，这其中就包括诺贝尔文学奖获得者多丽丝·莱辛。莱辛生平共写作科幻小说 10 本，占其长篇小说写作总数的三分之一。而像莱辛这样的主流文学作家加入科幻小说创作，使得科幻小说进入主流批评家的视野。西方马克思主义理论家首先促进了科幻小说的理论发展，从达科·苏恩文（Darko Suvin）开始，科幻小说有了研究的理论框架。20 世纪 90 年代之后，弗雷德里克·詹姆逊（Fredric Jameson）也开始研究反乌托邦科幻小说中的乌托邦冲动，并在这方面发表了多篇文章。显然，主流的文学理论界已经注意到科幻小说作为一个独立的文学门类的重要性，这些主流评论家的介入也反过来促进了科幻小说的成长，形成了良性互动。

一、科幻小说的发展

科幻小说是伴随着科学技术的发展而出现的新兴的现代文学类别。18 世纪 60 年代第一次工业革命开始，到 19 世纪 40 年代基本完成，机器大生产代替了手工劳动，大型工厂代替了手工作坊，也带来了巨大的社会变革。科技是一把双刃剑，工业革命的科技进步既给人们带来喜悦，同时也使人们对科技带来的翻天覆地变化无所适从，忧心忡忡。对科技及其所带来的新生产方式、新社会关系的思考催生了科幻小说的出现。因此，《大英百科全书》将科幻小说定义为“一种文学形式，主要描述科学（现实或是想象中的）对社会或者个体的影响”。[1] 美国著名科幻作家、评论家和科幻杂志编辑詹姆斯·冈恩（James Gunn）则将科幻小说定义为：“文学的新品种，它描绘真实世界的变化对人们所产生的影响。它可以把故事设想在过去、未来或者某些遥远的空间，它关心的往往是科学或者技术的变化。它设计的通常是比个人或者小团体更为重要的主题：文明或者种族面临的危险。”[2] 奥尔迪斯在《亿万年大狂欢：西方科幻小说史》中指出，科幻小说特别关注科技发展所带来的异化，特别是工业革命和进化给人类带来的显著“隔离感（sense of isolation）——人与人的隔离、人与自然的隔离”。[3]

科幻小说在第一次工业革命的发源地英国萌芽。第一本科幻小说是玛丽·雪莱于 1818 年出版的《弗兰肯斯坦》。这部小说中弗兰肯斯坦医生尝试用所学的医学知识和科

---

[1] http://www.britannica.com/EBchecked/topic/528857/science-fiction.

[2] 吴岩，《科幻文学理论和学科体系建设》，重庆：重庆出版社，2008 年，第 14 页。

[3] Brian Aldiss and David Wingrove, *Trillion Year Spree: The History of Science Fiction*, 3rd ed., North Yorkshire: House of Stratus, 2001, p. vi.

技手段创造人类，但是中途出了差错，造出了一个长相丑陋的怪物。小说风格阴郁，表达了对科学技术所带来可怕后果的担忧之情。可以看出，始于英国的科幻小说从产生伊始就敏锐地察觉到科技进步背后隐藏的人类困境。1894 年 H. G. 威尔斯（H. G. Wells）的代表作《时间机器》（*Time Machine*）出版，科幻小说创作进入了成熟期。这部小说中，主人公乘坐时间机器来到未来世界，发现人类分成敌对的两派，其中一派以另一派为食，影射了资本主义社会统治阶级对下层人民的剥削和压榨。威尔斯的科幻小说具有鲜明的现实批判意义，展现了他对科技发展所带来的新型社会关系的思考，可以看出，他对这种社会关系是有着不满的。之后科幻小说的发展阵地转移到美国，因为售价低廉的科幻杂志很快成为人们闲暇时的流行消遣，科幻小说也在美国蓬勃发展起来。与英国精英主义的科幻小说不同，美国的科幻小说是平民化的，其发展与科幻小说迷的支持分不开。美国科幻小说的繁荣开创了英美科幻小说史上的黄金时代，从 20 世纪 30 年代起到 60 年代止，涌现了一大批优秀的科幻作家。当时的科幻小说作者多有理工科教育背景，小说多以未来世界或太空帝国为背景，其中充满新科技的运用，并试图用科学方法解释新世界和新价值观。代表作家有美国的艾萨克·阿西莫夫（Isaac Asimov）、罗伯特·海因莱因（Robert Heinlein）、英国的 A. C. 克拉克（Arthur Charles Clarke）等。吴岩在《科幻文学理论和学科体系建设》中指出，黄金时代是科幻小说发展史上一个重要阶段，一是黄金时代对科幻文学的内涵达成了共识，科幻作品被正式命名为科幻小说（science fiction）；二是黄金时代诞生了一个科幻小说创作的固定模式，那就是：一个带有悬念的完整故事、和科学或科学家相关、有宏大的场面、具有一定的哲理性。[4] 20 世纪 60 年代之后，黄金时代基本结束，新浪潮运动在英国兴起。饱受了两次世界大战之苦的英国对科技（尤其是高科技大规模杀伤性武器，例如核武器）的看法无疑是负面的，因此和黄金时代的科幻小说不同，新浪潮科幻小说不歌颂科学的成就，而是偏重对科学的反思，其形式和内容逐渐向主流文学形式靠拢，很多作品以非理性和碎片化为写作风格，代表人物有美国的奥尔迪斯（Brian Aldiss）、英国的詹姆斯·巴拉德（James Ballard）等。奥尔迪斯强调科幻小说的人文色彩和哲理性，巴拉德则探讨科技发展所引起的人类社会的变迁及毁灭。新浪潮科幻小说由于文风晦涩难懂，脱离了科幻小说迷及其流行文化定位，只流行了 10 年左右的时间。20 世纪 80 年代开始，由于电影工业的兴起，科幻小说文本逐渐式微，取而代之的是视觉科幻——科幻电影。20 世纪 90 年代之后，由于互联网的兴起，科幻小说又有了新形式，即赛伯朋克式（cyberpunk）科幻小说。这一形式主要关注信息革命后互联网和通信科技发展给社会带来的影响。[5]

---

[4] 吴岩，《科幻文学理论和学科体系建设》，重庆：重庆出版社，2008 年，第 168 页。

[5] 21 世纪，当代科幻小说的形式有多极分化的趋势，一些向黄金时代的科幻小说形式回归，有些延续新浪潮运动的发展脉络，愈来愈向主流文学靠拢，还有一些偏向奇幻小说（fantasy）发展。由此也造成当代的科幻小说界颇为混乱，科幻小说也更难界定，例如极端的科幻小说评论家甚至将《哈利·波特》也看成是科幻小说。

综上所述，科幻小说和科技及科技发展对人类社会、对人类内心世界、对自然环境的影响密不可分。作为一种独特的文学类别，它通过对异世界的刻画实现对现实世界和对精神世界的检省。科幻小说的这种特殊功能激发了主流文学作家的创作冲动并吸引他们加入了创作行列。

二、科幻小说、乌托邦与反乌托邦

科幻小说作为一种文类的出现不仅满足了当代读者的阅读需求，同时也造就了一批科幻小说批评家和研究者，他们的研究和评论无疑丰富了科幻小说的理论。实际上，科幻小说和乌托邦文学一直被当作两种不同的文类而受到研究者的关注。将科幻小说与乌托邦文学联系在一起的是西方马克思主义理论家，苏恩文、詹姆逊、菲利普·魏格纳（Phillip E. Wegner）、汤姆·莫伊兰（Tom Moylan）是这一批评流派的重要代表人物。我们都知道，乌托邦对于马克思主义的诞生有着一定的作用，马克思主义的三个组成部分之一——科学社会主义就是从乌托邦的构想中演变而来。乌托邦始终使人对未来有着某种理想，至于这种理想能否在当今时代实现则并非从事文学创作的人所能左右，但他们通过文学的想象力在自己的作品中创造了各种虚幻的乌托邦，与种种社会弊端形成了鲜明的对比。因此在西方马克思主义的科幻评论家那里，乌托邦和科幻小说是两个不可分割的概念。苏恩文的《科幻小说变形记》从理论上界定了科幻小说和乌托邦写作的关系，并被科幻评论家所接受。在这部具有开创性意义的著作中，苏恩文是这样定义乌托邦的：

> 乌托邦是对一种特定的近似人类社会的状况的语言文字建构，在那里，社会政治机制、规范和个人关系是按照一种比作者的社会更加完美的法则来组织的。这种建构是以一种从拟换性的历史假设中产生的陌生化为基础的。[6]
>
> [……]
>
> 乌托邦致力于阐明人与其他人的关系，人与他们所处环境之间的关系——它采用的基本方法是，为一个构想的乌托邦预言式的新型人类关系而呈现一个全然不同的地方”，是一种“‘陌生化’文学类型”。[7]

由此可见，“认知陌生化”既是科幻小说文学类型的基础，同时也是乌托邦写作的策略。同为采用“认知陌生化”写作策略的文学类型，科幻小说和乌托邦文学的关系是什么？苏恩文提出，“严格而准确地说，乌托邦并不是一种类型，而是科幻小说的社会政治性的亚类型……科幻小说一方面比乌托邦更加宽泛，另一方面又至少是间接地从乌

[6] 达科·苏恩文，《科幻小说变形记》，丁素萍等译，合肥：安徽文艺出版社，2011 年，第 55 页。
[7] 同上，第 59 页。

托邦衍生而来。”[8] 当然，当乌托邦文学处于鼎盛时期，肯定不会想到有朝一日会被归类到科幻文学，苏恩文也承认，这是现代科幻小说界回溯科幻小说发展历史时才将乌托邦文学包含在内的。时至今日，科幻小说这一文类“包括了从儒勒·凡尔纳的科幻小说到经典乌托邦与恶托邦社会科幻小说”。[9]

自 1516 年托马斯·莫尔出版《乌托邦》一书以来，乌托邦文学创作已经有将近 500 年的历史。在这 500 年中，乌托邦写作经历了不同的发展阶段。魏格纳在“乌托邦”一文中，对乌托邦文学的历史作了一个很好的回顾。他将乌托邦文学的发展经历划分为四个阶段。第一阶段是莫尔发表《乌托邦》以及乌托邦文学的出现。大批作者采用莫尔的文体策略写作乌托邦文学。第二阶段是讽刺性乌托邦的出现，从斯威夫特的《格列佛游记》开始。第三阶段是乌托邦和科幻小说的结盟。科幻小说和乌托邦相互融合始于威尔斯。威尔斯本人既从事乌托邦写作，也是一个重要的科幻小说家。到了 20 世纪初，乌托邦文学越来越多地被看成是指向未来的，同时也更多地被看成科幻小说的亚文类。第四阶段是恶托邦小说的出现。19 世纪末，乌托邦文学吸收了自然主义小说元素，恶托邦文学开始萌芽，到了 20 世纪初，恶托邦文学达到全盛时期，并且在“二战”之后仍然十分繁荣。不过魏格纳也指出，恶托邦的出现并不代表着乌托邦文学的终结，事实上，乌托邦写作和恶托邦写作共存，只是不同时代乌托邦写作占上风，某些时候恶托邦写作更流行而已。[10]

里曼·萨金特（Lyman Tower Sargent）在《重谈乌托邦主义的三张面孔》（The Three Faces of Utopianism Revisited）一文中对不同的乌托邦作品形式也做了系统梳理。他区分了乌托邦主义和乌托邦文学，指出乌托邦主义是一种“社会梦想——涉及梦想者的生活方式的美梦或噩梦。梦想者常常想象一个和自己生活的社会极其不同的社会”，当然梦想者激进的程度因人而异。[11] 而乌托邦文学则是指“详细描述一个想象的社会的作品”。[12]

萨金特接下来区分了五种乌托邦表现形式：积极的乌托邦（the positive utopia）、恶托邦（the negative utopia or dystopia）、讽刺性乌托邦（the satirical utopia）、反乌托邦（the anti-utopia）和批判性乌托邦（the critical utopia）。积极的乌托邦，即是追随莫尔传统的乌托邦，它详细地描述一个不存在的社会，并希望读者认为这个社会比现实的社会要好。恶托邦是基于现在所作的关于未来的推断，包含警示。在讽刺性乌托邦里，“讽刺”元

---

[8] 同上，第 68 页。

[9] 达科·苏恩文，《科幻小说面面观》，郝琳等译，合肥：安徽文艺出版社，2011 年，第 247 页。

[10] Philip E. Wegner, “Utopia”, in David Seed ed., *A Companion to Science Fiction*, Malden: Blackwell Publishing, 2005, pp. 82-91.

[11] Lyman Tower Sargent, “The Three Faces of Utopianism Revisited”, *Utopian Studies*, 5(1994), p. 3.

[12] Ibid., p. 7.

素超越了其他小说元素，对所描述的社会也没有一个简单的“好与坏”的区分。反乌托邦是恶托邦的另一种说法，两者经常是互相替代的，但是萨金特认为可以赋予反乌托邦另一种意义——“使用乌托邦文学形式来攻击乌托邦或是某一特定乌托邦的作品”。批判性乌托邦作品则描述一个有缺点的好地方，同时对乌托邦作批判性的反思。[13]

进入后工业社会之后，反乌托邦叙事倾向越来越明显，出现了各种反乌托邦文本。可以说，反乌托邦叙事是乌托邦叙事发展到一定阶段时出现的一种对乌托邦的逆反，可以将其看作是乌托邦叙事的一种表现形式。魏格纳认为是自然主义小说对人性在自然中的表现影响了乌托邦作品对人性的看法，从而导致了乌托邦向恶托邦的转化。拉塞尔·雅各比（Russel Jacoby）则认为，恶托邦的源头可以追溯到莫尔——《乌托邦》的作者。在《不完美的图像——反乌托邦时代的乌托邦思想》中，雅各布指出，莫尔在其《乌托邦》中设想了一个平等美好的国度，但是在现实生活中，他却是一个对宗教异端施行残酷镇压之人。乌托邦的缔造者与其缔造物之间的对立使虔诚的天主教徒莫尔从一个乌托邦叙事者变成了反乌托邦叙事者，可以说，乌托邦文本从其诞生的时刻就包含着它的对立面。[14]

弗雷德里克·詹姆逊也对乌托邦和反乌托邦进行了比较，他指出，

> 反乌托邦基本上是科幻小说批评语言中所说的“关于最近未来”的小说：它叙述某种即将到来的灾难的故事——生态学、人口过剩、瘟疫、干旱、偏离轨道的彗星或核事故等等，这些灾难将在我们自己最近的未来出现和转化，而在小说的时间里则迅速地提前（即使那种情况后来作为远离我们的银河时代的被压迫社会而掩饰起来）。但是乌托邦的文本根本不叙述故事，它描绘一种机制甚或一种机器，它提供一种蓝图［……］细心地记下精确的机制，而单是这些机制的构成便会使那些关系和快乐、那些田园生活的景象成为可能。[15]

同时，詹姆逊也指出，乌托邦的文本“包含着一种矛盾的计划中的想象”，反乌托邦作品是“对乌托邦的结构的颠倒”，[16] 而且，反乌托邦文本在反对乌托邦文本时所借助的仍然是“乌托邦传统本身的精神财富”，因此，任何“从政治上反乌托邦思想的形式……本身迟早都必然表现为乌托邦思想的一种富于活力的形式”。[17]

学术界对反乌托邦文本的称呼并未统一，在指代反乌托邦作品时所使用的术语也

[13] Ibid., pp. 8-9.

[14] Russell Jacoby, *Picture Imperfect: Utopian Thought for an Anti-Utopian Age*, New York: Columbia University Press, 2005, p. xiii.

[15] 詹姆逊，《时间的种子》，王逢振译，南京：江苏教育出版社，2006 年，第 49 页。

[16] 同上，第 51 页。

[17] 同上，第 59 页。

各不相同。苏恩文曾经使用伪乌托邦（Pseudo-utopia）的说法；斯泰西·汤普森（Stacy Thompsoson）称之为“实验性的乌托邦”（tentative utopias）；福柯也曾使用“异位乌托邦”（heterotopia）；[18] 布克（M. Keith Booker）则将“恶托邦”作为泛指，他把突出社会中消极一面的、对社会的反面描述统称为恶托邦。[19] 以上名称只是反乌托邦文本称呼的一小部分。另据阿瑟·路易斯（Arthur O. Lewis）观察，反乌托邦文本还有以下说法：逆转乌托邦（reverse utopia）、消极乌托邦（negative utopia）、颠倒乌托邦（inverted utopia）、退化的乌托邦（regressive utopia）、恶托邦、非乌托邦（non-utopia）、讽刺性乌托邦（satiric utopia）、恶劣的乌托邦（nasty utopia），等等，不一而足。[20] 当然，在指代作为乌托邦对立面的文学作品时，人们更常用的反乌托邦（anti-utopia）、恶托邦（dystopia）以及讽刺性乌托邦（satiric utopia）。可见乌托邦的概念本身也有着多元的含义和取向。

事实上，反乌托邦（anti-utopia）包含两种意思，广义上讲，它包括对乌托邦思想的反对和否定；狭义上讲，它指的是乌托邦小说的对立面，反乌托邦使用的是乌托邦的形式，但是描述的却是一个和乌托邦截然相反的恶世界，在这个意义上，它和恶托邦（dystopia）是等同的概念，可以互换。在本文提及反乌托邦时，采用的是反乌托邦的狭义含义。在本论文中，笔者将对作为科幻小说的乌托邦和反乌托邦做以下界定：乌托邦主要指“积极的乌托邦”，即对存在于另一个时空的、理想的或是比现实社会更好的国度或地方的描述。反乌托邦（又称反面乌托邦、恶托邦）则是对存在于另一个时空的、比现实社会更糟糕的国度或地方的描述，通常包括以现在推断未来，将现实社会的弊端推向极致，含有警示意义。

经典的反乌托邦作品产生于20世纪初，最著名的当属“反乌托邦三部曲”：扎米亚京的《我们》（1924）、赫胥黎的《奇妙的新世界》（1932）、奥威尔的《1984》（1949）。这三部曲中最早出版的是1924年的《我们》（第一次世界大战结束不久），最晚出版的是1949年的《1984》（第二次世界大战刚刚结束），由此可见，反乌托邦作品的产生也是和当时的社会现实紧密结合。动荡的社会催生了优秀的反乌托邦作品。

林慧认为反乌托邦文学的主题就是“人类的非人性化和机器化”，反乌托邦文学有三大特征，即世俗性（反乌托邦文本是世俗的，没有“神谕般的神秘性”）、技术性（反乌托邦通常是技术的乌托邦，因为科学技术在其中发挥重要的作用）、权威性/集权性

---

[18] David W. Sisk, *Transformations of Language in Modern Dystopias*, Westport: Greenwood Press, 1997, p. 5.

[19] M. Keith Booker, *The Dystopian Impulse in Modern Literature: Fiction as Social Criticism*, Westport: Greenwood Press, 1994, p. 22.

[20] David W. Sisk, *Transformations of Language in Modern Dystopias*, Westport: Greenwood Press, 1997, p. 5.

(通常某个政治集团进行独裁统治)。[21] 希斯克(David W. Sisk)认为恶托邦(反乌托邦)关注的是虚构社会的道德架构，而非其物理位置，恶托邦往往描述一个可怕的、令人厌恶的社会，即使这个社会表面上是令人愉快的。他认为恶托邦的功能是预警——“恶托邦叙事试图提出警示，在事情恶化到不可弥补之前指明恶的到来。虽然恶托邦描述的是一幅阴郁的画面，但其拥有利他主义的政治和道德目的。”[22]

谢江平在《反乌托邦思想的哲学研究》中指出，“从发生学上来讲，乌托邦是一种源始性的概念，反乌托邦是因乌托邦而形成的，反乌托邦只是它的副本”，反乌托邦“将乌托邦的一些原则发挥到了极致，从而显示出乌托邦思想原则(如进步和科学的观念)的荒谬性”。[23] 马少华也指出，“‘反乌托邦’(或称反面乌托邦)是指与乌托邦在相反的方向上思维的一类作品，它们与传统的乌托邦作品有着形式上的相似，却在精神上对立”。[24] 布克在《现代文学的恶托邦冲动》中也提出类似的观点，他认为，乌托邦和恶托邦并不是互斥的，而是互相融合，有时是相似的。[25] 反乌托邦和乌托邦可以说是一个事物的两面：反乌托邦表现的是黑暗的一面，而乌托邦则更多地表现光明的一面。乌托邦描写的是一个相对于今天的社会更美好的理想国度，反乌托邦描写的则是一个充满了苦难的国度。如果说乌托邦展示的是天堂，那么反乌托邦展示的就是地狱。

虽然内容相反，但从形式上看，乌托邦叙事和反乌托邦叙事的运作策略是相似的。乌托邦写作的策略有三个：

一是背景设定。乌托邦小说一般发生在“乌有之乡”，在科幻小说中，故事发生的背景往往是另一个时空(替代世界)，或是另一个星系。苏恩文认为，“既然这种[乌托邦]话语必然是一种对立，一种对于作者所处的有限环境及其生活方式的形式类比，那么，任何一部乌托邦小说就都必须是一个被环抱着的、与世隔绝的地方(山谷、岛屿、星球——未来的某个时期)。”[26] 二是游历中对另一个世界的各方面加以介绍。乌托邦小说一般都会详细描述一个理想的国度，一个迥异现实的世界，作者会设定一个主人公到这另一个世界游历，并对其进行详细的描述和介绍，典型的如《格列佛游记》和《乌托邦》。三是类比。乌托邦小说一般不止于客观的描述，在乌托邦叙事中，时刻暗含着与现实社会的对比。正如苏恩文所指出的，乌托邦主人公游历过程中的所见所

[21] 林慧，《詹姆逊乌托邦思想研究》，北京：中国人民大学出版社，2007年，第93-94页。

[22] David W. Sisk, *Transformations of Language in Modern Dystopias*, Westport: Greenwood Press, 1997, p. 7.

[23] 谢江平，《反乌托邦思想的哲学研究》，北京：中国社会科学出版社，2007年，第62页。

[24] 马少华，《想得很美：乌托邦的细节设计》，北京：中国青年出版社，2011年，第292页。

[25] M. Keith Booker, *The Dystopian Impulse in Modern Literature: Fiction as Social Criticism*, Westport: Greenwood Press, 1994, p. 15.

[26] 达科·苏恩文，《科幻小说面面观》，郝琳等译，合肥：安徽文艺出版社，2011年，第160页。

闻——“那些异类外族——乌托邦居民、怪物怪类，或者索性就是与众不同的陌生人——他们是人类的一面镜子，正如一个怪异的国度是人类世界的一面镜子一样。”[27] 因此，“这个……可供替代的现实或可能世界不是预言，甚至也不是推断，而是一种类比，类比的对象是在受话者或隐含读者的经验世界中未曾实现的种种可能”，[28] “通过将其想象出的社会与作者的现实环境做或明或暗的对比，通过举例或演示”。[29]

既然反乌托邦叙事借助了乌托邦叙事的形式，来描绘一个与乌托邦相反的世界，那么以上总结的三种策略，既可为乌托邦所用，也可为反乌托邦所用，只不过需要少许的变通：1）反乌托邦叙事也和乌托邦叙事一样，发生在另一个时空。也就是说，小说构建的反乌托邦可以在地球之外的其他星系，也可以在地球上，但是要在另一个时间，通常是未来的地球，而且往往是被破坏得千疮百孔的地球。2）反乌托邦叙事并不局限于用游记的形式，而是采用多种形式对另一个世界的各方面加以介绍，可以像传统小说一样，在情节发展中展现另一个世界；也可以采用传统乌托邦叙事的方法，用书信体，或是假托官方文件来披露“事实”。3）反乌托邦叙事也采用类比的方法，将虚构的世界和现实世界想比较，通过另一个世界和现实世界的类比来表达主题。只不过反乌托邦叙事与乌托邦叙事相比，更多了一种警示。社会现实中的种种弊端被陌生化，搬到了遥远的星系，但是人物——虽然长相和思维方式也许和地球人不同——所遭遇的黑暗是相似的，而且由于“认知陌生化”，本来意识不到的人类社会现状中的荒谬跃然纸上，也给人类敲响了警钟——如果将地球上的各种“恶”放大到极致，那就会出现反乌托邦文本中刻画的景象。

中国古诗中“不识庐山真面目，只缘身在此山中”的意境，也许就是现代人的处境，也是科幻小说家采用反乌托邦叙事形式的原因。

三、莱辛的科幻小说：反乌托邦叙事

多丽丝·莱辛是一位多产的作家，自 1950 年发表第一部小说《野草在歌唱》之后，共出版长篇小说 26 部，其中 10 部为科幻小说。

1981 年，莱辛在接受玛格丽特·斯瓦科夫（Margarete von Schwarzkopf）采访时，称自己的小说与其说是科幻小说，不如说是乌托邦写作，遵循的是柏拉图和托马斯·莫尔的传统。[30] 莱辛在《什卡斯塔》序言中写道：“我为自己创造了……一个新世界。”[31] 为

[27] 同上，第 6 页。
[28] 同上，第 158 页。
[29] 同上，第 153 页。
[30] Earl G. Ingersoll ed., *Doris Lessing: Conversations*, Princeton: Ontario Review Press, 1994, p. 107.
[31] Doris Lessing, *Re: Colonised Planet 5, Shikasta*, New York: Vintage Books, 1981, p. ix.

了营造真实的另一个世界氛围，小说中大量使用研究资料、书信往来、文件、报告等“真实”材料。莱辛的科幻小说中所描述的替代世界，包括黑暗的和光明的两种，她的10部科幻小说，是在乌托邦和反乌托邦叙事之间切换。正如苏恩文所说，“尽管科幻小说充满冒险奇遇、浪漫传奇、奇思妙想……它最终也只能在乌托邦和反乌托邦的视野之间进行创作。”[32]

科幻小说的两大关注，一是科技，二是人类文明。而2007年莱辛正是因为对“一个分裂的文明”的审视而获得诺贝尔文学奖。应该说，她的科幻小说也对此作了贡献。

莱辛对人类文明的关注，延续了英国科幻小说的传统。科幻小说中，对世界末日以及未来世界的描述是两大主题，在英国科幻小说中，对这两大主题的表现有其独特的风格。首先，英国科幻小说中对末日危机的担忧更普遍。其次，英国科幻小说对未来世界的构想更倾向于反乌托邦。布莱恩·斯特福德（Brian Stableford）指出，英国科幻小说传统上对未来世界有一种焦虑，这也许是因为英国是第一个工业化的国家，在19世纪后期正在经历向工业时代的转化，从19世纪90年代之后，对未来的乌托邦设想被反乌托邦设想取代，科幻小说中充满了这种新产生的悲观情绪。[33]两次世界大战都在英国本土留下了难以磨灭的痛苦，在“一战”之后、“二战”之前，英国科幻小说中的未来世界充满了战争，小说中的战争使用毒气以及其他化学武器作战。“二战”之后，原子弹的爆发又进一步加深了对“文明脆弱性的焦虑”。[34]这种悲观和焦虑在美国科幻传统中虽然也有，但没有英国科幻中所表现的普遍和深入。斯特福德认为，英国的独特历史发展还使得英国科幻小说充满讽刺意味，最终催生《1984》和《奇妙的新世界》等经典反乌托邦政治小说。斯特德福德指出，英国20世纪30年代的“未来世界处于战争中”类型的小说几乎没有例外都是令人惊心的“恐怖故事”。然而从玛丽·雪莱的《最后一个人》开始，英国的“未来世界”科幻小说就有其两面性，一方面，战争导致的人类灭绝是一个悲惨的景象；另一方面，一个人在无人的世界也是有其浪漫一面的。除此之外，按照威尔斯的观点，不破不立，旧世界的毁灭也许是“少数有识之士”建立新世界的机会。[35]例如，莱辛就以此为契机，开始了构建反乌托邦的科幻小说创作。

在莱辛从事科幻小说创作之前，已经对“文明遭到破坏”这个主题感兴趣。她在1969年出版的小说《四门城》中描述了“二战”后英国特别是伦敦的混乱景象，并在结尾处预示人类文明的毁灭。哥伦比亚大学的莉西亚·罗森（Lecia Rosenthal）把莱辛的这部小说与科幻小说作家H. G. 威尔斯的《时间机器》、玛丽·雪莱的《最后一个人》

[32] 达科·苏恩文，《科幻小说变形记》，丁素萍等译，合肥：安徽文艺出版社，2011年，第68页。

[33] Brian Stableford, *Scientific Romance in Britain 1890–1950*, New York: St. Martin's Press, 1985, p. 25.

[34] ibid., p. 312.

[35] Ibid., p. 244.

相提并论，认为这三部小说都是对圣经中末世预言的重新书写。《时间机器》和《最后一个人》为人类设想的未来也是反乌托邦的，在两者的世界中，现代文明遭到毁灭，或者人类因瘟疫而逐渐灭亡。[36]《四门城》之后，莱辛开始了科幻小说创作。她的科幻小说中同样充满了对文明的关注，尤其是对现代文明的忧虑。在其大部分科幻小说中，莱辛都对人类的未来表现得忧心忡忡，充满了对末日危机和未来世界的思考，并且遵循英国的科幻小说传统，在作品中呈现了反乌托邦的文明末日以及未来世界。在莱辛的科幻小说中，有三部专门讨论人类文明的未来，这就是《幸存者回忆录》、《玛拉和丹恩历险记》和《丹恩将军》。

《幸存者回忆录》是一部关于文明末日到来的反乌托邦小说，一首文明末日的挽歌。在未来的伦敦，无名的女主人公亲历文明毁灭的过程。莱辛在《幸存者回忆录》中并没有明确说明文明毁灭的原因，小说同《伦敦毁灭之后》相类似，也描述了文明的倒退，只是比前者更详细，反映的问题也更加深刻。凯瑟琳·费什本(Katherine Fishburn)指出，《幸存者回忆录》实际上预告了西方文明的灭亡，莱辛借此对读者提出了警示，此书充分显示了莱辛对社会变革的热心。[37]《玛拉和丹恩历险记》则是发生在现在已知的文明灭亡之后，现存的文明技术落后、社会关系原始。上一个文明的灿烂文化虽然已经不复存在，但是还遗留下来大量的遗迹以及著名的“莫洪迪中心”(尽管已经破旧不堪，随时可能被沼泽吞噬)。主人公玛拉和丹恩为躲避自然灾害和战乱，一路向北逃难，不断邂逅上一个文明的废墟和遗迹，不断思索文明的历程和发展的规律。《玛拉和丹恩历险记》的续集《丹恩将军》中，丹恩继续上一部小说中对文明的思考，并最终依靠“中心”图书馆和博物馆的图书与展品，揭开了上一个文明毁灭的秘密。

莱辛对文明走向的描述，深受文化形态史观的影响。文化形态史观流行于 20 世纪上半叶，其产生与第一次世界大战相关。“一战”之前，战争的即将到来使英国的知识分子对欧洲的前途充满忧虑。王觉非在《近代英国史》中记录了英国知识分子对前途的悲观看法。他引用文学批评家约翰·贝尔 1914 年的私人信件，其中写道：“人们赖以生存的旧秩序的世界似乎正在消失，像我这样习惯以和平、稳定的方式生活的人对前景感到不安”，贝尔羡慕已经过世的人，因为“他们不会受到那些沉重地压在我们活着的人身上的难题的困扰”。[38]第一次世界大战对欧洲的经济文化打击巨大，战争中的人员伤亡严重，而“一战”之后爆发的流行病“西班牙流感”(1918—1919)又造成了千万人的死亡。此外在“一战”的尾声，1917 年，俄国的十月革命使世界上出现了第一个

---

[36] Lecia A. Rosenfeld, “Literature after the End: Apocalyptic Futurity in Mary Shelley, H. G. Wells, and Doris Lessing”, Dissertation, Columbia University, 2001.

[37] Katherine Fishburn, *The Unexpected Universe of Doris Lessing: A Study in Narrative Technique*, Westport: Greenwood Press, 1985, p. 7.

[38] 王觉非，《近代英国史》，南京：南京大学出版社，1997 年，第 760 页。

社会主义国家，共产主义意识形态和资本主义意识形态在国家实体的层面上形成了直接的冲突，引起了欧洲资本主义国家的恐慌和仇恨，以英法为代表的主要资本主义国家对苏联进行了大规模武装干涉。这一切的混乱促使欧洲知识分子重新审视西方文明。文化形态史观就是在这样的政治文化背景下出现，其特点是去西方中心化，不再将西方历史作为唯一的历史，不再将东方及其他地区的历史作为西方历史的附庸。文化形态史观认为历史研究的对象是整个社会，研究者以文化形态划分全球文明，并认为这些形态和生物有机体一样，有其起源、成长和终结的过程。

德国历史哲学家斯宾格勒是文化形态史观的创始者，其历史哲学思想体现在1918年出版的代表作《西方的没落》中。在这本书第一版的序言中，斯宾格勒提到，要研究“把某一文化的所有方面的表现形式内在地结合起来的形态学的关系”，又指出，“尽管本书比较狭义的论题是要分析目前正在全球扩散的西欧文化的没落，但希冀的目标却是要发展一种哲学，以及这一哲学所特有的运作方法，那就是目前正要被试用的世界历史的比较形态学方法。”[39] 因此，史学界将斯宾格勒的历史哲学观称为“文化形态史观”，他所开创的史学流派被称为“历史形态学”。

斯宾格勒的文化形态史观具有以下特点：一是推翻了之前统治历史学界的“托勒密体系”，创立去西方中心化的“哥白尼体系”。在西方文化之外，存在着中国文化、埃及文化、印度文化、阿拉伯文化等非西方文化，这些非西方文化是“动态存在的独立世界”，西方文化和非西方文化相比并不具有“更优越的地位”。[40] 二是将文化的发展比作动植物有机体，有其开端、发展和终结的过程。人类栖身于二元世界结构之中，既作为自然人身处自然的世界之中，同时又作为社会人而生活在历史的世界中。由于生物学的发展和流行，斯宾格勒在书中采用了文化与生命有机体的类比，指出世上存在着多种文化，“每一种在其最深的本质上绝不同于别种，每一种都有生之限期，且自足独立，一如每一种植物各有不同的花与果，不同的生长与衰落方式”，文化和文明被用来表达“一个严格的和必然的有机发展系列”。[41] 三是将文化和文明做了区分。斯宾格勒指出，文明是“一种文化的有机逻辑的结果、完成和终局”，[42] 每一种文化都有诞生、发展、成熟、衰落、死亡的生命周期，当一种文化发展到成熟阶段，也就进入了生命的晚期，即文明时期。也就是说，任何文化都会发展为特定的文明，而这种文明则是其赖以产生的文化的必然归宿与终结。四是指出文化发展到文明的循环特征，预言了西方文明没落的必然性。斯宾格勒指出，文明是“一种结论，是继生成之物而来的已成之物，是生命完结后的死亡，是扩张后的僵化。……是一种终结，不可挽回，但因内在必然性而一再被

[39] 斯宾格勒，《西方的没落》第 1 卷，吴琼译，上海：上海三联书店，2006 年，第 48 页。

[40] 同上，第 18 页。

[41] 同上，第 20、30 页。

[42] 同上，第 30 页。

达成”。[43] 文明是文化中物质财富和精神财富的固化成果，或者说文明是文化的最终固定存储形式，一旦定型、固化，就失去了生机和活力，变得停滞和僵化，逐渐走向没落，与其赖以依附的帝国一起归于湮灭。而这种终结，是不可逆转的，并且由于内在必然性，会一再发生，循环往复。从运动的视角来审视历史的世界及其演化史，我们会发现“世界历史的表现形式在数量上是有限的，时代、纪元、情境、人物都是符合类型地重复出现的”。换言之，历史的世界是有周期性的，也就是轮回。历史的世界从纵向的维度看，是前后相继、生生不息、循环往复的；从横向的维度看，则是一个有机的生命体，是由具有特定时空特征的异质文化组成的多元结构。斯宾格勒比较了世界上的众多文化：阿拉伯、中国、埃及、希腊等，从中找出了这些文化发展阶段的相似，以此证明文化循环往复的特点和文化发展到文明阶段衰落的必然。按照这种观点，世界大战“不再是民族感情、个人影响或经济倾向所引发的一系列暂时的偶然事实”，而是“在某一伟大的历史有机体的确定范围内、在几百年前就已经注定的转折点上发生的一种历史的阶段变化的类型”。[44] 斯宾格勒认为当今的西方世界已经在 19 世纪完成了从文化到文明的过渡，到达了“盛期文明的初冬”，[45] 以帝国主义为“正在消逝的文化的典型象征”，[46] 按照文明发展的规律，“从现在开始再过几个世纪，西方文化将不复存在”。[47]

斯宾格勒的理论对英国历史学家汤恩比的影响巨大。据汤恩比自述，在看完《西方的没落》之后，他曾经怀疑自己探索的问题在尚未成型阶段就已经被斯宾格勒解决了。他自己总结了和斯宾格勒理论体系的相同之处：1）历史研究中最小的研究单位是社会，而非“关于社会的任意分割的片段，如近代西方民族国家”；2）文明都是平行的、同时代的。汤恩比的文化形态史观在其 12 卷本的洋洋长篇《历史研究》（1934—1961）中得到了详细的论述。和斯宾格勒一样，汤恩比将文明社会作为历史研究的对象，不过汤恩比并未区分文明和文化的异同，他只使用“文明”一词，并且将文明和社会等同，在《历史研究》中，西方文明和西方社会指代可以互换使用。汤恩比将全球文明分为 21 个文明（如果加上另外 5 个已经停滞的文明，则是 26 个），这 21 个文明是共时和等值的。在对这 21 个文明进行考察之后，汤恩比提出，文明像有机体一样，有起源、成长、衰落、解体的过程，而且这个过程在人类文明出现以来反复出现。文明起源于对艰苦的自然环境挑战的应对，文明不会无疾而终，一般死于“自杀”。文明的衰落意味着成长的停止，其本质是“少数创造性群体丧失了创造能力、大多数人不再进行相应

[43] 同上，第 30 页。
[44] 同上，第 46 页。
[45] 同上，第 43 页。
[46] 同上，第 36 页。
[47] 同上，第 28 页。

的模仿”以及随之而来的社会的分裂，[48] 社会和谐的丧失使其失去自决能力，爆发内部冲突，从而解体。

汤恩比与斯宾格勒的不同在于：1）正如汤恩比自己所总结的：斯宾格勒的观点是决定论的，斯宾格勒设想的文明起源、发展和没落的过程是“永远按照一成不变的时间表进行的”，[49] 并没有提及没落的原因。而汤恩比则指出，文明社会虽然和生命有机体一样有生老病死，但是相似性也到此为止，文明社会的“病死”阶段也就是“衰落”和“解体”阶段并非“命运使然”，现存的文明也并非注定要灭亡。汤恩比自己对文明的衰落和解体所作的假设是，统治者无力统治，无产者越来越难以驾驭，从而导致社会的分裂。2）汤恩比的文明循环是螺旋式的循环。虽然汤恩比认为文明的进程是“周期性的重复运动”，但是文明的过程本身并不具有循环性，也就是说，这种周期性运动不是重复，而是“进步”，人类并非推石上山的西绪弗斯那样只能徒劳地重复过往，绝望地等待石头再次从山顶滚落。[50] 3）汤恩比给予文明的参与者一定的主观能动性，强调文明的发展进程中环境的挑战、人类的应对所带来的变数。因此，他认为，对已经灭亡文明的考察，并不能预测当代西方文明的命运。汤恩比指出，“与我们西方世界的历史对照来看，前者[希腊—罗马史]已经结束了；而我们的历史仍然是一出结局未定、尚未演完的戏剧。”[51] 从这个意义上来说，汤恩比和斯宾格勒不同，他的文化形态史观是乐观的。

以斯宾格勒和汤恩比为代表和集大成者的文化形态史观，为莱辛科幻小说中文明的阐释提供了理论基础。在莱辛的科幻小说中，若干情节的设定遵循了文化形态史观的理论。1）莱辛科幻小说中，文明如同有机的生命体，有其发展的特定轨迹。2）莱辛科幻小说中文明解体的过程可以看到汤恩比文明解体理论留下的痕迹。汤恩比的理论中，文明的衰落导致的结果包括：对环境控制能力的丧失（包括自然环境和人为环境，如经济、政治领域）、技术的衰退、社会组织的崩溃、战争的频发，以及对原始社会的回归等现象。这些现象在莱辛的科幻小说中都得到了描述。3）文明是轮回的，循环不止。《丹恩将军》是最能体现文明轮回特点的。在小说中，丹恩对上一个文明充满了好奇，不断思考上一个文明衰落的原因，并不停地追问人类文明周而复始的意义。在莱辛看来，虽然环境与战争都对文明的进程有着重要影响，但战争才是文明衰落的最终原因。

---

[48] 汤因比，《历史研究》（上），萨默维尔编，郭小凌等译，上海：上海世纪出版集团，2010年，第247页。

[49] 汤因比，《我的历史观》，《历史的话语：现代西方历史哲学译文集》，张文杰编，北京：中国人民大学出版社，2012年，第202页。

[50] 汤因比，《历史研究》（上），萨默维尔编，郭小凌等译，上海：上海世纪出版集团，2010年，第255-256页。

[51] 汤因比，《我的历史观》，《历史的话语：现代西方历史哲学译文集》，张文杰编，北京：中国人民大学出版社，2012年，第197页。

在莱辛的笔下，每个时代“总以战争告终，而且战争的方式愈见残酷、恐怖”。[52]战争的机器也是愈见精良：炸弹、大炮、枪支、核武器和可以将细菌装在导弹里远程发射到别国的生化武器……相信21世纪的现代人对这些战争机器并不陌生。可以想见，有了这些战争机器和作战方式，即使小说中毁灭性的冰川没有到来，人类文明也有可能在战争中消亡。

环境使文明的处境艰难，而战争则给了文明以致命的一击。战争、杀戮、暴力事实上伴随着人类文明的进程。在《地狱之行简介》中莱辛就写道，“野兽一样的人类同类相残，在战争的间歇中，抬起带血的鼻子朝向可怖的天空，吼出他的痛苦和疲惫。”[53]《什卡斯塔》的最后，莱辛更提及了人类的暴力和毁灭天性：“我忍不住想到我们的祖先，那些可怜的动物/人，无法遏制其杀戮和毁灭的天性。”[54]拉塞尔·雅各比在《杀戮欲：西方文化中的暴力根源》一书中也指出，暴力是西方文化的重要特征，而且暴力的常见形式，并非是发生在陌生人之间，而是首先诉诸于“亲戚、邻居和同胞”。雅各比将暴力根源追溯到《圣经》中记载的该隐杀死兄弟亚伯的故事，并指出，作为“犹太教和基督教共有世界中的第一桩谋杀案”，这是西方文明历史上的“第一次种族灭绝”。[55]

社会科学和自然科学的学者们也对战争与文明的关系进行了探讨。生物学家爱德华·威尔逊（Edward Wilson）在研究中发现，有组织的攻击行为——战争——常常被当作政策工具，而“那些最擅长使用战争工具的社会成了最成功的社会”。[56]政治学家昆西·赖特（Quincy Wright）声称，“文明产生于好战的民族。”[57]不过在更多的理论家看来，文明也终止于战争。汤恩比认为导致文明终结的原因“不是战争就是阶级，或者是两者的结合”，[58]“每一个文明的衰落都起因于自身的失败。……日益升级的自相残杀的战争成为导致文明灭亡的最根本原因。”[59]在现代文明的语境下，战争的致命性由于技术的进步更得到了加强，“科技的进步将世界上所有可到达、可居住的地区都联系起来，文明的两大先天性疾病——战争和阶级——已经成为致命性病症。”[60]

暴力和战争伴随着西方文明的进程。但是在工业文明之前，战争虽然频发，却都是

[52] Doris Lessing, *The Story of General Dann and Mara's Daughter, Griot and the Snow Dog*, London and New York: Fourth Estate, 2005, p. 381.

[53] Doris Lessing, *Briefing for a Descent into Hell*, New York: Vintage Books, 1971, p. 86.

[54] Doris Lessing, *Re: Colonised Planet 5, Shikasta*, New York: Vintage Books, 1981, p. 364

[55] 拉塞尔·雅各比，《比杀戮欲：西方文化中的暴力根源》，姚建彬译，北京：商务印书馆，2013年，第x页。

[56] 爱德华·威尔逊，《论人性》，方展画等译，杭州：浙江教育出版社，2001年，第104页。

[57] 同上，第105页。

[58] 汤因比，《文明经受着考验》，沈辉等译，杭州：浙江人民出版社，1988年，第22页。

[59] 汤因比，《历史研究》(下)，萨默维尔编，郭小凌等译，上海：上海世纪出版集团，2010年，第900页。

[60] Arnold J. Toynbee, "The Present Point in History", *Foreign Affairs*, Vol. 26 (1947), p. 192.

局部性的，人类文明作为一个整体并没有毁灭的担忧。然而现在，科学技术有了迅速的发展，战争也随之变得更加残酷，因为“工业制度和技术的发展为交战双方提供了越来越具毁灭性的武器”。[61] 汉娜·阿伦特在《关于暴力的思考》中也提出了类似的观点，她指出，“暴力正是 [20 世纪] 战争和革命的共同点”，此外，“暴力工具的技术进步”也是影响当代时局的重要因素。因为暴力需要工具，因此“技术上的革命，也就是在工具制造方面的革命，对战争来说尤为重要”。[62] 技术已经进步，而人性中的暴力天性没有改变，战争已经能够“消灭全人类”，[63] 1957 年汤恩比指出，“一旦爆发使用核武器和细菌武器的第三次世界大战，死神恐怕不会放过任何一个有人烟的偏僻角落。”[64]

两次世界大战，特别是第二次世界大战中原子弹的使用，也使莱辛对文明的未来充满忧虑。莱辛在《个人浅谈》(The Small Personal Voice) 一文中将原子弹的发明称作人类的“噩梦”，她这样描述“二战”后的世界：我们所处的年代充满危险、暴力、躁动和不确定性。人们不禁要怀疑不久的将来到底还有没有人能存活下来写书看书——即使人类不被疯子毁灭掉，我们的后代也会扭曲或发疯。我们处于历史的转折点，在过去的 20 年里，人类实现了革命性的进步，造出了原子弹……人类几个世纪以来的梦想 (或者是噩梦) 得以实现。[65] 因此很自然地，莱辛的反乌托邦叙事将文明毁灭的根本原因归结为战争。

玛格丽特·罗维指出，莱辛从写作《金色笔记》之时起，就已经将视线从个体命运转移到群体运势，莱辛愈加注重星球的命运和宇宙的进化，而对个体的命运则漠然视之。[66] 莱辛的科幻小说遵循陌生化的原则，创造出一个迥异于现实世界的“异乡或异时的世界”，从而实现了对现实世界的批判。在英国科幻小说语境之下写作的莱辛，其科幻小说也遵循其传统，表现出对文明的高度关注，尤其是对现代文明的忧虑。受到两次世界大战以及核武器发明的影响，莱辛关注的焦点是文明的终结阶段。莱辛的反乌托邦叙事设想了一个因环境恶化和战争频发而毁灭的文明，对当代社会提出了警示。艾弗里克洲的冰川来临不以人类的意志为转移，艾弗里克洲的历史就在气候环境的影响下从南向北、从北向南地呈钟摆式进行，然而在这种严苛的自然条件下，人类仍然勇于破坏自然，毒害动植物，使自己处于不利境地。最终，在文明解体之后，人类完全失去了对自然的控制。对人类文明毁灭起决定性作用的是战争。莱辛指出人类的历史就是不断的战

[61] 汤因比，《历史研究》(下)，萨默维尔编，郭小凌等译，上海：上海世纪出版集团，2010 年，第 901 页。

[62] 汉娜·阿伦特，《关于暴力的思考》，《暴力与文明》，王晓娜译，北京：新世界出版社，2013 年，第 3 页。

[63] Arnold J. Toynbee, “The Present Point in History”, *Foreign Affairs*, Vol. 26 (1947), p. 193

[64] 汤因比，《历史研究》(下)，萨默维尔编，郭小凌等译，上海：上海世纪出版集团，2010 年，第 893 页。

[65] Doris Lessing, “The Small Personal Voice”, in Paul Schlueter ed., *A Small Personal Voice: Essays, Reviews, Interviews*, New York: Knopf, 1974, p. 7.

[66] Margaret Moan Rowe, *Doris Lessing*, New York: St. Martin’s Press, 1994, p. 79.

争，在科技进步帮助人类制造出大规模杀伤性武器、尤其是足以毁灭地球无数次的核武器之后，人类的战争规模和惨烈程度也随之升级。莱辛在其反乌托邦科幻小说中考察了现代文明的终结阶段，将文明终结的原因归结为战争，尤其是拥有现代化大规模杀伤性武器的高度文明社会之间的战争。

当代社会建立在科技高度发展的基础之上，人类的生活已经被科技彻底改变：汽车、高楼、基因技术（包括克隆、转基因技术）、人工智能、计算机网络，这些科学技术对社会关系和伦理道德提出了挑战。对科学技术的反思涉及对科技的描述、对科技带来后果的设想、对当代世界的警示。而这些，都是反乌托邦科幻小说所擅长的领域，可以说，对科学技术负面作用反思最深刻的文学作品往往是反乌托邦科幻作品，例如经典的反乌托邦三部曲。其他的文学门类虽然也可以涉及对科技的反思，但是其刻画的深度以及对人的警醒力度是远远不及的。可以说，有深度的反思性作品无法避开反乌托邦科幻小说这一门类。因此，尽管科幻小说仍然受到轻视，尽管有些主流作家并不情愿承认自己的科幻小说创作，他们还是转向了科幻小说创作，并在科幻领域取得了成功。

优秀的科幻小说与乌托邦写作一样，主要在三个维度上运作，实现对现实的批判功能，一是“构建新世界”，二是“认知陌生化”，三是“批判性”。乌托邦写作在当代已经和科幻小说相结合，并在多数情况下以构建反乌托邦世界的形式出现。文中所关注的并非其中设想的科学技术是否能够得以实现，而是将科技的负面影响推向极致，以其前瞻性向现实社会发出警示。

四、结　　语

莱辛的小说创作也和她的思想一样是十分复杂的，在她一生的创作中，科幻小说占有很大的比重。虽然主流文学界对主流作家的跨界写作并不赞同，而且不少主流作家对自己的科幻小说创作也常常遮遮掩掩，但是莱辛以及其他主流作家的加入，客观上丰富了科幻小说创作，也使科幻小说逐步进入了主流文学评论家的视野。虽然莱辛并不是一位理论家，但她的乌托邦思想却渗透在她的科幻小说主题中，这也正是为什么她的科幻小说明显地高于她的同时代人的原因所在。

如前所述，西方马克思主义理论家和左翼知识分子也十分关注科幻小说，并且自觉地将其与乌托邦文学的研究相结合。他们对科幻小说的研究首先促进了科幻小说的理论发展，从苏恩文开始，科幻小说便有了研究的理论框架。20 世纪 90 年代之后，詹姆逊也开始研究反乌托邦科幻小说中的乌托邦冲动，他在这方面也发表了大量的论文。理论界已经注意到科幻小说作为一个独立的文学门类的重要性，这些主流评论家的介入也反过来促进了科幻小说的成长，与之形成了一种良性的互动。

科幻小说家、评论家詹姆斯·冈恩指出：科幻小说作为文学的新品种，所关注的往往是“比个人或者小团体更为重要的主题：文明或者种族面临的危险”。[67] 莱辛的反乌托邦叙事充分利用科幻小说的独特视角，展示了科技进步为现代社会带来的种种隐患，并将其推向极致，在遥远的星球、遥远的未来一一演示给当代的读者。其思想的深度、关注主题的广度，同她自己的主流文学作品相比毫不逊色，在对人类文明、当代社会的整体关注方面甚至更胜一筹。莱辛的反乌托邦科幻小说以其对科技进步的深刻反思和对现实世界的警示功能，超越了她的主流文学创作。在科技发展带来各种自然、社会、伦理问题的当代，对莱辛反乌托邦科幻小说的研究不仅有理论意义，还有着现实意义。在这方面，本文仅仅是一个粗浅的尝试。

（作者单位：清华大学外文系）

[67] 吴岩，《科幻文学理论和学科体系建设》，重庆：重庆出版社，2008 年，第 14 页。

作为文学批评家的世界主义者库切

王敬慧

内容提要： 库切不仅仅是一位小说家，同时也是一位后殖民主义批评家，但是他的后一种身份并未得到人们的广泛承认。要得出上述结论不仅要求阅读他的小说体自传与小说，还要分析其文学与文化评论方面的文章。本论文将库切所发表的具有理论性的文章放在一个批评的语境下来梳理库切的后殖民主义思想体系。作者认为，库切的文学作品之所以耐人寻味，就在于其中所蕴含的思想与哲学高度，他尝试着超越常规范式进行思考和创作，也体现了后殖民主义的理论追求：让人的思维去殖民化。而他那些相对不被重视的文学评论所蕴含的思想与文学作品的创作理念则是一脉相承的。本文的重点在于从他的文学作品与文学评论中总结和分析其后殖民主义理论思想的成因，内质与特色。

关 键 词： 外省人　世界主义　解构　建构

Abstract: J. M. Coetzee is not only a novelist, but also a postcolonial critic. But his latter status has not yet been widely recognized. To reach this conclusion, one should refer to both his fictions, fictional autobiographies and critical essays. This essay gathers together all the three categories of resources and regards it as a meta-narrative to search for Coetzee's postcolonial ideology. The reason of Coetzee's works being forceful lies in the ideology or philosophy underlining it: to think beyond normal norms and decolonize one's mind. This concept exists in both his fictional and non-fictional works. The main task of this essay is to analyze the formation, essence and characteristic of Coetzee's postcolonial ideology.

Key words: provincialism; cosmopolitanism; destruction; construction

纪德在《陀思妥耶夫斯基》传记中指出，陀思妥耶夫斯基虽然不是伦理学家、也不是政治理论家，甚至不是好的批评家，但他是伟大的小说家和思想家。[1] 这一评价同样适用于陀思妥耶夫斯基的追随者——库切。尽管作为大学教师的库切在学术领域内很活跃：他曾经是国际比较文学协会（International Comparative Literature Association）和美国

[1] André Gide, *Dostoevsky*, Virginia: Greenwood Press, 1979.

现代语言学会（Modern Language Association of America）的会员，也出版了多本文学论文集，但是这些论文受瞩目的程度与其文学创作的重要性相比，就显得逊色了许多。他自己在书中曾写道，“我在大学当文学教授的岁月里，指导年轻人阅读对我的意义比对这些学生的意义更重要。我高兴地告诉自己，从心里面，我更是一位作家，而不是一位教师。而确实我是因为作为一个小说家，而不是教师，得到的一些荣誉。”[2] 他所得到的荣誉确实可以佐证他的文学成就：除了在 2003 年获得诺贝尔文学奖以外，他也是文学史上第一位两次获得布克奖的作家[3]，而他的作品之所以耐人寻味，就在于其中所蕴含的思想——尝试着超越常规范式进行思考，也体现了后殖民主义的理论追求——让人的思维去殖民化。另外，他那些相对不被重视的文学评论所蕴含的思想与文学作品创作的背景理念也始终是一脉相承的。

库切在《双重视角》中说：“不论是文评还是小说，你写的每一样东西在被你书写的同时也在书写着你本人。”[4] 本文将库切的文学创作与文本批评成果放置在一起，作为一个元叙事，通过实例分析，来分析和展现库切的后殖民主义思想体系的成因，内质与特色。后殖民主义作为后现代主义的一个分支，确切地说，是一种存在状态，通过与各种不同的学说、主义发生一系列错综复杂的关系，形成了一个富有创造力的理论空间。库切的后殖民主义思想是外省人对外界批判与反思的结果。库切自认为是“外省人”，这一点可以在他的三部小说体自传中见出：1997 出版的《少年》（*Boyhood: Scenes from Provincial Life*），2002 年出版的《青春》（*Youth, Scenes from Provincial Life* II）和 2009 年出版的《夏日时光》(*Summertime*)。2012 年这三本书被放在一起出版，副标题仍然是——外省生活场景（Scenes From Provincial Life）。[5] 库切对“外省人”这一词汇的重复强调有其独特的原因。在 19 世纪初期，外省人在欧洲是一个常用词汇。读者不仅可以在文学作品内容中看到，比如《巴黎圣母院》（1821）和《红与黑》（1830）；甚至在书名本身也看得出，比如巴尔扎克的小说：《外省生活场景》（*Scenes From Provincial Life*），福楼拜的《包法利夫人》副标题也是“外省风尚”（*Madame Bovary Patterns of Provincial Life*）。外省似乎与巴黎密不可分，也与欧洲的工业革命密切相关。从某种程度上讲，工业革命不仅是生产技术上的革命，同时也是社会关系的重大变革。巴黎的经济繁荣与城市化导致大量的外省人涌入巴黎，不同的价值观念和社会习俗在他们内心发生激烈的冲突。逐渐的，外省从一个表示地域的中性词变成了一个贬义词：处于中心外围的见识短浅者。

[2] J. M. Coetzee, *Diary of a Bad Year*, Molbourne: The Text Publishing Company, 2007, p. 153.

[3] 该书让库切第二次获得了布克奖。目前只有两位作家有此殊荣，另一位也是澳大利亚作家彼得·凯利（Peter Carey），他的获奖作品是 1988 年的《奥斯卡与露辛达》（*Oscar and Lucinda*）和 2001 年的《凯利帮正史》（*True History of the Kelly Gang*）。

[4] J. M. Coetzee, *Doubling the Point: Essays and Interviews*, David Attwell ed., Cambridge: Harvard University Press, 1992, p. 17.

[5] 出版社为企鹅出版公司。

连英国的乔治·爱略特的《米德尔马契》（*Middlemarch, 1872*）的副标题也是——“外省生活研究”。库切不惜冒着与前人重复的代价，仍然坚持在自己的小说体自传中使用这个标题的心理因素应该可以清楚地表现出来。这三本小说体自传从标题到内容合力展现了一个来自外省的男孩如何成为一个世界主义者的过程。本文也按其分类，他的思想形成过程经历了三个过程：早熟期、迷茫期与超验期。

一、经历身心困惑的早熟男孩

库切在《异乡人的国度》中说：“当写作自传涉及自我的童年时，人生中所遇到的第一次道德危机会赫然耸现，如历目前。当一个孩子平生第一次要在正确的行动和错误的行动中作出选择时，往往会发出这样的危机。当自传作者在回忆这一危机时，往往也会意识到这种危机对自己的成长所产生的影响。”[6]《少年》中的约翰[7]已经开始经历社会文化身份认同的困惑与危机。在该书中，读者看到的是一个本来属于该玩耍年龄的少年，却表现得很老成。他是一个爱读书、喜欢沉思、生活在南非荷兰语文化氛围中却又迷恋于欧洲传统文化的英国化少年。在这里，我们只能称他为英国化少年，而非英国少年。《少年》中首先展现了库切对自己的英国人身份的困惑与思考。他和他的弟弟可以说流利的英语，但是严格地说他们并不是英国人。首先，从他父母的祖籍看，他们是欧洲后裔，但并不是英国后裔。他们的姓氏“库切”本身代表他属于荷兰后裔。他说英语是因为她对母亲的坚持，他父亲英语并不流利，他甚至认为他的父亲还不如说南非荷兰语。库切知道他并不是真正的英国人，因为他的父亲属于布尔人后裔。但是他不想成为布尔人，除了他对自己父亲心理上的反感原因以外，他也不喜欢其他布尔人的习性。他不能想象自己成为一个南非布尔少年：“想到要成为一个南非布尔少年：剃着光头，不穿鞋，他就觉得恐惧。那种感觉就像被打入监狱，一种毫无隐私的生活。”[8] 在文本细读中，笔者发现从《少年》里寻找不到快乐的少年库切，他像卡夫卡小说中的人物一样，有一种异化感：“他开始觉得，自己是个住在地下洞穴里的蜘蛛，洞穴上头有个暗门。蜘蛛总是要跑回自己的洞中，关上身后的暗门，把整个世界隔在门外，躲藏起来。”[9]

库切在思想上的早熟与恋母情结密切相关。《少年》中的约翰没有对社会的总体认识，他所关注的首先是自我，或者说首先要解决自己的心理问题。他就像劳伦斯笔下《儿子与情人》中的儿子保罗一样，在与母爱进行拉锯战。他希望摆脱母爱的束缚：“他知道母亲是爱他的，但问题就在这儿——她给他的那种爱，实在不对头，却

---

[6] J. M. Coetzee, *Strange Shores Essays 1986–1999*, London: Vintage, 2002, p. 251.

[7] 库切的全名是约翰·麦克斯韦尔·库切。

[8] J. M. Coetzee, *Boyhood: A Memoir*, London: Vintage, 1997, p.126.

[9] Ibid., p. 28.

总是逼上来。她一切的爱都包含着十足的戒意，好像随时准备扑过来，保护他，把他从危难中拯救出来。如果他尚有选择的余地（当然他永远也别想有），那也许就会转身投入她的呵护，自己的生命由她摆布算了。"[10] 从心理学的角度分析，这样的心态是恋母情结的一种表现，因为只有一个人陷入情结之中，才会有如此强的反抗心理。恋母情结的另一个表现是主人公对自己父母的不同态度。他认为父亲是一个不负责任的人，是让家庭陷入经济困顿的责任者，而母亲才是一家之主，辛苦持家。从这个角度，读者更容易理解为什么库切能够描写出迈克尔·K这样一个令人费解的人物——为什么他能不顾实际地尝试突破重重险阻送母亲回乡村；为什么在母亲死后，他仍然死死守护母亲的骨灰，任何情况下都不离身。迈克尔·K与《少年》中的少年一样都有强烈的恋母情结。《少年》中的少年因为对父亲祖父留下的农庄充满了爱意而产生了一种负疚感，因为那个农庄并没有给她的母亲以欢迎。她母亲怀念的是她自己曾经生活过的农庄，但是那个农庄已经被卖掉了，她永远也回不去了。于是在《迈克尔·K的生活和时代》中，主人公要历尽千辛万苦送他的母亲回故乡。所以童年库切的首要任务是摆脱母爱的窒息。这并不说明库切的成长过程是病态的，在孩童的成长过程中，特别是男孩的成长，都需要一个摆脱母爱，寻找心理独立的过程。弗洛伊德把男孩进入恋母情结的阶段称为"神经官能症阶段"，而且他认为所有的男孩子都"无一例外"地要经过这一阶段。所有的孩子都需要经历摆脱神经官能症阶段的痛苦，才可能进入下一个阶段。

一个孩子摆脱这种神经官能症的方式是扩大自己的兴趣爱好。库切在学校里是一个优秀的学生，但让他真正学到东西的地方是书籍。他广泛阅读各种能够找到的读物，特别感兴趣欧洲经典文化作品。1956年，他在中学校刊上刊登的诗歌——"人之初"，在开普敦诗歌比赛中获奖，这也是库切所获众多文学创作奖项中的第一个。该诗歌的副标题是"根据希腊和罗马神话所涉及的起源"[11]，单单从名称上就可以感受到欧洲文学经典在作者身上所打下的烙印。可以说这首诗让库切在不知不觉中展现了西方文化和文学传统对他的影响。库切也开始培养其他的兴趣。他的同学尼克·斯泰撒基斯多年后回忆，他们是如何疯狂地阅读和沉浸在古典音乐之中。斯泰撒基斯在2008年10月27日的一封信中写道："由约翰带头，还有一个希腊男孩叫托尼以及我跟着，我们深入地阅读19世纪到20世纪初的欧洲文学，尤其是俄罗斯文学。约翰和托尼还特别喜欢英国和现代希腊诗歌。我们着迷于古典音乐，比如贝多芬和巴赫。约翰通过自学在钢琴上演奏巴赫。我在这方面是落后的，但是还是被这种对古典音乐的热爱感染了。"[12] 库切在《什么是

[10] Ibid., p. 48.

[11] J. C. Kannemeyer, *J. M. Coetzee: A Life in Writing*, London: Scribe Publications, 2012, p. 73.

[12] Ibid.

经典》的演讲中也说到过一段与此相关的经历。[13] 他在当时并不了解古典音乐：十五岁的他对所谓“古典音乐”多少持有怀疑甚至敌视的态度，所以乍听时，只知是“古典音乐”，具体名字当时并不知道。而古典音乐在当时的殖民地是一种“娘娘腔”的东西。但是他带给库切启发性的经验。库切指出“年轻的殖民地民众每每努力将他们所继承来的欧洲文化，运用于其日常经验的世界中，在他们的心目中，这种感觉尤为普遍。对这些青年人来说，大都会的高雅文化也许能以强有力的体验形式出现；然而，这些强有力的体验，不会以任何显而易见的方式植根于自己的生活中，因此似乎只能存在于某种超验的领域。在极端的情况下，这些青年人会受人影响，责备自身所处的环境缺乏艺术性，并因此投身艺术世界。这是外省人的一种命运。”[14]

二、苦苦思索的迷茫青年

对于库切而言，从少年步入青年的过程中，他要摆脱的是两样束缚：一个是种族隔离的南非，另一个是母亲的宠爱。在《少年》的续篇《青春》中，主人公在南非读大学打工求学期间，已经准备好了要逃离出去。南非对于《青春》的主人公来讲，是一个“南非白人想强迫他参加国防军；黑人想把他赶入大海”[15] 的地方。“他知道，他的母亲对他长期以来的冷淡反应很沮丧。她一直想尽力爱护他，而他一直就是抵制。”[16] 在这样的双重影响下，他离开南非，坐船到了英国伦敦。这里他有了独处的空间，也有了经济上的独立：他在 IBM 找到了一份稳定的计算机行业的工作。但是思想上的独立还需要时间、经历，特别是自身的努力。笔者在 2003 年与库切在探讨一位作家取得成功的必要条件时，他曾强调年轻人不应该期盼着自己马上就会成为一位好作家，因为他还需要经历磨炼。那么他在成为一名作家之前所经历的磨炼有哪些呢？首先是经历孤独！库切在文论中，对孤独的作用是充分肯定的。他在评论里尔克的文章中认为，里尔克是为自己的艺术，断绝一切社会来往，甚至断绝与情人的来往，这样才能让自己心灵得到净化，才能以全新的眼光来看世界。

当年轻的库切从南非殖民地到了宗主国英国时，他的身份已发生变化：在南非他被看作是白人殖民者中的一员，在英国他是一个外来移民。在伦敦，主人公还是一个内向的青年，很少与任何人亲近。在此期间的库切还没有真正投入后殖民主义的反霸权思潮之中。作为一个外来者，他对当时英国正在发生的政治运动是冷漠的。《青春》中的库切对诸如艺术、诗歌、评论、电影、音乐、女人、种族、社会等各种主题均有着自己的

[13] J. M. Coetzee, *Strange Shores Essays* 1986–1999, London: Vintage, 2002, p. 9.

[14] Ibid., p. 7.

[15] J. M. Coetzee, *Youth*, London: Vintage, 2003, p. 85.

[16] Ibid., p.18.

独立思考，但他有一种本能的对政治的漠然：当他去参加 CND [17] 集会时，尽管他支持 CND，但是看到示威者挥舞着拳头，呼喊着口号，他觉得自己是一个旁观者，感到他们的行动“让他反感。在他看来，只有爱与艺术值得一个人不遗余力地为之奋斗”。[18]

库切对英国政治的不关心可能的一个原因是他是一个外省人。实际他对南非正在发生的政治事件是非常关注的。按照《青春》中的记述，在写给他母亲的信中，库切对南非发生的动乱，警察针对黑人的暴力和政治犯所谓的自杀表示了极为愤慨的态度：

> 俄国人不应在联合国发表一个又一个的演讲，而应该立刻入侵南非，他们应该派伞兵降落在比勒陀利亚，俘虏维沃尔德和他那帮人，让他们排成排站在墙边都枪毙了。[……] 南非是他无法摆脱的沉重负担。他想除掉它，他不在乎用什么样的方法，只有除掉了以后他才能够开始呼吸。[19]

他痛恨南非当时的政体，但是对祖国南非本身，他则满怀眷恋。不论是在英国伦敦的博物馆，还是美国得克萨斯大学宽敞的图书馆里，尽管他有机会读各种各样的书，但是还是会不由自主地去找一些关于南非历史的书籍来看。他的第一部小说《幽暗之地》有一半就是关于他对自己的祖先在南非创业史的回顾。他也深爱南非的自然风光，比如在《铁器时代》中伊丽莎白·柯伦凝视着迪亚斯海滩（南非的一处风景区）和远处的山巅，深情地说：“我想将这些海洋，这些山脉烙在我的视线里，以后不论走在那里它们总会出现在我的面前。我爱极了这个世界。”[20]

尽管惜字如金，但是库切在描述大自然以及人对大自然的依赖时从不吝啬，因为他知道人只有在大自然中才能找到自我。库切笔下另一个孤独的人物是迈克尔·K。他的孤独感比《青春》中的主人公更强烈，因为他与他所处的时代和历史是完全隔绝的。但是对于 K 而言，孤独是他所向往的状态。

迈克尔·K 是大自然的孩子，他是一个心理上还没有习惯于被殖民的个体。独处与孤独是不同的。严格地说，让库切历练为伟大作家和思想家的一个因素并不是孤独的心态，而是孤独的体验，是不与他人联系以避免可能的不愉快的、带来威胁的、挑拨性的或者难于处理的体验。所以应该用另一词：独处。独处是出于恢复和补充自己的精神和感情的想法，以便能够更高效地与人、与周围的世界相处。因此，花费在孤独上的时间，增强了导向愤恨、自怜、防御和怀疑的趋势，而花费在独处上的时间，增强了自我意识、同情、同感以及承受脆弱等承受能力。

---

[17] 全称为：Campaign for Nuclear Disarmament，裁核运动组织。

[18] J. M. Coetzee, *Youth*, London: Vintage, 2003, p. 85.

[19] J. C. Kannemeyer, *J. M. Coetzee: A Life in Writing*, London: Scribe Publications, 2012, p. 116.

[20] J. M. Coetzee, *Age of Iron*, Harmondsworth: Penguin, 1990, p.16.

库切在英国与美国相对独处的10年里没有进行任何文学创作，但这一段时间的学习为他后来所形成的后殖民主义思想打下了坚实的基础。他在大英博物馆和得克萨斯大学的研究，以及后来在布法罗大学的教学经历都为他的写作提供了基础。库切曾经写过一篇名为《致敬》的文章来向那些影响过他写作的作家表示敬意。这篇文章是他1991年在美国加利福尼亚大学伯克利分校的演讲稿。在该篇文章中，他讲述了自己在英国如何广泛的阅读，以及在诗歌、散文和小说方面他所读过的作家。诗歌方面，他买来企鹅公司出版的《现代德语诗歌》和《现代法国诗歌》，还有由贝克特翻译成英语的《墨西哥诗歌集》。德语诗歌中，他广泛阅读了特拉克尔（Georg Trakl）、布莱希特（Bertolt Brecht）、巴赫曼（Ingeborg Bachmann）、安森斯伯格（Hans Magnus Enzensberger）和里尔克（Rilke Rainer Maria）的诗歌，而其中他最欣赏的是里尔克。他的诗歌对于库切来说，意味着“专注与内省”[21]，帮助他的思想得到进一步的超越。关于英语诗歌，他推崇的是艾略特和庞德。在这篇文章中，他认为是艾略特为他确立了选择什么样的学术指引者。然后，他发现庞德的风格比艾略特更新颖、更具有颠覆性，也更令人激动和敬畏，于是他认真阅读庞德的《诗章》（*Cantos*），他认为庞德是“写作的老师”，是美国一代诗人学习的榜样。

从库切自己的学习阅读笔记来判断，库切的文风来自两位作家的影响，一个庞德，一个是艾略特。在他的笔记本了可以看到关于艾略特所写的一篇关于约翰·德莱顿的论文内容摘抄：“德莱顿的独特之处在于他有能力使小变大，让平淡无奇到富有诗意，让琐碎变得气势磅礴。……德莱顿有智力，也有一个平常的心。我们认为，他的能力不是比弥尔顿更大，而是比他更宽广。……斯威本也是一个用词高手，但斯威本用词言之无物。他之所以言之无物，是因为他言之过多。而德莱顿的用词则很精确，那些词汇涵盖无限，但绝不空洞无物。”[22]在艾略特看来，德莱顿的用词精准，能将事物具体化，而不是像其他的诗人爱用花哨词汇，但言之无物。比起艾略特，他更欣赏庞德，他曾经希望在自己的硕士论文写作中，研究庞德，最后因为庞德推崇F. M. 福特，一位被忽略的作家，所以他才转而研究福特。熟悉库切作品的人会发现，这些特点恰恰是库切自己在后来创作的文风。

在《致敬》一文中，库切也提到麦德克斯·福特（Madox Ford）和贝克特。因为庞德的推崇，库切阅读福特，但库切对福特的评价随着自身创作手法与思想的丰富而发生改变，他从欣赏到逐渐感到福特的作品实际很经不起推敲：“流于印象心理学派或感觉，充斥着某种冷酷的挽歌语调。”此时的库切已经走出了对文学作品满怀情感的接受，而开始比较和分析不同的作家与作品。与福特相比较，库切认为他对贝克特的兴趣更强，甚至

[21] J. M. Coetzee, “Homage”, *The Threepenny Review*, No.53 (Spring, 1993), p. 5.

[22] J. C. Kannemeyer, *J. M. Coetzee: A Life in Writing*, London: Scribe Publications, 2012, p. 97.

选择贝克特作为自己博士论文的研究对象。库切对贝克特的研究不仅出于学术目的，他自称是贝克特的“迷恋者”（aficionado），快乐地将时间花在贝克特上面。他认为从贝克特的散文中所学到的内容要比从诗歌里学到的内容具有更高一个层次的抽象度。贝克特让他知道应该侧重的不仅仅是语言的节奏和句法，还应该是思想的节奏和句法。作为教师，库切也将自己从贝克特那里学到的东西传递给他的学生。1970 年春季，在布法罗大学讲完塞缪尔·贝克特的课程之后，他请上课的学生对课程发表意见。其中一个学生写道：

> 我相信贝克特的课程是我在布法罗大学英文系里上过的最有趣的课程之一。我认为，文学应该被作为一种艺术形式进行研究，我们就是这样做的，没有说教，或形而上的规矩。在这门研讨课上，我头一次明白艺术家，艺术和读者之间的关系，也学到了一种研究文学的新的视角，并把这种所得放到其他阅读之中。我认为这门课程的高质量不仅来自于教授这门课的老师，还有课堂讨论，[……] 当然最重要的是源自作家贝克特本人。[23]

库切对贝克特的研究着实引导着他走向了超越文字、追求思想的节奏与句法的道路。库切的文评像是一件艺术品，可以让读者读起来就像是在倾听巴赫的赋格曲，或像是在欣赏爱德华·蒙克的《生命之舞》。库切可以用很简洁的语言，毫无赘述、清晰明了地勾勒出一位作家以及其作品的整体风貌。作为一个文学评论家，库切具有很强的完美主义倾向。他喜欢做别人没有做过的研究，比如他对贝克特的研究不是从他为人所熟知的剧本开始，而是从贝克特不被人重视的一部小说入手。同样，他对许多其他作家的研究也是针对一些鲜为人知的作品；但是这并不是说他没有研读该作家的其他作品，恰恰相反的是他文评中对作品的历史、文化和政治背景的描述如此驾轻就熟，让人肯定地判断出他已经通读了所有与他讨论作家有关的资料。他也是一个视野宽广、阅读宽泛的文学评论家，他所评论的作品涵盖不同的风格和主题，有欧洲经典作家的、有美国当代作家的、也有少部分非洲作家的；不论诗歌、小说、戏剧、电影、还是历史幻想小说，他都有所涉略。仅拿他四本文评中的一本——《内心活动》为例，该书中前七篇文论涉及七位作家——伊塔洛·斯维沃、罗伯特·瓦尔泽、罗伯特·穆齐尔、瓦尔特·本雅明、布鲁诺·舒尔茨、约瑟夫·罗特和山多尔·马劳伊，他们来自不同的国家[24]，用不同的语言进行创作。但是这些作家又有一个共性，他们都处于 19 世纪末 20 世纪初的欧洲剧变状态中，经受着旧世界消逝、新世界正在形成的过程中所带来的种种冲击，是那个时代复杂矛盾的承载体。库切以作家的眼光和气度从更深层次来分析这些作家在近半个世纪里的文学化表述，他所剖析的不仅仅是这些作家，也包括他自己。

---

[23] Ibid., p. 178.

[24] 来自的国家有：意大利、瑞士、奥地利、德国、波兰、加利西亚和匈牙利。

三、超越国别、性别及生死的思想者

库切是一位流散作家，分析库切的流散过程，可以用三种不同状态来归纳：先是竭尽全力向处于中心的宗主国靠拢（特别包括在英国与美国的10年）；然后是流散在各种状态中、陷入自我身份的认同困境与思考中（游历在南非和其他欧美各国之间的30年）。最后是完全接受了流散所带来的“无家可归性”（homelessness），形成了世界公民意识（定居澳大利亚的10年）。

库切在英美的10年（1962—1971）是欧美后殖民文化思潮形成的阶段。1964年，理查德·霍加特（Richard Hoggart）在英国伯明翰大学（Birmingham University）创立了当代文化研究中心（The Centre for Contemporary Cultural Studies，CCCS）。该研究中心自己宣称其成立宗旨是研究文化形式、文化实践和文化机构及其与社会和社会变迁的关系。当代文化研究中心的人员不是很多，但其影响却是世界性的。该学派所坚持的平民主义倾向使得他们把研究对象从高雅文化及传统的文学经典中解放出来，注重对通俗文化、大众传媒的研究，大众文化现象可以成为学术研究的对象。文化研究在英国逐步兴起后，渐渐扩展到美国及其他国家，结果成为目前国际学术界最富有活力和创造性的学术思潮之一，这其中也包括后殖民主义研究。作为后现代主义的一个分支，后殖民主义的理论空间非常广阔。如果用一个词来概括，那就是“反殖民性”。实际上，它在被定义为一个理论之前，它代表的是一个时代的存在状态。第二次世界大战之后，世界格局在战争与和平之间游移，习惯于殖民态势的各个国家都有机会更深层次地探讨本国所处的局势。亚非拉殖民地国家的人民要反殖民，要寻求独立；而面临着世界殖民体系崩溃，老牌欧美殖民国家的人民，特别是年青一代同样也面临反思。青年人特有的反传统与反权威心理与历史变革大背景结合的结果是这些青年人开始奉行一套与其父辈截然不同的价值观，他们积极参加了政治抗议活动，很多国家都爆发了反对越战或其他任何形式的战争的游行。库切在美国期间也亲自参加反战游行示威，还曾被关在美国的监狱里。后殖民文化思潮是一种反思性、批判性的思潮，是对帝国主义发展的一种审视、置疑。它怀疑一切所谓的天经地义的标准和发展理想，重新思考怎样才是更合理、更人道的社会状况和人的生活生产状况，以及什么是真正的真理，等等。在这样的思考中，自我认同就不仅是简单地寻找或靠近可依赖的认同对象，而是对于对象本身和自我这个认同主体都有所调整。这样的认同过程，表面上是解构的，本质上是建构的，因此也可以说，自我认同的困境是一个具有反思性和批判性的建构过程。作为自我认同的主体，作家库切不会拘泥于仅仅成为一种静止的、一成不变地依附于某一种文化或精神的单向度的人，他要寻找多维度，普适性的身份认同。

库切在作品中会将自己放置在不同的位置考量。在《伊丽莎白·科斯特洛的八堂课》（*Elizabeth Costello: Eight Lessons*，2003）中，他是一位女教授；在《慢人》（*Slow Man*，

2005）中，他是一个法国人。在小说体自传《夏日》（*Summertime*，2009）中，著名作家库切已经去世。一位从未见过库切本人的年轻英国传记作家打算为他撰写一本传记，并将焦点集中在1972—1977年间。于是这位英国传记作家根据库切的日记的线索，分别到巴西、南非、加拿大、英国和法国找到五位这一时期与库切密切相关的人士进行采访。实际上，《夏日》并没有完全真正体现库切近年的思想发展进程。要真正捕捉他思想，读者可以追踪他的代言人科斯特洛女士。她的经历和看法都来自作者库切本人。在《伊丽莎白·科斯特洛的八堂课》中因为伊丽莎白·科斯特洛关于动物权利的演讲涉及与大屠杀所做的类比，尽管所接待的机构尽量保持彬彬有礼的态度，但是她的观点受到很多人的批判。她所演讲的学校的学生向学校抗议请她来做讲座，要求学校与她保持距离。也有少数人支持她，但支持她的人更让她感到尴尬，他们中有遮遮掩掩的反犹分子，也有主张保护动物权利的感伤主义者。并没有多少人真正理解她的观点。这也是现实生活中库切所遭遇的实际情况，但是库切不畏惧这种外来压力，他清楚地知道这些人的动机："难道我不再知道自己哪是哪儿了吗？我似乎和谁都相处得很好，我似乎和人们有无可挑剔的正常的关系。可能吗，我问自己，他们都在参与屠杀无辜的罪行？……尸体弥漫，尸体的碎片弥漫，都是为了钱。"[25]

库切的后殖民思想体系看似复杂。他的文学评论集涵盖范围相当宽广，好在他喜欢研究文本，让文本本身说话，从文本中举出有力的事实，得出结论，这使得库切的评论尽管复杂，但非常具有感染力与说服力，让读者通过读他的文评而想去读他所评论的书籍。库切的文学创作也不是易读型文本。他的自传会以小说体形式来表述，他的小说经常打破传统小说在形式和结构上的整一性和连续性，从不同方面、以不同方法展现他对现实与虚构，历史与想象，文学与神学，人类与自然……诸多方面的思考。但是在复杂的外表与形式下，库切后殖民主义思想最为本质的内容是他运用复调的形式对任何形式的权威提出质疑；同时对弱势进行强有力的声援。对此，本文将从如下四个方面加以分析。

（一）对语言的反叛

库切本人与语言的关系是亲密的。这首先是因为他的成长环境，从小他就在英语和南非荷兰语的语境中生活。到了学校，又有机会学习拉丁语。库切的本科、硕士与博士所在的系别又都是英文系，在此期间学习他学习了法语，德语，西班牙语，以及古英语和中古英语课程。为了能够用原文阅读他所钦佩的陀思妥耶夫斯基和托尔斯泰的作品，他甚至尝试学习俄语。库切在美国求学环境也让他更加深了对语言的学习与思考。20世纪60年代，他所就读的奥斯丁得克萨斯大学英文系是全美的英语语言文学研究重镇。库切在得克萨斯大学的导师是20世纪60年代在语言学和文学领域很有威望的威廉·B.

[25] J. M. Coetzee, *Elizabeth Costello: Eight Lessons*, London: Vintage, 2004, p. 69.

托德教授。在20世纪60年代，美国语言学的重心正逐渐从布龙菲尔德结构转型到乔姆斯基的生成语法。欧洲的结构主义，尤其是罗兰·巴特和克劳德·列维-斯特劳斯的观点也开始被美国学者所关注。罗曼·雅可布森人类学结构主义在民间诗歌的研究让库切看到区分所谓“高雅”的欧洲文化和“原始”文化是错误的。他在得克萨斯大学语言学老师的一门课程上，写了一篇文章比较那马语，马来语和荷兰语。这三种语言本来彼此不相关，但在荷兰殖民者带着来自东方的奴隶到达开普敦时，它们开始发生联系。这篇论文将他带入异域语言的句法之中，并发现“原始”这一词汇对于语言来说毫无意义。例如，700多种婆罗洲语言都像英语一样连贯和复杂。他开始考虑语言的殖民性。在1984年写的一篇题为《我是如何认识美国和非洲的——在得克萨斯的日子》文章中，他写道：

> 我读了诺姆·乔姆斯基、杰罗德·卡茨和一些新的普通语言学家的著作，开始问自己：现代要是再有一艘方舟，将人类最好的精华带到其他星球重新开始，我们会不会留下莎士比亚的戏剧或者贝多芬的弦乐四重奏，而把船上的位置留给最后一个澳洲迪尔巴尔族土著人，即使这个说迪尔巴尔语的人是个浑身发臭、老是挠痒痒的肥胖老太婆？[26]

由此可见，他对语言的殖民性与局限性体现在如下的陈述中：“作为一个学习英语这门世界上最广泛使用的语言的学生，这似乎是个古怪的立场。而对于一个具有文学野心的人来说，这种立场就更离奇了——尽管他的这种野心是如此模糊，以至于将来有一天，当他能够发出他自己的声音时，他发现自己甚至开始怀疑语言究竟能否让人充分表达。”[27] 在库切看来，能抵抗语言殖民性的唯一武器是音乐。在获得诺贝尔文学奖之后的一次访谈中，库切说他觉得很奇怪，为什么艾尔弗莱德·诺贝尔不设立一个音乐奖，他认为音乐是更具有普适性，而文学要局限于某一种特定的语言。[28] 从艺术表现形式上看，音乐语言完全不同于文字语言：音乐所能蕴含的繁复性是文字所不能表达的；所以在音乐面前，文字总是显得那样苍白。人类有不同的语言，却有相通的音乐。因为文字是由多种语言构成的，它所要表现的内容就需要借助不同的语言载体，如果需要沟通，就需要翻译。库切曾经写过多篇关于翻译的文章，他认为翻译只能翻译出“词”（word），但是有时并不能翻译出“意”（meaning），更不要说文学的艺术美感。

所以在库切的很多作品中，音乐与作品中的人物总是有着千丝万缕的联系，他们的生活可以没有语言，但是不能没有音乐，这一点我们可以从《福》和《迈克尔·K的生

---

[26] J. M. Coetzee, *Doubling the Point: Essays and Interviews*, David Attwell ed., Cambridge: Harvard University Press, 1992, pp. 52-53.

[27] Ibid., p. 53.

[28] http://www.dn.se/DNet/jsp/polopoly.jsp?d=1058&a=212382.

活与时代》中找到例证。在作品《福》中，星期五的世界就是没有文字，没有语言的，但是他的世界里有音乐。星期五会哼出曲调，会跳舞，会吹奏笛子。会说话的文明人苏珊·巴顿在毫无办法与星期五交流时，她只能求助于音乐，她认为音乐可能是唯一可以与星期五沟通的手段，她不厌其烦地练习吹笛子与指法，直到能吹奏出类似星期五的调子。先是跟他齐奏；然后等他停止的时候再加进去；她一直不间断地跟着他演奏，直到头晕手痛。苏珊·巴顿对于这种交流已经感到心满意足，因为在她看来"虽然没有与星期五真正交谈，但是这样不是也很好吗？对话本身不就像音乐一样，一个人先演奏一段，然后另一人再接着演奏？我们交谈时所重复的句子是否比我们所演奏的曲调来得重要？"[29] 在《迈克尔·K的生活与时代》中，迈克尔·K是一个智力障碍者，他与外界是格格不入的，他是那样孤独。但是有的时候，读者会觉得迈克尔·K的世界是美妙的，因为他的世界比常人的世界更纯净，他的世界里有音乐，音乐给了他一种纯真的生活，映衬着他那貌似无为的奔走。他努力修好一个破收音机，这样他就能在黑暗中躺在浴室里，听着悦耳的音乐声从另一个房间里飘来。音乐声把他送入梦乡，常常又是音乐伴他醒来。很奇怪，他能听懂并重复听过的音乐，但他听不懂收音机里面播送的新闻。很多时候，他听不到别人对他说的话，周围嘈杂的声音会让位于悠扬的音乐，充斥他脑海的只有一种音乐的声音。尽管他不能与人正常地交流，但是他能分辨出音乐的不同：古典音乐让他感到舒服，电子音乐让他不安等等。

（二）对经典的思考

库切肯定音乐的作用，自己也非常欣赏古典音乐；同时他也深受欧洲经典高雅文化的熏陶。但是他在《什么是经典》中也提出了对经典的反思。当然，他首先肯定了经典对他的影响：

> 我想问自己一个不够成熟的问题：假如我说，是巴赫的灵魂越过两个多世纪，漂洋过海，将某些理想放在我的面前；或者说，我那重大时刻来临之际所发生的一切，恰恰就是我象征性地选择了欧洲高雅文化，并掌握了这种文化的代码，从而使自己走上了一条道路，这条道路将我带出了我在南非白人社会所属的阶级地位，并最终使我走出了一条历史的死胡同（以我个人当时的感觉，一定会以为自己正身处这样的死胡同），不管这样的内心感觉当时有多模糊而说不清——这条道路领着我，最终同样具有象征意义地使我登上了这个讲台，面对一批来自不同国家的听众，谈论巴赫，谈论T. S. 艾略特，谈论何为经典等问题。[30]

[29] J. M. Coetzee, *Foe*, 1986, Harmondsworth: Penguin, 1987, p. 96.

[30] J. M. Coetzee, *Strange Shores Essays 1986–1999*, London: Vintage, 2002, pp.10-11.

但是他对 T. S. 艾略特什么是经典的判断上是持批判态度的。他认为来自美国的艾略特对着英国人或欧洲人讲着他们要珍惜自己的宝贵文化遗产，试图为西欧基督教世界寻求一种文化和历史的统一。在艾略特的文化世界里，各民族国家就像罗马的行省，其各自的文化只是更大文化整体的构成部分。但是事实上，在多年之后，西欧真的建立了一个共同体——北大西洋组织，但对其发号施令的既不是伦敦，当然也不是罗马，而是美国的华盛顿政府。从艾略特那里，库切探讨外省人的命运：总是觉得自己生不逢时。这种对自我的感觉在殖民地民众（艾略特概称为外省民众）的心目中是十分普遍的。“这是外省人的一种命运。古斯塔夫·福楼拜曾在爱玛·包法利的身上看到了这一点，因此他给自己的个案研究起了个副标题，叫作‘外省风尚’。对艾略特说来，这种外省人的命运实际上就是一种殖民地民众的命运，这些殖民地民众在通常所谓的母国文化中成长起来，这种文化在此特定语境中实际上应该称为父国文化。”[31] 这种探讨本身也加深了他对“外省人”命运的理解。他对这种外省人命运的理解提出两个理解方式：一个是完全的同情与理解，将艾略特放在他为自己选定的框架之中，但是其内在问题是这个框架是一种无人可以逃脱的秩序。在这一秩序中，一个人可以找到自己的位置，但这个位置又会被世世代代的后来人加以界定和不断地被重新界定。因此，这实际上是个完全超个人的秩序，也就是说，是个人无法控制的秩序。而另外一种方式，也是运用社会文化分析的方法，把艾略特看作是一个试图重新界定自己周围世界——美国、欧洲——的人，他所终生为之奋斗的事业本质上充满神奇色彩，他不会仅仅满足于面对现实。库切认为艾略特会希望逃脱自己所在的现实：社会地位平平，所受教育也仅限于学术一线，而且，以欧洲学术为主，只能在象牙塔内过一个保守知识分子的生活。库切也同样希望后来人在界定他的时候不要把他放在那个封闭的象牙塔中，而是要把他作为一个“重新界定自己周围世界的人”。

在该讲座中，库切以巴赫音乐成为经典的过程为例，质疑经典的不可动摇的地位。他发现巴赫的音乐之所以成为经典与历史政治背景密切相关。18 世纪中期，巴赫的音乐曾经被自己的学生批判为“矫揉造作、华而不实”，“缺乏清新而自然的气息”，但随着反抗拿破仑而兴起的德国民族主义和随之而来的清教复兴，巴赫的形象成了宣传德国民族主义和清教主义的工具之一，巴赫被推为经典。反对理性主义的浪漫主义运动对此推波助澜；加之对音乐的狂热使人以为只有音乐艺术才能使人们直接用心灵进行相互交流。所以正是这些历史原因导致了所谓巴赫音乐的复兴，巴赫的音乐成了构建德国乃至所谓日耳曼种族的一部分。因此巴赫作品在柏林的重复演出以及整个巴赫复兴计划，都有着巨大的历史原因，连在幕后操纵的人对这些原因也未必十分清楚。所以，在库切看来，经典之所以成为经典，感性的或浪漫的解释是不够的。经典作品在历史中定义自

[31] Ibid., p. 9.

已，往往是政治和文化运动的符号文本，并最终继续通过强大的文艺批评获得了新的意义。对于库切思想研究而言，1991 年，他在维也纳格拉茨做的关于经典的演讲具有跨时代的意义，它标志着库切后殖民主义思想的成熟。

库切认为经典的东西与粗鄙野蛮的东西之间，与其说是势不两立的关系，倒不如说是相反相成的关系。在文章中，他引用波兰诗人齐别根纽·赫伯特为例。赫伯特一直以波兰历史为借镜来从事写作。波兰这个国家为西方文化所包围，历史上曾被野蛮的邻国所侵凌。在赫伯特看来，经典虽遭受野蛮浩劫，但仍能劫后幸存，之所以能如此，不是因为其所谓的内在品质。而是因为世世代代的普通民众不愿舍弃它，不惜一切代价保护它。所谓经典仅此而已。就同巴赫的音乐，那里面有最朴素的，与人性最接近的原生态物质。这种精神实质也体现在库切本人所创作的《等待野蛮人》中。老行政长官带领当地民众所等待的并不是“野蛮人”的入侵，而是最朴素的人性的回归。

库切对批评与经典关系的理解体现了他的后殖民主义理论批评的本质——批评是一种积极的解构，其最终目的是为了建构：对经典的质疑不管如何充满敌意，总是经典自身历史的一部分。因此在他看来，这种质疑不仅不可避免，甚至还是应该受到欢迎的。因为，只要经典在遭受到攻击时还需要人们为之辩护，那它证明自己是否真的是经典的努力就不会有尽头。人们甚至可以大胆地说，批评的功能是由经典来界定的：批评必须担当起考量、质疑经典的责任。因此，没有必要担心经典是否能够经得起批评的种种解构行为；恰恰相反，批评不仅不是经典的敌人，而且实际上，最具质疑精神的批评恰恰是经典用以界定自身、从而得以继续存在下去的东西。出于这样一种考虑，库切经常在《纽约图书评论》发表文章，对文学作品与社会、历史、政治、文化以及作家个人心理成长之间的关系，进行了细腻的讨论。本文归纳库切的后殖民主义批评理论，所参用的思路也是如此。

（三）对历史和国家政体的质疑

库切的后殖民主义思想早在他的第一部小说《幽暗之地》中就已经显露端倪。这部小说表现了库切在历史/国家以及文本/作者关系方面的思考。从库切论文集《双重视角》中，我们可以了解库切这部小说的创作初始情况。

> 在［得克萨斯大学］图书馆，我查到一本 1920 年以来从未有人翻开过的书。这本书是关于德国探险者在西南非洲边境的活动报告，以及针对纳马和赫雷罗人的探险纪录等等稀有史料。我凭借着过去的传教士临时拼凑起来的语法书，将西南非洲霍屯督人有语言纪录的最早时间不断往前推，同时把 17 世纪航海家们使用的词汇表收集起来，于是整理出一个主要由旅行者和传教士们撰写的霍屯督人历史传奇。这些作者中有我的 1760 年左右在世的远祖雅可布·库切。多

年后，我来到布法罗大学，仍然追踪着这条线索，也准备投入对霍屯督人的历史书写行列中：我要写一本虚构的雅可布·库切回忆录。这部回忆录不断积累，最终融入我的第一部长篇小说《幽暗之地》。[32]

小说的另一部分内容是尤金·唐恩在美国越战期间的经历。这两部分内容被并列在一起。尽管现在这部小说被奉为经典，但是在当时，库切将这本书投给美国，英国和南非多家出版社，但多次被拒。当时大多数人并没有看到这部小说两部分所代表的共同的宏观视角，换句话说，如果他们超越宏大历史，将目光投向那些可能会被人忽略的历史细部，对历史进行纵深的挖掘和阐释，会发现小说所要表达的一个跨越历史的主调：处于强势的一方，不论是上篇中的尤金·多恩、库切（代表着越战中的美国政府），还是下篇中的雅可布斯·库切（代表着南非最初在殖民者），他们总是要将自己的价值观念强加于在他们看来比他们要低等的人的身上，自己是文明的，他者是野蛮的，而这既给自己，也给他者带来灾难。

这部作品的出版过程中的一个插曲可以表现库切对作者殖民性作用的态度。当出版社编辑问询他是否要修改殖民者雅可布斯·库切历史记录中的一个前后不一致的情节：前一节记述的是这位殖民者的仆人被河流冲走了，后一节，这个仆人又出现了，这时是在重病状态希望主人将他放弃，继续赶路。库切回复说这不是一个错误，不用改动。但是作品出版后，很多读者与评论者都指出这个问题。但即使在他的职业生涯的早期阶段，库切仍严格执行他的原则：作者不对他的作品提供解释。他希望读者自己判断。实际上，通过提供两个版本的仆人死亡的方式，故事的叙述者雅各布斯·库切在向读者表示，他是故事叙述的控制者，同时他也希望读者明白如果只有一个唯一证人，那么他就可以轻松容易地编排事实，而读者只能做被动的听众。所以，从第一部小说开始，库切想要说明的是：作为一个全权的历史编撰者，雅各布斯·库切可以任意构建自己的叙述——仆人可以有两种完全不同且矛盾的死法。实际上读者对雅各布斯·库切旅程中到底发生了什么一无所知，读者只知晓他选择的，想要告诉我们的故事。但是请不要忘记，库切在小说开首交代，雅各布斯·库切所有这些记录都是政府留档的历史记录。可见，20 世纪 70 年代，深受西方后殖民文化批评思想影响的库切已经将枪口对准了历史的真实性与作者的殖民性。

库切是一个无政府主义者。这里的无政府主义并不是一个贬义词。如果我们研究"无政府主义"这一词汇的英语词汇 Anarchy 的词源，它来自于希腊语"anarkhos"，含义是"without a ruler"（无统治者）的含义。库切的无政府主义不是不要秩序，而是不要"强权"。库切在《凶年纪事》中曾这样说："倘若非要给我的政治思想插上标签，我想称之

[32] J. M. Coetzee, *Doubling the Point: Essays and Interviews,* David Attwell ed., Cambridge: Harvard University Press, 1992, p. 27.

为悲观的无政府主义的遁世主义，或是无政府主义的遁世的悲观主义，或是悲观的遁世的无政府主义。”[33] 库切可以被认为是一个无政府主义者，但他不是一个遁世者。他的大量创作与书评说明了他的积极态度。如果真要遁世，他完全可以停下笔，在澳大利亚的阿特莱德享受他的田园生活。库切的无政府主义理念可以从他在《凶年纪事》中对国家起源的分析中看出。《七武士》讲述的是一个政治动荡时期的村庄（国家实际上名存实亡了），多年来被一伙武装强盗掠夺。为了对付强盗，村民想出了一个计划，要雇佣他们自己的壮丁——七个赋闲在家的拥有武士头衔的人，来保护他们。计划成功了，强盗被击退，武士大获全胜。但是在看到保护制和进贡制这么有效，这些武士向村庄提出：如果村子里的人付出一定代价，他们会将村庄置于他们的保护之下，也就是说，他们将取代强盗的位子。结局是可以想见的，村民们拒绝了，他们要求武士们离开。电影中，武士离开了，但是现实生活中，这些武士则是夺取了政权，建立了国家。所以库切写道，“在我们这个年代，在非洲，黑泽明关于国家起源的故事还在上演，一群又一群的武装分子攫取权力——也就是说，他们吞并国家财富、继续向人民横征暴敛——他们除掉对手，宣称新纪元的开始。虽然这些非洲武装团伙通常不会比亚洲或者东欧有组织的犯罪团伙强大，但是他们的活动却被媒体堂而皇之地报道——甚至包括西方媒体——他们是将其作为政治（国家事务）条目，而不是犯罪行为来加以报道。”[34] 库切通过对大众传媒中最容易被接受的电影进行分析，来表明他的观点：国家是从暴力中产生的，国家的存在是暴力的最高形式。库切还指出这样的例子在欧洲也可以找到。1944—1945 年间，在法国，当第三帝国军队的溃败留下的权利的真空，敌对的武装势力竞相抢夺刚刚获得解放的国家的领导权。而那个时候，法国本有可能获得新的自由。但是，

> 在 1944 年，有没有人对法国民众这么说过：想想吧，德国霸主的溃退，意味着我们暂时无人统治。我们是想结束这样的时刻呢，还是想继续这样延续下去——成为第一个推翻国家的现代掘墓人？让我们，法国人民，利用这重获的短暂自由，无拘无束地畅谈这个问题吧。也许，一些诗人说过这样的话，可是，如果他真的说了，那么，他的声音很快就会被武装势力压制下去，任何的武装势力处在这种情形以及所有类似情形下，他们彼此之间的共性要远远多于他们与人民之间的共性。[35]

这里库切不仅指出了各种国家政权的本质，也批判了人类的弱点——天生有一种被统治的欲望。库切虽然批判人类的弱点，但也深知人是无法摆脱国家的统治。他认为国家是各种问题存在的根源。库切用《等待野蛮人》向我们展示了国家制度可以令人作呕

[33] J. M. Coetzee, *Diary of a Bad Year*, Melbourne: The Text Publishing Company, 2007, p. 6.
[34] Ibid., p. 7.
[35] Ibid.

的问题。国家所制定的法律制度只保护遵守法律的公民。在某种程度上，它甚至保护那些使用武力对抗其他同胞的公民，只要他们没有去质疑法律的效力，但是如果有谁选择处于这种法律之外或者质疑国家的法律，他就会受到惩罚。老行政长官就是因为质疑了帝国法律的正确性，结果被加上叛国罪的罪名，受尽折磨。国家实际在制造一种假象，用托马斯·霍布斯的话来描述就是“国民共同体之外是痛苦、战争、恐惧、贫穷、肮脏、孤独、残忍、愚昧、野蛮的国度；国民共同体之内，是一个理性、和平、安全、富足、荣耀、交往、高雅、科学与充满善意的国度。”[36] 这样，所有公民就必须将自己放入共同体制之内，不敢有丝毫的质疑和脱离。库切看穿了国家的虚伪和暴力本质，所以他在《凶年纪事》中指出，国家真正关注的不是国民的生死，对于国家来说，最为生死攸关的问题就是政权连续性问题，即怎样确保权力可以不需要武力就可以和平地从一代人手里传到下一代。政权的连续通常有两种可能：一是王位继承；二是民主选举。在库切看来，在国王统治的时代，人们认为国王的长子是最合适的统治者，这种想法是相当天真幼稚的。同样，在当代人们认为民主选举出来的统治者是最胜任的，也是同样幼稚可笑的。继承的规则不是选定最佳统治者的程序，而是赋予某人或其他人统治的合法性，从而避免内部冲突的程序。选举制度只是给选民一个拥有选举自由的假象。在库切看来这和投掷硬币选正面反面是一个道理。但是“我们不会通过投硬币的方式来选出我们的统治者——投硬币让人联想到老百姓的赌博活动——可是，谁又敢说如果统治者从最初就是以投硬币的方式选出来的话，我们的世界会变得更坏呢？”[37] 库切质疑国家秩序的存在意义，同时他也在努力建立自己的秩序。库切本可以在英国一直做他的 IT 精英，但是他选择写作这一职业。在《凶年纪事》中，作家库切遭遇的对手是艾伦——一个精通电脑的社会精英。艾伦从孤儿院里走出来，靠自己的努力从社会底层一路奋斗而上。但他身上有股虚伪性，总是在那里夸夸其谈，偷换概念，揭别人的短。他毫无道德感地去偷窃老作家的账户，却用一些哲学概念和金融术语来掩饰他的贪婪本质，为自私的行为狡辩。库切让这位对手充分展现他的思维模式，展现其中的漏洞，然后让有辨别能力的读者自己来判断。艾伦说他看不起老作家那样的老派人物，说他支持苏维埃政府，这是典型的政治攻击。老作家在建立自己的思想体系过程中，对社会主义的一些政策观点采取同情态度，但是他并不真正支持任何政府。与其说他是社会主义同情者，不如说他是无政府主义支持者。艾伦是典型的马基雅维利主义者，他以非常成熟老练的语言，推崇一个弱肉强食的体系。而在老作家库切看来，弱肉强食的逻辑本身就是错误的思想。库切是一个清醒的思考者，他知道能拯救人类的只有人类自己。首先人类应当摆脱这样以强凌弱的观念，恢复人性中善良的一面，学会关注弱者与它异因素。这其中也包括对动物的关注。

---

[36] Thomas Hobbes, *On the Citizen*, edited and translated by Richard Tuck, Cambridge: Cambridge University Press, 1998，pp. 115-116.

[37] J. M. Coetzee, *Diary of a Bad Year*, Melbourne: The Text Publishing Company, 2007, p.14.

（四）鼓励弱者做必要的反抗

库切本人是一位素食者。他多次撰写文章呼吁人们关注动物的权益。同时他希望处于劣势的动物，还有处于弱势的人，应该像《七武士》中的村民一样，学会反抗，赶走未来的统治者。《八堂课》中伊丽莎白·科斯特洛与儿子约翰[38]讨论人类食肉问题的话语中，就在探究这一点。约翰认为吃肉是生物得以生存的自然方式，美洲虎总不能吃大豆生存。伊丽莎白·科斯特洛则反对，她指出美洲虎不吃素，是因为如果它吃素，就会死掉；而人类如果吃素食，是不会死掉的。当儿子不能有更好的理由，他就说：

> 人类不“想”吃素。他们“喜欢”吃肉。这是一种返祖现象，其中有让人满意的地方。这是血腥的事实。从某种意义上说，动物所得到的是它们应该得到的，这也是血腥的事实。当它们不愿意自救时，您为什么要浪费时间，力图去救它们？让它们自作自受吧。假如有人问我，我对待我们所吃的动物的一般态度是什么；我会说，蔑视。我们之所以虐待它们，就是因为我们轻视它们；我们之所以轻视它们，是因为它们没有还手。[39]

科斯特洛的儿子约翰所说的这番话体现了人类一个致命误区，那就是认为强者有权利蔑视弱者，因为弱者不反击就可以越发对其轻视，进行虐待。对于约翰认为强者可以蔑视弱者的观点，伊丽莎白·科斯特洛接着按照约翰的逻辑引申下去，谈到虐待战俘问题：

> 你说的对。人们抱怨说，我们像对待东西一样地对待动物；实际上我们像对待战俘一样地对待它们。你知道吗，当动物园刚刚开始向公众开放时，管理员们不得不采取措施，保护动物不受游客的攻击。游客们认为，动物园里的动物是用来被羞辱、被虐待的，就像是战胜方对俘虏的羞辱和虐待。我们曾经对动物发动过战争，这就是所谓的“狩猎”；实际上，战争和狩猎是一回事（亚里士多德对此看得很清楚）。那场战争进行了数百万年。只在数百年前，当我们发明猎枪之后，我们才取得了决定性的胜利。只有在胜券在握之后，我们才有能力培养我们对动物的怜悯之情。可是，我们的怜悯传播得很有限。在怜悯背后，是更加粗野的态度。战俘不是我们的同类，所以我们可以对他们为所欲为：我们可以把他献祭给神明；我们可以割断他的喉咙、挖出他的心、把他扔进火里。对待战俘时，我们没有任何法律可言。[40]

从这里，我们又一次看到，库切在做他所推崇的“诗人的类比”——人与动物；游客与动物；士兵与战俘……当弱者不反抗时，强者就更自如地考虑自己的利益，这样的

[38] 库切的后殖民主义思想一直处于开放的态势，他喜欢在文本中那个让各种声音中进行对质。

[39] J. M. Coetzee, *Elizabeth Costello: Eight Lessons*, London: Vintage, 2004, p. 104.

[40] Ibid.

结果是人性的丧失。所以库切不仅是在批评人类虐待动物，而且也是在批判强者对弱者的态度，呼吁弱者的反抗。用儿子约翰的话来说，伊丽莎白·科斯特洛是要“医治人类的毛病”。库切希望用他的文字来唤醒迷茫中的人们。在他 2013 年出版的《耶稣的童年》中，他讲到了一个关于老鼠的事件。当主人公来到一个大粮仓，他发现那里到处都是硕鼠，他问那里的工人为什么不消灭这些老鼠，工人的回答是“哪里有谷物，哪里就有啮齿动物。世界就是这样。”这是一个寓言性故事：如果世界上的人都这样想，那硕鼠将永远存在。但是库切在作品中通过另一个人物提出了进一步的思考：

> 凡是有船的地方就一定有老鼠。凡是有仓储的地方就一定有老鼠。凡是我们人类繁衍的地方，老鼠也一样在繁衍。老鼠是聪明的动物。你也许可以说它们是我们的阴影。是的，它们消耗了一些我们卸到岸上的谷物。是的，它们在仓库里糟蹋粮食。可是，粮食产出的一路上都会糟蹋啊：在田野里，在火车上，在船上，在仓库里，在面包房的储藏间里。糟蹋不是什么大不了的事。糟蹋也是生活的一部分。[41]

通过对话的方式，库切为问题打开了进一步辩论的空间，至于问题的答案，一个个留白，读者需要自己去思索。

库切用它的作品告诉我们，人类进步的障碍是差异。库切作品中的大多数人物都处于精神困境中，他们陷入困境的根源就是国家、种族、文化背景和意识形态的差异。差异是必然存在的，只是程度大小不同。库切“医治人类的毛病”的药方，首先是承认并尊重差异性，这是合作的前提。然后，在接受个体间差异后，运用同情的手段，形成爱的社群。比如，在《等待野蛮人》中，承认差异是老行政长官颠覆野蛮与文明之间的二元对立关系的必要前提。对于野蛮人女子，老行政长官最先是以居高临下、救世主的姿态，试图用所谓的人道关怀和文明的思想去感化她。从严格意义上来说，最初老行政长官收留野蛮人女子是出于博爱与救赎，但他从未真正意识到两个人的平等。在小镇上，他与野蛮人女子的关系是拯救者与被拯救者的关系。但是，在老行政长官送野蛮人女子回她的居住地的过程中，这种关系发生了转变。当老行政长官置身于蛮荒僻野（“野蛮人”的生活背景）之中，从“第一世界”到了“第三世界”，他发现自己的技能并不能帮助他生存，他开始意识到了曾经被自己忽略了的野蛮人的文明。在这个新的地域，野蛮人与文明人的落后与进步关系被颠覆，最后，他发现自己真正爱上了这个野蛮人女子。真正平等地审视土著人，让老行政长官认识到文明与野蛮之间的差异的实质，然后才能做到真正包容与肯定这种差异。换言之，对于老行政长官，差异已经不是一种消极的阻碍，而是一种关系的丰富。

[41] J. M. Coetzee, *Childhood of Jesus*, Melbourne: The Text Publishing Company, 2013, p. 74.

库切在 2003 年曾经发表了一篇文章，题目是：《小说人物》，其中一部分是关于“什么是理解”。在这篇文章中，它讲述了他自己阅读福克纳的《喧哗与骚动》（*The Sound and the Fury*）中班吉的话语，开始他是读不懂的，他“可以将班吉的句子换成其他的英语句子，但是不明白是什么样的逻辑让班吉将这些句子连到一起的。”[42] 而随着坚持下去的继续阅读，他发现，当他扔掉自己的逻辑，将自己放到班吉的角度，尝试着去以班吉的逻辑思维时，他的阅读开始清晰。他能够了解班吉的话语了。库切在他的文学作品中，一直是以这样的“同情”态度来创作的。这种“同情”是一种能力——能够理解他人感情的行为或能力。库切的代言人科斯特洛就有这样的能力。她的儿子对一位记者说：“我母亲做过男人，她还做过狗呢。她能换位，通过别人，或别的生物进行思考。我读过她的作品；我知道，她有这样的能力。写作最重要的就是使我们脱离自身，进入别的生命，难道不是这样吗？”[43] 库切也善于从动物的世界寻找真理。库切在《凶年纪事》中犀利地指出，号召丛林竞争法则的人声称“他人即是狼”，希望以此说明人性中有像狼一样的弱肉强食的天性，而实际上狼是不会猎食其他狼的，而人类却在互相争斗、掠食。

在他看来，社会达尔文主义所倡导的竞争是一场没有终点线的赛跑。在《凶年纪事》中库切谈到了竞争问题，其中提到了中国：澳大利亚本来是一个资源丰富的国家，人们不需要竞争，但是澳大利亚政府还是颁布法律刺激员工更努力地工作，澳大利亚的国民被告知：“在全球经济的框架之内，必须更卖力地工作才能保持领先地位，或者确切地说，才不会落在后面。中国人在困境中打拼，工作的时间要比澳大利亚人长，劳动的报酬要比澳大利亚人低，所以中国能够生产比澳大利亚更为物美价廉的产品。除非澳大利亚人工作更加勤奋卖力，否则就可能被别人赶上，成为全球竞争中的失败者。”[44] 库切质疑这种竞争，“为什么生活总要弄得像场比赛，为什么一个国家的国民经济总是要跟别国的国民经济玩命地赛跑，而不是为了健康的目的，同志般地合作。”库切一针见血地指出这种竞争的根源：国家机器的需要。因为我们属于不同的国家，而国家之间从本质上是相互竞争的。这也就是说，这种竞争不是个体所希望的，而是国家机器所需要的。库切进一步指出，在这个时候，我们每个人要问问自己，这是不是自己想要的世界。“如果我们要竞争经济，那应当是因为我们自己决定的，我们的世界要是这个样子……如果我们想要竞争，我们选择竞争；同样，我们也可以自主地选择同志般的合作。”[45] 在库切的后殖民思想体系中，拥有自由的选择权也是一个关键因素。他强调尊重个体选择的必要性。

---

[42] J. M. Coetzee, "Fictional Beings", *Philosophy, Psychiatry & Psychology*, 10.2 (2003), p. 133.

[43] J. M. Coetzee, *Elizabeth Costello: Eight Lessons*, London: Vintage, 2004, p. 22.

[44] J. M. Coetzee, *Diary of a Bad Year*, Melbourne: The Text Publishing Company, 2007, p. 65.

[45] Ibid.

他也呼吁人类对自然界多加关注。关于这一点我们也可以从《等待野蛮人》中找到例证。老行政长官和一位军官谈及了殖民者过度狩猎和开发的后果。他告诉这位军官，他们所居住的边疆小镇先前并不是这样荒凉。野蛮人当中活着的老人还记得父辈曾告诉他们，这里曾经是一片绿洲，靠着湖边有富饶美好的土地，甚至在冬天都有丰美的牧草。但是在帝国的殖民者来到这里，将这片土地抢夺过来，建立起来他们所谓的文明世界以后，自然在恶化。看到军官不赞同的神情，老行政长官说："你觉得可笑？—— 湖水正在逐年变咸。——野蛮人知道这事。他们时时刻刻对自己说，'耐心等一等，总有一天他们的庄稼会因为盐分太多而枯萎，那样他们就不能养活自己了，他们就不得不离开这里。'"[46] 库切的后殖民主义思想中有明显的生态主义批评的倾向。在他看来，善待动物与自然不仅仅是利他的，更是利人类自己的。只有通过善待动物，理解平等的真谛，人类才可能学会善待人类，才有可能消除其他形式的与真正平等所对立的霸权、暴力和战争。

总结库切后殖民思想的形成过程，他带着外省人的宿命感，通过深入研究与解构欧美文化，且时刻保持着一种的疏离审视姿态对其进行反思与批判，最后从世界主义者的角度建构了自己的文化体系与思想定位。如果我们将库切的经历分段来看，在南非与英国期间是库切后殖民理论形成的前传：他朦胧地意识到自己如何走出历史的死胡同；到了美国之后，库切才真正开始他的后殖民主义理论思想的建构。库切最近在澳大利亚的十年是理论的完善期：库切的后殖民主义思想体系更加多元化。他更自如地怀疑既定的标准和真理，重新思考怎样才是更合理、更人道的社会状况和人的生活生产状况，以及什么是普适的真理，等等。他一直从哲学的层面思考世界。在这样的思考中，自我认同就不仅是简单地寻找或靠近可依赖的认同对象，而是对于对象本身和自我这个认同主体都有所调整。这样的认同过程，表面上是解构的，本质上是建构的。在霍米·巴巴的《文化的定位》一书 2004 版的封底上，库切对霍米·巴巴做出了如下的评论："巴巴对过去的洞见让西方人明白，这个世界比他们原以为自己所继承的那个世界更复杂、更流动、更混乱。"[47] 这句话同样也可以用来形容他对这个世界的贡献。他也是一位颇有建树的后殖民主义理论家。作为思想上的流亡者，带着外省人的边缘身份，库切形成了他特有的世界主义公民视角。世界主义者库切将目光锁定那些像他这个外省人一样被放置边缘化的弱者——殖民者的居民，受文字审查的作者、监狱中被施以酷刑的犯人，黑人、女人，以及动物，等等。他用文学作品与文艺批评文章给我们提供了一个很有希望的后殖民主义研究方向。在目前仍旧存在着诸多不平等的世界大环境中，他在引导我们带着更宽泛的自由度，更乐观、更加多元化地建构一个新型世界主义文化的思想共同体。

---

[46] J. M. Coetzee, *Waiting for the Barbarians*, Harmondsworth: Penguin, 1980, p. 50.

[47] Homi K. Bhabha, *The location of Culture*, London and New York : Routledge, 2004.

虽然对库切的后殖民理论思想的讨论需要更多的时间和篇幅，但本文的初步探讨大概使我们不难看出，库切除了是一位优秀的作家外，还是一位有着自己思想的后殖民批评家。他的批评思想不同于后殖民主义批评“三剑客”——赛义德、斯皮瓦克和巴巴。他是一位以创作为主的后殖民批评家，他的批评思想和理论就蕴含在他的文学作品中。我这里不妨借鉴美国文学理论家乔纳森·卡勒的一本书的标题来表达库切的批评思想和理论。卡勒的那本书的名字是“理论中的文学性”（The Literary in Theory），卡勒意在说明，当今的各种批评理论虽然远离对文学的讨论，但是这种理论书写本身却蕴含了一种“文学性”；同样，如果说库切的批评思想和理论不成体系，是以一种文学创作者的风格来表达的，那么我们便可以这样认为，他的理论可以用“文学中的理论性”（the theoretical in literature）来表达。

（作者单位：清华大学外文系）